U0127005

康节先生文集⑧

梅花易数

[宋] 邵　雍　著
闵兆才　编校

华龄出版社

责任编辑：薛　治

责任印制：李未圻

图书在版编目（CIP）数据

康节先生文集. 8 /（宋）邵雍著；闵兆才编校. --
北京：华龄出版社，2021. 4

ISBN 978-7-5169-1885-2

Ⅰ. ①康… Ⅱ. ①邵… ②闵… Ⅲ. ①宋诗—诗集
Ⅳ. ①I222. 744

中国版本图书馆 CIP 数据核字（2021）第 000591 号

书　　名：康节先生文集. 8

作　　者：（宋）邵　雍 著　闵兆才 编校

出版发行：华龄出版社

地　　址：北京市东城区安定门外大街甲 57 号　　邮　　编：100011

电　　话：（010）58122255　　传　　真：（010）84049572

网　　址：http://www.hualingpress.com

印　　刷：石家庄北方海德印刷有限公司

版　　次：2021 年 9 月第 1 版　　2021 年 9 月第 1 次印刷

开　　本：710mm×1000mm　1/16　　印　　张：25

字　　数：371 千字

定　　价：58.00 元

出版说明

邵雍（1011—1077），字尧夫。北宋著名理学家、象数学家、哲学家、诗人。自号安乐先生，祖籍河北范阳（今河北省涿州市），后移居衡漳，再迁共城（今河南省辉县市），又徙洛阳。邵雍卒于宋神宗熙宁十年，宋哲宗元祐中谥“康节”，按照《谥法》用字的特定含义，温良好乐曰“康”，能固所守曰“节”，所以追谥为“康节”。宋孝宗淳熙初从祀孔庙，追封新安伯。一介终生无职无权的布衣之士，身后能享此殊荣的，三千年来，只有邵雍一人。

邵雍曾隐居在河南辉县的苏门山百源之上，后人称为“百源先生”。屡授官不赴。与周敦颐、张载、程颢、程颐同为中国文化史上知名的北宋五大儒，亦称“北宋五子”。明代嘉靖中祀称“先儒邵子”。邵雍以讲《易》著称，为理学象数学派的创始者。

邵雍是宋代易学大师、思想家，是一位卓尔不凡的奇才！他终生奉行的人生哲学就是：讲求高尚的道德情操，探求宇宙的无穷奥秘，研究天人的离合关系，写出传世的诗赋文章。他曾表示，一生要做到“心无妄思，足无妄去，人无妄交，物无妄受”。立身处世，都要做一个品行端正、与人为善的君子。

历史上的邵雍家境清贫、生活拮据，但他从小酷爱读书、勤奋好学，闻名乡里。当时辉县县令李之才是北宋初期著名的易学家，他为邵雍的治学精神所感动，将其平生所学河图、洛书、伏羲八卦、六十四卦图，毫无保留地传授给邵雍。得到真传的邵雍更加刻苦，史书上记载他“冬不炉，夏不扇，日不再食，夜不就席枕”，经过几十年的刻苦磨砺，终于成为中国的一代易学大师。

邵雍融合儒家、道家思想，把《周易》归结为“象”和“数”，以为象数系统是最高法则，形成其象数之学（又称“先天学”），并按照自己推衍的象数解释事物的构成和变化图象，构造出宇宙发生的图象体系。认为宇宙的本源是“太极”或“道”。“太极，道之极也”，“生天地之始，太极也”。“太极一也，不动，生二，二则神也。神生数，数生象，象生器”。提倡以心来体会万物之理，即“以一心观万心，一身观万身，一物观万物，一世观万世”。世界万物均由一个总的本体“太极”演化而来，然后“一分为二”生出阴阳，“二分为四”生出日、月、星、辰四象，“四分为八”生出八卦，“八分十六”生出暑寒昼夜、雨风露雷、性情形体、飞走木草。依次分化，遂生世界万物。其象数学对于宋明理学的产生与发展有重大影响。

《周易》是中国传统文化宝库中一部十分重要的文献，为“六经之首”。在我国，对易学的研究历久不衰，尤其是在宋代，由于河图、洛书、太极图、先天图的发现，易学研究出现了一个高峰。在易学史上，宋代的主要贡献突出表现在两个方面：一是综合河洛之学与《易经》象数之学的成果，对宇宙、历史盛衰治乱的规律建立了一个完整的体系；二是将以往这门经院哲学式的科学化繁为简，化难为易，使其迅速走向民间，它的实用价值因此日益显示，日渐扩大。而完成这两大变革的代表人物便是邵雍。

南宋大儒，著名思想家、教育家、理学家朱熹曾盛赞康节先生：“天挺人豪，英迈盖世。架风鞭霆，历览无际。手探月窟，足蹑天根。闲中今古，醉里乾坤。”北宋著名思想家，“洛学”的创始人，理学体系的形成者程颢称邵雍的学术为“内圣外王之学”。北宋著名思想家程颐称赞邵雍“其心虚明，自能知之”。邵雍门生张峄总结说，先生“研精极思，三十年观天地之消长，推日月之盈缩，考阴阳之度数，察刚柔之形体。故经之以元，纪之以会，参之以运，终之以世。又断自唐虞，讫于五代，本诸天道，质以人事，兴废治乱，靡所不载。其辞约，其义广，其书著，其旨隐。于是乎美矣！至矣！天下之能事毕矣！”

我们广泛搜集、整理，将邵雍的著作汇编成《康节先生文集》，以飨读者。

导 读

《梅花易数》，又叫梅花数，古占法之一。《梅花易数》全称为《新订邵康节先生梅花观梅拆字数全集》，传为宋代易学大师邵雍所作。

《梅花易数》这部书的理论根据是《周易》，《周易》这部书内涵的一部分确实是卜筮，老百姓的说法就叫算命、占卦。但是，与老百姓的理解所不同的是，《周易》不仅仅是占卜，《周易》思考的是宇宙和人生，是天地人三位的统一，而老百姓往往关注的是个人的生老病死、福祸吉凶。

几千年前，面对当时的世界，我们的先民有着太多的困惑：世界到底是什么样的世界？世界是由什么组成的？为什么会有风雨雷电？为什么会有山呼海啸？人又是怎样来的？人的命到底是由谁来决定的？为什么同是人，人家比我寿命长？

有太多太多的神秘需要破解，有太多太多的疑问需要解答，于是，先民们开始思考。《周易》就是这种思考的一个结果。

《周易》之后，中国的占卜术逐渐发展为一个庞大的专门研究领域。两汉时，京房在阴阳五行说的基础上，发明了蓍草配“纳甲”的占卜方法。这个方法到现在还很有影响。

唐代时，经济文化高度发展，人也更聪明了，干脆发明了一种极其简单的占卜方法：“以钱代筮”法，用三枚铜钱来预测吉凶。

北宋时的邵雍则发明了一种更为灵活的起卦方法，这种方法可以按年月日起卦，也可以按字的笔画和字数起卦，还可以根据尺寸、人、静物起卦。邵雍奉行“无故不占”的原则，因为他得来这些方法都事出有因。

《梅花易数》全书共分五卷，主要讲述了象数易理、体用生克、占断总诀、字画指迷、拆字杂编等。

卷之一主要讲述了推卦占断的理论基础，取诸物起卦的具体方法和事例。如：按时间起卦，按可数之物起卦，按声音数字起卦，按字起卦，等等。

邵雍创立的按数起卦法，总体说来是将数字或其它事物通过数学运算纳入八卦中进行推算。

按数起卦的规则是卦以八除，爻以六除。所谓卦以八除，即所得数字除以八，作数按先天八卦数换成卦画，如数字不满八数，则以本身的数字换成八卦中的一卦。如除尽则八数换成卦，因先天数中八是坤卦数，因此除尽则为坤卦。

所谓爻以六除，即六十四卦产生后还得求动爻，则以动爻就是用数字除以六，余数作为动爻，余几就是几动爻，如数字不满六数，则以本身的数字作为动爻，如除尽则以六数作为动爻，即为上爻动。所谓动爻则是如逢阴爻动，则变为阳爻；如逢阳爻动则变为阴爻。

卷之二讲述了推卦占断总诀，这是《梅花易数》推卦的总纲，其要旨有四：

第一，依据《周易》卦辞爻辞，以断吉凶。

第二，考察卦象的体、用所主，即卦象生克所主之事。“体”为主，“用”为事。“用”生“体”或“比和”就吉利。

第三，看起卦时周围的动静变化所含的信息。

第四，看占卜时自身的动静。

卷之三讲述了推卦占断总诀中所讲的体用生克之理。

体用的关系是依据五行的关系而来的，五行中一共有五种情况，即生我，我生，克我，我克，同类。以水为例：

金和水的关系是金生水，所以它们的关系是生我的关系。

木和水的关系是水生木，所以它们的关系是我生的关系。

土和水的关系是土克水，所以它们的关系是克我的关系。

火和水的关系是水克火，所以它们的关系是我克的关系。

水和水的关系是同类。

因为体用依据五行的关系而来的。所以体用的关系也有五种情况。

五行中生我的关系，因为体卦为己，所以体用的关系是用生体。

五行中我生的关系，体用的关系则是体生用。

五行中克我的关系，体用的关系则是用克体。

五行中我克的关系，体用的关系则是体克用。

五行中同类的关系，体用的关系中就叫做比和。

卷之四讲述了八卦与字的联系，并介绍了以此推断吉凶的方法。

卷之五讲述了“四言”“五行”“六神”等测字方法。

目　录

新订邵康节先生梅花观梅拆字数全集卷之一

新订邵康节先生梅花观梅拆字数全集卷之二

新订邵康节先生梅花观梅拆字数全集卷之三

新订邵康节先生梅花观梅拆字数全集卷之四

新订邵康节先生梅花观梅拆字数全集卷之五

○物理論

三才始判八卦攸分萬物不離于五行羣生皆囿於二氣羲皇
爲文字之祖蒼頡肇書篆之端鳥跡成章不過象形會意龍
結篆傳來竹簡漆書秦漢而返篆隸迭易鍾王既出楷草出名
其文則見於今其義猶法于古人備萬物之一數物物相通之
洩諸人之寸螶人人各異欲窮吉凶之朕兆先格物以致知且
云天爲穹大能望而不能親畢竟虛空爲體海是最深可觀而
不可測由來消長有時移山拔樹莫如風片紙遮窗可避變谷
遷陵惟是水尺筒無底難充小彈大盤日之遠近不辨向夜蒼

新訂邵康節先生梅花觀梅拆字數全集卷之二

心易占卜玄機

天下之事有吉凶托占以明其機天下之理無形迹假象以顯
其義故乾有健之理於[illegible]之[illegible]故占卜寓吉凶之理於卦
象內見之然卦象一定不易之理而無變通之道不可也易者
變易而已矣至如今日觀梅復得革兆有女子折花異日果有
女子折花可乎今日筮牡丹得姤兆爲馬所踐異日果爲馬所
踐可乎且兌之屬非止女子乾之屬非止馬謂他人折花有
踐皆可切驗之真是必有屬矣嗟乎占卜之道要變通得變通

《梅花易数》古书书影

梅花易数序

宋庆历中，康节邵先生隐处山林，冬不炉，夏不扇，盖心在于《易》，忘乎其为寒暑也。犹以为未至，糊《易》于壁，心致而目玩焉。邃于《易》理，欲造《易》之数而未又征也。

一日午睡，有鼠走而前，以所枕瓦枕投击之，鼠走而枕破。觉中有字，取视之："此枕卖与贤人康节，某年月日某时，击鼠枕破。"先生怪而询之陶家，其陶枕者曰："昔一人手执《周易》憩坐，举枕其书，必此老也。今不至久矣。吾能识其家。"先生偕陶往访焉，及门，则已不存矣，但遗书一册谓其家人曰："某年某月某时，有一秀士至吾家，可以此书授之，能终吾身后事矣。"其家以书授先生，先生阅之，乃《易》之文，并有诀例。推例演数，谓其人曰："汝父存日，有白金置睡床西北窖中，可以营葬事。"其家如言，果得金。先生受书以归，后观梅，以雀争胜，布算，知次晚有邻人女折花，堕伤其股。其卜盖始于此，后世相传，遂名《观梅数》。又后算落花之日，午时为马所践毁；又算西林寺额，知有阴人之祸。凡此，皆所谓先天之数也。盖未得卦先得数也。以数起卦，故曰后天。若夫见老人有忧色，卜而知老人有食鱼之祸；见少年有喜色，卜而知有婚聘之喜；闻鸡鸣，知鸡必烹；听牛鸣，知牛当杀。凡此，皆后天之数也。盖未得数先得卦也。以卦起数，故曰后天。

一日，置一椅，以数推之，书椅底曰："某年月日，当为仙客坐破。"

之期，果有道者来访，坐破其椅。仙客愧谢，先生曰：“物之成毁有数，岂足介意，且公神仙也，幸坐以示教。”因举椅下所书以验，道者愕然趋起出，忽不见。乃知数之妙，虽鬼神莫逃，而况于人乎？况于物乎？

新订邵康节先生梅花观梅拆字数全集卷之一

周易卦数

乾一、兑二、离三、震四、巽五、坎六、艮七、坤八。

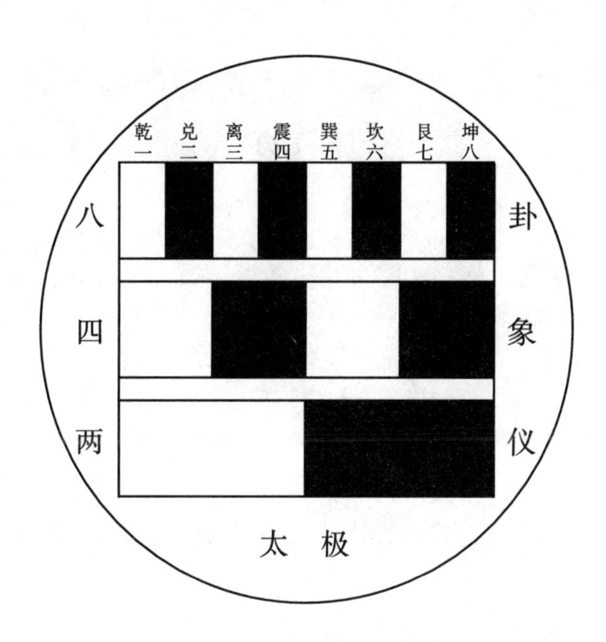

五行生克

金生水，水生木，木生火，火生土，土生金。

金克木，木克土，土克水，水克火，火克金。

八宫所属五行

乾、兑金；坤、艮土；震、巽木；坎水；离火。

卦气旺

震、巽木旺于春；离火旺于夏；乾、兑金旺于秋；坎水旺于冬；坤、艮土旺于辰、戌、丑、未月。

卦气衰

春坤、艮；夏乾、兑；秋震、巽；冬离；辰、戌、丑、未，坎。

十天干

甲、乙东方木；丙、丁南方火；戊己中央土；庚、辛西方金；壬、癸北方水。

十二地支

子水鼠，丑土牛，寅木虎，卯木兔，辰土龙，巳火蛇，午火马，未土羊，申金猴，酉金鸡，戌土犬，亥水猪。

八卦象例

乾三连 ☰，坤六断 ☷，震仰盂 ☳，艮覆碗 ☶，
离中虚 ☲，坎中满 ☵，兑上缺 ☱，巽下断 ☴。

占　法

易中秘密穷天地，造化天机泄未然；
中有神明司祸福，从来切莫教轻传。

玩　法

一物从来有一身，一身还有一乾坤；
能知百事备于我，肯把三才别立根。
天向一中分造化，人于心上起经纶；
仙人亦有两般话，道不虚传只在人。

卦以八除

凡起卦，不问数多少，即以八作卦；数过八数，即以八数递除。以零数（即余数）作上卦。如一八除不尽，再除二八、三八，直至除尽八数，以零数（即余数）作卦。如得八整数，即坤卦，更不必除也。

爻以六除

凡取动爻，以重卦总数除六，以零数（即余数）作动爻。如不满六，止用此数为动爻，不必再除。如过六数，则除之，一六不尽，再除二六、三六，直至除尽，以零数（即余数）作动爻。若一爻动，则看此一爻之阴阳，是阳爻则变阴爻，是阴爻则变阳爻。取爻当以时加之。

互卦起例

互卦只用八卦，不必取六十四卦名。互卦以重卦去了初爻及第六爻，以中间四爻分作两卦，看得何卦？又云：乾坤无互，互其变卦。

年月日时起例

年月日为上卦，年月日加时总数为下卦。又以年月日时总数取爻。如子年一数，丑年二数，直至亥年十二数。月如正月一数，直至十二月亦作十二数。日如初一，一数，直至三十日为三十数。以上年月日共计几数，以八除之，以零数（即余数）作上卦。时如子时一数，直至亥时为十二数，就将年月日数加时之数，总计几数，以八除之。零数（即余数）作下卦，就以除六数，作动爻。

物数占

凡见有可数之物，即以此数起作上卦，以时数配作下卦。即以卦数并时数总除六，取动爻。

声音占

凡闻声音，数得几数，起作上卦，加时数配作下卦。又以声音，如闻动物鸣叫之声，或闻他人敲击之声，皆可作数起卦。

字　占

凡见字数，如停匀，即平分一半为上卦，一半为下卦。如字数不均，即少一字为上卦，取天轻清之义，以多一字为下卦，取地重浊之义。

一字占至十一字占

一字占

一字为太极未判。如草混沌不明，不可得卦。如楷书，则取其字画，以左为阳画，右为阴画。居左者看几数，取为上卦。居右者看几数，取为下卦。又以一字之阴阳，全画取爻。“亻”“丿”，此为左者，“一”“八”“风”“丶”，此为右者。

二字占

二字为两仪平分。以一字为上卦，以一字为下卦。

三字占

三字为三才。以一字为上卦，二字为下卦。

四字占

四字为四象。平分上下为卦。又四字以上，不必数画数，只以平仄声音调之。平声为一数，上声为二数，去声为三数，入声为四数。

五字占

五字为五行。以二字为上卦，三字为下卦。

六字占

六字为六爻之象。平分上下为卦。

七字占

七字为数齐七政。以三字为上卦，四字为下卦。

八字占

八字为八卦定位。平分上下为卦。

九字占

九字为九畴之义。以四字为上卦，五字为下卦。

十字占

十字为成数。平分上下为卦。

十一字占

十一字以上至于百余字，皆可起卦。但十一字以上，又不用平仄声音调之，止用字数。如字数均平，则以半为上卦，以半为下卦，又合二卦总数取爻。

丈尺占

丈尺之物，以丈数为上卦，尺数为下卦。合丈尺之数取爻。寸数不用。

尺寸物占

以尺数为上卦，寸数为下卦。合尺寸之数，加时取爻。分数不用。

为人占

凡为人占，其例不一。或听语声起卦，或观其人品，或取诸身，或取诸物，或因其服色，触其外物，或以年月日时，或以书写来意。

又听其语声者，如或一句，即如其字数分之起卦，如说两句，即用先一句为上卦，后一句为下卦。语多，则但用初听一句，或末后闻一语。余句不用。

观其人品者，如老人为乾，少女为兑之类。

取诸其身者，如头动为乾，足动为震，目动为离之类。

取诸其物者，如人手偶有何物，如金玉及圆物之属为乾，土瓦及方物之属为坤之类。

因其服色者，如其人青衣为震，赤衣为离之类。

触其外物者，起卦之时见水为坎卦，见火为离卦之类。

年月日时，如望梅之类推之。

书写来意者。其人来占，或写来意，则以其字占之。

自己占

凡自己欲占，以年月日时或闻有声音，或观当时所触之外物，皆可起卦。以上三例，与前章《为人占》法同。

占动物

凡占群物之动，不可起卦。如见一物，则就以此物为上卦，物来之方位为下卦。合物卦数及方位卦数，加时数取爻，以此卦总断其物，如后天占牛鸣、鸡叫之类。又凡牛马犬豕之类，初生，则以初生年月日时占之。又或置买此物，亦可以初置买之时推之。

占静物

凡占静物，有如江河山石，不可起卦。若至屋宅、树木之类，则屋宅初创之时，树木初置之时，皆可起卦。至于器物，则置成之时可占，如枕、椅类是矣。余则无故不占。若观梅，则见雀争枝坠地而占。牡丹，则自有问而占。茂树，则枝枯自坠而后占也。

物卦起例（端法后天起卦）

后天端法：以物为上卦，方位为下卦，合物卦之数与方卦之数，加时数以取动爻。

八卦万物属类（并为上卦）

乾卦

天、父、老人、官贵、头、骨、马、金、珠宝、玉、木果、圆物、冠、镜、刚物、大、赤色、水寒。

坤卦

地、母、老妇、土、牛、金、布帛、文章、舆、辇、方物、柄、黄色、瓦器、腹、裳、黑色、黍稷、书、米、谷。

震卦

雷、长男、足、发、龙、百虫、蹄、竹、雀、萑苇、马鸣、馵足、的颡、稼、乐器之类、草木、青碧、绿色、树、木核、柴、蛇。

巽卦

风、长女、僧尼、鸡、股、百禽、百草、臼、香气、臭、绳、眼、羽毛、帆、扇、枝叶之类、仙道、工匠、直物、工巧之器。

坎卦

水、雨雪、工、豕、中男、沟渎、弓轮、耳、血、月、盗、宫律、栋、丛棘、狐、蒺藜、桎梏、水族、鱼、盐、酒醢、有核之物、黑色。

离卦

火、雉、日、目、电、霓霞、中女、甲胄、戈兵、文书、槁木、炉、兽、鳄龟、蟹蚌、凡有壳之物、红赤紫色、花纹人、干燥物。

艮卦

山、土、少男、童子、狗、手、指、径路、门阙、果蓏、阍寺、鼠、虎、狐、黔喙之属、木生之物，藤生之物、爪、鼻。

兑卦

泽、少女、巫、舌、妾、肺、羊、毁折之物、带口之器、属金者、废缺之物、奴仆、婢。

八卦方位图

巽	离南方	坤
震东方	中	兑西方
艮	坎北方	乾

右离南、坎北、震东、兑西，人则介乎其中。凡物之从花甲来，并起作下卦，加时取爻。

观梅占（年月日时占例）

辰年十二月十七日申时，康节先生偶观梅，见二雀争枝坠地。先生曰："不动不占，不因事不占。今二雀争枝坠地，怪也。"因占之，辰年五数，十二月十二数，十七日十七数，共三十四数，除四八三十二，得二，属兑，为上卦，加申时九数，总得四十三数，五八除四十，零得三数，为离，作下卦。又上下总四十三数，以六除，六七除四十二，得一零为动爻，是为泽火革。初爻变咸，互见乾巽。

断之曰：详此卦，明晚当有女子折花，园丁不知而逐之，女子失惊坠地，遂伤其股。右兑金为体，离火克之。互中巽木，复三起离火，则克体之卦气盛。兑为少女，因知少女之被伤，而互中巽木，又逢乾金兑金克之，则巽木被伤，而巽为股，故有伤股之应。幸变为艮土，兑金得生，知女子但被伤，而不至凶危也。

附：观梅占卦图

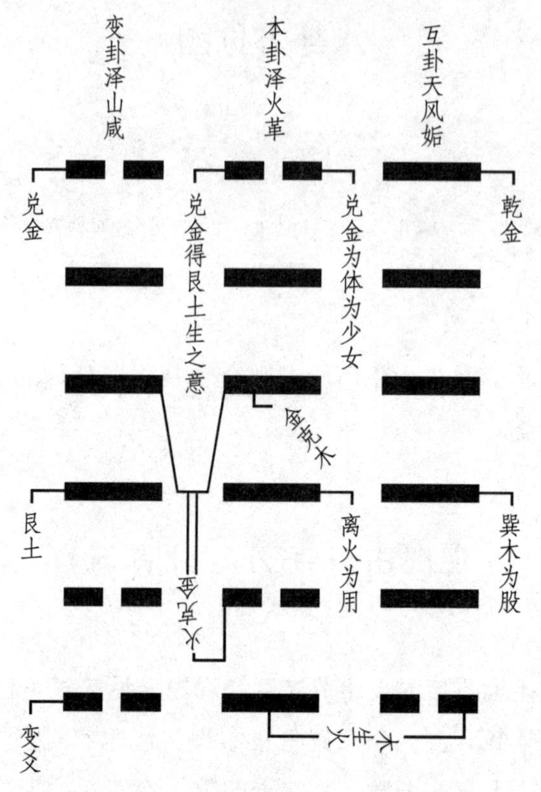

泽火革 ䷰ 体用，互见乾巽 ䷫，初爻动变泽山咸 ䷞。

牡丹占

巳年三月十六日卯时，先生与客往司马公家共观牡丹。时值花开甚盛，客曰："花盛如此，亦有数乎？"先生曰："莫不有数，且因问而可占矣。"遂占之，以巳年六数，三月三数，十六日十六数，总得二十五数，除三八二十四数，余数为乾，为上卦。加卯时四数，共得二十九数，又除三八二十四数，零五为巽卦，作下卦，得天风姤。又以总计二十九数，以六除之，四六除二十四，零五爻动，变鼎卦，互见重乾。遂与客曰："怪哉，此花明日午时，当为马所践毁。"众客愕然不信，次日午时，果有贵官观牡丹，二马斗陷，群惊花间驰骤，花尽为之践毁。

断之曰：巽木为体，乾金克之，互卦又见重乾，克体之卦多矣，卦中无生意，固知牡丹必为践毁。所谓马者，乾为马也。午时者，离明之象，是以知之也。

附：牡丹占卦图

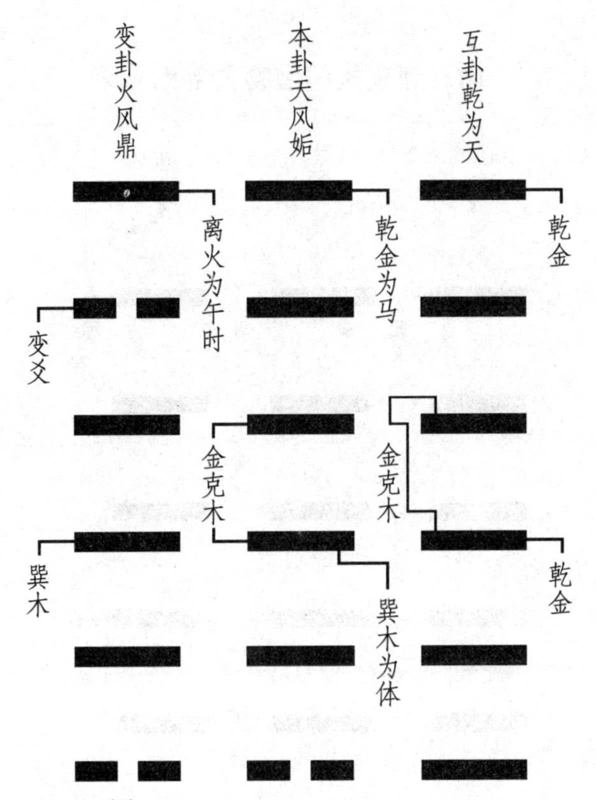

天风姤 ䷫ 用体，互上乾下乾 ䷀，五爻动变火风鼎 ䷱。

邻夜扣门借物占（系闻声占例）

冬夕酉时，先生方拥炉，有扣门者，初扣一声而止，继而又扣五声，且云借物。先生令勿言，令其子占之，试所借何物。以一声属乾，为上卦；以五声属巽，为下卦。又以一乾五巽共六数，加酉时十数，总得十六数，以六除之，二六一十二，得天风姤，第四爻动变巽卦，互见重乾。卦中三乾金，二巽木，为金木而已，又以乾金短，而巽木长，是借斧也。

子乃断曰：“金短木长者，器也，所借者锄也。”先生曰：“非锄，必斧也。”问之，果借斧。其子问何故，先生曰：“于数又须明理，以卦推之，斧亦可也，锄亦可也；以理推之，夕晚安用锄？必借斧。”盖斧切于劈柴之用耳。推数又须明理，为卜占之切要也。推数不推理，是不得也。学数者志之！

附：邻夜扣门借物占卦图

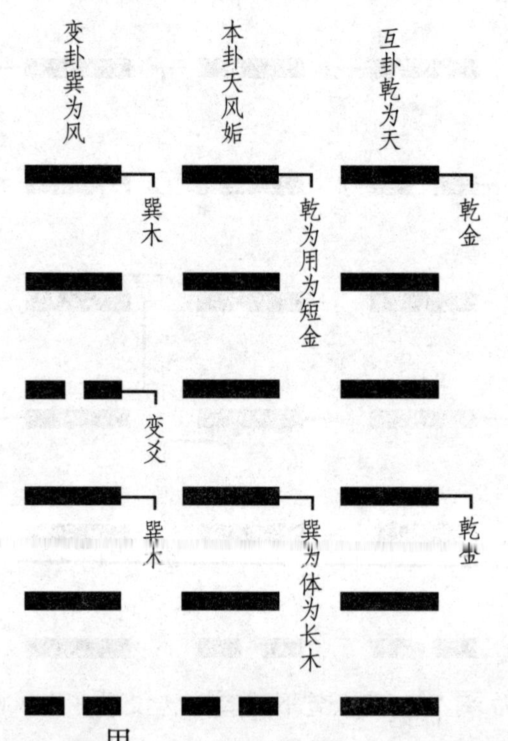

天风姤 ䷫ 用体，互上乾下乾 ䷀，四爻变巽 ䷸。

今日动静如何（系声音占例）

有客问曰：“今日动静如何？”遂将此六字占之。以平分，“今日动”三字为上卦，“今”平声，一数；“日”入声，四数；“动”去声，三数，共八数，得坤为上卦。以“静如何”为下卦，“静”去声，三数；“如”平声，一数；“何”平声，一数，共五数，为巽，作下卦。又八五总为十三数，除二六一十二，零得一数，地风升。初爻动，变泰卦，互见震、兑。遂谓客曰：“今日有人相请，客不多，酒不醉，味止至黍鸡而已。”至晚，果然。

断曰：升者，有升阶之义。互震兑，有东、西席之分。卦中兑为口，坤为腹，为口腹之事，故知有人相请。客不多者，坤土独立，无同类之卦气也。酒不醉，卦中无坎。味止鸡黍者，坤为黍稷耳，盖卦无相生之气，故知酒不多，食品不丰也。

附：今日动静如何占卦图

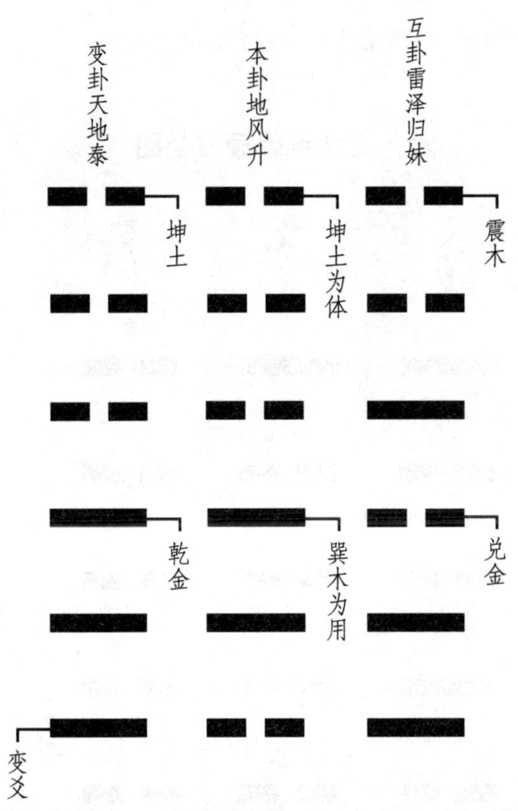

地风升 ䷭，互见震兑 ䷵，初爻变地天泰 ䷊。

西林寺牌额占（系字画占例）

先生偶见西林寺之额，“林”字无两钩，因占之，以“西”字七画为艮，作上卦；以“林”字八画为坤，作下卦。以上七画下八画总十五画，除二六一十二，零数得三，是山地剥卦。第三爻动，变艮互见重坤。

断曰：“寺者，纯阳之所居，今卦得重阴之爻，而又有群阴剥阳之兆。详此，则寺中当有阴人之祸。”询之果然。遂谓寺僧曰：“何不添“林”字两钩，则自然无阴人之祸矣。”僧信然，添林字两钩，寺果无事。

右纯阳之人，所居得纯阴之卦，故不吉。又有群阴剥阳之义，故有阴人之祸。若添“林”字两钩，则十画，除八得二，为兑卦，合上艮，是为山泽损。第五爻变，动为中孚卦，互卦见坤、震，损者益之，始用互俱生体，为吉卦，可以得安矣。

以上并是先得数，以数起卦，所谓先天之数也。

附：西林寺碑额占卦图

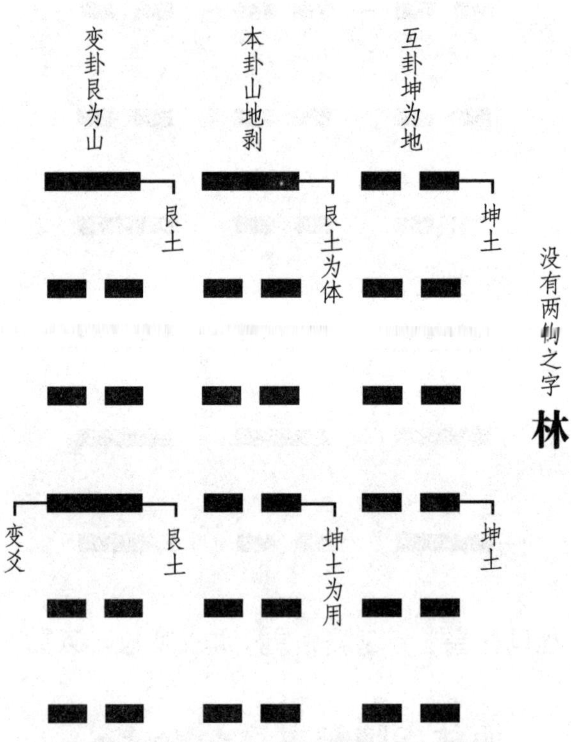

山地剥 ䷖，三爻变艮 ䷳，互坤 ䷁。

山泽损 ䷨，互见坤震 ䷗，五爻变风泽中孚 ䷼。

附：在林字上添加两钩后的卦图

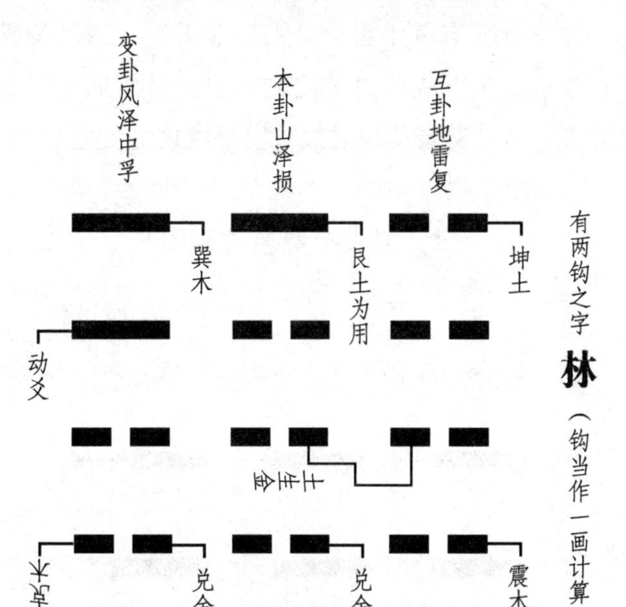

老人有忧色占（端法占例）

己丑日卯时，偶在途行，有老人往巽方，有忧色。问其何以有忧，曰：“无”。怪而占之，以老人属乾，为上卦；巽方为下卦，是为天风姤；又以乾一巽五之数，加卯时四数，总十数，除六得四为动爻，是为天风姤之九四。《易》曰：“包无鱼，起凶”。是易辞不吉矣。以卦论之，巽木为体，乾金克之，互卦又见重乾，俱是克体，并无生气。且时在途行，其应速。遂以成卦之数，中分而取其半，谓老人曰：“汝于五日内谨慎出入，恐有重祸。”果于五日，老者往赴吉席，因鱼骨鲠而终。

又凡占卜，克应之期，看自己之动静，以决事之迟速，故行则应速，以遂成卦之数，可中分而取其半也。坐则事应于迟，当倍其成卦之数而定之也；立则半迟半速，止以成卦之数定之可也。虽然如是，又在变通，如占牡丹及观梅之类，则二花皆朝夕之故，岂特成数之久也？

附：老人有忧色占卦图

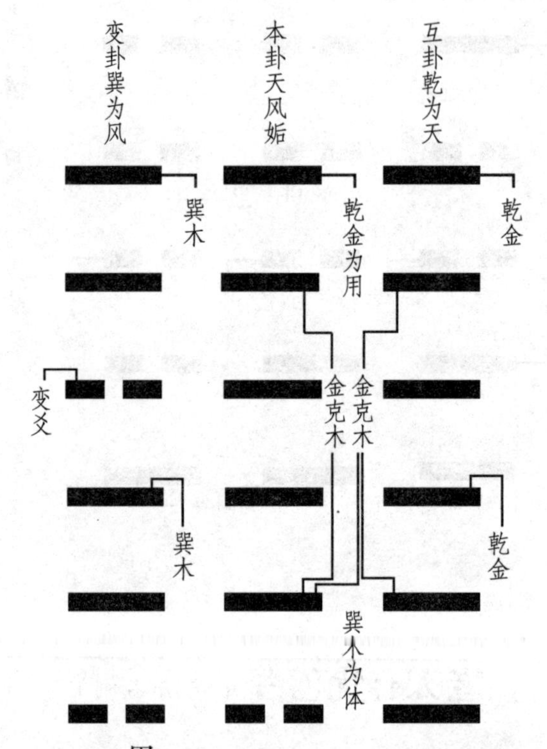

天风姤 ䷫ 用体，互上乾下乾 ䷀，四爻变巽 ䷸。

少年有喜色占

壬申日午时，有少年从离方来，喜形于色。问其有何喜，曰：“无”。遂占之，以少年属艮，为上卦，离为下卦，得山火贲。以艮七离三加午时七，总十七数，除十二，余五为动爻，贲之六五爻，曰：“贲于丘园，束帛戋戋，吝终吉。”易辞已吉矣，卦则贲之家人，互见震、坎，离为体，互变俱生之。

断曰：“子于十七日内，必有币聘之喜。”至期，果然定亲。

附：少年有喜色占卦图

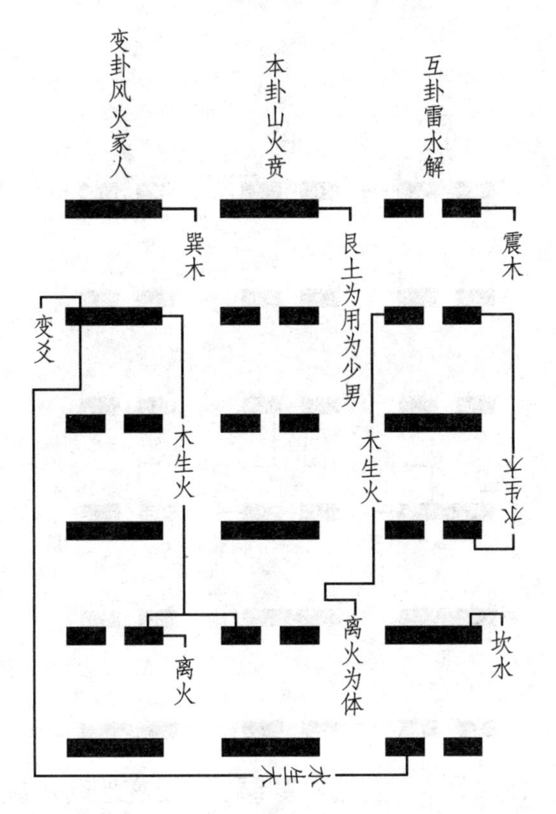

山火贲 ䷕ 用体，互见震坎 ䷧，五爻变风火家人 ䷤。

牛哀鸣占

癸卯日午时，有牛鸣于坎方，其声极悲，因占之。牛属坤，为上卦，坎方为下卦。坎六坤八，加午时七数，共二十一数，除三六一十八，三爻动得地水师之三爻。《易辞》曰：“师或舆尸，凶。”卦则师变升，互坤、震，乃坤为体，互变俱克之，并无生气。

断曰："此牛二十一日内，必遭屠杀。"后二十日，人果买此牛，杀以犒众，悉者皆异之。

附：牛哀鸣占卦图

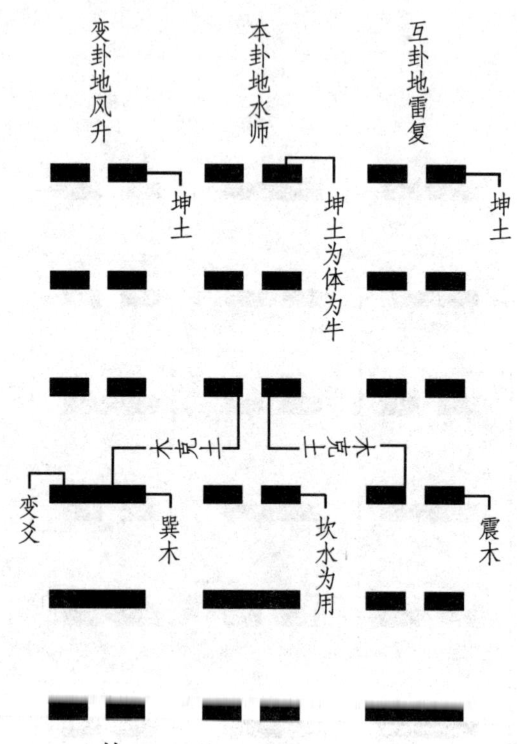

地水师 ䷆ 体用，互见坤震 ䷗，三爻变地风升 ䷭。

鸡悲鸣占

甲申日卯时，有鸡鸣于乾方，声极悲怆，因占之。鸡属巽，为上卦，乾方为下卦，得风天小畜。以巽五乾一共六数，加卯时四数，总十数，除六得四爻动，变乾是为小畜之六四。《易》曰："有孚，血去惕出，无咎。"推之，割鸡之义。卦则小畜之乾，互见离、兑。乾金为体，离火克之。卦中巽木离火，有烹饪之象。

断曰："此鸡十日当烹"。果十日客至，有烹鸡之验。

附：鸡悲鸣占卦图

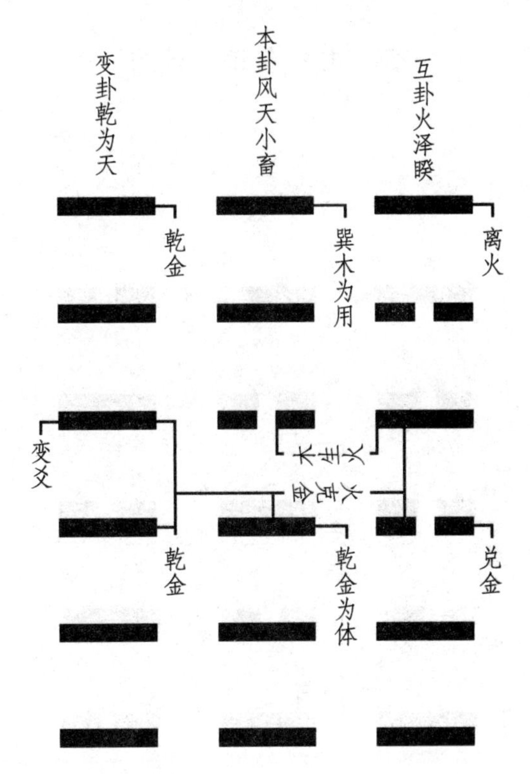

风天小畜 ☴☰ 用体，互见离兑 ☲☱，四爻变乾 ☰☰。

枯枝坠地占

戊子日辰时，偶行至中途，有树蔚然，无风，枯枝自坠落地于兑方。占之，槁木为离，作上卦，兑方为下卦，得火泽睽。以兑二离三，加辰时五数，总十数，除六余四，变山泽损，是睽之九四。《易》曰："睽孤，遇元夫。"卦火泽睽变损，互见坎、离，兑金为体，离火克之，且睽损卦名，俱有伤残之义。

断曰：“此树十日当伐”。果十日，伐树起公榭，而匠者适字“元夫”也。

以上诸占例，并是先得卦，以卦起数，所谓后天之数也。

附：枯枝坠地占卦图

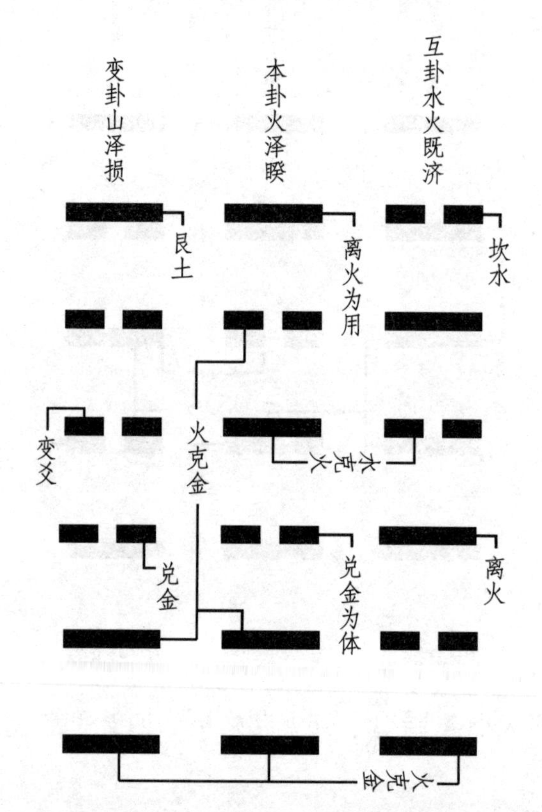

火泽睽 ䷥ 用体，互见坎离 ䷾，四爻变山泽损 ䷨。

风觉鸟占

风觉鸟占者，谓之见风而觉，见鸟而占也。然非风鸟而占，而谓风觉鸟占也。凡卦之寓物者，皆谓之风觉鸟占。如易数，总谓之观梅之数也。

风觉占

风觉占者，谓其见风而觉也，见鸟而占也。凡见风起而欲占之，便看风从何方而来，以之起卦。又须审其时，察其色，以推其声势，然后可断其吉凶。风从南方来者，为家人，南方属火，得风火得家人卦（南方属离火，合得风火家人卦）。东来者，为益卦之类。审其时者，春为发生和畅之风，夏为长养之风，秋为萧杀；冬为凛冽之类。察其色者，带埃烟云气，可见其色黄者，祥瑞之气；青者，半凶半吉；白主刃，气黑昏者凶，赤色者灾，红紫者吉。辨其声势者，其风声如阵马，主斗争；如波涛，有惊险；如悲咽者，有忧虑；如奏乐者，有喜事；有喧呼者，主闹哄；如烈焰者，主火惊。其音洋洋而来，徐徐而去者，吉庆之兆也。

鸟　占

鸟占者，见鸟可占也。凡见鸟群，数其只数，看其方所，听其声音，辨其毛羽色，皆可起数。又须审其名义，察其噪鸣，取其吉凶。见鸟而占，数其只数者，如一只属乾，二只属兑，三只属离。看其方所者，即离南、坎北之数。听其声音者，如鸟叫一声属乾，二声属兑，三声属离之类，皆可起卦。听其声音者，若夫鸣叫之喧啾者，主口舌；鸣叫悲咽者，主忧愁；鸟叫嘹亮者，主吉庆。此取断吉凶之声音也。察其名义者，如鸦报灾，鹊报喜，鸾鹤为祥瑞，鹗鹏为妖孽之类是也。

听声音占

声音者，如静室无所见，但于耳中所闻起卦，或数其数，验其方所；

或辨其物声，详其所属，皆可起卦。察其悲喜，助断吉凶。数其数目者，如一声属乾，二声属兑。验其方所者，离南、坎北之类是也。如人语声，及动物鸣叫之声，声自口出者属兑。而静物扣击属震，鼓拍槌敲、板木之声是也；金声属乾，钟磬钲铎之声是也；火声属离，烈焰爆竹等声是也；土声属坤，筑基、杵垣、坡崩、山裂是也。此辨其物声，详其所属也。察其悲喜，助断吉凶者，如闻人语笑声，又说吉语，娱笑者，有喜也；人悲泣声与怨声，愁语及骂詈、穷叹等声，不吉也。

形物占

形物占者，凡见物形，可以起卦。如物之圆者属乾，刚者属兑，方者属坤，柔者属巽，仰者属震，覆者属艮，长者属巽，中刚外柔者属坎，内柔外刚者属离，干燥枯槁者属离，有文采者亦属离，用障碍之势、物之破者属兑。

验色占

凡占色之青者属震，红紫赤者属离，黄色者属坤，白色属兑，黑色属坎之类是也。

八卦类象

乾：玄黄[1]、大赤色、金玉、宝珠、镜、狮、圆物、木果、贵物[2]、

校者注 ① 玄黄：黑黄色。玄，天青色，黑深而玄浅，泛指黑色。
② 贵物：贵重的物品。

冠[1]、象、马、天鹅、刚物。

坎：水、带子带核之物、豕[2]、鱼、弓轮、水具[3]、水中之物、盐、酒、黑色。

艮：土石、黄色、虎、狗、土中之物、瓜果、百禽、鼠、黔喙之物[4]。

震：竹木、青绿碧[5]色、龙、蛇、蕉苇[6]、竹木乐器、草、蕃鲜之物[7]。

巽：木、蛇、长物、青碧绿[8]色、山木之禽鸟[9]、香鼠[10]、鸡、直物[11]、竹木之器、工巧之器。

离：火、文书、干戈[12]、雉[13]、龟、蟹、槁木、甲胄[14]、螺、蚌、鳖、赤色。

坤：土、万物、五谷、柔物、丝棉、百禽、牛、布帛、舆、金、瓦器、黄色。

兑：金刃[15]、金器、乐器、泽中之物、白色、有口缺之物、羊。

校者注 ① 冠：帽子。

② 豕：俗称猪。

③ 水具：水中用具，指船、帆、桨之类。

④ 黔喙之物：指黑嘴鸟一类的动物。黔，黑色。喙，硬而长的鸟嘴。

⑤ 碧：青绿色。

⑥ 蕉苇：芦荻。

⑦ 蕃鲜之物：繁茂、新鲜的植物。

⑧ 青碧绿：深绿色。

⑨ 山木之禽鸟：生长于山林之中的禽鸟。

⑩ 香鼠：动物名，又称香鼬。

⑪ 直物：直而长的物体。

⑫ 干戈：古代兵器，指盾与戟，此泛指兵器。

⑬ 雉：野鸡类，俗名山鸡。

⑭ 甲胄：铠甲与头盔。古代战时披挂的战服。

⑮ 金刃：金属的刀刃刃口。

八卦万物属类

乾卦：一金

乾为天、天风姤、天山遁[①]、天地否[②]、风地观、山地剥、火地晋、火天大有。

天时：天、水、雹、霰[③]。

地理：西北方、京都、大郡、形胜之地[④]、高亢之所[⑤]。

人物：君父、大人、老人、长者[⑥]、宦官[⑦]、名人、公门人[⑧]。

人事：刚健武勇、果决、多动少静、高上下屈。

身体：首、骨、肺。

时序：秋、九十月之交，戌亥年月日时[⑨]、五金年月日时[⑩]。

动物：马、天鹅、狮、象。

静物：金玉、宝珠、圆物、水果、刚物、冠、镜。

校者注 ① 遁：易卦名。退避、隐遁之义。

② 否：易卦名。表示天地不交，隔阂、阻塞。

③ 霰：雨珠。雨点下降遇冷凝结而成的小冰粒。

④ 形胜之地：地形险要或名胜之地。

⑤ 高亢之所：高而干燥的地方。

⑥ 长者：辈份高而尊贵的人。

⑦ 宦官：指皇宫中侍奉的官或官吏的通称。在此指后者。

⑧ 公门人：旧指官衙中人。犹今天政府工作人员。

⑨ 秋九、十月之交，戌亥年月之时：十二月与十二地支相配，九月为戌，十月为亥。乾卦位居西北，所以乾卦的应验日期可以断为属于戌、亥的年、月、日、时。（余卦原理同此）

⑩ 五金年月日时："五金"指"五行"中的"金"，在此指乾卦克应的时间，应定在属"庚辛申酉"的年月日时。因为干支与八卦的配属中，庚辛申酉属乾金兑金的范围。（余卦原理同此）

屋宿：公廨、楼台、高堂、大厦、驿舍[1]、西北向之居。

家宅：秋占宅兴隆，夏占有祸，冬占冷落，春占吉利[2]。

婚姻：贵官之眷，有声名之家。秋占宜成、冬夏占不利[12]。

饮食：马肉、珍味、多骨、肝肺、干肉、水果、诸物之首[3]、圆物、辛辣之物。

生产：易生，秋占生贵子，夏占有损，坐宜向西北。

求名：有名，宜随朝内任，刑官[4]、武职、掌权、宜西北方之任，天使、驿官[5]。

谋望：有成，利公门[6]，宜动中有财，夏占不成、冬占多谋、少遂[7]。

交易：宜金玉宝珠贵货，易成，夏占不利。

求利：有财，金玉之利，公门中得财。秋占大利，夏占损财，冬占无财。

出行：利于出行，宜入京师，利西北之行。夏占不利。

谒见：利见大人、有德行之人，宜见官贵，可见。

疾病：头面之疾、肺疾、筋骨疾、上焦疾[8]。夏占不安。

校者注 ① 驿舍：旧时旅社。

② 秋占宅兴隆，夏占有祸，冬占冷落，春占吉利：这是根据乾金的旺、相、休、囚、死，五种姿态，也即乾卦气衰旺来占断的。乾金旺于秋，囚于春，死于夏，相于“四季”（即四季中每一季节的最后一月），休于冬，所以才会“秋占兴隆，夏占有祸，冬占冷落，春占吉利”（其余各卦仿照此理）。所谓“旺、相、休、囚、死”，是指五行和八卦的卦气衰旺处于五种不同的状态。它们的意义分别是：旺：帝旺，即旺盛状态。相：将相，即次旺状态。休：退休而不主事。囚：衰落，被囚制。死：被克制而生气全无。

③ 诸物之首：各种器物的头部。

④ 刑官：主管刑事的官吏，即法官。

⑤ 驿官：旧时驿站的官吏。

⑥ 利公门：利于公家之事。

⑦ 少遂：很少成功。

⑧ 上焦疾：上焦部位的疾病。中医将人体分为上、中、下“三焦”。“上焦”为膻中以上的部分，“中焦”为膻中与丹田之间的部分，“下焦”指丹田以下的部分。

官讼：健讼[①]，有贵人助。秋占得胜，夏占失理。

坟墓：宜向西北，宜乾山气脉，宜天穴，宜高。秋占出贵，夏占大凶。

方道[②]：西北。

五色：大赤色、玄色[③]。

姓字：带金旁者、商音、行位一四九[④]。

数目：一、四、九[⑤]。

五味：辛、辣[⑥]。

附：乾卦类象说解

"乾为天、为圆、为君王、为父、为玉石、为金、为寒、为冰、为大赤、为良马……为木果。"

乾卦三阳爻，纯阳刚健，故为天，大体圆运动不息，故为圆。天生万物，如君王治理万民，如父亲主管一家一样，故为君，为父。纯阳爻，为刚强、坚固之象，所以象金、象玉、象冰。阳盛则色极红，故为火红，为大赤色。刚健为马，树上的果实圆形，故为木果。由此可知，凡是积极的、向上的、刚健有力的、权威的、圆形的、男性长辈、珍贵的、富有的、严寒的、坚硬易碎的等等之类事物都归于乾卦。此外，乾卦还有如下象意：

老成、激烈、活动、迈进、决断、威严、功勋、同一、统帅、摄政、老人、久德、行人、扩大、发光、率性、惩罚、愤怒、制裁、强制、冷酷、

校者注 ① 健讼：好打官司。

② 方道：指方向和道路，此指方向。

③ 玄色：天青色。

④ 行位一四九：乾卦在先天数为一。四月乾卦旺相。九月为金，为乾当位。行位一四九，指乾卦卦气在运行当中的排行次序数，"行位"即当位，当令之义。

⑤ 一、四、九：这里指乾卦一、四、九月当令，变可断乾为逢一、四、九或一百四十九应卦。(余卦同此理)

⑥ 辛、辣：乾属金。金属在熔铸时气味是辛辣的。

过分、轻视、压抑、灾难、跋扈、专利、独善、独霸、死丧等。

乾卦之具体类象

人物：代表上层人物、有领导地位的人、起决定作用的人、有权的人、富有者、当官的人、神、君王、圣人、君子、祖父、父亲、家长、军警、执法者、经济工作者、管钱的人、厂长经理、书记、一把手、名人、专家。若是过于傲慢跋扈不讲理者为恶人，而过于自谦者，则为乞丐、下人。

性格：刚健勇猛、果敢决断、重义气、动而少静、有威严、开明豁达、自尊、正直、勤勉、骄傲、霸道。

人体：头部、胸部、大肠、肺、右足、右下腹、精液、身体健壮、体寒骨瘦之人。

疾病：头面之疾、筋骨病、肺疾、骨病、寒症、硬性疾病、老年病、急性病、变化异常之病、结肠病、便塞壅结。

天象：太阳、晴、冰、雹、寒、凉。

物象：金、玉、珠宝、玛瑙、宝物玉器、高档用品、钱、钟表、镜子、眼镜、古董文物、神物、首饰、高级车辆、火车、飞机、水果、瓜、珍珠、帽子、机器、实心金属制品、圆形物体、辛辣之物。

动物：龙、马、天鹅、狮、象。

场所：建筑物、皇宫、京城、都市、博物馆、寺院、名胜、古迹、政府机构、大会堂、广场、车站、弯曲的大道、郊野、远处、学校楼房。

坤卦：八土

坤为地，地雷复，地泽临，地天泰，雷天大壮、泽天夬，水天需，水地比。

天时：云阴、雾气。

地理：田野、乡里、平地、西南方。

人物：老母、后母、农夫、乡人、众人、大腹人[①]。

校者注　①　大腹人：大肚子的人。

[人事]：吝啬、柔顺、懦弱、众多。

[身体]：腹、脾、胃、肉。

[时序]：辰戌丑未月、未申年月日时、八五十月日[1]。

[静物]：方物、柔物、布帛、丝绵、五谷、舆斧、瓦器。

[动物]：牛、百兽、牝马[2]。

[屋舍]：西南向、村居、田舍、矮屋、土阶、仓库。

[家宅]：安稳、多阴气、春占宅舍不安。

[饮食]：牛肉、土中之物、甘味、野味、五谷之味、芋笋之物、腹脏之物。

[婚姻]：利于婚姻，宜税产之家、乡村之家，或寡妇之家。春占不利。

[生产]：易产，春占难产，有损或不利于母。坐宜西南方。

[求名]：有名，宜西南方，或教官、农官守土之职。春占虚名[3]。

[交易]：宜利交易，宜田土交易、宜五谷、利贱货、重物、布帛，静中有财。春占不利。

[求利]：有利，宜土中之利、贱货重物之利。静中得财，春占无财，多中取利。

[谋望]：利求谋，邻里求谋，静中求谋，春占少遂。或谋于妇人。

[出行]：可行，宜西南行，宜往乡里行，宜陆行。春占不宜行。

[谒见]：可见、利见乡人、宜见亲朋、或阴人、春不宜见。

[疾病]：腹疾、脾胃之病、饮食停伤、谷食不化。

校者注 ① 辰戌丑未月、未申年月日时、八五十月日：坤卦属土，与地支辰戌丑未相配，而此四支也属土，故应卦日期定在有辰戌丑未地支的年月日时。未申在坤卦方位。未申处坤卦方位，故作此断。余卦同此，不再作注。

② 牝马：母马。牝，pìn，雌性鸟兽，与“牡”相对。

③ 春占虚名：春天木旺土死，所以占求名为虚幻之事。

官讼：理顺，得众情，讼当解散。

坟墓：宜向西南之穴、平阳之地，近田野，宜低葬。春不可葬。

姓字：宫音、带土姓人、行位八五十。

数目：八、五、十。

方道：西南。

五味：甘。

五色：黄、黑。

附：坤卦类象说解

卦象为三阴爻，纯阴之卦，其数八，五行属土，居西南方，色黄。“坤为地，为母，为布、为釜。为吝啬、为均为全、为母牛、为大兴、为文化、为众、为柄、其于地也为黑。”

坤卦纯阴，性柔顺，外象为大发，为万物之源。万物皆生于地，人资生于母，故为母。阴柔故为布料。阴虚能容物，故为锅。阳大阴小，坤阴为小，故为吝啬。万物均生于地，故为均为全。坤为牛，生生相继，故为子母牛。地载万物，如车载，故为大车。地生万物，故为众。操纵万物，故为柄。阴则暗，故为黑。由此可知，凡是消极的、阴柔的、方形的（古云天圆地方）、软弱无力的、众多的、厚德的、承载的、辛劳的、静止的、裂开的（卦象三个阴爻中间全部断裂）等等事物都属于坤卦。

此外，坤卦还有如下象意：

谨慎正直、勤劳忍耐、内心复杂、吝啬、优柔寡断、封闭、缄默、沉静、唾面自干、懦弱迟缓、敬奉神佛、恭敬抚养、伏藏迷惑、思想狭小及死丧、过错等事物。

坤卦之具体类象

人物：臣子、皇妃、国民大众、祖母、老母、后母、妻子、女主人、妇女、阴气盛之人、忠厚之人、大腹之人、农民、俗子、小气者、消极者、胆怯者、房地产者、泥瓦工、小人、尸体。

性格：为多重性格，温厚柔顺、恭敬谦让、俭约、取信老实、吝啬、懦弱、心胸狭小、感情暧昧、虚耗嫌恶、固执迟钝、邪恶。

人体：腹部、胃、消化器、肉、右肩。

疾病：腹部、肠胃、消化道之疾、饮食停滞、湿重浮肿、皮肤病、湿疹、疣、晕病、中气虚弱、劳累疲乏、慢性病、癌症。

天象：云、阴天、雾气、露、湿润气候、低气压。

动物：牛、母马、百禽、雌性百兽，地下虫类、猫类等夜行动物。

物象：城市居民、国邦、田、土、窖、方形物、柔软之物、布帛丝棉、衣服被褥、妇女用品、文章、书报、纸张、箱包袋子、肩舆大车、车轮、土中之物、陶器制品、石灰、水泥、砖砂、五谷杂粮、牛肉野味、甘美之物、柄把。

场所、建筑物：国郡城廓、乡村田野、平原平地、郊外、牧场、庄稼地、原籍、老家故乡、操坪广场空地、平房农舍、旧屋粮库、贮藏室、农贸市场、市场、肉类加工厂、鸡窝、猪舍、兔笼等。

震卦：四木

震为雷，雷地豫、雷水解、雷风恒、地风升、水风井、泽风大过、泽雷随。

天时：雷

地理：东方、树木、闹市、大途[1]、竹林、草木茂盛之所。

身体：足、肝、发、声音。

人事：起动、怒、虚惊、鼓噪[2]、多动、少静。

人物：长男。

时序：春三月、卯年月日时、四三八月日。

静物：木竹、萑苇、乐器（属竹木者）、花草繁鲜之物。

校者注　①　大途：大路。

②　鼓噪：古时指出战时擂鼓呐喊，以张声势。今泛指喧哗。

动物：龙、蛇。

屋舍：东向之居、山林之处、楼阁。

家宅：宅中不时有虚惊。春冬吉，秋占不利。

饮食：蹄、肉、山林野味、鲜肉、果酸味、菜蔬。

婚姻：可有成，声名之家。利长男之婚。秋占不宜婚。

求利：山林竹木之财、宜东方之财，动处求财，或山林竹木茶货之利。

求名：有名，宜东方之任、施号发令之职，掌刑狱之官。有茶竹木税课之任，或闹市司货之职。

生产：虚惊，胎动不安，头胎必生男。坐宜东向，秋占必有损。

疾病：足疾、肝经之疾、惊怖不安。

谋望：可望、可求，宜动中谋。秋占不遂。

交易：利于成交。秋占难成，山林木竹茶货之利。

官讼：健讼，有虚惊，行移取勘反复[①]。

谒见：可见，见山林之人，利见宜有声名之人。

山行：宜行，利于东方，利山林之人。秋占不宜行；但恐虚惊。

坟墓：利于东向，山林中穴，秋不利。

姓字：角音，带木姓氏，行位四八三。

数目：四、八、三。

方道：东。

五味：酸味。

校者注　① 行移取勘反复：出行、搬迁、选取和探测屋宅基等事会有反复。勘，校勘，踏勘，探测。

五色：青、绿、碧。

附：震卦类象说解

震卦初爻为阳爻，二、三爻为阴爻，其数四，五行属木，居东方，色碧青。“震为雷，为龙。为玄黄。为青、为大途大马路、为宗子、为决断躁动、为小青竹、为芦苇；其于马也、为善鸣，其于稼也，为反生果实，在下如为花生等，其究为健。”

震卦两阴爻在上，一阳爻在下，表示一种向上、向外发展的趋势。震为动、为雷。阴在上，有动荡不已的样子，为龙。天玄地黄，震，乾坤始交，故为黑黄色。一阳在下，二阴在上，故有大道之象。一阳在下专静而动，故为专。阳爻动于初，锐利进取，故决断躁动。震为青绿色，故为小青竹。芦苇上于虚，下茎实，象震阳在下，阴在上之象。动，马善动善鸣，为弁足。震阳刚，燥动，故健。初阳在下，故象花生、洋芋、地瓜之土中物。由此可知，所有事物都是按卦象、爻象、爻位及卦之性来类比的。

此外，震卦还有如下象意：

上升、进步、出发、兴起、新生、勇敢、高大、功名大、仁慈、追求、勤思、影响广、意气风发、好动、愤怒、惊恐、虚惊、粗心、轻举妄动、性急、冲突、夸大无礼、行走、出征、响动、高声等。

震卦之具体类象

人物：长男、大男、乘务员、指挥员、行政人员。

性格：动而少静。勤奋、有才干、好动、仁慈直爽、性急易怒、脾气大、心烦急躁、倔犟、自尊心强、虚惊。

人体：足、腿部、肝脏、神经、筋、左肋、右肩臂、头发。

疾病：足疾、肝经之疾、肝火旺、肝炎、精神病、狂躁病、多动症、神经衰弱、歇斯底里症、羊癫病、神经过敏、惊吓病、妇科病、疼痛性症状、咳嗽、声带咽喉病症。

天象：雷、雷雨、雷鸣、地震、火山喷发。

动物：龙、蛇、鹰、善鸣弁足之马、善鸣之鸟、蜂、百虫、鹤、鹄。

物象：树木、竹子、鲜花、蔬菜、多节物、嫩芽、青绿色物、茶货、鞭炮、乐器、音响、广播、电话、行走的车类、火箭、飞机、飞船、大炮、枪剑、武器、裙、裤、蹄、鲜肉、闹钟。

场所、建筑物：山林野地、林区、东向屋舍、茶地、菜市场、地震源、火山口、演奏会场、广播电台、邮电局、音像电器乐器店、歌舞厅、音乐茶座、杂技场、花店、闹市、噪声大的场所、喧哗地、游乐场所、大道、机场、发射场、邮购场、战场、营房、戎行、车场、车站。

巽卦：五木

巽为风，风天小畜、风火家人、风雷益、天雷无妄、火雷噬嗑、山雷颐、山风蛊。

天时：风。

地理：东南方之地，草木茂秀之所、花果菜园。

人物：长女、秀士[①]、寡妇之人、山林仙道之人。

人事：柔和、不定、鼓舞[②]、利市三倍、进退不果[③]。

身体：肱股[④]、气、风疾[⑤]。

时序：春夏之交、三五八之月日时、辰巳年月日时。

静物：木香[⑥]、绳、直物、长物、竹木、工巧之器。

动物：鸡、百禽、山林中之禽虫。

屋舍：东南向之居、寺观楼园、山林之居。

家宅：安稳利市。春占吉，秋占不安。

校者注　① 秀士：指德才优异之人。

② 鼓舞：激励。

③ 进退不果：进退不定。

④ 肱股：大腿和上臂。

⑤ 风疾：因风湿而起的疾病。

⑥ 木香：草木的芳香。

饮食：鸡肉、山林之味、蔬菜、酸味。

婚姻：可成，宜长女之婚。秋占不利。

生产：易生，头胎产女。秋占损胎，宜向东南坐。

求名：有名，宜文职，有风宪[1]之力。宜入风宪，宜茶课竹木税货之职，宜东南之任。

求利：有利三倍，宜山林之利。秋占不吉，竹茶木货之类。

交易：可成，进退不一，利山林交易，山林木茶之类。

谋望：可谋望，有财，可成。秋占多谋少遂。

出行：可行，有出入之利。宜向东南行。秋占不利。

谒见：可见，宜见山林之人，利见文人秀士。

疾病：股肱之疾、风疾、肠疾、中风、寒邪、气疾。

姓字：角音、草木旁姓氏、行位五三八。

官讼：宜和、恐遭风宪之责。

坟墓：宜东南方向，山林之穴，多树木。秋占不利。

数目：五、三、八。

方道：东南。

五味：酸味。

五色：青、绿、碧、洁白。

附：巽卦类象说解

巽卦初爻为阴爻，二阳爻在上，其数五，五行属木、东南方，色白。“巽为木，为风、为长女、为绳直、为工、为白、为长、为高、为进退、为

校者注 ① 风宪：一指风纪、法度，另指旧时“御史台”，掌风纪纠察的机构。此处指法度的力量。“宜入风宪”，指求占者宜入“御史台”，类似今“公检法”部门任职。

木果、为实；其于人也，为寡发、为多白眼、为利市三倍，其究为躁卦。”

巽卦一阴爻在下，有一种深入地下，向内发展的趋势，表示一种飞舞而有渗入性的事物。巽为木为风，树木根善伸入地下，针大的眼，斗大的风，风无孔不入，故巽为入。木又称为曲直，木匠用黑线绳取直制木，故巽为绳直，为工作工匠。风无色无味，在高空中飘拂，来往不定，故巽为高为白。为进退为木果为臭。巽二阳一阴，阳多阴少，故为头发稀少，额宽大，眼白多。巽由乾卦初爻变阴而来，乾为金玉，故作生意能获三倍巨利。巽为震的旁通卦，震阳决躁，故为躁卦。

此外，由巽卦卦象、爻象、爻位还可悟出如下象意：

基础不稳、直爽、涣散、清洁干净、附和、传达、营业生意、繁荣昌盛、交流、新鲜、言语、书信、教令、喜报、号召、举荐、奔波、薄情、悭吝、幻觉、忙碌、轻浮、扫荡、忧疑、烦躁、胆略魄力、多欲、权谋、术数等。

巽卦之具体类象

人物：长女、处女、寡妇、僧尼、仙道之人、气功师、练功者、商人、教师、医生、技术人员、手艺人、科技工作者、作家、宗教人员、设计师、公关交际人员、文秀之人、造谣者、传令者、外刚内柔优柔寡断之人、额阔、头发细直而少者、下肢无力者。

性格：柔和、细心、责任心强、反复无定未定断、心志不定、仁慈直爽、多欲、薄情、极爱清洁、迷惑、说谎。

人体：头发、神经、气管、胆经、肱股、呼吸器官、食道、肠道、左肩、淋巴系统、血管。

疾病：胆疾、股肱之疾、中风、肠疾胀气、伤风、感冒、受风、风湿、传染、坐骨神经痛、神经痛、神经炎、寒痹症、抽筋、胯股病、支气管炎、哮喘、左肩痛、淋巴疾病、忧郁症、血管症、病情不稳定。

天象：刮风、各种大风，高空带长条的云。

动物：鸡鸭鹅、羽禽、山林禽虫、蚯蚓等地虫、蛇、蝴蝶、蜻蜓、带鱼、鳗鱼、鳝鱼、细长鱼类，虎、猫、斑马等条纹之兽，勇猛带响声之兽。

物象：木材、木制品、纤维品、丝线、绳索、麻、扇、邮件、旗杆、长条桌柜、床、标枪、笔、管形物、刀斧类、薄的器物、裤带、桑帛、气球、气艇、帆船、赛艇、飞机、飞船、救生圈、草木之香、有香味之花、草树木、香料、草药、蚊香、花草、柴薪、竹、枝叶、海带、柳、羽毛、风机、干燥机等。

场所、建筑物：竹林草原、直而宽的道路、过道、长廊、寺观、各种线路、管道、透风、通气、出入通道、邮局、商店、码头、港口、机场、发射场、索道、升降机、传送带、工艺工厂、设计院。

坎卦：六水

坎为水，水泽节、水雷屯、水火既济、泽火革、雷火丰、地火明夷、地水师。

天时：雨、月、雪、霜、露。

地理：北方、江湖、溪涧、泉井、卑湿之地[①]。（沟渎池沼，凡有水处。）

人物：中男、江湖之人、舟人、盗贼。

人事：险陷卑下[②]、外示以利、内存以刚、漂泊不成、随波逐流。

身体：耳、血、肾。

时序：冬十一月、子年月日时、一六之月日。

静物：水带子带核之物、弓轮矫揉之物、酒器水具。

动物：豕、鱼、水中之物。

屋舍：向北之居、近水、水阁、江楼、茶酒肆[③]、宅中湿地之处。

饮食：豕肉、酒、冷味、海味、羹汤、酸味、宿食[④]、鱼、带血、淹

校者注 ① 卑湿之地：地势低洼潮湿。

② 险陷卑下：涉及卑劣小人的危险复杂之事。

③ 茶酒肆：旧时称茶店、酒店。肆，指集市贸易之处。

④ 宿食：住宿与饮食，指吃住。

藏有带核之物、水中之物、多骨之物。

家宅：不安、暗昧[1]、防盗。

婚姻：利中男之婚，宜北方之姻，辰戌丑未月不可婚[2]。

生产：难产有险，宜次胎，中男。辰戌丑未月有损，宜北向。

求名：艰难，恐有灾陷。宜北方之任，鱼盐河泊之职。

求利：有财失，宜水边财，恐有失陷。宜鱼盐酒货之利，防阴失[3]，防盗。

交易：不利成交，恐防失陷。宜水边交易，宜鱼盐酒货之交易，或点水人[4]之交易。

谋望：不宜谋望，不能成就。秋冬占可谋望。

出行：不宜远行，宜涉舟，宜北方之行。防盗，恐遇险阻陷溺之事[5]。

谒见：难见，宜见江湖之人，或有水傍姓氏之人。

疾病：耳疼、心疾、感寒、肾疾、胃冷水泻、痼冷之病[6]、血病[7]。

官讼：不利，有阴险[8]，有失，困讼失陷[9]。

坟墓：宜北向之穴、近水傍之墓，不利葬。

姓字：羽音，点水傍之姓氏，行位一六。

数目：一、六。

校者注 ① 暗昧：昏暗不明。

② 辰戌丑未月不可婚：不可在属辰夏历三、九、十二及六月成婚。此四支属土，克水，也即克制坎卦。

③ 防阴失：防丢失。

④ 点水人：姓氏中带三点水的人。

⑤ 险阻陷溺之事：指危险、阻碍、落水被淹之事。

⑥ 痼冷之病：干冷之病，指阴阳虚症。

⑦ 血病：血液之病。

⑧ 有阴险：有潜在的危险。

⑨ 失陷：（领土、城市）被敌人侵占。此处指败诉而遭灾。

方道：北方。

五味：咸、酸。

五色：黑。

附：坎卦类象说解

坎卦阳爻居中，上下各为阴爻，五行属水居北方，色黑。“坎为水，为沟渎、为隐伏、为矫柔、为弓轮。其于人也，为忧、为心痛、为耳痛、为血疾、为床。其于马也，为美脊，为下首、为薄蹄、为曳。其于舆也，为通、为月、为盗。其于木也，为坚多心。”

坎卦阳爻居中，阴爻在上下，则外柔内刚，有四面向中心发展的趋势。坎为水，无处不流，成为沟渎、隐伏、险陷、心痛的现象。水能任意曲直矫柔、弯弓车轮为矫柔所成，坎又为车象、故为弓轮。坎为耳、心痛则耳痛。坎为水、血为水为红色，故为血卦。坎从乾卦变化来，乾为大赤，故坎为赤。乾为马，坎得乾中爻来，坎阳在中为脊背，阳为美，故为美脊。阴爻在上，所以为下首，阴爻在下，所以为薄蹄。水擦地而行，故为曳。对于车来说，坎为沟渎、为险陷，故多凶。水流通畅，故坎为通。坎中满，又水寒，故为月之象。为险陷、为盗贼。对于木来说，则内阳刚在中，故有坚硬木心之象。

另外，坎卦还有如下象意：

聪明、智慧、善谋、有主张、坚持不懈、以柔胜刚、心劳碌、曲折坎坷、漂泊多变、暗昧不变、灾难患病、哭泣、涕凄、欺诈、狡黠、疑虑多心、阴冷、算计、淫欲、讼狱、破坏、罪恶、进入、接纳、险、疾、难、法律、流血、酒。

坎卦之具体类象

人物：中男、江湖之人、船上工作人员、思想家、发明家、数学家、书法家、心理学家、安全保卫人员、自来水公司工人、劳苦者、劳务者、印刷工人、贫困者、水货商、冒险者、酒鬼、病人、多情轻浮者、诈骗者、有犯罪历史者、失败破产者、中毒者、受灾者、流亡者。

性格：外柔和内刚厉、善谋多智、多欲。喜算计、追求时尚、多心计、阴险卑鄙、城府深、捧上压下、做事自有主见或是趁波逐浪。

人体：肾脏、膀胱、泌尿系统、性器官、血液、血液循环系统、耳、背、腰、背脊骨。

疾病：肾、膀胱、泌尿系统疾病、肾冷、水泻、消渴症、血液病、出血症、免疫系统疾病、性病、遗精、阳萎、生殖器疾病、中毒、病毒性疾病、耳痛、腰背疾病、心脏病、水肿病。

天象：雨、雪、霜、露、严寒、阴湿、满月、积雨云、半夜、水灾。

动物：猪、鱼、水中物、水鸟、鼠、四足动物、脊椎动物、驾辕之马。

物象：带核之物、桃杏李梅果实、油酒醋、饮料、脂肪、液体物质、染料、涂料、药品毒物、酒具、水车、车、车轮、弓箭、法律法则经典、刑具、冷藏设备、供排水设备、海味、淹藏物、潜艇、计算机、磁盘、录音录相带、激光视盘、黑色物、煤、弓形变曲物。

场所、建筑物：大川、江湖海河、溪涧泉水、湿泥泞地、水道、酒吧、冷饮店、浴所、澡池、鱼市、鱼塘、水厂、漆脂厂、冷库、水族馆、车站、车库、地下室、暗室、黑暗场所、牢狱。

离卦：三火

离为火，火山旅、火风鼎、火水未济、山水蒙、风水涣、天水讼、天火同人。

天时：日、电、虹、霓[①]、霞。

地理：南方、干亢之地、窑灶、炉冶之所[②]、刚燥之厥地、其地面阳。

人物：中女、文人、大腹人、目疾人、甲胄之士[③]。

校者注　① 霓：彩虹的副虹。此指彩色。

② 炉冶之所：设炉冶铸金属的地方。

③ 甲胄之士：指挂铠甲戴头盔的战士。

人事：文书之所[1]、聪明才学、相见虚心、书事。

身体：目、心、上焦。

时序：夏五月、午火年月日时，三二七月。

静物：火、书、文、甲胄、干戈、槁衣、干燥之物、赤色之物。

动物：雉、龟、鳖、蟹螺、蚌。

屋舍：南舍之居、阳明之宅[2]、明窗、虚室。

家宅：安稳、平善、冬占不安、克体主火灾。

饮食：雉肉、煎炒、烧炙之物、干脯之类[3]、热肉。

婚姻：不成，利中女之婚。夏占可成，冬占不利。

生产：易产。产中女。冬占有损，坐宜向南。

求名：有名，宜南方之职、文官之任，宜炉冶坑场之职。

求利：有财，宜南方求，有文书之财。冬占有失。

交易：可成，宜有文书之交易。

谋望：可以谋望，宜文书之事。

出行：可行，宜动向南方、就文书之行。冬占不宜行，不宜行舟。

谒见：可见南方人。冬占不顺，秋见文书考案才士[4]。

官讼：易散，文书动，辞讼明辨。

疾病：目疾、心疾、上焦、热病、夏占伏暑[5]、时疫[6]。

校者注 ① 文书之所：放置诗书古籍、公文、宗卷的地方。文书，一指诗书古籍，也指公文、案卷。

② 阳明之宅：阳光之宅。阳明，即阳光。

③ 烧炙之物、干脯之类：烧烤过的食物、干肉之类。炙：烧烤熟的肉。脯：肉干。

④ 文书考案之士：负责诗书古籍和公文、案卷的有才之士。

⑤ 伏暑：中暑。伏，承受。暑，暑气。

⑥ 时疫：流行病。

坟墓：南向之墓，无树木之所，阳穴。夏占出文人，冬占不利。

姓字：徵音，带次及立人傍姓氏[③]，位行三二七。

数目：三、二、七。

方道：南。

五色：赤、紫、红。

五味：苦。

附：离卦类象说解

离卦一阴爻居中，二阳爻居外，其数三，五行属火，居南方，色红。“离为火，为日、为电、为中女、为甲胄、为戈兵。其于人也，为大腹、为干燥、为鳖、为蟹、为蚌、为龟。其于木也，为干枯槁。”

离卦与坎卦旁通，正好相反，一阴爻居中，二阳爻在外，为外刚内柔，外硬内软之性情，有由中心向外发展的趋势、有离散之象。一切鳖、蟹、龟、贝类，士兵的衣甲胄帽等等外刚内柔之物均归类于离卦。离为火，故为干燥卦。离中虚，对于人来说就像一个大腹便便者。它为日、为火，故象闪电。火性炎上，故对于树木来言，象枝干枯槁。

此外，离卦还具有如下象意：

明、进升、依附、华丽、鲜艳、文明、礼节、明察、磊落、发现、扩张、蔓延、外强、中干、焦躁、煽动、排斥、抗拒、否定、批判、流行、检举、侦察、轻浮、显示、自满、甜言蜜语、抗上、撒谎、干枯、枯燥、空虚等。

离卦之具体类象

人物：中女、文人、大腹人、目疾人、戴头盔者、兵。

性格：重礼、好美、有依靠性、聪明好学、虚心处事、知书达理、内心空虚、爱好字画和文章、性急、易冲动、孝敬、邪恶。

---

③ 带次及立人傍姓氏：姓氏中有“次”字及“立人”傍的，如姓“资”、姓“何”的。

人体：眼目、心脏、视力、红血球、血液、乳房、上焦、头面、喉、小肠。

疾病：眼病、视力疾病、心脏病、火烧伤、烫伤、放射性疾病、乳腺疾病、发热、炎症、血液病、妇科病。囊肿扩散性病疾、肥大症（前列腺肥大增生、乳腺增生、心脏肥大）、高血压病。

天象：晴天、热天、酷暑、烈日、干旱、丽日、彩虹、云霞、闪电。

动物：雉、孔雀、凤凰、美丽的羽毛类鸟禽、金鱼、热带鱼、变色龙、虾、蟹、贝类、龟、鳖、萤火虫、硬壳虫。

物象：文学艺术、美术字画、文科、医科、文件、文章、书报杂志、课本、文书印章、证件、证券、信、合同、花、鲜艳物品、旗帜、广告、奖状、电话、电报、火柴、打火机、锅炉、电动机、发动机、空船、玻璃门窗、火车厢、电车、轿车、火焰喷射器、燃烧弹、焊枪、干肉、果脯、煎炒、烧烤物品、液化气灶、烤箱、笼子、瓶罐、网袋、花衣服。

场所、建筑物：朝阳的土地、名胜地、圣地、教堂、殿堂、大会堂、学校、博物馆、展览馆、影剧院、证券交易所、银行、图书馆、字画店、电厂、印刷厂、病院、放射科、检验科、厨房、华丽的大厅、火山、喷火口、火灾场地、阳台、部队、军营、派出所、公安局、法院、检察院、窑炉、冶炼厂、仓库、空房屋、桥梁、立交桥、肩舆、棚子、火车站、电车站、监视塔、电视台、广告塔（牌）、猎场、钓鱼场所。

艮卦：七土

艮为山，山火贲、山天大畜、山泽损、火泽睽、天泽履、风泽中孚、风山渐。

天时：云、雾、山岚[1]。

地理：山径路、近山城、丘陵、坟墓、东北方。

人物：少男、闲人、山中人。

校者注 ① 山岚：山风。岚：山风，雾气，此处指前者。

人事：阻隔、守静、进退不决、反背、止住、不见。

身体：手指、骨、鼻、背。

时序：冬春之月、十二月、丑寅年月日时、七五十数月日。

静物：土石、瓜果、黄物、土中之物。

动物：虎、狗、鼠、百兽、黔喙之物。

家宅：安稳，诸事有阻，家人不睦。春占不安。

屋舍：东北方之居、山居近石、近路之宅。

饮食：土中之物味、诸兽之肉、墓畔竹笋之属、野味。

婚姻：阻隔难成，成亦迟，利少男之婚。春占不利，宜对乡里婚。

求名：阻隔无名，宜东北方之任，宜土官山城之职。

求利：求财阻隔，宜山林中取财。春占不利，有损失。

生产：难生，有险阻之厄。宜向东北，春占有损。

交易：难成，利山林田土之交易。春占有失。

谋望：阻隔难成，进退不决。

出行：不宜远行，有阻，宜近陆行。

谒见：不可见，有阻，宜见山林之人。

疾病：手指之疾，脾胃之疾。

官讼：贵人阻滞、未讼未解、牵连不决。

坟墓：东北之穴，山中之穴。春占不利，近路边，有石。

姓字：宫音，带土字傍姓氏，行位五七十。

数目：五、七、十。

方道：东北方。

五色：黄。

五味：甘。

附：艮卦类象说解

艮卦一阳爻在上，二阴爻在下，其数七，五行属土，居东北方，色黄。“艮为山、为径路，为小石、为门、为果蓏、为阍寺、为手指、为狗、为鼠、为黔喙之属。其于木也，为坚多而节。”

艮卦一阳爻在上，二阴爻在下，表示表面实内里虚，上实下虚的事物。也表示事物一种向下的发展趋势，事物发展到了顶点，必须谨慎，否则就要向相反的方向发展。并且表示事物有阻碍，困难，休止不前。艮为山为止，一阳爻在坤土之上，故有小路，小石的象征。上画阳爻相连，下二阴爻中间虚空，就如门的象征。木草的果实均在上部，不在根，为阳之象，所以艮卦为果实之象。阍寺视作门卫，禁止人入内，故艮为止象。手能止住物体，狗吠使人凉吓止住不前，老鼠牙齿尖刚，鸟刚在喙，均为艮之象。艮为小石象，故坚硬多节的木象小石一样，故为艮象。

此外，根据艮卦象，则艮卦还有如下象意：

禁止、阻滞、阻挡、静止、慎守、界限、抑止、安居、沉着、冷静、更替、隐藏、固执、主观、率性、分水岭、重新开始、标准、独立、转变、转折、讼狱、笃实、消亡、叮咛、等待、厚重、表皮背、至少、顶多。

艮卦之具体类象

人物：小儿子、门卫、领头的。

性格：憨厚、安静、笃实、守旧、固执、老实、有信用、迟滞、审慎、乖戾。

人体：鼻、背、手背、指关节、骨、脾、趾、皮、手、脚背、膝关节、肘关节、左足、颧骨、乳房。

疾病：脾胃病、不食虚胀、鼻炎、手脚背之疾、麻痹病、关节病、手指疾、肿瘤、结石、消化系统病、气血不通症、血液循环不定。

天象：有云无雨、多云间阴、山风雾气、气候转折点。

动物：有牙、有角的动物，狗、鼠、狼、熊等百兽，喜鹊、鹭鸽等能喙之物，爬虫类、昆虫、家畜，有尾动物。

物象：岩石、石块、门板，凳子、床、柜子、桌子、碑、硬木、硬的果皮、土坑、柜台、磁器、伞、鞋、钱袋、列车、金库、宅兆、土堆、山坡、座位、屏风、手套、门坎、墙壁、门路、药。

场所、建筑物：山、土包、土墩、假山、丘陵、堤坝、最高点、境界、山路、小路、矿山、采石场、阁、房屋、门闩、贮藏室、宗庙、洞堂、帐蓬、城壁、围墙、大楼、仓库、银行、车站、岗位、监狱。

兑卦：二金

兑为泽，泽水困、泽地萃、泽山咸、水山蹇①、地山谦、雷山小过、雷泽归妹。

天时：雨、泽、新月、星。

地理：泽、水际②、缺池、废井、山崩破裂之地、其地为刚卤③。

人物：少女、妾、歌妓、伶人④、译人⑤、巫师。

人事：喜悦、口舌、谗毁⑥、谤说⑦、饮食。

身体：舌、口、肺、痰、涎⑧

时序：秋八月，金年月日时，二四九数月日。

静物：金刃、金类、乐器、废物、缺器。

动物：羊、泽中之物。

校者注 ① 蹇：易卦名，跛脚、困难之义。

② 水际：水滨。

③ 刚卤：指坚硬、咸性之地。

④ 伶人：古代乐人。

⑤ 译人：即今翻译。

⑥ 谗毁：说人坏话，诋毁他人。

⑦ 谤说：诽谤他人的言论。

⑧ 涎：口水。

屋舍：西向之居、近泽之居、败墙壁宅[①]、户有损[②]。

家宅：不安，防口舌。秋占喜悦，夏占家宅有祸。

饮食：羊肉、泽中之物、宿味[③]、辛辣之味。

婚姻：不成，秋占可成。又喜主成婚之吉，利婚少女，夏占不利。

生产：不利，恐有损胎、或则生女。夏占不利，坐宜向西。

求名：难成，因名有损。利西之任，宜刑官、武职、伶官[④]、译官[⑤]。

求利：无利有损，财利，主口舌。秋占有财喜，夏占破财。

出行：不宜远行，防口舌或损失。宜西行，秋占宜行，有利。

交易：不利，防口舌，有争竞。夏占不利、秋占有交易之财喜。

谋望：难成，谋中有损。秋占有喜，夏占不遂。

谒见：利行西方见，有咒诅。

疾病：口舌咽喉之疾、气逆喘疾、饮食不飧[⑥]。

坟墓：宜西向，防穴中有水，近泽之墓。夏占不宜，或葬废穴。

官讼：争讼不已，曲直未决，因公有损、防刑。秋占为体得理，胜讼。

姓字：商音，带口或带金字傍姓氏，行位四二九。

数目：二、四、九。

方道：西方。

五色：白。

校者注 ① 败墙壁宅：破败的家宅。
② 户有损：窗户有损破。
③ 宿味：即素味。宿，素，平素。
④ 伶官：古代乐官。
⑤ 译官：旧指主管翻译的官吏。
⑥ 飧：同“餐”，吃饭。

五味：辛辣。

右万物之象，庶事之多，不止于此。占者宜各以其类而推之耳。

附：兑卦类象说解

兑卦一阴爻在上，二阳爻在下，其数二，五行属金，居西方，色白。“兑为泽，为少女、为巫、为口舌。为毁折。为附决。其于地也，为刚卤、为妾、为羊。”

兑卦与艮卦旁通正相反，一阴爻在上，二阳爻在下，表示一种向上发展的趋势的事物，外柔内里刚硬，外虚内实的事物。兑为泽，故有吸收功能，容易与外界周边事物信息沟通。兑为泽为少女。阴爻见于外，有口舌的现象，少女快乐无忧，故为悦。兑为口、为悦、为少女，故为跳大神的巫师。兑居西为申酉金之秋月，故主肃杀。万物毁折，故为毁折。兑柔附于二阳刚上，故为附决。为金，为西方之卦，西方多盐卤地，故为刚卤。为少女，有为妾之象。兑为悦，故于动物如羊的欢叫。

此外，兑卦还有如下意象：

说、雄辩、呈文、告知、言谈话语、议论、笑、骂、吵闹、叹息、毁谤、叫卖、仰视、魅力、爱欲、服从、口舌、不足、不便、商量、音乐、信仰、破损、刑、破坏、右边的、外软内坚实的事物、上面开口的器物、敞开的器物。

兑卦之具体类象

人物：可爱的女孩、少女、朋友，与用口或说、唱有关的职业的人，欢乐性职业者，破坏性职业者，巫师、巫婆、老师、教授、演讲者、解说员、翻译、外科、牙科医生、食品厂工人、饭店工人、金器加工者、秘书、妾、亲戚、和蔼可亲的人、撒娇的人、小人、媒人、刑官县令、副手、二把手、邻居、卫生清洁工、传达人员、服务员、话务员、歌唱者、演员、钢琴家、音乐家、娱乐场所人员、小丑、歌女、金融界人物、经销人员、失败者、破坏者。

性格：喜悦、吵架、毁谤、拍马屁、卑劣、奉承、色情、亲热和乐、温顺、善言、喜唱歌、活跃、温厚、重感情、感召力强、重义气、忧愁、破坏性、口谗。

人体： 口、舌、肺、痰、涎、气管、口角、咽喉、颊骨、牙齿、右肋、肛门、右肩臂。

疾病： 口、舌、喉、牙齿之疾、咳嗽、痰喘、胸部肺部疾病、食欲不振、膀胱疾病、外伤、肛门疾病、性病、贫血、低血压、手术、金属刃具致伤、皮肤病、气管疾病、头部疾病、破相。

动物： 羊、豹、猿猴、兔子、沼泽中之物。

天象： 小雨、湿润天气、低气压、短期气象情况、新月、星星、露水。

物象： 饮食用具、食品、盛水用具、金属币、刀剑、剪刀、玩具、开口瓶罐、破损物、欠缺物、修理品、无头物、装饰金属制品、软的金属、废物、乐器、带口的器物、石榴、胡桃、垃圾箱、成形器皿、各种表类。

场所、建筑物： 池沼地、池沼、坑洼地、洼地、水井、浅沟、湖泊地潭、溜冰场、游乐园会议厅、音乐厅。饮食店、饭馆、门口、路口、垃圾站、废墟、井坑、旧屋宅、洞穴、巢穴、岩穴、泉台、山坑、山口、会演厅、工会、公关部、交易所。

新订邵康节先生梅花观梅拆字数全集卷之二

心易占卜玄机

天下之事有吉凶，托占以明其机；天下之理无形迹，假象以显其义。故乾有健之理，于马之类见之；故占卜寓吉凶之理，于卦象内见之。然卦象一定不易之理，而无变通之道，不可也。易者，变易而已矣。至如今日观梅复得革兆，有女子折花，异日果有女子折花，可乎？今日算牡丹得姤兆，断为马所践，异日果为马所践毁，可乎？且兑之属，非止女子；乾之属，非止马。谓他人折花有毁，皆可切验之真，是必有属矣。嗟呼！占卜之道，要在变通。得变通之道者，在乎心易之妙耳！

占卜总诀

大抵占卜之法，成卦之后，先看《周易》爻辞，以断吉凶。如乾卦初九“潜龙勿用”，则诸事未可为，宜隐伏之类；九二“见龙在田，利见大人”，则宜谒见贵人之类。余皆仿此。

次看卦之体用，以论五行生克。体用即动静之说。体为主，用为事应，用生体及比和，则吉，体生用及克体，则不吉。

又次看克应。如闻吉说见吉兆，则吉；闻凶说见凶兆，则凶。见圆物，事易成；见缺物，事终毁之类。

复验己身之动静。坐则事应迟，行则事应速，走则愈速，卧则愈迟之类。数者既备，可尽占卜之道，必须以易卦为主，克应次之。俱吉则大吉，俱凶则大凶，有凶有吉，则详审卦辞，及克用体应之类。以断吉凶也，要在圆机，不可执。

占卜论理诀

数说当也，必以理论之而后备。苟论数而不论理，则拘其一见而不验矣。且如饮食得震，则震为龙。以理论之，龙非可取，当取鲤鱼之类代之。又以天时之得震，当有雷声，若冬月占得震，以理论之，冬月岂有雷声；当有风撼震动之类。既知以上数条之诀，复明乎理，则占卜之道无余蕴矣。

先天后天论

先天卦断吉凶，止以卦论，不甚用《易》之爻辞。后天则用爻辞，兼用卦辞，何也？盖先天者未得卦、先得数，是未有《易》书，先有易理，辞前之《易》也，故不必用《易》书之辞，专以卦断。后天则以先得卦，必用卦画，辞后之《易》也。故用爻之辞，兼《易》卦辞以断之也。又后天起卦，与先天不同，其数不一。今人多以坎一、坤二、震三、巽四、中五、乾六、兑七、艮八、离九之数为用。盖圣人作《易》画卦，始以太极、两仪、四象、八卦加一倍，数自成乾一、兑二、离三、震四、巽五、坎六、艮七、坤八，故占卜起卦，合以此数为用。又今人起后天卦，多不加时，得此一卦，止此一爻动，更无移易变通之道。故后天起卦定爻，必加时而后可。又先天之卦，定事应之期，则取之卦气。如乾、兑则应如庚、辛及申金之日，或乾为戌、亥之日时，兑为酉日时。如震、巽当应于甲、乙及支木之日，或震取卯，巽取辰之类。后天则以卦数加时数，总之而分行、卧、坐、立之迟速，以为事应之期。卦数时类，应近而不能决诸远者，必合先后之卦数取诀可也。又凡占卦中决断吉凶，其理洞见，止于全卦体用生克之理，及参《易》辞，斯可矣。今日以后天卦，却于六十甲子之日，取其时方之魁，破败亡灭迹等，以助断决。盖历象选时，并于《周易》不相干涉，不可用也。

卦断遗论

凡占卜决断，固以体用为主，然有不拘体用者。如起例中西林寺额，得山地剥，体用互变，俱比和，则为吉，而仍不吉，何也？盖寺者，纯阳人居之地，而纯阴爻象，则群阴剥阳义象显然也。此理甚明，不必拘体用也。又若有人问："今日动静如何？"得地风升，初爻动，用克体卦，俱无饮食矣，而亦有人相请，虽饮食不丰而终有请，何也？此人当时，必有当日之应。又有"如何"二字带口，为重兑之义。又有用不生体，互变生之而吉者，若少年有喜色，占得山火贲是也。又有用不生体，互变俱克之而凶者，如牛哀鸣，占得地水师是也。盖少年有喜色，占则略知其有喜。而《易》辞又有"束帛戋戋"之吉，是二者俱吉，互变俱生，愈见其吉矣。虽用不生体不吉，不为其害也。牛鸣之哀，则略知其有凶，而《易》爻复有"舆尸"之凶，互变俱克，愈见其凶，虽用爻不克，不能掩其凶也。盖用《易》断卦，当用理胜处验之，不可执拘于一也。

八卦心易体用诀

心易之数，得之者众。体用之诀，有之者罕。余幼读《易》书，长参数学，始得心易卦数。初见起例，仅知占其吉凶。如以蠡测海，茫然无涯。后得智人见授体用心易之诀，而后占事之诀，疑始有定。据验则验，如繇基射的，百发百中。其要在于分体用之卦，察其五行生克、比和之理，而明乎吉凶悔吝之机也。于是《易》数之妙始见，而《易》道之卦义备矣。乃世有真实，人罕遇之耳。得此者，幸甚秘之。

体用总诀

体用云者，如易卦具卜筮之道，则易卦为体，以卜筮用之，此所谓体用者。借体用二字以寓动静之卦，以分主客之兆，以为占例之准则也。大抵体用之说，体卦为主，用卦为事，互卦为事之中间，刻应变卦为事之终应。体之卦气宜盛不宜衰。盛者，如春震、巽，秋乾、兑，夏离，冬坎，四季之月坤、艮是也。衰者，春坤、艮，秋震、巽，夏艮、兑，冬离，四季之月坎是也。

宜受他卦之生，不宜他卦之克。他卦者，谓用互变也。生者，如乾、兑金体，坤、艮生之。坤、艮土体，离火生之。离，火体，震巽木生之。余皆仿此。克者，如金体火克，火体水克之类。

体用之说，动静之机，八卦主宾，五行生克，体为已身之兆，用为应事之端。体宜受用卦之生，用宜见卦体之克。体盛则吉，体衰则凶。用克体固不宜，体生用亦非利。体党多而体势盛；用党多则体势衰。如卦体是金，而互变皆金，则是体之党多。如用卦是金，而互变皆金，则是用之党多。体生用，为之泄气，如夏火逢土，亦泄气。

体用之间，比和则吉，互乃中间之应，变乃末后之期。故用吉变凶者，先吉后凶；用凶变吉者，先凶后吉。体克用，诸事吉；用克体，诸事凶。体生用，有耗失之患；用生体，有进益之喜。体用比和，则百事顺遂。

又卦中有生体之卦，看是何卦。

乾卦生体，则主公门中有喜益，或功名上有喜，或因官有财，或问讼得理，或有金宝之利，或有老人进财，或尊长惠送，或有官贵之喜。

坤卦生体，主有田土之喜，或有田土进财，或得乡人之益，或得阴人之利，或有果谷之进，或有布帛之喜。

震卦生体，则主山林之益，或因山林得财，或进东方之财，或动中有喜，或有林货交易之利，或因草木姓氏人称心。

巽卦生体，亦主山林之益，或因山林得财，或于东南得财，或因草木姓人而进利，或以茶果得利，或有果菜蔬之喜。

坎卦生体，有北方之喜，或受北方之财，或水边人进利，或因点水人称心，或有因鱼盐酒货文书交易之利，或有馈送鱼盐酒之喜。

离卦生体，主有南方之财，或有文书之喜，或有炉冶场之利，或因火姓人而得财。

艮卦生体，有东北方之财，或山田之喜；或因山林田土获财，或得宫音带土姓人之财。物当安稳，事有始终。

兑卦生体，有西方之财，或喜悦事，或有食物玉金货利之源，或商音之人，或市口之人欣逢，或主宾之乐，或朋友讲习之事。

又看卦中有克体之卦者，看是何卦。如乾卦克体，主有公事之忧，或门户之忧，或有财宝之失，或于金谷有损，或有怒于尊长，或得罪于贵人。

坤卦克体，主有田土之忧，或于田土有损，或有阴人之侵，或有小人之害，或失布帛之财，或丧谷粟之利。

震卦克体，主有虚惊，常多恐惧，或身心不能安静，或家宝见妖灾，或草木姓氏人相侵，或于山林有所失。

巽卦克体，亦有草木姓人相害，或于山林上生忧。谋事，乃东南方之人；处家忌阴人小口之厄。

坎卦克体，主有险陷之事，或寇盗之忧，或失意于水边人，或生灾于酒后，或点水人相害，或北方人见殃。

离卦克体，主文书之忧，或失火之惊，或有南方之忧，或火人相害。

艮卦克体，诸事多违，百谋中阻。或有山林田土之失，或带土人相侵，防东北方之祸害，或忧坟墓不当。

兑卦克体，不利西方，主口舌事之纷争。或带口人侵欺，或有毁折之患，或因饮食而生忧。生克不逢，则止以本卦而论之。

天时占第一

凡占天时，不分体用，全观诸卦，详推五行。离多主晴，坎多主雨，坤乃阴晦，乾主晴明。震多则春夏雷轰，巽多则四时风烈，艮多则久雨必晴，兑多则不雨亦阴。夏占离多而无坎，则亢旱炎炎。冬占坎多而无离，则雨雪飘飘。

全观诸卦者，谓互变卦。五行谓离属火，主晴；坎为水，主雨；坤为地气，主阴；乾为天，主晴明。震为雷，巽为风。秋冬震多无制，亦有非常之雷，有巽佐之，则为风撼雷动之应。艮为山云之气。若雨久，得艮则当止。艮者，止也，亦土克水之义。兑为泽，故不雨亦阴。

夫以造化之辨固难测，理数之妙亦可凭，是以乾象乎天，四时晴明；坤体乎地，一气惨然。乾、坤两同，晴雨时变。坤、艮两并，阴晦不常。卜数有阳有阴，卦象有奇有偶。阴雨阳晴，奇偶暗重。坤为老阴之极，久晴必雨；乾为老阳之极，久雨必晴。若逢重坎重离，亦曰时晴时雨。坎为水，必雨；离为火，必晴。乾、兑之金，秋明晴；坎之水，冬雪凛冽。坤、艮之土，春雨泽，夏火炎蒸。《易》曰："云从龙，风从虎"。又曰："艮为云，巽为风"。艮、巽重逢，风云际会，飞沙走石，蔽日藏山，不以四时，不必二用。坎在艮上，布雾兴云，若在兑上，凝霜作雪。乾、兑为霜雪霰雹，离火为日电虹霓。离为电，震为雷，重会而雷电俱作。坎为雨，巽为风，相逢则风雨骤兴。震卦重逢，雷惊百里。坎爻叠见，润泽九垓。故卦体之两逢，亦爻象之总断。地天泰，水天需，昏蒙之象；天地否，水地比，黑暗之形。爻纯离，夏必旱，四季皆晴。爻纯坎，冬必寒，四时必雨。久雨不晴，逢艮必止。久晴不雨，得此亦然。又若水火既济，火水未济，四时不测风云。风泽中孚，泽风大过，三冬必然雨雪。水山蹇，山水蒙，百步必须执盖。地风升，风地观，四时不可行船。离在艮上，暮雨朝晴。离互艮宫，暮晴朝雨。巽、坎互离，虹霞乃见，巽、离互坎，造化亦同。又须推测四时，有可执迷一理。震、离为电、为雷，应在夏天；乾、兑为霜、为雪，验于冬月。天地之理大矣哉！理数之妙至矣哉！得斯文者，当敬宝之。

人事占第二

人事之占，详观体用。体卦为主，用卦为宾。用克体不宜，体克用则吉。用生体，有进益之喜；体生用，有耗失之患。体用比和，谋为吉利。更详观互卦、变卦，以断吉凶；复究盛衰，以明休咎。

人事之占，则以全体用总章向诀吉凶。若有生体之卦，即看前章八卦中，生体之卦有何吉，又看克体之卦有何凶，即看前章克体之卦。卦无生克，止断本卦。

家室占第三

凡占家室，以体为主，用为家宅。体克用，则家宅多吉；用克体，则家宅多凶。体生用，多耗散，或防失盗之忧。用生体，多进益，或有馈送之喜。体用比和，家宅安稳。如有生体之卦，即以前章《人事占》断之。

屋舍占第四

凡占屋舍，以体为主，用为屋舍。体克用，屋之吉；用克体，居之凶。体生用，主资财衰退；用生体，则门户兴隆。体用比和，自然安稳。

婚姻占第五

占婚姻以体为主，用为婚姻。用生体，婚易成，或因婚有得；体生用，婚难成，或因婚有失。体克用，可成，但成之迟；用克体，不可成，成亦有害。体用比和，婚姻吉利。

占婚姻，体为所占之家，用为所婚之家。体卦旺，则此家门户胜；用卦旺，则彼家资盛。生体，则得婚姻之财，或彼有相就之意；体生，则无嫁奁之资，或此去求婚方谐。若体用比和，则彼此相就，良配无疑。

乾：端正而长。坎：邪淫、黑色、嫉妒、奢侈。艮：色黄多巧。震：美貌难犯。巽：发少稀疏，丑陋心贪。离：短赤色，性不常。坤：貌丑，大腹而黄。兑：高长，语话喜悦，白色。

生产占第六

占生产，以体为母，用为生。体用俱宜乘旺，不宜乘衰。宜相生，不宜相克。体克用，不利于子；用克体，不利于母。体克用而用卦衰，则子难完；用克体而体卦衰，则母难保。用生体，利于母；体生用，利于子。体用比和，生育顺快。若欲辨其男女，当于前卦审之：阳卦阳爻多者则生男，阴卦阴爻多者则生女。阴阳卦爻相生，则察所占左右人之奇偶以证之。如欲决其日辰，则以用卦之气数参决之。所谓卦之气数者，即看何为用卦，于八卦时序之类决之。

饮食占第七

凡占饮食，以体为主，用为饮食。用生体，饮食必丰；体生用，饮食难就。体克用，则饮食有阻；用克体，饮食必无。体用比和，饮食丰足。又卦中有坎则有酒，有兑则有食。无坎无兑，则皆无。兑、坎生体，酒肉醉饱。欲知所食何物，以饮食推之。欲知席上人，以互卦人事推之。

饮食人事类者，即前八卦内万物属类是也。

求谋占第八

占求谋，以体为主，用为所谋之事。体克用，谋虽可成，但成迟。用克体，求谋不成，谋亦有害。用生体，不谋而成；体生用，则多谋少遂。体用比和，求谋称意。

求名占第九

凡占求名，以体为主，用为名。体克用，名可成，但成迟。用克体，名不可成。体生用，名不可就，或因名有丧。用生体，名易成，或因名有得。体用比和，功名称意。欲知名成之日，生体之卦气详之。欲知职任之处，变卦之方道决之。若无克体之卦，则名易就，止看卦体时序之类，以定日期。若在任占卜，最忌见克体之卦，如卦有克体者，即居官见祸，轻则上司责罚，重则削官退居。其日期，看克体之卦气者，于八卦万物所属时序类中断之。

求财占第十

占求财，以体为主，以用为财。体克用，有财；用克体，无财。体生用，财有损耗之忧；用生体，财有进益之喜。体用比和，财利快意。欲知得财之日，生体之卦气定之。欲知破财之日，克体之卦气定之。

又若卦中有体克用之卦，及生体之卦，则有财，此卦气即见财之日。若卦中有克体之卦，及体生用之卦，即破财，此卦气即破财之日。

交易占第十一

占交易，以体为主，用为财。体克用有财；用克体，不成。体生用，难成，或因交易有失。用生体，即成，成必有财。体用比和，易成。

出行占第十二

占出行，以体为主，用为所行之应。体克用，可行，所至多得意。用克体，出则有祸。体生用，出行有破耗之失；用生体，有意外之财。体用比和，出行顺利。

又凡出行，体宜乘旺，诸卦宜生体。体卦乾、震多，主动。坤、艮多，不动。巽宜舟行，离宜陆行，坎防失脱，兑主纷争之应也。

行人占第十三

占行人，以体为主，用为行人。体克用，行人归迟；用克体，行人不归。体生用，行人未归；用生体，行人即归。体用比和，归期不日矣。

又以用卦看行人在外之情况。逢生，在外顺快；逢衰，受克，在外灾殃。震多不宁，艮多有阻，坎有险难，兑主纷争之应。

谒见占第十四

占谒见，以体为主，用为所见之人。体克用，可见；用克体，不可见。体生用，难见，见之而无益；用生体，可见，见之且有得。体用比和，欢然相见。

失物占第十五

占失物，以体为主，用为失物。体克用，可寻迟得；用克体，不可寻。体生用，物难见；用生体，物易寻。体用比和，物不失矣。

又以变卦为失物之所在。如变是乾，则觅于西北，或公榭楼阁之所，或金石之傍，或圆器之中，或高亢之地。变卦是坤，则觅于西南方，或田野之所，或仓廪之处，或稼穑之处，或土窑穴藏之所，或瓦器方器之中。震则寻于东方，或山林之所，或丛棘之内，钟鼓之傍，或闹市之地，或大途之所。巽则寻于东南方，或山林之所，或寺观之地，或菜蔬之园，或舟居之间，或木器之内。坎则寻于北方，多藏于水边，或渠井沟溪之处，或酒醋之边，或鱼盐之地。离则寻于南方，或庖厨之间，或炉冶之傍，或在明窗，或遗虚室，或在文书之侧，或在烟火之地。艮则寻于东北方，或山林之内，或近路边，或岩石傍，或藏土穴。兑则寻于西方，或居泽畔，或败垣破壁之内，或废井缺沼之中。

疾病占十六

凡占疾病，以体为病人，用为病症。体卦宜旺不宜衰，体宜逢生，不宜见克。用宜生体，不宜克体。体克用，病易安；体生用，病难愈。体克用者，勿药有喜；用克体者，虽药无功。若体逢克而乘旺，尤为庶几。体遇克而更衰，断无存日。欲知凶中有救，生体之卦存焉。体生用者，迁延难好；用生体者，即愈。体用比和，疾病易安。若究和平之日，主卦决之。若详危厄之期，克体之卦定之。若论医药之属，当看生体之卦。如离卦生体，宜服热药；坎卦生体，宜服冷药，如艮温补，乾、兑凉药是也。

又有信鬼神之说，虽非《易》道，然不可谓《易》道之不该。姑以理推之。如卦有克体者，即可测其鬼神。乾卦克体，主有西北方之神，或兵刀之鬼，或天行时气，或乘正之邪神。坤则西南之神，或旷野之鬼，或连亲之鬼，或水土里社之神，或犯方隅，或无主之祟。震则东方之神，或木下之神，或妖怪百端，或影响时见。巽则东南之鬼，或自缢戕生，或枷锁致命。坎则北方之鬼，或水旁之神，或没溺而亡，或血疾之鬼。离则南方之鬼，或猛勇之神，或犯灶司，或得衍于香火，或焚烧之鬼，或遇热病而亡。艮则东北之神，或是山林之祟，或山魈木客，或土怪石精。兑则西方之神，或阵亡之鬼，或废疾之鬼，或刎颈戕生之鬼。卦中无克体之卦者，不必论之。

又问："乾上坤下，占病如何断?"

尧夫曰："乾上坤下，第一爻动，便是生体之义。变为震木，互见巽艮，俱是生成之义，是谓不灾，逢生之日即愈。"

又问："第二爻动如何?"曰"是变为坎水，乃泄体败金之义。金入水乡，互见巽、离，乃为风火煽炉，俱为克体之义。更看占时外应如何，即为焚尸之象，断之死无疑矣。以春、夏、秋、冬四季推之，更见详理。"

又曰："第三爻动，坤变艮土，俱在生体之义，不问互卦，亦断其吉无疑。"

又曰："第四爻动，乾变巽木，金木俱有克体之义，互吉亦凶。木有扛门之义，金为砖椁之推。是理必定之推，必定之理。"

又曰："第五爻动，乾变离，反能生体，互变俱生体，是其吉无疑。更有吉兆则愈吉，凶则迟而忍死，其断明矣。"

又曰："第六爻动，乾变兑，则能泄体，互见巽、艮，一凶一吉，其病非死必危。亦宜看兆吉凶，吉则言吉，凶则言凶。此断甚明。"

余卦皆仿此断，则心易无不验矣。

官讼占第十七

占官讼，以体为主，用为对辞之人与官讼之应。体卦宜旺，用卦宜衰。

体宜用生，不宜生用。用宜生体，不宜克体。是故体克用者，己胜人；用克体者，人胜己。体生用，非为失理，或因官有所丧；用生体，不止得理，或因讼有所得。体用比和，官讼最吉。非但扶持之力，必有主和之义。

坟墓占第十八

占坟墓，以体为主，用为坟墓。体克用，葬之吉；用克体，葬之凶。体生用，葬之主运退；用生体，葬之主兴隆，有荫益后嗣。体用比和，乃为吉地。大宜安葬，葬之吉昌。

上为用体之诀，始以十八章占例，以示后学之法则。然庶务之多，岂止十八占而已乎？然此十八占，乃大事之切要者，占者以类而推之可也。

《三要灵应篇》序

夫《易》者，性理之学也。性理，具于人心者也。当其方寸湛然，灵台皎洁，无一毫之干，无一尘之累。斯时也，性理具在而《易》存吾心，浑然是《易》也，其先天之《易》也。及夫虑端一起，事根忽萌，物之著心，如云之蔽空，如尘之蒙镜，斯时也，汩没茫昧，而向之《易》存吾心者，泯焉尔。故三要之妙，在于运耳、目、心三者之虚灵，俾应于事物也。耳之聪，目之明，吾心实总乎聪明。盖事根于心，心该乎事，然事之未萌也，虽鬼神莫测其端，而吉凶祸福，无门可入。故先师曰："思虑未动，鬼神不知，不由乎我，更由乎谁？"若夫事萌于心，鬼神知之矣。吉凶悔吝有其数，然吾预知之，何道欤？必曰：求诸吾"心易"之妙而已矣。于是寂然不动，静虑诚存，观变玩占，运乎三要。必使视之不见者，吾见之；听之不闻者，吾闻之；如形之见示，如音之见告，吾之了然鉴之，则《易》之为卜筮之道，而《易》在吾心矣。三要不虚，而灵应之妙斯得也。是道也，寓至精至神之理，百姓日用而不知。安得圆通三昧者与之论欤！此先师刘先生，江夏人，号湛然子，得之王屋山人高处士云岩。

宝庆四年，仲夏既望，清灵子朱虚拜首序

三要灵应篇

三要者，运耳、目、心三者之要也。灵应者，灵妙而应验也。夫耳之于听，目之于视，心之于思，三者为人一身之要，而万物之理不出于视听之外。占决之际，寂闻澄虑，静观万物，而听其音，知吉凶，见其形，知善恶，察其理，知祸福，皆可为占卜之验。如谷之应声，如影之随形，灼然可见也。其理出于《周易》"远取诸物，近取诸身"之法。是编则出于先贤先师，采世俗之语为之例用之者：鬼谷子、严君平、东方朔、诸葛孔明、郭璞、管辂、李淳风、袁天罡、皇甫真人、麻衣仙、陈希夷；继而得者：邵康节、邵伯温、刘伯温、牛思晦、牛思继、高处士、刘湛然、富寿子、泰然子、朱清灵子。其年代相传不一，而不知其姓名者不与焉。

原夫天高地厚，万物散殊，阴浊阳清，五气顺布，祸福莫逃乎数，吉凶皆有其机。人为万物之灵，心乃一身之主，目寓而为形于色，耳得而为音于声，三要总之，万物备矣。

此乃天地万物之灵，而耳、目、心三者之要，故曰三要也。

是以遇吉兆而有吉，见凶兆而不免乎凶。物之圆者事成，缺者事败。此理断然，夫复何疑？

此乃占物克应，见吉则吉，遇凶则凶。

是以云开见日，事必增辉；烟雾障空，物当失色。忽颠风而飘荡，遇震雷以虚惊。月忽当面，宜近清光。雨可沾衣，可蒙恩泽。

此乃仰观天文，以验人事。

重山为阻隔之际，重泽为浸润之深。水流而事通，土积而事滞。石乃坚心始得，沙乃放手即开。浪激主波涛之惊，坡崩主田土之失。旱沼之傍，心力俱竭；枯林之下，相貌皆衰。

此乃俯察地理，以验人事。

适逢人品之来，实为事体之应。故荣宦显官，宜见其贵；富商巨贾，可问乎财。儿童哭泣忧子孙，吏卒叫嚣忌官讼。二男二女，重婚之义；一僧一道，独处之端。妇人笑语，则阴喜相逢；女子牵连，则阴私见累。匠氏，主门庭改换；宰夫，则骨肉分离。逢猎者，得野外之财；见渔者，有水边之利。见妊妇，则事萌于内；遇瞽者，则虑根于心。

此乃人品之应，以验人事。

至于摇手而莫为，或掉头而不肯，拭目而喷嚏者，方泣；搔首而弹垢者，有忧。足动者有行，交臂者有失。屈指者多阻节，嘘气者主悲忧，舌出掉者有是非，背相向者防闪失。偶攘臂者，争夺乃得；偶下膝者，屈抑而求。

此乃“近取诸身”之应。

若逢童子授书，有词讼之端；主翁笞仆，防责罚之事。讲论经史，事体徒间于虚说；语歌词曲，谋为转见于悠扬。见博赌，主争斗之财；遇题写，主文书之事。偶携物者，受人提携；适挽手者，遇事牵连。

此乃人事之应。

及夫舟楫在水，凭其接引而行；车马登途，藉之负载而往。张弓挟矢者，必领荐；有箭无弓者，未可试。持刀执刃，须求快利之方；披甲操戈，可断刚强之柄。缫丝者，事务繁冗；围棋者，眼目众多。妆花刻果，终非结实之因；画影描形，皆为装点之类。络绎将成，可以问职；笔墨俱在，可以求文。偶倾盖者主退权，忽临镜者可赴诏。抱贵器者，有非常之用；负大木者，有不小之财。升斗宜量料而前，尺剪可裁度以用。见蹴球，有人拨剔；开锁钥，遇事疏通；逢补气，终久难坚；值磨镜，再成始得。顽斧磨钢者，迟钝得利；快刀砍木者，利事伤财。裁衣服者，破后方成；造瓦器者，成后乃破。弈棋者，取之以计；张网者，摸之以空。或持斧锯恐有伤，或涤壶觞恐有饮。或挥扇者，有相招之义；或污衣者，计防谋害之侵。

此乃器物之应，即“远取诸物”之义。

虽云草木之无情，亦与卜筮而有应。故芝兰为物之瑞，松柏为寿之坚。遇椿桧，则岁久年深；遇苗菰，则朝生暮死。占产占病，得之即死之兆。

枝叶飘零当萎谢，根核流落主牵连。奇葩端的虚花，嘉果可以结实。

此乃草木之应。

至于飞走，最有祯祥。故乌鸦报灾，喜虫报喜，鸿雁主朋友之信，蛇虺防毒害之谋。鼠啮衣，有小口之灾；雀噪檐，有远行之至。犬斗恐招盗贼，鸡斗主有喧争。牵羊者，喜庆将临；骑马者，出入皆利。猿猴攀木，身心不安；鲤鱼出水，变化不凡。绳拴马，疾病难安；架陷禽，囚人未脱。

此乃禽兽之应。

酒乃忘忧之物，药乃怯病之方。故酒樽忽破，乐极生悲；医师道逢，难中有救。藤萝之类堪依倚，虎豹之象可施威。耕田锄地者，事势必翻。破竹剖竿者，事势必顺。春花秋月，虽无实而关景；夏绵冬葛，虽有用而背时。凉扇，多主弃损；晴伞，渐逢闲废。泡影电光，虚幻难信；蛛丝蚕茧，巧计方成。

此乃杂见观物之应。

若见物形，可知字体。故“石”逢“皮”则“破”，“人”傍“木”为“休”。“笠”漂“水”畔，“泣”字分明；“火”入山“林”；“焚”形可见。“三女”有“奸”私之扰；“三牛”有“奔”走之忧。一“木”两“火”，“榮”耀之光；一“水”四“鱼”，“鳏”寡之象。“人”继“牛”倒防“失”脱，“人”言“犬”中忧“狱”囚。一“斗”入空“门”者，斗争。两“丝”挂“白木”者，“樂”事。一“人”立“门”，诸事有“闪”；二“人”夹“木”，所问必“來”。

此乃拆字之应。

复指物名，以叶音义。如见鹿可以问“禄”，见蜂可以言“卦”。梨主分别，桃主逃走。见李则问讼得“理”，逢冠问名得“官”。鞋为百事和“谐”，阖则诸事可“合”。难以详备，在于变通。

此即物叶音之义。

及夫在我之身，实为彼事之应。故我心忧者，彼事亦忧；我心乐者，彼事亦乐。我适闲，彼当从容；我值忙，彼当窘迫。

此即自己之应，“近取诸身”之应。

欲究观人之道，须详系《易》之辞。将叛者，其辞惭；将疑者，其辞支。吉人之辞寡，躁人之辞多。诬善之人，其辞游；失其守者，其辞屈。

此乃一动一静之应，“近取诸身”之义。

既推五行，须详八卦。卦吉而应吉终吉。卦凶而应凶终凶，卦应一吉一凶，事体半吉半凶。明生克之理，察动静之机，事事相关，物物相合。

此五行八卦及克应动静之理。

活法更存乎方寸，玄机又在于师传。纵万象之纷纭，惟一理而融贯。务要相机而发，须要临事而详。

此言占卜之理，在人变通之妙。

嗟夫！方朔覆射，知事物之隐微；诸葛马前，定吉凶于顷刻。皇甫坐端之妙，淳风鸟觉之占，虽所用之有殊，诚此理之无异。

此言三要灵应妙处。

可以契鬼神之妙，可以会蓍龟之灵。然人非三世，莫能造其玄；心非七窍，莫能悟其奥。故得其说者，宜秘；非其人者，莫传。轻泄天机，重遭阴谴。造之深，可以入道；用之久，可以通神。

此言灵应之妙，不可轻传妄授，宜秘之一人，以重斯道也。

十应奥论

“十应”固出于“三要”，而妙乎“三要”。但以耳目所得，如见吉兆，而终须吉；若逢凶谶，不免乎凶，理之自然也。然以此而遇吉凶，亦有未然者也。黄金白银，为世之宝，“三要”得之，必以为祥。“十应”之诀，遇金有不吉者，利刃锐兵，世谓凶器，“三要”得之，亦以为凶；“十应”之说，遇兵刃反有吉者。又若占产见少男，“三要”得之，为生子之喜；“十应”见少男则凶。占病遇棺，“三要”占之必死，“十应”以为有生意。例多若此。是占卜物者，不可无十应也。

十应目论

“十应”并以体卦为主，诸用卦为用。每以内分外，体用卦参看为妙。内卦不吉而外卦又吉，可以解其不吉；内卦吉而外卦不吉，反破其吉。若内外卦全吉，则断然吉，全凶则断然凶。其内吉外凶，内凶外吉，又须详理以断吉凶，慎不可胶柱鼓瑟也。外卦“十应”之目，则有“天时”“地理”及“写字”等，其十一类之应，并以体卦为主，而随其所应以为用也。

复明天时之应

如天无云翳，明朗之际，为乾之时。乾、兑为体，则比和而吉；坎为体，则逢生而大吉。坤、艮为体，则泄气。震、巽为体，则见克而不吉矣。晴霁日中，为离之时，坤、兑为体则吉。雨雪为坎之时，震、巽为体则吉，离为体则不吉。雷风为震、巽之时，离为体则吉，坤、艮为体则不吉。此天时之应也。

复明地理之应

茂树秀竹，为震之地，离与震、巽为体则吉，坤、艮为体则凶。江湖、河池、川泽、溪涧，为坎之地，震、巽与坎为体则吉，而离为体则不吉。窑灶之地为离，坤、艮并离为体则吉，而乾、兑为体则不吉。岩穴之地为艮，乾、兑与艮为体则吉，坎为体则不吉。此地理之应也。

复明人事之应

人事有论卦象五行者，有不论卦象五行者。论卦象，则老人属乾，老妇属坤，艮为少男，兑为少女之类。五行生克、比和之理，与前天时、地理之卦同断。其不分卦象五行者，则以人事之纷，了见杂出，有吉有凶，此应则随其吉凶而为之兆也。又观其事，则亦为某人。此人事之应也。

复明时令之应

时令不必论卦象，但详其令，月日值之五行衰旺之气。旺者，如寅卯之月日则木旺，巳午之月日火旺，申酉之月日金旺，亥子之月日水旺，辰戌丑未之月日土旺。衰者，如木月旺则土衰，土旺则水衰，水旺则火衰，火旺则金衰，金旺则木衰。是故生体之卦气，宜值时之旺气，不宜衰气。如克体卦气，则宜乘衰。此时令之应也。

复明方卦之应

即分方之卦。如离南、坎北、震东、兑西、巽东南、乾西北、艮东北、坤西南类也。论吉凶者，看来占之人在何方位，而以用卦参详。如坎为用卦，宜在坎与震、巽之位，在离则不吉。离为用卦，宜在离与坤、艮之位，在乾、兑二位则不吉矣。盖宜在本卦之方，为用卦生之方，不宜受用卦克也。若夫气在之卦所在之方，又当审之。如水从坎来，为坎卦气旺。水从坤、艮来，则坎之卦气衰。火从南来，为离卦气旺，如从北来，则离卦之气衰。余皆仿此。大抵本卦之方，生为旺，受克为衰，宜以体卦参之。生体卦气，宜受旺方；克体卦气，宜受克方，此方卦之应也。又震、巽之方，不论坤、艮。坤、艮之方不论坎。坎方不论离。离方不论乾。乾、兑之方，不论震、巽。以其寓卦受方卦之克也。

复明动物之应

动物有论卦象者。乾为马，坤为牛，震为龙，巽为鸡，坎为豕，离为雉，艮为狗，兑为羊。又螺蚌龟鳖，为离之象，鱼类为坎之属，此动物之卦，以体详与。又不论卦象五行者，如乌鸦报灾，灵鹊报喜，鸿雁主有书信，蛇虫防有毒害，鸡唱为家音，马嘶为动意。此动物之应也。

复明静物之应

器物之类，有论卦象者。如水属坎，火属离，水之气属震、巽，金之气属乾、兑，土之气属坤、艮，为体卦，要参详。其不分卦象者，但观其器物之兆，如物之圆者，事成；器之缺者，事败。又详其器物是何物，如笔砚主文书之事，袍笏主官职之事；樽俎之具有宴集，枷锁之具防官灾。百端不一，审其物器。此静物之应也。

复明言语之应

闻人言语，不论卦象，但详其所言之事绪而占卜之。应闻吉语则吉，闻凶语则凶。若闻闹市言语喧集，难以决断。若定人少之处，或言语可辨其事绪，则审其所言何事，心领而意会之。如说朝廷迁选，可以求名；论江湖州郡，主出行；言争讼之事，主官司；言喜庆之事，利婚姻。事绪不一，随所闻而依之。此言语之应也。

复明声音之应

耳所闻之声音而论卦象，则雷为震，风声为巽，水声为坎，鼓拍槌檄之声出于木者，皆属震、巽；钟磬铃铙之声出于金者，皆属乾、兑。此声音之论卦象。

若为体，参详决之，如闻声有欢笑之声，主有喜；悲愁之声，主有忧；歌唱之声，主快乐；怒号之声，主争喧。至若物声，则鸦声报灾，鹊声传喜，鸿雁之声主远信，鸡凫之声为佳音。此类推声音之应也。

复明五色之应

五色不论卦象，但以所见之色推五行。青碧绿色属木，红紫赤色属火，白属金，黑属水，黄属土。外应之五行，详于内卦。体用生克、比和，吉凶可见。此五色之应也。

复明写字之应

淡中浓墨名为滓，浓墨中间薄似云。点画误书名鬼笔，定知贼在暗中缠。涕为流泪防丧服，定主忧惊梦里眠。鬼笔误书防窃盗，定知方位与通传。此写字之应验也。

遗　论

万物卦数，本由于《易》，今观此书，止用五行生克之理，十应三要之诀，例不同《易》，何也？盖未有《易》书，先有易理。《易》书作于“四圣”之后，《易》理著于“四圣”之先。人心皆有《易》理，则于《易》也，占卜无非用卦，卦即《易》也。若得《易》卦爻，观其爻辞，以断吉凶悔吝，更为妙也，未尝不用《易》。又观寓物卦数，起例之篇，止用内卦，不用外卦，何也？盖泛泛起卦之诀，“十应”为传授之诀。若观梅，例曰：“今日观梅得革，知女折花，有伤股。明日观梅得革，亦谓女子折花，可乎？”占牡丹例曰：“今日算牡丹为马践毁，异日算牡丹亦为马践，可乎？”是必明其理。又于地风升卦，无饮食之兆，而知有人相请。此要外应诀之。

体　用

凡占卜成卦，即画成三重：本卦、互卦、变卦也。使于本卦分体用，此一体一用也。以卦五行明生克比和之理，此一用卦最切。看互卦变卦，互变亦用也。此内之体用也。又次看应卦，亦用也，此合内外之体用也。然则不止一体一用，所谓体一用百也。生克即分体用，则论生克。生体则吉，克体则凶，比和则吉，不必论矣。生体多者则愈吉，克体多者则愈凶。然此卦生体，诸卦有克此卦者，彼灭其吉。此卦克体，诸卦又有克此卦者，稍解其穷。有生此卦者吉，有克此卦者凶。此体用之生克。然卦之生克，有不论体用者。如占天时，有震则有雷，有巽则有风，逢坎则有雨，逢离则晴，此一定之理。又有不然者，如论卦中乾、兑多，则震无雷，巽亦无风，又必有此诀也，皆隐然外卦之意。如观梅有女折花，算牡丹有马践毁，地风升有饮食兆。此又非外应之兆，不能决也。

体用论

心易寓物之用，以体为主。然人知一体一用之常，不知一体百用之变。

并体之变，全卦为内，卦内亦不知一用，而互变皆用也。“三要”“十应”之卦，外卦也。外亦不一，无非用也。学寓物者，得体用以为至术，“十应”则罕有之，后则“三要”以为全术。且谓体用自体用，“三要”自“三要”，遂以体用决吉凶，以“三要”为吉凶之兆。孰知“三要”“十应”、体用之致？呜呼！体用不可无“三要”，“十应”不可无体用。“体用”“三要”“十应”理无间然也。

如此者，是谓心易之全术，而可以尽占卜之道也。又如乾、兑多，则巽无风；坤、艮多，则坎无雨；坎多，则离亦不晴。盖以乾、兑之金，克震、巽之木；坤、艮之土，克坎水；坎水克离火也。此又须通变而推验之。又若占饮食，有坎则有酒，有兑则有食。如遇坤、艮，则坎亦无酒，离值则兑亦无食。余皆可以类推。故举此二类，为心易生克之例耳。

衰旺论

既明生克，当看衰旺。旺者，如春震、巽木，夏离火，秋乾、兑金，冬坎水，四季之月坤、艮土是也。衰者，如春坤、艮，夏乾、兑，秋震、巽，冬离，四季之月坎是也。凡占卜，体卦宜盛旺。气旺而又逢生则吉，重遇克则凶。若体衰而逢克，则其凶甚矣。体衰而有生体之卦，则衰稍解。大抵体之卦宜旺，生体之卦气亦宜旺，克体之卦气宜衰。此心易论衰旺之诀也。

内外论

凡占卜，体用为内，诸应卦为外卦，此占卜之例也。诸应卦与“三要”之应，与“十应”之应，必合内外卦而断之也。苟不知合内外卦为断，谓体用自体用，“三要”“十应”自“三要”“十应”，如此则鲜见其有验者。然“十应”罕有知者，如前“奥论”云：金银为世宝，三要为吉者，若震、巽为体，则金克木，反为不吉。兵刃为世凶，三要为凶者，若坎为体，则金生水，反为不凶。占产见男子，谓有生子兆，设坎为体，少男为艮土，土克水，产反不吉。占病见棺必死，若遇离体，则木生火而反吉。似此之类，则内卦不可无外卦，外卦不可无内卦。占卜之精者，无非合内外之道也。

动　静

凡占决，虽明动静之机，然有理之常，有事之变。阳动而阴静，一动一静者，理之常；此静则彼动，一静百动者，事之变也。天下之事物，纷纷群动，我则以一静而待之。事物之动，各有其端，我则以一静而测之。不动不占，不因事不占。占卜之际，察其群物之事，物动而凶者，兆吾卦之凶；物动而吉者，兆吾卦之吉。然于闹喧市廛之地，人物杂扰，群物满前，何事拈何物为吉？吾占卜之应，此又推乎理而合其事。盖于群动之中，或观其身临吾耳目之近者，可以先见者，或以群事分明者，或以吾之一念所在者，此发占之所用。若求名，则于群动之中，或于官府，或有文书及袍笏仪卫之物，则为得官之应。

若求财利，则遇巨商富贾，或有钱宝货财之物，则厥为获利之应。若占讼事，而忽逢笞杖枷锁之具，则讼终不吉。占病，而不见缞麻棺椁之物者，病当无恙。凡此，所谓事事相关，物物相应，是以验吾占卦之切要也。至若坐则应迟，行则应速，走则愈速，卧则愈迟，此则察其动之端也。吾心本静，人来求占，起念以应之，即动也。以此动而测彼动，于此之念而求彼之验，诚而神知之。知此者，可以知动静之机矣。

向　背

凡占卜求应，必须审其向背。向者，为事物之应，相向而来。背者，谓事物之应，相背而去也。如鸦报灾，鸦飞适来，其灾将至；鸦飞而去，则灾已过去也。如鹊报喜，鹊飞适来，其喜将至；鹊飞已去，则喜已过去也。至于外应之卦皆然。其克体之卦，器物方来，其祸将至，去则祸散。其生体之卦，器物方来则吉，去则吉已过矣。其他应卦皆然。此为占卦向背，至当之理也。

静　占

凡应占在静室，无所闻见，则无外卦，即不论外卦。但以全卦年、月、日值五行衰旺之气，以体用决之。

观物洞玄歌

《洞玄歌》者，洞达玄妙之说也。此歌多为占宅气而发。昔牛思晦尝入人家，知其吉凶先兆，盖此术云。是故家之兴衰，必有祯祥妖孽之谶，识者鉴之，不识者昧之。故此歌发其蕴奥，皆理之必然者，切勿以浅近目之也。

世间万事无非数，理在其中遇。
吉凶悔吝有其机，祸福可先知。
五行金木水火土，生克先为主。
青黄赤白黑五形，辨察要分明。
人家吉凶何堪见？只向玄中判。
入门辨察见闻时，于此察兴衰。
若还宅气如春意，家室生和气。
若然冷落似秋时，从此渐衰微。
自然馨香如兰室，福至无虚日。
鸡豚猫犬秽薰腥，贫病至相侵。

男妆女饰皆齐整，此去门风盛。
家人垢面与蓬头，定见有悲忧。
鬼啼妇叹情怀俏，祸害道阴小。
老人无故泣双垂，不日见愁悲。
门前墙壁如果缺，家道中消歇。
溜漕水势向门流，财帛永难收。
忽然屋上生奇草，益荫人家好。
门户幽爽绝尘埃，必定出高才。
偶悬破履当门户，必有奴欺主。
长长破碎在边门，断不利家君。
遮门临井桃花艳，内有风情染。
屋前屋后有高桐，离别主人翁。
井边倘种高梨树，长有离乡土。
祠堂神主忽焚香，火厄恐相招。
檐前瓦片当门堕，诸事愁崩破。
若施破碗厕坑中，从此见贫穷。
白昼不宜灯在地，死者还相继。
公然鼠向日中来，不日耗资财。
牝鸡司晨鸣伊睎，阴盛家消索。
中堂犬吠立而啼，人眷有灾厄。
清晨鹊噪连声继，远行人将至。
蟒蛇偶尔入人家，人病见妖邪。
雀群争逐当门盛，口舌纷纷定。
偶尔鹏鸟叫当门，人口有灾逢。
入门若见有群羊，家主病瘟瘴。
舟船若安在平地，虽稳成淹滞。
他家树荫过墙来，多得横来财。
阶前石砌多残折，成事多衰灭。
入门茶果应声来，中馈主家财。

三餐时候炊烟早，家道渐基好。

连宵宿火不成时，人散与财离。

千门万户难详备，理在吾心地。

斯文引路发先天，深奥入玄玄。

上《洞玄歌》与《灵应》，同出而小异。彼篇多为占卜而诀，盖占卜之际，随所出所见，以为克应之兆。此歌则不特为占卜之事，一时而入人家，有此事，必有此理。盖多寓观察之术也。然有数端，人家可得儆戒而趋避之，或可转祸为福。偶不知所因而囿于数中，俾吾见之，则善恶不逃乎明鉴矣。

起卦加数例

寅年十二月初一日午时，有数家起造，俱在邻市之间。有三家以此年月日时，求占于先生，若同一卦，则吉凶莫辨矣。先生以各姓而加数，遂断之而皆验。盖三家求占，有田姓者，有王姓者，有韩姓者。若寅年三数，十二与一，共十六，加王姓四画，得二十数，去二八一十六，得四，震为上卦。又加午时，七数，总二十七数，去三八二十四，得三，离为下卦。二十七中去四六二十四，余三，为初爻，得丰变震，互见兑、巽。其田姓加以田字六画，得水风井，变升，互见离、兑。其韩姓加入二十一画之数，得益变中孚，互见艮、坤。乃以各家之姓起数也，随各家之卦断之也。不特起屋之年月日时加姓也，凡冠婚及葬事，皆须加一姓可矣。然冠葬则加一姓可矣。若婚姻，则男女大事，必加二姓方可也。极北之人无姓，亦必有名，不辨其字，则数其声音。又无名，则随所寓也。

屋宅之占诀

寅年十二月初一日午时起屋者，其家田姓，其占水风井，变地风升，互见离、兑，巽木为体，用卦坎水生之。虽兑金克木，然得有离火，火虽无气，终是制金。然有兑金，酉年月日，亦当有损失之忧。亥子水年月日，当有进益，或得水边之财，坎生体用也。寅卯年当大快意，比和之气也。但家中必多口舌之聒，亦为兑也。木体近春，喜逢坎水，此居必然发旺。二十九年后，此屋当毁。盖二十九年者，全卦之成数也。若非有兑在中，虽再见二十九年，屋当无恙也。

附：田姓屋宅之占卦图

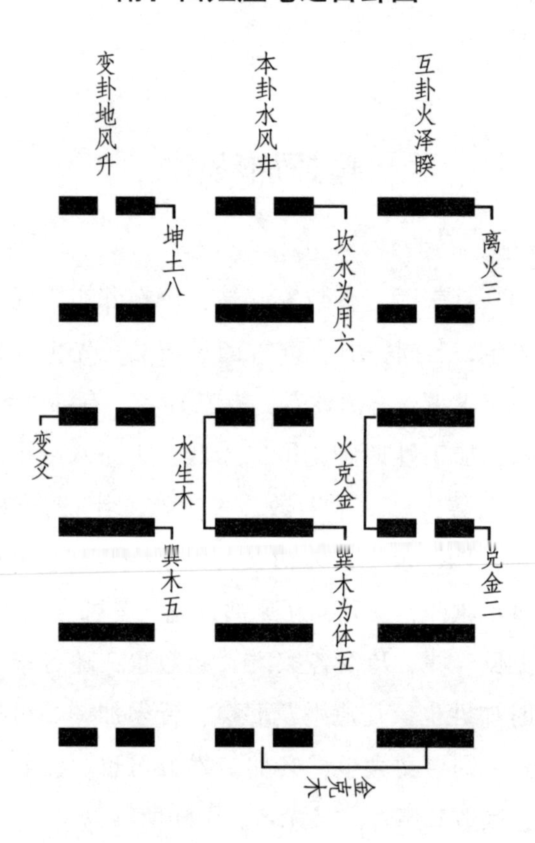

同时王姓之家起造，得雷火丰，变震，互见兑、巽。震木为体，离为用卦。兑为体之互，克体亦切。虽得离火制兑金，亦不纯美。用火泄体之气，破耗资财。每遇火年月日，主见此事，或因妇人而有损失。家中亦多女子是非。亥子寅卯之年月，却主进益田财。盖震木为体，虽不见坎，终是利水年。生体之气，不见震、巽，亦逢寅、卯，为体卦得局之时也。凡有震有巽，寅卯与木之气运年月，此居必大得意。亦主得长子之力，变重震也。二十二年后，复为火所焚。

附：王姓屋宅之占卦图

变卦震为雷
本卦雷火丰
互卦泽风大过
震木四
震木为体四
兑金二
金克木
木生火
金克火
变爻
震木四
离火为用三
巽木五

韩姓之居，得益变中孚。巽体，互见艮、坤，变兑克体，此居必有官讼，见于酉年月日。申酉年连见病患，所喜用卦，其震与巽体比和，当见寅卯年发。申酉年后凶。三十一年之后，遇申酉年，此居当毁。若非有兑，或有一坎，再见三十一年，此居亦无恙也。

附：韩姓屋宅之占卦图

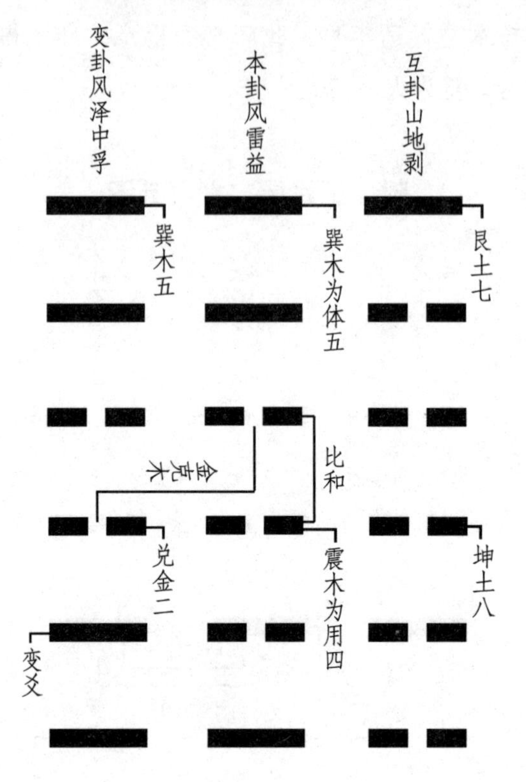

器物占

大抵占器物，并不喜见兑卦，盖兑为毁折也。若坎为体，则见兑无伤。乾卦为体亦无害。其余卦体，逢兑不久即破。木之器物，或震巽为体，见兑为用，必不禁耐用矣。破器之日，必申酉与占卜之年月日也。又畜养之物，亦不宜乾、兑克体。种植之物，乾、兑克体，必不成，即成，亦有斧戕之厄。种植之物，宜见坎也。

又凡见器物，欲知其成毁，亦看卦体，无克者则久长。体逢克者则不久，视其器物之气数，可久者，以全卦之年数断之；不可久者，以月数断之；至速者，以日数断之也。

新订邵康节先生梅花观梅拆字数全集卷之三

八卦方位之图

观梅数诀序

嗟呼！《易》岂易言哉！盖《易》之为书，至精微，至玄妙。然数者，不外乎易理也。有先天后天之殊，有叶音取音之辨，明忧虞得失之机，取互变迟速之应。数有前定，祸福难测。易理灼然可察，予求得《先天》《玄黄》《灵应》诸篇，外采《易》辞，曰：观梅数诀。列图明五行生克衰旺之理，分例指避凶趋吉之道。后学君子幸鉴焉。《易辞》曰：“《易》有太极，是生两仪，两仪生四象，四象生八卦，八卦生万物。”邵子曰：“一分为二，二分为四，四分为八也。”《说卦传》曰：“易逆数也。”邵子曰：“乾一、兑二、离三、震四、巽五、坎六、艮七、坤八。”自乾至坤，皆得未生之卦，若逆推四时之比也。后天六十四卦仿此。

八卦定阴阳次序

乾为父	震长男	坎中男	艮少男
坤为母	巽长女	离中女	兑少女

变卦式八则

泽火革 ䷰ 体金、互巽木　　变泽山咸 ䷞
火金　　艮土

离卦初爻，阳动变阴，变艮卦，兑金，为少女，离火克之。巽为股，乾金克之，曰：伤股。得艮土生，入兑金，断曰：不至于死。

体用于变爻，作动静取之。动者为用，静者为体。

地雷复 ䷗ 体土 用木　　变地泽临 ䷒ 土 金

木是用爻，断出软物，文章之体也。

天泽履 ䷉ 土体金 金用土 互卦木火　　变乾卦 ䷀

此卦断出是铁器之物。

泽火革 ䷰ 土用金 / 金体火 互卦金木　　变火雷噬嗑 ䷔

此卦乃用金体火，夏火得旺，能出土，必是土物也。

雷泽归妹 ䷵ 用木 / 体金 互卦水火　　变火泽睽 ䷥

用爻属木变火，体卦属金。四爻变卦成艮，土能生金，断出是铁。

泽天夬 ䷪ 体金 / 用金 互卦金　　变兑卦 ䷹

此卦非金是石，断是破磁碟也。

泽火革 ䷰ 互卦金木　　变艮卦 ䷳

本卦得泽火革，为少女，近物为口，远取羊。内离为中女，近目，远取雉。初爻变艮卦为土，土能生金，则扶起兑金之妹。次除去初爻，移上四爻，又成巽木，断得伤股之灾。得初爻变艮土生兑金，是故有救而不至于死也。

“近取诸身”，乾头、坤腹、震足、巽股、坎耳、离目、兑口、艮手——人身；“远取诸物”，乾马、坤牛、震龙、巽鸡、坎豕、离雉、艮狗、兑羊——畜道。

天水讼 ䷅ 体金　互卦木火　变兑卦 ䷹ 用水

天水讼卦变兑，欲要求财。盖卦是体生，而乃泄己之气，其财空望。次得离卦属火，能克金。其日午时，客来食去酒，返自消耗也。

占卦诀

又如占卦而问吉事，则看卦中有生体之卦，则吉事应之必速。便看生体之卦，于八卦时序类决其日时。如生体是用卦，则事即成。生体是互卦，则渐渐成；生体是变卦，则稍迟耳。若有生体之卦，又有克体之卦，则事有阻节，好中不足。再看克体卦气阻于几日，若乾克体，阻一日，兑克体，阻二日之类推之。如占吉事，无生体之卦，有克体之卦，则事不谐矣。无克体之卦，则吉事必可成就矣。

又如占不吉之事，卦中有生体之卦，则有救而无害；如无生体之卦，事必不吉矣。若以日期而论，看卦中有生体之卦，则事应于生体卦气之日；有克体之卦，则事败于克体卦气之日。要在活法取用也。

体用互变之诀

大凡占卜，以体为其主，互用变皆为应卦。用最紧，互次之，变卦又次之。故曰：用为占之即应，互为中间之应，变为事占之终应。然互卦则分其有体之互，有用之互。如体在上，则上互为体之互，下互为用之互，体卦在下，则下互为体之互，上互为用之互。体互最紧，用互次之。

例如：观梅恒卦，互兑、乾，兑为体，互见女子折花。若乾为体，互则老人折花矣。盖兑、乾皆克体，但取兑而不取乾，此体互用之分。

大凡占卦，变卦克体，事于末后，必有不吉。变生体及比和，则事事临终有吉利，此用互变之诀也。

体用生克之诀

占卦即以卦分体用互变，即以五行之理断其吉凶。然生克之理，于内卦体用互变，一定之生克。若外卦，则须明其真生真克之五行，以分轻重，则祸福立应。何也？假如乾、兑之金为体，见火则克。然有真火之体，有火之形色。真火能克金，形色则不能克。能克则不吉，不能克则不顺而已。盖见炉中火，窑灶之火，真火也。烈焰巨炬，真火也。乾、兑为体，遇之不吉。若色之红紫，形之中虚，槁木之离，日灶之火，则灶之形色，非真火也，乾、兑之体，不为深忌。又若一盏之灯，一炬之烛，虽曰真火，细微而轻，小不利耳。又若震、巽之木体，遇金则克。然钗钏之金、金箔之金、成锭之银、杯盘之银，与器之锡，琐屑之铜铁，皆金也。此等之金，岂能克木？木之所忌者，快刀锐刃，巨斧大锯。震、巽之体，值之必有不吉。

又若离火为体，见真水能克。然但见色之黑者，见体之湿者，与夫血之类，皆坎之属，终忌之而不深害也。余卦为体，所值外应，克者皆以轻重断之。若夫生体之卦，亦当分辨。土与瓦器皆属坤土，金遇之，土能生金，瓦不能生也。树木柴薪，皆木也，离火值之，柴薪生火之捷，树木之未伐者，生炎之迟也。木为体，真水生木之福重，如豕如血，虽坎之属，生木之类轻也。其余五行生克，并以类而推之。

体用衰旺之诀

凡体卦宜乘旺，克体之卦宜衰。盖体卦之气，如春木、夏火、秋金、冬水、四季之月土，此得令之卦，乘旺之气，虽有他卦克之，亦无大害。用互变卦，乘旺皆吉，但不要克体之卦气旺而体卦气衰是不吉之占。占者有此，若问病必死，问讼必败。若非问病与讼而常占，则防有官病之事。未临其期，在于克体卦气之月日也。若卦体旺而复有生体之卦，吉事之来，可刻期而至矣。若内卦外卦有生体者，体卦虽衰，亦无大害也。内外并无生体，虽体之卦党多，皆是衰卦，终不吉也。故体用之卦，必须详其盛衰也。

体用动静之诀

占卦体用互变既分，必以内外之卦察其动不动。不动不占，亦不断。其“吉凶悔吝生乎动”也。夫体卦为静，互卦为静，用卦变卦则动也，此内卦之动静也。以外卦言之，方应之卦，天时地理之卦，应皆静。若人事之应，器物之类，则有动者矣。器物本静，人持其器物而来，则动矣。若乾马、坤牛，皆动者也。盖水之井沼，土之山岩石，皆静者矣。人汲水担水而前，水之动也。又人持石负土而前，土之动也。于外卦之应，观其动静而审其吉凶，动而吉者，应吉之速；动而凶者，应凶之速；不动而应者，吉凶之末见也。此则外卦体用之动静也。

若夫起卦之动静，亦以我之中静而观其动者而占之。如雀之争坠，如牛鸡之哀鸣，如枯木之坠，皆物之动者，我以静而占之也。

又若我坐，则事应之迟；我行而事应之速；我立则半迟半速，此皆动静之理也。

占卜坐端之诀

坐端者，以我之所坐为中，八位列于八方，占卦决断之。须虚心待应，坐而端之，察其八卦八方应兆，以为占卜事端之应。随其方卦有生克之应者，以定所占之家吉凶也。

如乾上有土生之，或乾宫有诸吉兆，则尊长老人分上，见吉庆之事。若乾上有火克之，或有凶兆，则主长上老人有忧。

坤上有火生之，或坤上有吉兆，则主母亲分上，或主阴人有吉利之喜。坤宫见克，或有凶兆，则主老母阴人有灾厄。

震宫有水生之，及东方震宫有吉兆，则喜在长子长孙。见克而或见凶，则长子长孙不利。

坎宫宜见五金，及有吉利之谶，则喜在中男之位。若土克，若见凶，则忧在中男矣。

离宫喜木生之，或有可喜之应，则中女有喜。若遇克，或见凶，则中女有厄矣。

艮为少男之位，宜火生之，见吉则少男之喜。若遇克，或见凶，则灾及少男。问产，必不育矣。

兑为少女，土宜生之，见吉则少女有喜，或有欢悦之事。若问病，如乾卦受克，病在头。坤宫见克，病在腹，推之震足、巽股、离目、坎耳及血、艮手指、兑口齿，于其克者，定见其病。

至于八端之中，有奇占巧卜者，则在乎人。此引其端为之例也。

占卜克应之诀

克应者，所谓克期应验也。占卜之道无此诀，则吉凶成败之事，不知应于何时。故克应为卦之切要也。然克则最难，有以数而克之者，有以理而克之者，皆要论也。以数而刻期，必详其理，如算屋宅之初创，男女之始婚，坟墓之方葬，器物之新置，俱以此年月日时，加事物之数而起卦。卦成，则于体用互变之中，视全卦之数，以为约定之期，审其事端之迟速而刻之，如屋宅坟墓，永久者也。屋宅则以全卦之数克其期。如屋宅之终应，盖屋宅有朽坏之期也。坟墓亦有损坏，然占墓但占吉凶，不计成败也。男女之婚，远亦不过数年。年内之事，全卦之数可决，又不如屋宅之久也。然婚姻亦不过卜其吉凶，不必刻其期也。若吉凶之期，但以生体及比和之年月为吉期，克体之年月为不吉之期也。器物之占，则金石之质终远，草木之质终不久也。远者，以全卦之数为年期；近者，以全卦之数为月期；又近者，以全卦之数为日期也。如置砚，则全卦之数为岁。计笔墨亦可以全卦为岁计乎？笔墨之小者，以日卦之数可也。此器物刻期之占也。如先天观梅与牡丹二花，俱旦夕之事，故以卦理推，则不必决其远日也。如后天老年、少年、鸡、牛之占，以方卦物卦之数，合而计之。老少、鸡牛之占，亦只可以日计也。若永远之占，则以日为月，以月为年矣。占者详吉，必又寻常之占事刻期，则于全卦中细观生体之卦为吉，应决期克体之卦为凶。应之期远，则以年，近则以月，又近则以日也。如问求名，则乾为体，看卦中有坤、艮，则断其辰、戌、丑、未之土月日。盖乾、兑，金体也。此为吉事生体之应。若问病而乾卦为体，则看卦中有离，又看卦中无坤、艮，及有凶犯，则断其体死于巳午火日，此克体为凶事之期也。又若问行人，以生体之日为归期，无生体比和之日，则归必迟。若此例者，具难尽载，学者审焉。

万物赋

人禀阴阳，卦分先后。达时务者，近取诸身，远取诸物。观物理者，静则乎地，动则乎天。原夫万物有数，易数无穷。动静可知，不出于玄天之外。吉凶必见，莫逃乎爻象之中。未成卦以前，必虚心而求应；既成卦以后，复观刻应以为断。声音言语，傍人谶兆，当遇形影往来，我心指实皆是，及其六爻以定，三天既生，始寻卦象之端，终测刻应之理。是以逢吉兆而终知有喜，见凶谶而不免乎凶。故欲知他人家之事，必须凭我耳目之闻见。未成卦而闻见之，乃已生之事。既定卦而观察之，乃未来之机。或闻何处喧闹，主有斗争；或听此间笑语，必逢吉庆。见妇啼叹，其家阴小有灾；吏至军来，必有官司词讼。或逢枷锁而枷锁临身；倘遇鞭杖而鞭杖必至。设若屠而负肉，此为骨肉有灾；倘逢血光，而又恐灾于孳畜。师巫药饵，病患临门。见饭则有犯家先，逢酒则欠神愿。阴人至则女子有厄，阳人至则男子当灾。又须八卦中分，不可一例而论。卦吉而爻象又吉，祸患终无；卦凶而谶兆又凶，灾祸难免。披麻带孝，必然孝服临头；持杖而号，定主号泣满室。其人忧，终是为忧；其人喜，还须有喜。故当观色察形，以为决意断心。其或鼓乐声喧，又见酒杯器皿，若不迎婚嫁娶，定须会客宴酣。欲知应在何日，须观爻象值数。巽五日而坤八日，离三朝而坎六朝。又观远近克应，以断的实之相期。应远，则全卦相同；应近，而各时同断。假如天地否卦，上天一而下地八；设若泽火革卦，上兑二而下离三。依此推之，万无一失。此人物之兆，察之可推也。及其鸟兽之应，仍验之有准。鹊噪而喜色已动，鸦鸣而祸事将来。牛羊猪犬之类，日晨不见，金日遇之，六畜有损。木日见猪，养猪必成。庚日见鸡鸣，丁日见羊过，此乃凶刃之杀。己日值马来，壬日有猪过，此皆食禄之兆。见吉兆而百事亨通，逢凶谶而诸事阻滞。或若求财问利，须凭克应以言。柜箱为藏财之用，绳索为穿钱之物。逢金帛宝货之类，理必有成。遇刀刃剑具之器，损而无益。又看原卦，不可执一。逢财而有财，无财则无益。凡物成器，方系得全，缺损破碎，有之不足。或问婚姻，理亦相似。物团圆，指日而成；物破损，中途阻折。此又是一家。闻奥斯理明，万事昭然。

逢紫炭主忧，折麦主悲。米必奇，豆必伤。袜与鞋，万事和谐；棋与药，与人期约。斧锯必有修造，粮储必有远行。闻禽鸣，谋事虚说；听鼓声，交易空虚。拭目润睫，内有哭泣之事；持刃见血，外有蛊毒之讲。克应既明，饮食同断。见水为饮食酒汤，遇火为煎炮烤炙。见米为一饭之得，提壶为酌杯之礼。水乃鱼暇水中物味，土乃牛羊土内菜蔬。姜面为六辛辛苦味辣羹，刀砧乃薰腥美味。此三天之克应，万物之枢机。能达此者，尚其秘之。

饮食篇

夫乾之为象也，圆坚而味辛，取象乎卯，为牲之首，为马为猪，秋得之而食禄盛，夏得之而食禄衰。春为时新之物，水果蔬菜之属；冬为冷物，隔宿之食。有坎乃江湖海味，有水而蔬果珍馐。

艮为土物同烹，离乃火傍煎炙，秋为蟹，春为马。凡内必多肉，其味必辛，盛有瓦器，伴有金樽。其于菜也为芹，其于物也带羽。克出生回，食必鹅鸭。生出克入，野菜无名。

坤其于坤也，远客至，故人来，所用必瓦器，所食米果之味。静则梨枣茄芋，动则鱼虾鲜羊。无骨肉脯，杀亦为腌藏，藏亦为肚肠，遇客必妇人，克此必主口舌。克出生回，乃牲之味；克入生物，乃杂物之烹。见乾、兑，细切薄披；见震、巽而新生旧煮。其色黑黄，其味甘甜，水火并之，蒸饮而已。四时皆为米麦之味，必带麻姜。仔细推详，必有验也。

巽之为卦，主文书柬约之间，讲论之际，外客婚姻，故人旧交。或主远信近期，其色白青，其性曲直，其味酸，其象长。桃李木瓜，斋辣素食，为鱼为鸡，其豆其面，非济挐而得之，必锄掘而得之。有乾、兑，食之而致病，有坤，得之非难。炊为炒菜蔬，离为炒茶，带炊于中，酒汤其食。其无生，半斋半荤。其在艮也，会邻里，有贵人。食物不多，适口而已。其桔柚菜果蔬，斫伐于山林带节，虎狗兔鹿，渔捕网罗，米麻面麦。克入素食，克出羊肉。克入口舌，是非阴灾，极不可食。其味甘甜，其色玄黄。坎为水象也，水近信至海内，味香有细鳞，或四足。凡曰水族，必可饮食也。或闻萧鼓之声，或在礼乐之所，其色黑，其味咸。克出饮酒，生回食鱼。为豕为目，为耳为血。羹汤物味，酒食水酱。遇离而为文书，逢乾而为海味。

震之为卦，木属也。酒友疏狂，虚轻怪异。大树之果，园林之蔬，其色青而味酸，其数多，会客少。或有膻臭之气，或有异香之肴。同离多，主盐茶；见坎或为盐腊。

离则文书交易，亲戚师儒，坐中多礼貌之人，筵上总英才之士。其物乃煎烤炙烧，其间或茶盐。白日之夕，虽之以烛，春夏之际。凡物带花，老人莫食。心事不宁，少者宜之。宜讲论，即有益。为鸡为雉，为蟹为蛇。色赤味苦，性热而气香。逢坎而酒请有争，逢巽则炒菜而已。

兑之为卦，其属白金，其味辛而色白。或远客暴至，或近交争来。凡动物刀砧，凡味必有辛辣，凡包裹腌藏。其于暴也，为芹，为菱；其于菜也，为葱为韭。盛而有腥臭，旺而有羊鹅。坐间有僭越之人，或有歌娼之女，单则必然口舌，重则必然欢喜。生出多食，克出好事。

夫算其饮食，必须察其动静。故动则有，静则无。以体卦下卦为己卦，上为人卦。下为变为客，互之上为酒，下为食物。取象体之下为食何物，变为客体，下食之不终，生体下吉。互客体之不得食。他人克应亦难食。他人生，他人请，已生体生下，已请人。互受生后不计杯杓。上体受生客不计数。变生互，客有后至者；互生克，有先去者。取其日时，以互卦用矣。

观物玄妙歌诀

观物戏验者，虽云无益于世，学者以此验数，而知圣人作《易》之灵耳。物之于世，必有数焉。故天圆地方，物之形也；天玄地黄，物之色也；天动地静，物之性也；天上地下，物之位也；乾刚坤柔，物之体也。故乾之为卦，刚而圆，贵而坚，为金为玉，为赤为圆，为大为首，为上之果物。见兑为毁拆，逢坎而沉溺，见离为炼煅之金，震为有动之物，巽为木果为圆。坤、艮，土中之石，得火而成器。兑为剑锋之锐，秋得而价高，夏得之而衰矣。

坤之为卦，其形直而方，其色黑而黄。为文为布，为舆为釜。其物象牛，其性恶动。得乾乃圆可方，可贵可贱。震、巽为长器，离为文章，兑为土中出之金，艮为带刚之土石也。

震之为卦，其色玄黄而多青，为木为声，为竹为萑苇，为蕃鲜及生形。上柔下刚，是性震动而可惊。得乾乃为声价之物，得兑为无用之木，见艮山林间之石，见坎有气之类，巽为有枝叶，见离为带花。

巽之为卦，其色白，其气香。为草木，为刚为柔。见离为文书，见兑、乾为不用，乃遇金刀之物。坤、艮为草木之类，坎、兑为可食之物。为长为直，并震而春生夏长，草木之果蔬。

坎之为卦，其色黑，亦可圆可方物。为柔为腐，内则刚物。得之卑湿之所，多为水中之物。见乾亦圆，见兑亦毁。又乃污湿，得震、巽而可食；离水火既济，假水而出，假火而成。又为滞于物，兑为带口也。震、巽为带枝叶，为带花也。

离之为卦也，其色黄而青，体燥，其性则上刚下柔。为山石之物，土瓦之类。小石于大山，为门途之处。为物见乾而刚，兑而毁折，坤而土块。巽为草之物，而震为木物类也。坎并为河岸之物，离并为瓦器，震巽并见，篱壁之物。

兑之为卦，其色白，其性少柔而多刚。为毁折而下，金带口而圆。见乾先圆后缺，见艮则金石废器，见震、巽为剥削之物，见坎为水之类。得乾而多刚，得坤而多柔，长于西泽之内。于水中之类，得柔而成器也。

诸物响应歌

混沌开辟立人极，吉凶响应尤难避。
先贤遗下预知音，皇极观梅出周易。
玄微浩瀚总无涯，各述繁言人莫记。
大抵体宜用卦生，旺相谋为终有益。
比和为吉克为凶，生用亦为凶兆矣。
问雨天晴无坎兑，亢旱言之终则是。
天时连雨问晴明，艮离贲卦响应耳。
乾明坤晦巽多风，震主雷霆定莫疑。
凡占人事体克用，诸事亨通须有幸。
比和为妙克为凶，又看其中何卦证。
乾主公门是老人，坤遇阴人曰土应。
震为东方或山林，巽亦山林疏果品。
坎为北方并水姓，酒货鱼盐才取定。
离言文书炉冶利，亦曰南方颜色赤。
艮为东北山林材，兑曰西方喜悦是。
生体克体亦同方，编记以为诸事应。
凡问家宅体为主，旺相须知进田土；
生用须云耗散财，比和家世安居处。
克体为凶决断之，生产以体为其母。
两宜生旺不宜衰，奇偶之中察男女。
乾卦为阳坤为阴，又有来人爻内取。
阴多生女阳生男，此数分明具易理。
婚姻生用必难成，比和克用大吉利。

若问饮食用生体，必知肴馔丰厚喜。
生用克体饮食难，克用必无比和美。
坎兑为酒震为鱼，八卦推求衰旺取。
求谋称意是比和，克用谋为迟可已。
求名克用名可求，生体比和俱可取。
求财克用曰有财，生体比和俱称意。
交易生体及比和，有利必成无后虑。
出行克用用生体，所至其方多得意。
坎则乘舟离旱途，乾震动则坤艮止。
行人克用必来迟，生体比和人即至。
咸远恒迟升不回，艮阻坎险君须记。
若去谒人体克用，比和生体主相见。
兑主外见讼不亲，乾利大人长者是。
来问生物体克用，速可追寻依卦断。
相生比和终可寻，兑临残缺并井畔。
离为冶所并南方，坤主方器凭推看。
疾病最宜体旺相，克用易安药有效。
比和凶则有救星，体卦受克为凶兆。
离宜服热坎服冷，卦见坤土温补亨。
亦把鬼神卦象推，震主妖怪为状貌。
巽为自缢并锁枷，坤艮落水及血刃。
凡占公讼用宜克，体卦旺相终得理。
比和助解最为奇，非止全仗他人力。
若问墓穴在何地，坤则平阳巽林里。
乾宜高葬艮临山，离近人烟兑兴废。
比和生体宜葬之，克用尤为大吉利。
若人临问听傍言，笑语鸡鸣亦吉美。
美物是为祥瑞推，略举片言通万类。

诸卦反对性情

乾刚坤柔反其义，比卦欢欣困忧虑。
临逢百物观求之，蒙卦难明屯不失。
大畜其卦福之生，无妄若遇祸之始。
升者去而不复回，萃者聚而终不去。
谦卦自尊豫怠人，震则动而艮则止。
兑主外遇祸之藏，随前坎后偷安矣。
剥体消烂复自生，蛊改前非而已矣。
明夷内朗又逢伤，晋主外明并通理。
益拟茂盛损象衰，咸速恒迟涣远遁。
同人内亲睽外疏，解卦从容蹇难启。
离文美丽艮光明，遁退回身姤相遇。
大有曰众丰曰多，坎卦履险震卦起。
需不进兮讼不宁，既济一定无后虑。
未济之卦男之终，归妹之辞妇之始。
否遭大往而小来，泰卦大来而小去。
革去旧故鼎从新，小畜曰寡噬嗑食。
旅羁其外大过颠，夬卦分明言快利。
要将字字考精详，杂卦性情反对是。

占物类例

凡看物数，看其成卦，观其爻辞。如得乾，曰“潜龙勿用”，乃曰“不可用之物”；“见龙在田”，乃曰“田中之物”；“或跃在渊，乃曰：“水中之物”；“亢龙有悔”，乃废物也。如得坤之“直、方、大”，乃曰“直而方大之器物”；“括囊无咎”，乃曰“包囊之物”；“黄裳无吉”，乃曰“黄色衣服之物”，“其血玄黄”，“困于石”，乃曰“石物”，或“逢石而破”；“困于株林”，乃曰木物。又言爻辞，不言物类，而不能决者，须以八卦所属之象察之。

又诀：体用断物之妙

生克制化之妙，于诸诀中，此诀极为美验。其所以生体者，为可食之物；克体者，为可近人之秽物。体生者，为不成之器；体克者，为破碎损折之物；比和者，乃有用成器之物，又生体象者为贵物；克体象者为贱物，所泄为废物也。

又　诀

凡算此数，以体卦为主，看其刚柔。用卦看其有用无用。体生方圆曲直，可作可用。如用生体，乃可食。用变互卦，看其色与数目。此互卦决其物之数目也。如互见重乾、兑，决为一二之数。互见艮、坤，为七八之数也。但互卦重乾、重艮、重坤、重坎、重离之属，皆是两件。物乘旺，物数多，衰而物少。离为中虚之物，或空手无物。又决物之数者，如互艮卦，先天七数，后天亦不出八数之外。

物数为体诀

凡算物数者，不但以体卦为体，凡卦之多者，皆可为体。如乾金多，而金为体，则多刚。坤多，以土为体，多柔。乾卦，体卦乾，而用是乾，而互又是乾。固曰：金为体而刚矣，便是圆健刚硬之物。非金非石，此为体矣。观物有体互变卦，并无生旺之气者，为不入五行之物。观物须观爻，如八卦中阳爻多，乃多刚之物；阴爻多，乃多柔之物。

又诀：观物变在五六爻，多是能飞动之物。

观物看变爻为主

凡观物，以变卦为主应，用之应验也。如得乾初爻变为巽，乃金刀削过之木物。二爻动变为离，乃火中锻炼之金。三爻动，变为兑，乃毁折五金之器，虽圆而破处多也。

观物克应法

凡算物之成败，又看体卦克应如何。成卦未决之际，有见圆物相遇，即断是圆物。见有负土者过，即断为土中之物。见刚健之物，即言是刚健之物。见有柔腐之物，即言是柔腐之物。

观物趣时诀

凡算物，趣时察理，无有不验。以春得震、离为花，夏得震为有声之物，秋得兑为毁折成器之物，冬得坤为无用土物也。

观物用《易》例

有人以笼盛物者，算得地天泰之初变升，互见震、兑，曰：此必草木类而生土中也。色青根黄，当连根之草木也。盖爻辞曰："拔茅茹，以其汇。"乃曰：此乃干根之草木也。视之乃草木连根，新采于土中也，互震为青色，兑为黄根也。

又有以金钟覆物者，令占之，得火风鼎之雷风恒。乃曰：此有身价气势之物，虽圆而今毁缺矣。其色白而可用。盖其辞曰："鼎玉铉，大吉。"互见乾、兑，虽圆而毁也。开视之，乃玉绦环，果破矣。

万物戏验

凡猜手中物，乾金为圆白之物，其色白，其性刚，为宝货之物。有气为无价物。坎为黑色，性柔，近水之物。又艮为土中之物，瓦石之类，有气为成器之物。其色黄。逢兑克柔，无气，折伤之物。又巽、震为竹木。有气为有用之物，为可食之物；无气为竹木之属。遇兑之属可食，当时之果物，色青。有气柔，无气刚。震、巽遇坎为污湿物，或有气；如无气，为烂朽之木。离色赤，性柔。有水有木，而火焚之，必炭之类。有气，为价值可货之物。坤为土中之物，色黄而性温。兑可为毁折之物，带口。凡占物，以春震巽、夏离、秋乾兑、冬坎，皆当以为可用之物，成器之物。否则，为无用之物。值六虚冲破，则必无物而空手矣。

占卜十应诀

凡占卜，以体卦为主，用为事应，固然矣。但体卦既为主，用互变卦相应，参看祸福。然今日得此一卦，体用互变中决之如此；明日复得此卦，体用一般，岂可又复以此诀之？然则，若何而可？必得"十应"之说而后可也。盖"十应"之说，有正应、互应、变应、方应、日应、刻应、外应、天时应、地理应、人事应，所谓十应也。

夫正应者，正卦之应也；互应者，互卦之应也；变应者，变卦之应也。

此二卦之决也。占者俱用之，以断吉凶矣。至于诸应之理，人有不知者，故必得诸用之诀，卦无不验。不得其诀而占卜吉凶，或验或不验矣。得此诀者，宜秘之。

正　应

正应者，即体用二卦决吉凶。

互　应

互应者，即互卦中决吉凶。

变　应

变应者，即变卦中决吉凶。

方　应

方应者，以体为主，看来占之人在何方位上，即看其所坐立之方位。宜生体卦，又宜与体比和则吉，如克体卦则凶，如体卦生之，亦不吉矣。

日　应

日应者，以体卦为主，看所占属何卦，及体卦与本日衰旺如何。盖卦宜生体，宜比和，不宜克体，亦不宜体卦生之也。本日所属卦气如寅卯木、巳午火、申酉金、亥子水、辰戌丑未土也。

刻　应

刻应者，即“三要”之诀也。占卜之顷，随所闻所见吉凶之兆，以为吉凶之应。

外　应

外应者，外卦之应也。占卜之际，偶见外物之来者，即看其物属何卦。如火得离，如水得坎之类。如见老人、马、金玉圆物，得乾。见老妇、牛、土瓦物，得坤之类。

又如见此者，为外应之卦。并看其卦与体卦生克比和之理，以决吉凶。

天时应

天时之应，占卜之际，晴明为离，雨雪为坎，风为巽，雷为震。如离为体，宜晴。坎为体，宜雨。巽卦为体，宜风。震为体，宜雷。火见雷为比和。参之生克，以定吉凶。

地理应

地理之应，占卜之时，在竹林间，为震、巽之地；在江河溪涧池沼之上为坎；在五金之处为乾，兑之乡；在窑灶、炉火之所为离，在土瓦之所，为坤、艮，并为体卦，论生克比和之理以决之。

人事应

人事之应，即“三要”中人事之克应也。盖占卜之际，偶遇人事之吉为吉，偶遇人事之凶为凶。如闻笑语，主有吉庆之事；遇哭泣，主有悲愁之事。又以人事之属于卦者论之：老人为乾，老妇为坤，少男为艮，少女为兑。并看此人事之卦与体卦生克比和，以决吉凶。

此“十应”之理，凡占卜之际，耳闻目见，以决吉凶。并以体卦为主，而详其生克比和之理。如占病症，互变中俱有克体之卦，而本卦又无生体之卦者，断不吉也。又看体之衰旺，若体旺则庶几有望，体衰则无复生之理。如是，又看诸应有生体者，险中有救；又有克体，则不可望安矣。其余占卜，并以类推之。

论事十大应（论日辰秘文）

一行：问官事，属木，旺木有文书；属火，有官司；财金，财有至。有客至问病，人火潮热，金水米浆。

二立：官司不发，木土无金，大小口舌，病不凶。财水土，有贵人至，文书发动。

三坐：问官司，有讼不成。主财属火，主和劝。金败财，木得财。病却月，又有犯林木神，有祸不凶。

四卧：问官司侧睡者，欲起必作，主阴人事。金有财，火事发破财。土水无财难就。土木有财。

五担：官司被人自惊，与面说人成口舌。问信见水土得财。金木客至。病有犯，四肢沉重不能起。

六券：官司不成，火有财，水土有灾。心下不安，有贵人，主口舌，不凶。

七窠头：官司立见口舌。火，大官司；水土比和。财无，小人分上。口舌怄气，病。主阴人小口灾。

八跣足：官司破财，外人欺，心下惊慌。火主破财，土不凶。病有孝至。

九喜：官司自己无，主外人有请，劝官司。有酒肉，别人事。口舌纷纷，求财不许。不凶。

十怒：官司主外人欺凌，不见官，主破财。倚人脱卸，火惊病凶。

卦　应（与前“八卦类象”大同小异，观者可以互参）

乾为天、为圜、为君父、为首、为金、为玉、为寒、为冰、为大赤、为良马、为老马、为瘠马、为驳马、为木果。（《九家易》云：“为龙、为直、为衣、为言。”）如姤、遁、否、履、无妄、讼、同人七卦，乾在上，刚于外。

如大有、泰、大壮、夬、需、大畜、小畜七卦，乾在下，刚于内。

乾坤刚柔，四发变八，惟六动随时有异，不拘于一。乾性温而刚直，偏位西北，不居子午而居戌亥。附于礼法，则为刚善，为明；不附于礼法，则为刚恶，为凶暴。

天文：雪、老阳。

天气：寒。

凶盗：军弓手、贼、强横、停尸。

官贵：朝贵、盐司、太守、座主。

身体：顶、面颊、頄辅。

性情：刚健正直、尊重、好高、战吉。

声音：正、清、商音。

信音：朝信改、召命、荐举、关升、议亲。

事意：上卦为形象之家、下卦为强横之辈。

疾病：手太阳脉弦紧、天威所罚、上壅目热、寒热。

附药：丸子。

食物：饼子之赤者、手饼、馒头、荷包、猪头脑骨头、羹、珍粉、馄饨。

谷果：粟、栗、瓜、豆、龙眼、荔。

禽兽：雀、鹇、鹗、鹰（余备载于前）。

衣服：赤玄色。

器用：圆物盏、注子盘、水晶、玉环、定器、毬。

财：恩义交货、钱马之类。

禄：壬、申。

字：字圆形字，有头者须旁八卦。

策：二百一十六。

轨：七百六十八。

坤为地、为母、为布、为釜、为腹、为吝啬、为均、为牛、为子母牛、为大舆、为文、为众、为柄。其于地也，为黑。坤，上体矣，外于八卦，柔在下，柔在内。坤厚，位居偏，在西南申上。附于理法则为圣贤，否则为邪荡。

天文：雾、露、云、阴。

地理：郡国、宫阙、城邑、墙壁。

人物：母、妻、儒、农、僧。

凶盗：奴婢藏在僻处。

官贵：大臣、教官、考校文字。

生育：女，肥壮。

性情：顺缓不信事、顽钝无慈爱。

声音：宫音。

事意：迟滞、顽懦、悭吝，怂恿。

疾病：手、太阴疾、腹痛、脾胃闭、脉沉伏。

饮食：藜羹、烧熬之物、鹅、鸭、肺。太牢饮食，饴糖。

五味：苦、辣、甘。

果品：有物汁。

音信：顺遂、可许为捷应、辰戌丑未月日。

财物：束脩、抄题、僧衣、布裳。

婚姻：富家、庄家、商家、丑拙、性吝、大腹、壮、迟钝、面黄。

器用：轿、车、瓦器、田具、沙器。

禽兽：牛、牝马、鸥、雀、鸦、鸽。

字：圭、金、四、牛傍。

禄：癸、酉。

策：一百四十四。

轨：六百七十一。

震为雷、为龙、为玄黄、为旉，为大涂、为长子、为足、为决躁、为苍筤竹、为萑苇。其于马也，为善鸣、为馵、为作足、为的颡。其于稼也，为反生。其究为健，为蕃鲜。(《九家易》云："为王、为鹄、为鼓。"）春夏性严刚直，众所饮服；秋冬刚而不威。不能制物，不好闲付，性偏而偶。附于理，则为威严；否则为躁暴。体用上卦为飞，下卦为走。

天文：雷、虹霓、电。

地理：屋市宅、门户枋。

方所：正东。

人物：商旅、将帅、工匠。

凶盗：东去、男人盗。

官贵：监司、郡守、刑幕、巡检、法官。

生育：长男、转动、虚惊、怪异。

性情：始刚，故决断。急于动，故躁。

婚姻：官宦家、技巧工、女容心神好动、静易转。

声音：上下角、上平声、三音、七声。

音信：所许不至。

事意：旧事重叠、有名无实。

病疾：气积冷伤胃、四体劳倦、温冷伤食、足太阳、脉洪浮。

宴会：酒会、玩赏、期集。

食物：面食、包子、酒、时新之物。

谷果：芋、小豆、稼、时新之果。

禽兽：蜂、蝶、白鹭、鹤。

器用：木器盘、竹器筐、算盘子、舟车、兵车、轿。

器皿：瓶盏瓯、乐器、鼓。

衣物：裙、腰带。

缠带：绳、匹帛、青玄黄之彩。

财：阴人取索、竹木钱。

禄：甲。

字：走竹旁、立画傍。

色：青、玄、黄。

策：百六十八。

轨：七百四。

巽为木、为风、为长女、为绳直、为工、为白、为长、为高、为进退、为不果、为鱼、为鸡。其于人也，为寡发，为广颡、为多白眼、为股、为近利市三倍。其究为躁卦。（《九家易》云：“为扬、为鹳。”）春夏有权，号令谋略；秋冬刚柔不一，与物为害。巽人也，凡事敢为，不退避。巽阴，赋性偏，附于礼法，则为权谋；否则为奸邪。

天文：风

地理：林苑；园圃。

人物：命妇、药婆、工术女

凶盗：奴婢商量取去、宜急求之。

官贵：典狱、考校、干官、休咎。

身体：耳、目、胆、发、命、口、肢。

生育：长女、胎月少、莹白。

性情：鄙野、悭吝、艰苦、号咷。

婚姻：命妇、宗室女、委望、进退。

声音：角音，仄声、三声、四声上下。

信音：诏令、报捷、辟差、举状。

事意：荐举、呈发、申审、号令、听命。

疾病：手足厥会、脉濡弱、饮食伤胃、宿酒、痞膈、为臭、水谷不化。

药：草药。

宴会：家筵、客不齐。

谷果：麻、粉、茶。

食物：长面、粉羹。

脍：鸡、鱼、肠、肚、酸物，下卦为鹅、鸭。

器用：竹木草具、绳、丝弦、索、乐器。

禽兽：鸡、鹅、鸭、鱼、善鸣之虫禽。上卦飞，下卦走。

衣物：衣、绳、丝。

色：青、绿、碧、白、紫色。

财：利市喜木、租钱、料钱。

禄：辛。

字：草、木、竹旁。

策：百九十二。

轨：七百三十六。

坎为水、为沟渎、为中男、为耳、为豕、为隐伏、为矫輮、为弓轮。其于人也，为加忧、为心病，为耳痛、为血卦、为赤。其于马也，为美脊、为亟心、为下首、为薄蹄、为曳。其于舆也，为多眚、为通、为月、为盗。其于木也，为坚多心。

春夏性险，不顾危亡，为事多暴。秋冬性静，先难后易，有谋略，有胆志。坎险，维心亨内，主坎陷，赋性而居北，坎之体，为隐伏之物、水中之物。附于理法为刚，否则为险陷。

天文：月、虹、云、霜。

地理：海阔、水泉、沟渎、厕。

方所：正北、丘墓中、狐兔穴中。

人物：僧道。

凶盗：乘便而来、脱头露尾、易败必获。

官贵：漕运、钱粮、漕官运属。

身体：发、膏、血。

生产：难产、中男、清秀。

性情：心机阴险、智随圆委曲。

婚姻：富家、酒家、亲家用性。

声音：上卦羽中、下卦羽平六声。

信音：反复、犹豫、小人欺诈、狡狯、盗贼、狱讼。

疾病：足太阴之气、脉滑芤。

附药：补肾药、或酒水下。

食物：酒、咸物、豕、鱼、海味、中硬而核、腰子。

谷果：麦、枣、梅、李、桃、外柔内坚、有核。

禽兽：鹿、豕、象、豚、狐、燕、螺。

器用：酒器、车轮、败车。衣物、青黑色。

财：争讼之财、和合打偏财。

字：两头点水、金水、月、小弓之属。

禄：戌。

色：黑皂、白。

策：百六十八。

轨：七百零四。

离为火、为日、为电、为中女、为甲胄、为戈兵。其于人也，为大腹、为目。为乾卦、为雉、为鳖、为蟹、为蠃、为蚌、为龟。其于木也，为科上槁。(《九家易》云："为牧牛，正洙作牝牛。")春夏性明、文彩有断。秋冬晦而不明、始终不决。离，丽也。明察于心，赋性直而居正南。附于理法，则有文明，否则为非也。

天文：日、霞、电、晴。

地理：殿堂、中堂、檐、厨灶。

方所：正南。

人物：为将帅、兵戈、甲胄之士。

凶盗：妇人盗、从南方去。

官贵：翰苑、教官、通判、任宜在南方。

身体：三焦、小肠、目、心。

生育：次女、多性躁啼哭。

性情：聪明、见事明了。

信音：朝信、文书、报捷、契券。

事意：忧虑、聒噪、喧哄、性急、虑忧。

疾病：手足二君、太阳、明三相火眼病、气燥热疾、发狂。

禽兽：凤有文彩、鳖、螺、蚌、蟹、螯、蛤、蠃、鹑、鹤、飞鸟、牝羊。

食物：馄饨、蟹、鳖、蚌、介虫之属、中虚物、炙煎物。

谷果：谷实、粱、藕、外坚内柔之物、棘木之花叶、枯枝。

器用：灯火之具、外坚内柔之物、屏幕、帘、旗帜、戈兵、甲胄、盘、甑瓶一应中虚之物、窑灶炉冶、盒子瓮笼。

色物：赤红、紫色。

财：远旧取索、意外之物。

字：火、日旁。

禄：己。

策：百九十二。

轨：七百六十三。

艮为山、少男、为手、为径路、为小石、为门阙、为果蓏、为阍寺、为指、为狗（《汉上易》作豹、熊虎之子）、为鼠、为黔喙之属。其于木也，为坚多节。（《九家易》云：“为鼻、为肤、为皮革、为虎、为狐。”）春夏性禀温和好善。秋冬执滞不常，为事迟缓。艮，止也，有刚有柔，民阳赋性偏而居东北。附于理法，为刚直；否则为顽梗。

天文：星、烟。

地理：山径、墙巷、丘园、门墙、阑、阍寺、宗庙。

方所：东北方、艮门、寺。

人物：阍寺仆隶、官僚、保人。

凶盗：以下所使、警迹人。

官贵：山郡、无迁转。

身体：手指、鼻、肋、脾、胃。

生育：损胎、次男。

性情：濡滞多疑、优游、内刚中软。

声音：清上平、一音、十三音、三声。

事意：反覆进退、去就多疑。

疾病：手太阳、久患脾胃之疾、股疾、脉沉伏。

附药：湿土石药。

宴会：常酣、宴饮、期集。

谷果：豆、大小粟。

食物：妆点之物，所食不一，酒浆、杂蒸之物、冻物、汤羹、有汁物、鸭鹅、甘味。

禽兽：牝牛、子母牛、鹄、鹘、鸦、鹊、雀、鸳、鸥、鼠。

器用：轿舆、犁具、兵甲器、陶冶瓦器、锅釜、瓶、瓮、簋、伞、钱袋、瓷器、螺蚌、盒子、内柔外刚之物。

衣物：黄裳、僧衣、黑皂、彩帛、袋布。

禄：丙。

财：旧钱、置转货买、田土趁钱。

字：土、牛、田傍。

策：百六十八。

轨：七百零四。

兑为泽、为少女、为巫、为口舌、为毁折、为附决。其于地也，为刚直、为妾、为羔。（《九家易》云：“为堂、为辅颊。”）春夏性说好辩，秋冬好雄。兑，说也，邪言伪行，无所不为，随波逐流。附于理法，则和顺；否则邪伎淫滥。

天文：雨露、春雾、细雨、夏秋重雾、冬大雪、上为雨、下为露。

地理：井、泉、泗泽。

方所：西方。

人物：先生、客人、巫匠、媒人、牙人、少女、妾、娼。

官贵：学官、将帅、县令、考校、乐友、赴任西方。

凶盗：家使童仆、藏于僻地。

身体：口肺、膀胱、大肠、辅颊、舌。

生育：少女、一胎、月不足、多奇异。

性情：喜悦、口舌、多美。

声音：商上下、商之溺、四声。

婚姻：平常之家、少女媚悦。

信音：喜酉丑时日至。

事意：唇吻、口舌、谗谤、相欺、争打、妇人、暗昧。

疾病：口痛、唇齿、咽喉、危困。

附药：剂。

宴会：讲书、会友、请先生、吟赏。

食物：包子、有口舌物、糖饼、烤饼、肝肺。

谷果：栗、黍、枣、李、胡桃、石榆。

禽兽：羔羊、鹿、猿、虎、豹、豺、鹜、鱼。

器用：席、铁、铜、钱、器皿、酒盏、瓶瓯、有口器或损缺。

衣物：彩。

财：束脩、合水。

禄：丁。

字：家、金、钓、口傍。

色：素白。

策：百九十二。

轨：七百三十六。

新订邵康节先生梅花观梅拆字数全集卷之四

序

夫先天者，已露之机；后天者，未成之兆也。先天，则有事，始占一事之吉凶；后天，则有所未知，而出仓猝之顷，而休咎验焉。故先天为易测，后天为难测也。先天，则有执箸而成卦；后天，触物即有卦。此全在人心神之所用也。其能推测之精，所用之活，则无一事一物，莫逃之数矣。我居者为中，现于前者为离，现于后者为坎，出于左者为震，出于右者为兑，在我左角者为艮，在我右角者为乾，在我左上角者为巽，在我右上前角者为坤。此八卦位。

八方而定吉凶，立八卦而定克应，取时日而定吉凶，观变爻而定体用。故我坐，则其祸福应二卦成数之间；我立，则其祸福应于中分二卦之间。大抵坐则静，行则动，立则半动半静。静则应迟，动则应速。凡有触于我而有意，以为我之吉凶，则吉凶在我，应验在人。意者何如？盖八卦之画既定，六爻之断既明，仍推以生克之理，究以刑冲之蕴，万无一失矣。近取诸身，远取诸物，仍当以心求，不可以迹求，不可拘泥。物圆为天卦，物方为地卦。是为序。

指迷赋

尝闻相字乃前贤妙术，古今秘文，为后学之成规，辨吉凶之易见。相人不如相字。相字即相其人，变化如神，精微入圣。自古结绳为政，如今花押成数。言，心声也；字，心书也。心形如笔，笔画一成，分八卦之休囚，定五行之贵贱，决平生之祸福，知目前之吉凶。富贵贫贱，荣枯得失，皆于笔画见之。或将吉为凶，或指凶为吉，先问人之五行，次看人之笔画。相生相旺则吉，相克相泄则凶。如此观之，万无一失。为官则笔满金鱼，致富则笔如宝库。一生孤独，见于字画之欹斜；半世贫穷，乃是笔端之愚浊。非夭即贱，三山削出，皆非显达之人；四大其亡，尽是寂寥之辈。父母俱存兮，乾坤笔肥；母早亡兮，坤笔乃破；父先逝兮，乾笔乃亏。坎是田园并祖宅，稳重加官；艮为男女及兄弟，不宜损折。兑上主妻宫之巧拙，离宫主官禄之荣枯。震为长男，巽为驿马，乾离囚走，壬主竞争。震若勾尖，常招是非，妻定须离。若是圆净，禄官亦要清明。离位昏蒙，乃是剥官之杀。兑官破碎，宜婚硬命之妻。金命相逢火笔，克陷妻儿。木命亦怕逢金，破财常有。水命不宜土笔，不见男儿。火命若见水笔，定生口舌。土命若见木笔，祖产自消。相生相旺皆吉，相克相刑定凶。举一隅自反，遇五行而相之。略说根源，以示后学。

玄黄克应歌

玄者天也；黄者，地也。应者，克应之期也；天地造化，克应之谓也。其歌曰：

凡是挥毫落楮时，便将凶吉此中推。
忽听傍语如何说，便把斯言究隐微。
倘是欢言多吉庆，若闻愁语见伤悲。
听得鹊声云有喜，偶逢鸦叫祸无移。
带花带酒忧还退，遇醯逢醢事转迷。
更看来人何服色，五行深说处根基。
有人抱得婴儿至，好把阴阳两字推。
男人抱子占儿女，妇人抱子问熊罴。
一女一子成好事，群阴相挽是仍非。

若见女人携女子，阴私连累主官非。
忽然写字宽衣带，诸事从今可解围。
跛子瞽人持杖至，所谋蹇滞不能为。
竹杖麻鞋防孝服，权衡柄印主操持。
见花断之能结果，逢衣须说问良医。
若见丹青神鬼像，断他神鬼事相随。
若画翎毛花果类，必然妆点事须知。
有时击馨敲椎响，定有佳音早晚期。
寺观铃铙钟鼓类，要知仙佛与禳祈。
倘是携来鱼雁物，友朋音信写相思。
逢梅可说娣媒动，见李公私理不亏。
见肉定须忧骨肉，见梨只怕有分离。
仕宦官员俄顷至，贵人相遇不移时。
出笔拔毫通远信，笔头落地事皆迟。
墨断须防田土散，财空写砚忽干池。
犬吠如号忧哭泣，猫呼哀绝有人欺。
贼盗将临休见鼠，喜人擢动爱闻鸡。
马嘶必定有人至，鹊噪还应远客归。
字是朱书忧血疾，不然火厄有忧危。
楼上不宜书火字，木边书古有枯枝。
朱书更向炉边写，荧惑为灾信有之。
破器偶来添砚水，切忧财耗物空虚。
笔下忽然来蟢子，分明吉庆喜无疑。
若在右边须弄瓦，左边必定产男儿。
叶上写来多怨望，花间书字色情迷。
果树边旁能结果，竹间阻节事迟疑。
晴宜书日雨宜水，夏火秋金总是时。
更审事情分向背，玄黄克应细详推。

玄黄叙

龟形未判，此为太古之淳风；鸟迹既分，爰识当时之制字。虽俱存于简牍，当深究其源流。成其始者，信不徒然。即其终之，岂无奥义！宝田曰“富”，分贝为“贫”，两“木”相并以成“林”，“每水”东归是为“海”。虽纷纷而莫述，即一一而可知。不惟徒羡于简编，亦可预占乎休咎。春蛇秋蚓，无非归笔下之功。白虎青龙，皆不离毫端之运。今生好癖，博学博文。少年与笔砚相亲，半世与诗书为侣，识鱼鲁之外。穷亥豕之谬，别贤愚之字。昭然与毫端，察祸福之机。外了然于心目，谬鲜而当理。敢学说字之荆公，挟以动人；未逊后来之谢石。得失何劳。于龟卜依违，须决于狐疑。岂徒笔下以推尊，亦至梦中而讲究。刀悬梁上，后操刺史之权，松出腹间，果至三公之位。皆前人之已验，非后学之私言。洞察其阴阳，深明乎爻象，则吉凶悔吝可知矣。

玄黄歌

大抵画乃由心出，以诚剖决要分明。
出笔发毫逢定位，笔头若出干无成。
墨断定知田土散，纸破须防不正人。
犬吠一声防哭泣，鼠来又忌贼来侵。
赤朱写字血光动，叶上书来有怨盟。
忽见鸡鸣知可喜，人惊梦觉事通灵。
马嘶必有行人至，猫过须防不正人。
船上不宜书火字，楼头忌亦有官刑。
有时戏在炉中写，遇火焚烧忽不灵。
破器莫教添砚水，定知财散更伶仃。

笔下偶然蝇蟢至，分明六甲动阴人。
在左定生男子兆，右至当为添女人。
曾见人家轻薄辈，口中含饭问灾迍。
直饶目下千般喜，也问刑徒法里寻。
花下写来为色欲，女人情意喜相亲。
花开花落寻灾福，刻应之时勿目盲。
麒麟凤凰为吉兆，猪羊牛马是凡形。
此际真搜玄妙理，其中然后有分明。
应验止须勤记取，灾祥议论觉风生。

花押赋

夫押字者，人之心印也。
古人以结绳为证，今人以押字为名。
大凡穷通之理，皆与阴阳相应。
先观五行之衰旺，次察六神之强胜。
五行者，立木、卧土、勾金、点火、曲水之象。
六神者，青龙、朱雀、螣蛇、玄武、勾陈、白虎之形。
上大阔方，火乃发用；坚瘦有力，木乃生荣。
金要方水要润，土要肥而木要正。
故曰：炎炎火旺，玉堂拜相；洋洋水秀，金阙朝元。
木盛兮，仁全义广；金旺兮，性急心刚。
土薄而离巢破祖，土厚而福禄绵绵。
故曰：土少木多，根根折挫；金少火多，两窟三窝。
金斜而定然子少，木曲而中不财丰。
盖画长兮，象居天上；土卧厚兮，象地居下。
内木停兮，象人在于中央；三才全兮，如身居其大厦。
无天有地，父早刑；有天无地兮，母先化。

有孤木兮，昆弟难倚。天失兮，故基已罢。

内实外虚兮，虽才高无成；外实内虚兮，终富贵而显赫。

龙蟠古字，必有将相之权；不正偏斜，定是孤穷之客；螣蛇缠体，飘流万里之程。

玄武克身，妨妻害子。身之土透天，常违父母之言，而有失兄弟之理。

只将正印，按五行仔细推详。大小吉凶，搜六神而无不验矣。

探玄赋

且夫天字者，乃乾健也，君子体之；

地字者，乃坤顺也，庶人宜之。

君子书天，得其理也；庶人书地，亦合宜也。

夏木春花，此乃敷荣之日；冬梅秋菊，正是开发之时。

一有背违，宁无困顿？日字要看停午，月来须问上弦。

假如风雨，更逢长旺之时；若是雪霜，莫写炎蒸之候。

牡丹芍药，只是虚花；野杏山桃，皆为结实。

森森松柏，终为梁栋之材；郁郁蓬蒿，不过园篱之物。

书来风竹，判以清虚；写到桑蚕，归于饱暖。

锣鸣炮响，可言声势之家；波滚船行，俱作飘流之士。

鱼龙上达，犬豕下流。

泉石烟霞，自是清贫之士；轩窗台榭，难言暗昧之徒。

江海河山，所为广大；涧溪沼沚，作事卑微。

灯烛书于夜间，自然耀彩；月星写于日午，定是埋光。

椒桂芝兰，岂出常人之口；桑麻禾麦，决非上达之人。

黄白绿青红，许以相逢艳冶；宫商角徵羽，言他会遇知音。

剑戟戈矛，终归武士；琴书笔砚，乃是文人。

问钱与贫，因见自谦之德；书富乃贵，已萌妄想之心。

金玉珍珠，不过守财之辈；荣华显达，宜寻及第之方。

恩情欢爱，既出笔端；淫荡痴迷，常眠花下。

酒浆脍炙，哺啜者必常书之；福寿康宁，老大者多应写此。

且如龙蟠虎踞，必无变化之时；凤翥鸾翔，终有飞腾之日。

体如鹭立，孤贫之士无疑；势如鸦飞，绕舌之徒可测。

惊蛇失道，只寻入穴之谋；舞鹤离巢，自有冲霄之志。

急如鹊跳，是子轻浮；缓似鹅行，斯人稳重。

如篁翁郁，休言豁达心怀；似水飘流，未免萧条家道。

或若炎炎之火，或如点点之云。

一生喜怒无常，终生成败不保。

风摇嫩竹，早年卓立难成；雨洗桃花，晚岁羁栖无倚。

为人潇洒，乃如千树之江梅；赋性温柔，何异数株之岩柳。

烟萝系树，卓立全倚于他人；霜叶离巢，飘零不由乎自己。

画似棱棱之枯木，孤苦伶仃；形如泛泛之浮萍，贫穷飘泊。

无异巉岩之怪石，巇险营生；有如耸拔之奇峰，孤高处世。

金绳铁索，此非岩谷之幽人；玉树瑶琴，定是邦家之良佐。

乱丝缠结，定知公事牵连；利刃交加，即是私家格角。

撇如罗带，际遇阴人；捺似拖勾，刑伤及己。

勾似锦靴，遭逢官贵；画成横枕，疾病临身。

切忌横冲，半断不保。荣身仍嫌直落，中枯难言高寿。

剔成新月，出门便见光辉；点作星飞，守旧必无晦滞。

至若挥毫带煞，秉生死之重权；落纸无成，作奔趋之贱役。

起腾腾之秀气，主有文章；生凛凛之寒光，必无声价。

半浓半淡，作事多乖；倚东倚西，撑持不暇。

字短则沉沦不显，字长则潦倒无成。

拾后拈前，所为险阻；忘前顿后，举动趔趄。

且如偃仰，遇庶人则成号泣；若是拘挛，逢君子乃是刑囚。

君子必定飞腾，庶人必能勤苦。造其理也，即此推之。

余向遇异人，曾授《玄黄》诸篇。

今遇异翁，授此《赋》毕，问之曰：“愿得公之名姓。”公不答而去。

齐景至理论

天下之妙，无过一理。理既能明，在乎明学。学者穷究，莫难乎性。性既明达，其理昭然。且苍颉始制之时，观迹成象，以之运用，应变随机。且释老梵经，王勃佛记，迨乎今飞轮实藏之内，既深且宁，非高士莫得而闻，何由睹之？

其汉高有荥阳之围，以木生火，终不能灭。有人梦腹上生松，丝悬山下，后为幽州刺吏。“松”为十八公，不十为“卒”。《春秋》说“十四心为德”，《国志》云“口在天为吴”。《晋书》“黄头小人为“恭”。以人负吉为“造”。八女之解安禄山：“两角女子绿衣裳。端坐太行邀君主，一止之月能灭亡。”——正月也。郭璞云：“永昌有昌之象，其后昌隆。”“罗，四维也”。其偶如此。且人禀阴阳造化，凭五行妙思，一言一语，一动一静，然后挥毫落楮，点画勾拔，岂不从于善恶？得之于心，悬之于手，心正则笔正，心乱则笔乱。笔正则万物咸安，笔乱则千灾竞起。由是考之，其来有自。达者以理晓，昧者以字拘。难莫难于立意，贵于言辞。立意须在一门，言词务在心中。

余幼亲师友，温故知新，志在进取场屋，为祖宗之光。遂乃屈身假道，每以诗酒自娱；渡江乘兴，偶信卜于岩谷。观溪山之清流，闻禽鸟之好音，殆非人世。忽见一人，道貌古怪，披头跣足，踞坐磻石之上。余由是坐之于侧，良久交谈之际，询余曰：“子非齐景乎？”予惊讶其预知姓名，疑其必异人也，遂答之曰：“然。”异人曰：“混沌既判，苍颉制字者，余也。自传书契于天下，天下大定。后登天为东华帝君，今居于此，乃东华洞天。余曾有奇篇，昔付谢石，今当付汝。今子之来，可熟记速去。不然，尘世更矣。”于是拜而受之，退而观其奥妙，乃玄黄妙诀神机，解字之文，得其方妙，如谷之应声。善恶悉见，祸福显然。定生死于先知，决狐疑于预见。后之学者，幸珍重之。

字画经验

敷字：昔在任宰，请拆之，云：此字十日内放笔。果以十日罢任。

家字：凡人书此，家宅不宁。“空”字头，“豕”应在亥月者也。

荆字：卄而刑，不利小人，大宜君子。

砚字：有一字天，出之乱尔，见明之兆。

典字：曲折多，四十日有典进之兆。贵人必加官进禄，雅宜便。四十日有进纳之喜。

果字：凡事善果披剃，盖口中无才，又云：进小口。

馬字：昔有马雅官，写“马”字无点。马无足不可动。

來字：“来”带两人之木，皆未见信，行人未应。三人同来，财午未年发。

葵字：逢春发生，又占名利，逢癸可发，占病不宜。廿日有惊恐之兆。

但字：如日初升，常人主孤，凡事未如意，十日身坦然。

谦字：故人嫌，盖无廉耻，目下有事多是非。

亨字：“高”不高，“了”不了，须防小人不足，及外孝，不祥。

達字：廿日未达，即日并不顺，少喜多忧。

奇字：占婚奇偶未谐，应十日。难为兄弟，事不全。

俊字：一住一利，交友难为。父兄反覆，文书干连变易，凶。

常字：占病堂上人灾，有异姓异母。上有堂字头，下有哭字头。

每字：昔曹石遣人相此字：异日必为人母，后果然。

城字：逢丁、戊日，六神动。忌丁、戊日，田土不足，进力成功。

池字：凡事拖延有日，逢地必利。盖添“虫”为蛇。

春字：宋高宗写此字时，秦桧用事。相者云：秦头太重，压“日”无光。桧闻言召而谴之。

一字：土字一字，王也。

益字：有吏人书“益”字，廿八日有血光之厄，至期果然。

田字：有人书此字，相者言：直看是王，横看是王，必主大贵。

字体诗诀

天字及二人，作事必有因。一天能庇盖，初主好安身。
地字如多理，从此出他乡。心如蛇口毒，去就尽无妨。
人字无凶祸，文书有人来。主人自卓立，凡事保和谐。
金字得人力，屋下有多财。小人多不足，凡事要安排。
木字人未到，初生六害临。未年财禄好，切莫要休心。
水字可求望，中妨有是非。文书中有救，出入总相宜。
火字小人相，中人发大财。灾忧相见遇，日下有人来。
土字日下旺，田财尽见之。穿心多不足，骨肉主分离。
东字正好动，凡事早求人。牵连须有事，财禄自交欣。
西字宜迁改，为事忌恶人。心情虽洒落，百事懒栖身。
南字穿心重，还教骨肉轻。凡事却有幸，田土不安宁。
北字本比和，不宜分彼此。欲休尚未休，问病必见死。
身字主己事，侧伴更添弓。常藉人举荐，仍欣则禄丰。
心字无非火，秋初阴小灾。小人多不足，夏见必灾来。
头来须鄙哀，发可却近贵。要过子丑前，凡事皆顺利。
病来如何疾，木命最非宜。过了丙丁日，方知定不危。
言字如何拆？人来有信音。平生多计较，喜吉事应临。
行字问出入，须知未可行。不如姑少待，方免有灾惊。
到字若来推，出入尚颠倒。虽然吉未成，却于财上好。
得来间日下，宁免带勾陈。凡事未分付，行人信不真。
开字无分付，营谋尚未安。欲开开不得，进退两皆难。
附字问行人，行人犹在路。为事却无凶，更喜有分付。
事字事难了，更又带勾陈。手脚仍多犯，月中方可人。
卜方求测事，停笔好推详。上下俱不足，所为宜不祥。

望字逢寅日，所谋应可成。主须不正当，却喜有功名。
福字来求测，须防不足来。相连祸逼迫，一口又兴灾。
禄字无祖产，当知有五成。小人生不足，小口有灾惊。
贵字多近贵，六六发田财。出入须无阻，宜防失落灾。
用字主财用，有事必经州。谁识阴人事，姓王并姓周。
康字未康泰，宜防阴小灾。所为多不逮，财禄亦难来。
宁字占家宅，家和人口增。财于中主发，目下尚伶仃。
吉字来占问，反教吉又凶。因缘犹未就，作事每无终。
宜字事且且，须知在目前。官非便了当，家下亦安然。
似字众人事，所为应不成。独嫌人力短，从众则堪行。
多字宜迁动，死中还得生。事成人侈靡，两日过方明。
古字多还吉，难逃刑克灾。虽然似喜吉，口舌却终来。
洪宜人共活，火命根基别。事还牵制多，应是离祖业。
香字忌暗箭，木上是非来。十八二十八，好看音信回。
清字贵人顺，财来蓄积盈。阴人是非事，不净更多年。
虚惟头似虎，未免有虚惊。凡事亦可虑，仍妨家不宁。
远字事多达，行人有信音。为事既皆遂，喜吉又来临。
同字如难测，商量亦未然。两旬事方足，尚恐不周圆。
众字人共事，亦多生是非。所为应不敛，小口有灾危。
飞字须可喜，反覆亦多非。意有飞腾象，求名事即宜。
秀字多不实，无事亦孤刑。五五加一岁，还生事不宁。
风字事无宁，逢秋愈不吉。疾多风癣攻，更防辰戌日。
天字已成夭，亦多吞噬心。事皆蒙庇盖，行主二人临。
元字二十日，所为应有成。平生刑克重，兀兀不安宁。
秋字秋方吉，小人多是非。须知和气散，目下不为宜。
申字是非长，道理亦有破。终然屈不伸，谋事难为祸。
甲字利姓黄，求名黄甲宜。只愁田土上，还惹是和非。
川字如来问，当知有重灾。仍防三十日，不足事还来。
墟字若问事，虎头蛇尾惊。有人为遮盖，田土不安宁。

辰字如写成，主有变化象。进退虽两难，功名却可望。
青字事未顺，须知不静多。贵人仍不足，日久始安和。
三字多迁改，为事亦无主。当知二生三，本由一生二。
人如来问测，分字亦安让。凡事多费解，仍妨公扰忧。
字须有学识，初主似空虚。家下不了事，名因女子中。
士为大夫礼，未免犯穿心。拮据是非散，番多吉事临。

四季水笔

春水昏浊，夏水枯涸，秋水澄清，冬水凝结。
水为财，忌居乾、兑、坎。
了、乙、子、点不为煞，必为贵人。

画有阴阳

长中有短为阳中阴，短中有长为阴中阳。粗细轻重，以此为例。阳中有阴则佳，阴中有阳反凶。壬字头画，是阳中有阴，任字头画，是阴中有阳。水笔不流，流则不佳。戴流珠，名映星，小人囚系。取福下至上一三，取祸上至下一三。

八卦断

乾宫笔法如鸡脚，父母初年早见伤。
若不早年离侍下，也须抱疾及为凶。
坤宫属母着荣华，切忌勾陈杀带斜。
一点定分荣禄位，平生富贵最堪夸。

艮位排来兄弟宫，勾陈位笔性他凶。
纵然不克并州破，也主参商吴楚中。
巽宫带口子难逢，见子须知有克刑。
饶君五个与三个，未免难为一个成。
震位东方一位间，要他笔正莫凋残。
若逢枯断须沾疾，腰脚交他不得安。
离是南方火位居，看他一点定荣枯。
若还圆净荣官禄，燥火炎炎定不愚。
坎为财帛定卦位，水星笔横占他方。
若见笔尖无大小，根基至老主荣昌。
兑为西方太白间，只宜正直莫凋残。
若然坑陷并尖缺，妻子骄奢保守难。

相字心易

凡写两字，止看一字。盖字多心乱，若谋事之类，亦必移时方可再看。

辨字式

富人字，多稳重无枯淡。贵人字，多清奇，长画肥大。贫人之字，多枯淡无精神。贱人字，多散乱带空亡。百工字多挑跃。商〔贾〕字多远迩。男子字多开阔。妇人字多逼侧。余皆浓淡肥瘦、斜正分明之类断之。

笔法筌蹄

凡书字法，有浓淡、肥瘦、长短、阔狭、反覆、顺逆、曲直、高低、大小、软硬、开合、清浊、虚实、凸凹、平正、斜侧、圆满、直牵、明白、轻快、稳重、跳跃、骨力内敛、勾挽、破碎、枯槁、尖削、倒乱、鹘突、孤露交加、肥满、尖瘦、刚健、精神、艳冶、气势、衰弱、小巧、软满、老硬、骨棱、草率、开阖之分，各有一体，难以尽述。学者变化，知机其神。

歌曰：

笔画稳重，衣食丰隆。笔画平直，丰衣足食。
笔画端正，衣禄铁定。笔画分明，决定前程。
笔画圆净，富贵双并。笔画肥浓，富贵无穷。
笔画洁净，功名或决。笔画轻快，诸事通泰。
笔画刚健，力量识见。笔画精神，必有声名。
笔画光发，荣显通达。笔画气势，慷慨意志。
笔画宽洪，逞英逞雄。笔画尖小，其人必了。
笔画如线，有识有见。笔画似绳，一世平宁。
笔画挑剔，奸巧衣食。笔画乌梅，面相恢恢。
笔画懒淡，兄弟离散。笔画分扫，破家必早。
笔画弯曲，奸巧百出。笔画迭荡，一生浮浪。
笔画枯槁，财物虚耗。笔画糊涂，愚蠢无谋。
笔画粘滞，是非招怪。笔画大小，有歉有好。
笔画高低，说是说非。笔画淡泊，疮痍克剥。
笔画反覆，心常不定。笔画破碎，家事常退。
笔画欹斜，飘泊生涯。笔画恶浊，无知无学。
笔画如蛇，常不在宅。笔画偏侧，衣食断隔。
笔似鼓槌，至老寒微。笔势如针，此人毒心。
笔势勾斜，官事交加。笔势如钩，害人不休。
笔势散乱，财谷绝断。笔格常奇，诀以别之。

奴　婢

恰似霜天一叶飞，画如木檐两头垂，画轻点重君须记，定是前趋后拥儿。

阴　人

阴人下笔意如何，只为多羞胆气虚，起处恰如争嘴样，却来下笔定徐徐。

隔　手

隔手书来仔细详，见他纸墨字光芒，更看体骨苏黄格，淡有精神是贵郎。

视　势

每遇人写来，必别是何字？如“天”字，乃是“夫”字及“失”字基址，女人写妨夫，男子写有失。

象　人

凡字必别是何人写，亦象人而言。如“天”字，秀才问科第，今年尚未，当勉力读书，来年有名望及第。官员求官，亦未，宜勉力政事，主来年得人荐举受恩。若庶人占之，病未安，用巫方愈。讼者，未了主费力，必被官劾断之。

“天”加直成“未”，再加点成“来”。“来”“力”成其“剌”。

有所喜

如问财，见“金”“宝”，偏傍，及“禾”“斗”之类，决好。

有所忌

如问病见“土”“木”，及问讼见“血”“井”字，皆凶。

有所闻

如问病，忌闻悲泣声。占财不宜破碎声。

有所见

如“立”字见雨下，或水声，则成“泣”字。又如“言”字，见犬（狗）成“狱”字，问病讼皆忌之。

以时而言

如草木字，春夏则生旺有财，秋冬则衰替多灾。风云气候之候之类亦然。

以卦而断

如“震”字，春则得时，冬则无气，皆以其卦言之。

以禽兽而断

如“牛”字，则为人劳苦。春夏劳苦，秋冬安逸。

取类而言

如“楼”字，笔画多，不可分解。以楼取义，乃“重屋”也。“重屋”拆开，乃“千里、尸至”，问字人家内必有人客死在外，尸至。

以次而言

如字先写笔画，喜则言吉，次则言凶，又次则言半凶半吉。以次加减，亦察人之气也。

当添亦添

且如官员写“尹”字，乃“君”字首断其人必见上位，定不禄而还。以“君”无口（尹）故也。如书“君”字，乃是“郡”旁，其人当得郡。

当减亦减

如“樹”字，中有“吉”字，为得好音，减去两边，只是言“吉”。

笔画长短

如“吉”字，上作“士”字，终作士人。如作“土”字，乃“口”在下，问病必久。若身命属木，自身无妨。否则，屋下木土生，不过十日必亡。

如“常”字，上作“小”字，只是主家内小口灾，略不为大害。若上草作“小”，如此写，乃是“灾”字头，中乃“门”字，下是“吊”字，主其人大灾患临头，吊客入门，大凶。然亦须仔细，仍观人之气色。象人而言，如土人气色黑恶，其人必退，若土命者，必死。俱不过十日。

偏旁侵客

如宀，乃察字头。如宀［笔画破断］，乃是破家宅，无其家，必退。如［写作］“山”［字形］，必兴门户。如“山”有缺笔，乃是悬针之山，必大凶也。

字画指迷

如“人”字。正“人”作贵相，睡“人”作病疾，立“人”旁托人，双“人”旁动人，其人逆多顺少。“从”作两人相从，“众”作群党生事。“坐”人作阻隔。“更”作闲作人。

如“申”字，作破“田”煞，常人不辨破田之说，用事重成之义也。

如“田”字，藏器待时，头足有所争，争而有所私忌，田产不宁。如“彐”字作横山，取之衣禄渐明矣，又作“日间”防破。如“黄”字，作“廿一”后，方得萌芽；又作廿一用，可喜也。又云：“上有一堆草，中有一条梁，撑杀田‘八’郎”。

如“言”字，有谋有信，取之如草之作木，取之心不定也。如“心”字，三点连珠，一钩新月，皆清奇之象。或竖心“性”“情”，作小人之状。近身作“十”字，作穿心六害取，凡百般孤独。

如“寸”字，亦心也，一寸乃十分，为人有十分之望，谋望有分寸也，又作“一十”取之。如“辛”字，乃六七日内见，立用于求，远作六十一日，或云：有宰相成也。

问婚姻

凡字写得相粘者，可成。又字画直落成双者，可成。字中间阔而不粘，及直横成双者，偏傍长短者，不成。

凡字写得脚匀齐者，皆“就”字。四齐者，尤“吉”字。上短下长者，日久方“成”字。乾上有破，父不从。坤宫破，母不从。左边长者，男家顺，女家不肯。右边长者，女家顺，男家未然。

官　事

或见“文”字，或字脚，一撇一捺笔破碎，断有杖责。或见“牛”字，有牢狱之忧，主人大失。或“木”笔开口者，亦有杖责。字画散乱者，易了。或有撇捺长者、耸者，亦有杖刑。或见“杖”“竹”之类，亦有打兆。

火命人写“水”字来问，必有官灾。或字有草头者，说草头姓，得力之类。

疾　病

金笔多，心肺痰，肺疾，脏腑疾。西方金神为祸。

木笔多，心气疾，手足病。木神林坛为祟。

水笔多，泻痢吐呕之症。水鬼为凶。

火笔多，潮热伤寒时行，火鬼为怪。又云四肢疼，时气疾病。火笔多者。病不死。

土笔多，脾胃兼疮疾，客亡。伏尸鬼，疼痛之疾。土笔多者，病死，凡有“丧”字、“虎”字头，或两口字者，皆难救。

六　甲

字凡有“喜”字、“吉”字体者，皆吉。字凡带白虎笔，难产，子必死。写得粘者，易产。字画纤断者，主有惊险。字有螣蛇笔者，主虚惊。字画直落成双者，阴喜；成单者，男喜。

求　谋

凡字写得中间阔者，所谋无成。“谋”字写是相粘者。二十四五前成，盖有隔字体故也。求字来问者，木命人吉，土人不利。

行人远信

如“行”字写得下部短，一般齐者，人便至。字脚不齐，行人皆不至。字画直落点多者，其人必陷身。字画少者，人便至。乃详字体格范。

官　贵

凡事有二数，一点当先者，无阻事济。所写之字，相粘伶俐者，贵人顺，点多者，事不成。

失　物

凡字有“失”字体，则失物皆难觅，朱雀动，有口舌，日久难寻。金笔多，艮土有破，五金之物，宜速寻。土笔多，坎上有破碎，其物在北，上古井或窑边及坑坎之所，瓦器覆藏，五日见。坤上有一钩者，乃奴婢偷去，不可取得。兑上不足，乃妻妾为脚带，金人将去。离上一画不完者，乃南方火命人将去见官，失物仍在。

问 寿

字画写得长而瘦者，寿耐久；若肥壮者，耐老；若短促者，无寿。

功 名

字有“贵”人头者，有功名。字体金笔多端正，及木笔轻而长者，皆贵。

行 人

“人”字潦倒，未动，写得“人”字起者，已动。人以“来”字问者，未至。“行”字问者，且待。凡字中有“言”者，有信至，人未至也。

反 体

写“喜”字来问者，未可言喜——有舌字脚也。有以“慶”字来问者，未可言庆——有忧（忧）字脚也。“星”字来问者，日在上，星辰不见，问病必凶。

大凡文人，不可写武字，武人不可写文字。阴人不可写阳字，阳人不可写阴字。皆反常故也。

六神笔法

“八”：青龙木。“乂”：朱雀火。“勹”：勾陈土。“乙”：螣蛇（无正位）。

“几”：白虎金。“厶”：玄武水。

蚕头燕额是青龙，两笔交加朱雀凶。
玄武怕他枯笔断，勾陈回笔怕乾宫。
螣蛇草笔重重带，白虎原来坤位逢。
此是六神真数诀，前将断语未流通。

六神主事

青龙主喜事，白虎主丧灾，朱雀主官事，勾陈主流连，螣蛇主妖怪，玄武主盗贼。

六神都静，万物咸安。莫交一动之时，家长须忧不测。若非财散，必主刑囚狱讼。

青龙形式

“乙”“丿”青龙要停匀，百事皆吉。

青龙笔动喜还生，谋用营求事事通。人口增添财禄厚，主人日下尽亨通。

朱雀形式

“ㄨ”朱雀临身文书动，主失财，有口舌、生横事。忌惹人，有忧惊之事。

朱雀交加口舌多，令人家内不安和。若逢水命方无怪，他命逢时有怨疴。

勾陈形式

“勹”勾陈主惊忧之事，迟滞，忌土田。是非未决，并惹闲非。

勾陈逢者事交加，谋事中间件件差。田宅官司多挠括，是非门内有喧哗。

螣蛇形式

“[illegible]”螣蛇主忧虑，梦不祥，作事多阻，有喧争，惹旧愁，宜宁静。

螣蛇遇者主惊虚，家宅逢之尽不宁。出人官谋宜慎取，免教仆马有灾形。

白虎形式

“几”凡白虎主有不祥之招，产、病有孝服，及官鬼，惹口舌，在囚狱。

白虎逢之灾孝来，出门凡事不和谐。便防失脱家财损，足疾忧人家事乖。

玄武形式

“厶”玄武贵人华盖，主盗财，亦难寻。

玄武动时主失脱，家宅流离慎方活。更防阴小有灾危，又至小人生拮括。

笔法犯煞

井 凤麟	T 断伏	口 活法	㇆ 用煞
彐 连（图带）	曰 隔伏	厂 欹伏	㇇ 冲伏
亅 悬针	㇇ 冲伏	亅 流金	㇃ 活金
乙 伏曲	㇌ 曲伏	口 死金	亅 活火
㇙ 灸火	夂 膸蛇	乛 死土	卍 蛇土
刀 隔伏			

玄黄笔法歌

厂、反

反旁无一好，十个十重灾。旁里推详看，临机数上排。

辶、走

走绕字如何，须防失脱多。若还来问病，死兆不安和。

孑、系

系绞同丝绊，干事主留连。却喜财公问，傍看日数言。

阝、卩

附邑旁边事，当从左右推。兑宫知事定，震位事重为。

灬、二

四点皆为火，逢寅过午通。若还书一画，百岁尽成空。

亻、彳

卓立人傍字，谋为倚傍成。若还来问病，死去又逢生。

之、辶

之绕身必动，看其内必凶。问病也须忌，其余却少通。

弓、弓

弓伴休乾用，反处口难凭。先自无弦弓，如何得箭行。

山、穴

穴下灾祸字，占家更问官。更推从来用，凶吉就中看。

人、冫

两点傍边字，还知凝滞攒。要问端的处，傍取吉凶看。

吕、吅

双口相排立，因知恸哭声。各逢干戈日，亦主泪如倾。

户、尸

户下尸不动，休来占病看。其余皆是吉，即断亦平安。

阝、阜

阜邑旁边字，当为仔细推。兑宫知事息，震位又重为。

衤、礻

礼字傍边折，必定见生财。疋字如逢见，须从人正来。

月、骨

骨傍人有祸，囚狱一重来。门内生荆棘，施设不和谐。

身、自

自家身傍限，分明身不全。有谋难得遂，即日是多煎。

反、定

定绕自来看，身必有所动。吉凶意如何，相里临时用。

山、山

山下灾祥字，占家宜用官。更推从西用，凶吉数中安。

人、欠

欠字从西体，须知望用难。吹嘘无首尾，不用滞眉看。

未、禾

禾边山则刑，春季则为殃。夏日宜更改，人中好举扬。

耳、耳

耳畔虽有纪，轻则是虚声。旺事宜重用，取谋合有成。

五行体格式

水笔式：

水圆多性巧，浊者定昏迷。水泛为不定，水走必东西。

火笔式：

火重性不常，火燥见灾殃。火多攻心腹，火轻足衣粮。

土笔式：

土重根基好，土轻离祖居。土滞破田宅，土定无虚图。

金笔式：

金方利身主，金重性多刚。金走为神动，慷慨及门墙。

木笔式：

木长性聪明，木短定功名。木多才学敏，木斜废支撑。

时辰断

看字先须看时辰，时辰克应不相亲。

时辰若遇生其用，作事何忧不趁心。

(此字中第一要用也)

起六神卦诀

甲乙起青龙，丙丁起朱雀。

戊日起勾陈，己日起朧蛇。

庚辛起白虎，壬癸起玄武。

附例：今以甲乙丙丁日附载为式，余仿此。

	六爻	五爻	四爻	三爻	二爻	初爻
甲乙日例	玄武	白虎	朧蛇	勾陈	朱雀	青龙
丙丁日例	青龙	玄武	白虎	朧蛇	勾陈	朱雀

辨别五行歌

一

一点当头作水称，一挑一捺俱为金。

撇长撇短皆为火，横直交加土最深。

有直不斜方是木，学者方明正五行。

二

一点悬空土进尘，三有相连化水名。

孤直无依为冷木，腹中横短化囊金。

点边得撇为炎火，五行变化在其中。

三

三横两短若无钩，乃为湿木水中流。

两点如挑金在水，八字相须火可求。

空云独作寒金断，好把心钩比木舟。

四

无勾之画土稍寒，直非端正木休参。

围中横满无源水，口小金方莫错谈。

四匡无风全五事，用心辨别莫疑难。

五

穿心撇捺火陶金，走之平稳水溶溶。

直中一捺金伤木，踢起无尖不是金。

数点笔连休作火，奇奇偶偶水源清。

六

无直无钩独有横，水因土化复何云。

点挑撇捺同相聚，共总将来化土音。

四点不连真化火，孤行一笔五行同。

辨别六神歌

蚕头燕额是青龙，尖短交加朱雀神。

弯弓斜月勾陈象，螣蛇长曲势如行。

尾尖口阔为白虎，体态方尖玄武行。

此即六神真妙诀，断事详占要认真。

五行并歌式

木瘦金方水主肥，土形敦厚背如龟。

上尖下阔名为火，字像人形一样推。

木　式

“丨”：有直不斜方是木，即此是也。凡字有木，不偏不倚，始为木。若无倚靠，上下左右者，此系冷木。故云：“直无倚为冷木。”另作别看。

“三”：此乃湿木也，歌曰：“三横两短又无钩，乃为湿木水中漂。”此土化水也。如“聿”字下三横，“春”字上三横，皆为湿木。凡有钩之横，及三横不分短长者，皆非木也。

“乙”：此舟船木也，象如勾陈，属土。邵子云：“好把心钩比木舟。”故借作舟船木用，如占在水面土行等事，即作舟船木用。

如占别用，论勾陈，仍作土看。在占者临时变化，切不可执一而论也。

“乂”：此木被金伤也，一样属金，故云：“直中一捺金伤木。”凡占得此木，为用伤者，皆主不得其力也。

干支辨

“車”直长为甲亦为寅，细短均为乙卯身。孤直心钩兼湿木，干支无位不须论。

假如“車”字，中央一直，彻上彻下，强健无损，则属阳，所以为甲木寅木。余皆仿此。

“幸”：如“幸”字，上一直下一直，皆短弱属阴，所以作乙木，卯木论也。凡一直，细弱木健，即长如車（车）之直，亦作乙卯木看。其心钩舟船木，并三横两短木，一概不在干支论，因其不正故也。

火　式

“丿”：撇长撇短皆为火，此式是也。

“ソ”：点边得撇为“炎”火，此即是也。要一点紧紧相连，始合式。如不联属点，仍属水，非炎火看也。

“八”：八字相须火可求，此余火也。如“八”字捺长，则一撇为火，一捺另作金看。

“灬”：四点不连真化火，此真火也。如四点牵连不断，则属火，非火论也。

干支辨

撇长丙乙短为丁，午火同居短撇中。八字螣蛇兼四点，天干不合地支冲。

“廬”：假如“廬”字撇长，则取为丙火午火用。丙午属阳，故用撇长者当之。余仿此。

“從”：“從”（从）字撇多皆短，则取为丁火，午火用。丁午属阴，故用短弱者当之。邵子之作，皆有深理存焉。余仿此。如“八”字“四点”之类，皆火之余，俱不入干支论。

土 式

“乛”：此横划连勾，作土称是也。如横画无勾，直画无撇捺相辅，此为寒土化水用，故“无直无勾独有横，土寒化水复何云”也。如“二”字、“且”字、“竺”字之类也。如“血”字、“土”字与直相连，仍作土看。

“十”：歌云：“横直交加土最深”也，即此是也。凡横书有一直在内为木，非深厚之土不能培木，所以云：土最深也。余仿此。

“丶”：歌云：“一点悬空土迸尘”，此乃沙尘土也。凡“求”字，“戈”字，末后一点皆是。如“文”字，“章”字，当头一点属水，不在此论。“凉”字“、减”字，起头一点亦属水，不在此论。

“一”：此无勾之画，为寒土，解见前。

“ㄨ”：此“点挑撇捺同相聚，其总将来化土音。”作土看。

干支辨

横中有直戊居中，画短横轻作己身。

末点勾陈皆丑未，长而粗者戌辰同。

“聿”：假如“聿”字之类，第二画长，末后一画长，余画皆短。即长者为阳，土用。短者为阴，土用。必取横中有直者为准，如无直者，及无依辅者，另看轻细，虽长亦作阴土。

“求”：假如“求”字之点，可作己土丑未，其挑撇点捺，同相聚无名之土，不入于干支之论也。

金　式

“㇀”：歌云：“一挑一捺俱为金”，即此是也。挑起定要有锋尖，始为金。如踢起无尖，又非金看也。

“㇏”：捺要下垂始为金。如走之平平，又变水看矣。学者辨之，不可不明。

“口”：口小金方，即此是也。如“因”字、“国”字、“匡”字，四匡大者皆非。

“目”：歌曰“腹中横短是囊金”。假如“目”字中两横短，则作囊内之金看。如两横长满者，乃“围中横满无源水”，又不作金用也。如“目”中用两点，非横者，亦是水，非金也。余仿此。

“氵”：此两点加一挑，金在水云金，乃水中之金也。

“几”：此“空云独作寒金断”，乃寒金也。

“乂”：“穿心撇捺火陶金”此金在水火中也。

干支辨

“口”字为庚亦作申，挑从酉用捺从辛。空头顽钝囊金妙，不在干支数内寻。

“喜”：例如“喜”字，上下两口，皆属阳，取其方正之故。俱为庚金申金用。

“扒”：例如“扒”字，挑才一挑，取为酉用，用“八”字一捺，取为辛用，因其偏隘，故作阴金用。余仿此。

水　式

“丶”：此“一点当头作水称”，乃雨露水也。歌出邵子旧本。又云：“有点笔清皆作水”，云有点，属水也。又“一点悬空土迸尘”，点悬空一点，化解见前。点在末后一划。四点相连，化作水解。又化作火，亦见于前解也。

“川”：此三直相连化水，取“川”字之义也。

“曰”：此字中央一满画，乃无源之水也。如画短不满者，不是水，另作别看。

“辶”：此“走之平稳水溶溶”，捺不下垂，故作水看也。

“灬”：此数点相连，野水也。即四点笔迹不断，亦作水看。

“一”：此土寒化水也，凡有依附者即非，仍作土看也。

干支辨

点在当头作癸称，腹中为子要分明。点足为上腰在亥，余皆野水不同群。

“文”：例如“文”字一点，即为癸水，癸水乃雨露之源，因其在上故也。余仿此。

“月”：例如“月”字腹中之点，即为子水，因其在内故也。凡“勺”字、“目”字等，皆属此类。

“景”：“景”字中央一点，乃亥水，下二点为壬水，故“点足为壬，腰作亥”，取江河在下义也。余仿此。

新订邵康节先生梅花观梅拆字数全集卷之五

五行全备

一点一画五行全，试看首尾秘为占。

点画若无疵笔露，功名发达享高年。

“丶”：如点画端正，无破绽鸦嘴等形，则是五行全。如不合式，仍属水。

“一”：亦五行全。此象乃庖羲氏画卦之初，而混元一气数也。

“〇”：此太极未分时，亦五行全大之象也。

“囗”：歌曰：“四匡无风全五行”，是亦五行全也。如“国”字、“园”字之类，四匡紧紧不透风乃是。如笔稀者不是；口小者属金，亦不是。此地之象也。

六神形式

青龙：丿、乁

“蚕头燕额是青龙”。凡撇捺长而有头角之样，即作青龙，如撇短则不足以成青龙之式。如成青龙之式，“不拘撇捺皆化木”。如无须角，虽长亦非青龙。

朱雀：乂、丿

“尖短交加朱雀神”。撇短而有尖嘴之形，则为朱雀。主文书事，原属火无化。

塍蛇：乙、乞、孔、叉

“塍蛇长曲势如行”。其样如蛇，皆化火看，亦主文书及惊怪等。

勾陈：勹、乙、乁

“弯弓斜月勾陈象”。凡带长者是也，属土无化，主羁滞。

白虎：兄、几、口

“尾尖口阔方为虎”。口不开者，非虎也。化作金用，主疾病凶兆也。

玄武：厶、么、纟、云

“体态方尖玄武形”。化水，主盗贼事，又主波涛险阻等事。

八卦辨

口形为兑捺为乾，三画无伤乾亦然。

三点同来方是坎，撇如双见作离占。

土山居上名为艮，居下为坤不必言。

蛇形孤撇皆从巽，云首龙头震占先。

详明八卦知凶吉，学者参求理自全。

贵　神

中、上、贝、日、月、大、人。

喜　神

士、口、言、鸟。

福　星

不、田（凡子孙动者亦作福星看）。

文　星

二、乂、日、子。

印　信

E、卩、口、子。

马　星

㇇、灬、辶、走。

禄　神

甲禄在寅，乙禄在卯，丙戊禄在巳，丁己禄在午，
庚禄在申，辛禄在酉，壬禄在亥，癸禄在子。

俱以占者年庚本命于求之笔画为准，如甲命人，即以字中长直为禄。余仿此。

会　神

田、日、云、禺。

生　神

一、丶、元、甲、子、初。

盖“一”者，数之始；“元”者，洪蒙之初，“甲、子”者，乃干支之首，故皆为生神之用也。

亡　神

十、千、百、万、贞、亥、癸。

十千百万皆数之终，贞乃元之尽，亥癸是干支之末，故为亡神。

家　神

宀、乇、火（灶神以四点同火）、土（土者，奥神是也）、堂（堂者，香火神也）、水（水者，井神等，三点亦同用）。

官　符

宀、付、吕。

文　书

二、乂、丿、乙。
朱雀、螣蛇皆是。

灾　煞（即病符）

巛、宀、火、广、丙、矢。
字中见旧太岁亦为病符星。

天狗煞

字中见太岁，前年干支是也。
如子午见戌，甲年见壬，皆是。

科名星

禾、斗。

以本人年甲所属是科名。名如甲乙以一值，丙壬以一撇，皆科名也。余仿此。

丧　门

白、來、氏、兄。

空　亡

即六甲空亡。“甲子旬中空戌亥空”之类是也。

假如甲子旬中空，占即以腰间一点为亥空，以长画为戌空。余皆仿此。

宜　神

子为财之宜神，鬼为父之宜神，兄为子之宜神，财为鬼之宜神，父为兄之宜神，是也。

忌　神

子为鬼之忌神，鬼为兄之忌神，兄为财之忌神，财为父之忌神，父为子之忌神，是也。

主　神

眼前小事日干寻，代友占亲看纳音。

疾病官非详本命，字中末笔主终身。

假如占眼前出行、求财等事，俱以日干生克字中笔画为主。如替人问事，则以本日纳音为主。如占疾病官非，又以本人年干为主。如占测自己终身，俱以末后一笔为主，看生克衰旺而详占之。

用　神

官鬼父母才兄子，据事参详要仔细。认定一笔作用神，此为相字真消息。

假如占功名，则用官鬼；占生意，则用财爻；据事而取用神，只以一笔为主，详其旺相休囚，以定吉凶。

七言作用歌

一

用神加直五行真，谋望营为百事成。

疾病官非兼口舌，纵逢凶处不成凶。

（此金木水火土真字，皆宜用，乃五行真也。诸事皆利。）

二

年午所属是科名，未斗皆为首占星。

有此求名皆遂意，如无考试定成空。

（凡占科名，必要科名入数，再兼官鬼文书动而旺相，功名可成。如无，科名莫许。）

三

求名之数禄神临，如断今科考事兴。

若遇科名同在数，自然高荐遂生平。

（禄神即甲禄在寅是也。）

四

有田有日会神兴，见客逢人不必寻。

马星原是弯弓脚，四点原来用亦同。

（凡谒贵寻人，俱要会神，行人俱要马星。）

五

十头口体喜神俱，嫁娶婚姻百事宜。

只怕重重见火土，许多克伐反非奇。

（“士”属土怕木，“口”属金怕火，所以见木土反非吉也。）

六

笔清墨秀琢磨深，方正无偏必缙绅。

足疾龙蛇心志远，行藏慷慨位三公。

字兼骨格有精神，总下工夫用得深。

笔迹丰肥金见火，诗书队里久陶镕。

金木重重见贵神，笔挥清楚主聪明。

耸直一行冲宝盖，富贵荣华日日新。
方圆端正笔无尘，年少登科入翰林。
只恐弱木逢金克，缠身病疾不明萌。
木形之字有精神，可云发达耀门庭。
火多年少心多燥，水盛为人智必清。
一直居中勇更明，少年规勉得功名。
末笔再逢金土厚，为官享禄更廉明。
笔端势小事无成，粗俗须知业不精。
起头落尾如莺嘴，心里奸谋刻薄人。
土形之字活而圆，用神清楚是英贤。
笔头到底无间断，一家荣耀有余钱。
字贬无神笔更联，公门吏卒度余年。
勉强操觚无实学，欺人长者被人嫌。
战兢惕厉若临渊，静里修持反有年。
写毕果然无俗气，终须榜上有名填。
日月当头笔迹强，精神骨格字无伤。
国家梁柱何消息，更有奇衷佐圣疆。
衣食身旁黑带浓，最嫌软弱与无神。
字中人口如枯暗，莫待长年主恶终。
下笔头高志必雄，落头不是正经人。
尖头秃尾人无智，老死衙门不得名。
一字忙忙写未全，有头无尾不须言。
作事率然多失错，琢磨早失在当年。
宁无骨格少精神，一生多耗病沈沈。
问名带草牵连就，满腹文章亦落空。
草写香花定主贫，弱软干枯受苦辛。
于中若是为官客，几日新鲜一旦倾。

比例歌

一

斗日来占事不差，无心书鬼状元家。

功名第二推为政，舜字登科作探花。

二

辰时执笔若书才，大振声名事必来。

正午书言真是许，水旁写半见黉开。

三

逢三书八士能成，照例推之理便通。

申车不乱推联捷，数逢三一始为真。

四

二人同到读书余，一定其间事必徐。

同火执金知是铁，始为一举反三隅。

此例之类，不过详其理也。暂录四首，为后学之门。余仿此。

西江月

要见卦爻衰旺，

端详其内章图。

欲知事物识天机，

细把玄黄篇记。

临占观形察物，
叶音即义断之。
若逢王者世为奇，
君免猜疑直示。

易理玄微

马起占

昔李淳风占赤黑二马入河，人问二马何先起。有人演得离卦云：离为火，火赤色，赤马先起。李曰："火未然烟先发。黑马先起"。果然。

断扇占

昔有一妇，其夫久客不归，因请李淳风先生求断易数。适值他出，问其子，其子见妇手中携一扇，其扇面忽然落地，因断曰："骨肉分离，不得相见矣。"妇泣而归，恰路遇李淳风先生，妇诉其故，李断曰："穿衣见父，脱衣见夫。不妨，尔夫今日必到。"将晚，果然至家。可见各解不同。其断精微若此。

买香占

酉年八月二十五日午时，有杨客卖香。康节曰："此香非沉香。"客曰："此香真不可及。"康节曰："火中有木，水泽之木，非沉香也。恐是久阴之木。用汤药煮之。”客怒而去。半月后有宾朋至，云：是清尾人家做道场，沉香伪而不香。康节曰：“香是何人带来，但问其故，我已先知之矣。”伯温令人去问，果是杨客。康节曰：“前日到门首，因观之。未问之前先失手，其香坠地，故取年月日时占之，得睽之噬嗑。睽下卦属兑，兑为泽。噬嗑下卦属震，震为木，乃水泽之木，即非沉香。睽卦上互得坎，坎为水；下互得离，离为火。上有水即汤，噬嗑卦上互见坎，坎为水，下互见艮，艮为山，中有水，亦象之象。此乃水泽久损污湿之木，以汤煮之。此理可晓。从此大小事，不可不较其时也。”

附：买香占卦图

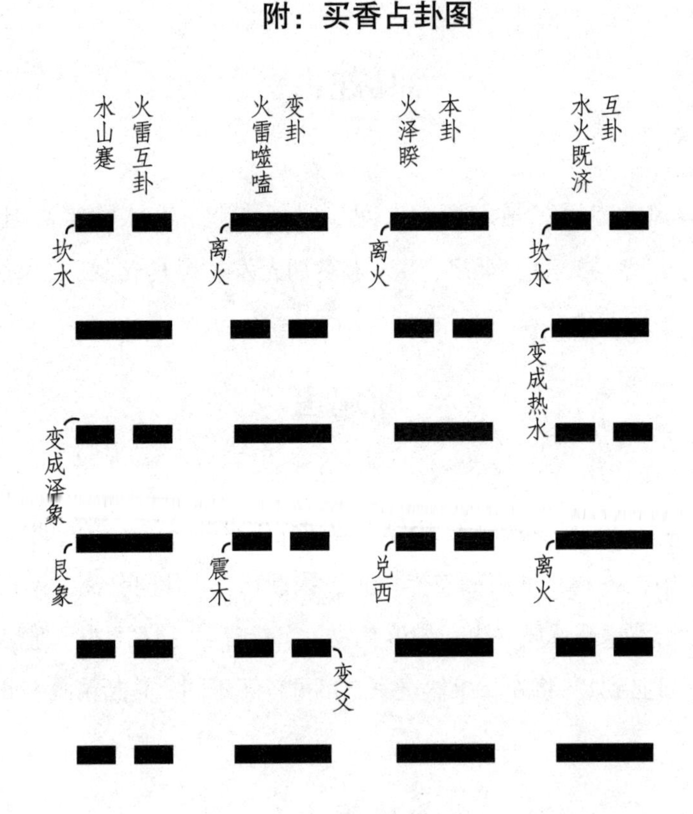

古人相字（计六则）

昔谢石以拆字名天下，宋高宗私行遇石，以杖于土上画一“一”字，令相之。石思之曰："土上加一画成"王"字，心非庶人。"疑信之间，帝又画一"問"字，令相之。为田土所梗，两傍俱斜侧飘飞。石尤惊，曰：左看是"君"字，右看是"君"字，必为主上。"遂下拜。

上曰："毋多言。"石俯伏谢恩，帝因召官之。次日召见偏殿，书一"春"字，命相。石奏曰："'奏'头太重，压'日'无光。"上默然。

时秦桧弄权，适忤桧，竟贬之边地。途中遇一女，自云能拆字，石怪曰："世间复有如我拆字者乎？"遂书"谢"字，令相之。女曰："不过一术士耳。"石曰："何故？"女曰："是寸言中立身尔。"石又书一"皮"字，令相。女曰："'石'逢皮即破矣"。盖押石之卒，即皮姓也。

石大惊服，曰："吾亦能相字，汝可书字，吾相之。"女曰："吾在此即字也，请相。"石曰："人傍山立，即仙字，汝殆仙乎？"女笑而忽失。盖世有妙术，术有妙理，在人心耳。然数定，固莫能逃也。后石意不返。

张乘槎善相字，浙江旧有拱北楼，王参政位浙，改为"來豐樓"。初揭匾，命槎占之，槎曰："殀矣！尚何占哉！"是晚，讣音果至。异日叩之故，槎曰："丰字之形，山者墓所也。二丰者，冢上树也。豆者，祭器也。其兆如此，岂非死乎！"

刘尝心有所欲占，延槎而不言其事，但令射之，以验其术。槎曰："书一字方可占。"适有小学生有旁习字，正写《千字文》，至"德建名立"一句，刘就指"德"字令占之，槎曰："子欲占行人耳。"刘曰："然，何时当至？"槎曰："自今十四日必来。"刘曰："恐事不了，不肯来。"槎曰："一心要行。"后果悉如所占。

刘问故，槎曰："'德'字双立人，乃行人也，故知占行，有十四字头，故云十四日，其下又有一心字形，所以云一心要来也。"

裴晋公征吴元济，掘地得一石，字云："鸡未肥，酒未熟。"相字者解曰："鸡未肥，无肉也，为己；酒未熟，无水也，酒去'氵'为酉。破贼在己酉。"果然。

唐僖宗改廣明元年，相字者曰："昔有一人，自崖下出来，姓黄氏，左足踏日，右足踏月。自此天下被扰也。"是年黄巢在长安作乱，天下不安。

宋太宗改元太平兴国，相字者曰："太平二字乃一人六十寿也。"太宗果享六十而崩。

周尚干年终将换桃符，制十数联，皆不惬意。周梅坡扶箕降紫姑仙，得两句云："门无公事往来少，家有阴功子孙多。"甚喜，大书于门。相字者曰："每句用上三字，其兆不祥。"上句云"门无公"，是年尚干卒于官。乃父致政亦卒。乃兄卒。俱无子。"门无公""家有阴"，兆于先矣。

断富贵贫贱要决

凡字写得健壮，其人必发大财，有田土好产。二画一点者，多贵为官食禄，不然亦近贵。才字中或多了一画、一撇、一捺，亦主横发财禄多，遇异贵，得成名利。或少了一画、一撇、一捺，其人破荡弃祖，自立成败。

如"名""目"字，写得如法正当，无缺折者，其人有名分。笔多清贵虚名。十笔多，富而贵。字中有画，当短而长，其人慷慨，会使钱近贵。字画直长而短，其人鄙吝，一钱不使。字有悬针，或直落尖，皆刑六亲，伤害妻子。横画两头尖者，伤妻。直落两头尖者，伤子。字捩画少者，孤零。画不沾者亦孤，为僧或九流。如见十字两头尖者，穿心亦害，刑妻子兄弟，骨肉皆空。字中点多者，主人淫滥漂荡，贪花好色，居止不定。十字下面脚不失者，晚得子力。如见上一画重者，平头杀，亦难为六亲；轻者初年不足，中末如意。或点重者，为商旅发财，离乡失井，出外卓立。若水命、金命见点画轻者，或早年有水灾，捩者无安身之地，作事成败，主恶死不善终。直落多者，聪明机巧，为手艺之人，白手求财。画多者，必有心肠、脾胃之疾。木多有心气之疾，晚年见之。写口字或四围有口开者，有口舌，旬日见之，或破财不足。发字头见者，末主发财。一字分作三截，上中下三主断之。士头文脚，主有文学。金笔灵，或见于干戈字脚者，必是用武之士。凡妇人写来字画不正者，必是偏室，或带三点，必有动意，如三之类。凡写字之人偶然出了笔头，此事破而无成。或近火边写字，必心下不宁。或写字用破器添砚水，家破人亡。或写字时，犬来左右吠，不吉。或取纸来写破碎者，主有口舌。或写字时猫叫，此人有添丁之喜。或在楼上写来问者，主有重叠之事。或在船上写来问者，主有虚惊。或扇上写来问者，夏吉冬不吉。如本命属金，金笔多者贵，土笔多者富。五行生克亦然。余仿此。

五行四时旺相休囚例

	春	夏	秋	冬	四季之末
旺	木	火	金	水	土
相	火	土	水	木	金
休	水	木	土	金	火
囚	土	金	木	火	水

五行相生地支

木生在亥，火生于寅，金生于巳，火土长生居申。

天干地支所属五行

甲乙寅卯属木，丙丁巳午属火，戊己辰戌丑未属土，庚申辛酉属金，壬癸亥子属水。

论八卦性情

乾健也，坤顺也，震起也，艮止也，
坎陷也，离丽也，兑说也，巽入也。

八卦取象

乾为天，坤为地，震为雷，巽为风，
坎为水，离为火，艮为山，兑为泽。

六十甲子纳音歌

甲子乙丑海中金，丙寅丁卯炉中火。
戊辰己巳大林木，庚午辛未路旁土。
壬申癸酉剑锋金，甲戌乙亥山头火。
丙子丁丑涧下水，戊寅己卯城头土。
庚辰辛巳白腊金，壬午癸未杨柳木。
甲申乙酉井泉水，丙戌丁亥屋上土。
戊子己丑霹雳火，庚寅辛卯松柏木。
壬辰癸巳长流水，甲午乙未沙中金。
丙申丁酉山下火，戊戌己亥平地木。
庚子辛丑壁上土，壬寅癸卯金箔金。
甲辰乙巳覆灯火，丙午丁未天河水。
戊申己酉大驿土，庚戌辛亥钗钏金。
壬子癸丑桑柘木，甲寅乙卯大溪水。

丙辰丁巳沙中土，戊午己未天上火。
庚申辛酉石榴木，壬戌癸亥大海水。

《系辞》八卦类象歌

乾为君兮首与马，卦属老阳体至刚。
坎虽为耳又为豕，艮为手狗男之详。
震卦但为龙与足，三卦皆名曰少阳。
阳刚终极资阴济，造化因知不易量。
坤为臣兮腹与牛，卦属老阴体至柔。
离虽为目又为雉，兑为口羊女之流。
巽卦但为鸡与股，少阴三卦皆相眸。
阴柔终极资阳济，万象搜罗靡不周。

浑天甲子定局

乾

壬戌土　壬申金　丁午火（上卦）
甲辰土　甲寅木　甲子水（下卦）

坎

戊子水　戊戌土　戊申金（上卦）
戊午火　戊辰土　戊寅水（下卦）

艮

丙寅水　丙子水　丙戌土（上卦）
丙申金　丙午火　丙辰土（下卦）

震

庚戌土　庚申金　庚午火（上卦）
庚辰土　庚寅木　庚子水（下卦）

（以上四宫属阳，皆从顺数。）

巽

辛卯木　辛巳火　辛未土（上卦）

辛酉金　辛亥水　辛丑土（下卦）

离

己巳火　己未土　己酉金（上卦）

己亥水　己丑土　己卯木（下卦）

坤

癸酉金　癸亥水　癸丑土（上卦）

乙卯木　乙巳水　乙未土（下卦）

兑

丁未土　丁酉金　丁亥水（上卦）

丁丑土　丁卯木　丁巳火（下卦）

（以上四宫属阴，皆从逆数。）

此诀从下念上，一如点画卦爻法。学者皆宜熟读之。

后天时方

子阳辰丑阳戌，巳下皆吉。

子日子罡起，灭迹四位中。五败七破位，十祸日皆同。

甲子	子罡	丑墓	寅吉	卯灭	辰败	巳吉	午破	未绝	申吉	酉祸	戌孤	亥空
乙丑	子吉	丑罡	寅败	卯吉	辰祸	巳败	午吉	未破	申凶	酉吉	戌灭	亥空
丙寅	子孤	丑吉	寅罡	卯败	辰祸	巳灭	午破	未吉	申破	酉败	戌灭	亥空
丁卯	子灭	丑孤	寅祸	卯罡	辰凶	巳吉	午祸	未败	申凶	酉破	戌空	亥吉
戊辰	子灭	丑孤	寅凶	卯吉	辰败	巳败	午凶	未灭	申凶	酉吉	戌败	亥空
己巳	子吉	丑吉	寅凶	卯孤	辰罡	巳罡	午吉	未凶	申灭	酉败	戌凶	亥破

（续表）

庚午	子破	丑吉	寅吉	卯吉	辰灭	巳吉	午罡	未吉	申凶	酉吉	戌空	亥败
辛未	子凶	丑破	寅吉	卯吉	辰祸	巳凶	午吉	未罡	申吉	酉吉	戌灭	亥空
壬申	子吉	丑墓	寅破	卯凶	辰吉	巳祸	午吉	未罡	申吉	酉吉	戌灭	亥空
癸酉	子祸	丑墓	寅吉	卯破	辰吉	巳吉	午灭	未孤	申吉	酉孤	戌空	亥破
甲戌	子败	丑灭	寅败	卯害	辰破	巳吉	午凶	未害	申凶	酉空	戌罡	亥吉
乙亥	子吉	丑凶	寅祸	卯破	辰孤	巳破	午吉	未败	申害	酉吉	戌孤	亥罡
丙子	子凶	丑吉	寅败	卯祸	辰害	巳破	午凶	未吉	申空	酉破	戌孤	亥凶
丁丑	子孤	丑罡	寅吉	卯害	辰害	巳败	午凶	未破	申空	酉杀	戌灭	亥孤
戊寅	子孤	丑破	寅罡	卯吉	辰凶	巳灭	午败	未凶	申破	酉空	戌凶	亥破
己卯	子灭	丑孤	寅吉	卯罡	辰吉	巳凶	午祸	未败	申杀	酉破	戌害	亥凶
庚辰	子罡	丑祸	寅孤	卯凶	辰罡	巳凶	午吉	未灭	申败	酉凶	戌破	亥凶
辛巳	子凶	丑墓	寅灭	卯孤	辰吉	巳罡	午凶	未凶	申害	酉败	戌吉	亥破
壬午	子破	丑孤	寅吉	卯害	辰凶	巳吉	午罡	未凶	申空	酉灭	戌散	亥散
癸未	子吉	丑破	寅吉	卯吉	辰祸	巳孤	午吉	未罡	申空	酉吉	戌灭	亥散
甲申	子败	丑吉	寅败	卯吉	辰吉	巳祸	午孤	未空	申罡	酉败	戌吉	亥灭
乙酉	子祸	丑散	寅吉	卯破	辰凶	巳吉	午灭	未空	申吉	酉罡	戌凶	亥吉
丙戌	子吉	丑灭	寅败	卯吉	辰破	巳吉	午空	未祸	申孤	酉吉	戌罡	亥吉
丁亥	子败	丑吉	寅祸	卯败	辰吉	巳破	午空	未散	申灭	酉孤	戌吉	亥罡
戊子	子罡	丑凶	寅吉	卯灭	辰败	巳吉	午破	未空	申吉	酉害	戌孤	亥吉

（续表）

己丑	子吉	丑罡	寅吉	卯凶	辰孤	巳败	午空	未败	申吉	酉凶	戌灭	亥孤
庚寅	子吉	丑凶	寅罡	卯吉	辰祸	巳灭	午败	未空	申破	酉害	戌灭	亥孤
辛卯	子祸	丑败	寅孤	卯罡	辰吉	巳孤	午灭	未败	申害	酉败	戌凶	亥吉
壬辰	子凶	丑害	寅孤	卯害	辰罡	巳吉	午空	未灭	申破	酉凶	戌破	亥吉
癸巳	子吉	丑凶	寅灭	卯孤	辰破	巳罡	午亡	未散	申害	酉空	戌害	亥破
甲午	子破	丑凶	寅吉	卯祸	辰孤	巳空	午罡	未吉	申害	酉灭	戌败	亥吉
乙未	子吉	丑破	寅凶	卯吉	辰灭	巳孤	午吉	未罡	申败	酉吉	戌害	亥败
丙申	子败	丑吉	寅破	卯凶	辰空	巳祸	午孤	未吉	申罡	酉败	戌孤	亥灭
丁酉	子吉	丑败	寅凶	卯破	辰罡	巳祸	午孤	未吉	申罡	酉罡	戌凶	亥吉
戊戌	子凶	丑败	寅散	卯吉	辰破	巳空	午凶	未败	申孤	酉吉	戌罡	亥祸
己亥	子吉	丑凶	寅祸	卯散	辰空	巳破	午吉	未凶	申吉	酉害	戌孤	亥罡
庚子	子罡	丑吉	寅吉	卯灭	辰败	巳罡	午破	未吉	申吉	酉祸	戌孤	亥吉
辛丑	子吉	丑罡	寅吉	卯吉	辰败	巳败	午吉	未破	申吉	酉吉	戌灭	亥孤
壬寅	子孤	丑凶	寅罡	卯凶	辰凶	巳灭	午败	未吉	申破	酉凶	戌吉	亥凶
癸卯	子灭	丑孤	寅吉	卯罡	辰空	巳败	午吉	未败	申吉	酉败	戌吉	亥吉
甲辰	子凶	丑祸	寅孤	卯祸	辰罡	巳吉	午凶	未灭	申败	酉散	戌破	亥吉
乙巳	子吉	丑凶	寅灭	卯刑	辰凶	巳空	午吉	未散	申害	酉败	戌凶	亥破
丙午	子破	丑吉	寅亡	卯害	辰孤	巳凶	午罡	未吉	申凶	酉灭	戌败	亥凶
丁未	子死	丑破	寅空	卯散	辰灭	巳孤	午祸	未罡	申吉	酉凶	戌害	亥败

（续表）

戊申	子败	丑凶	寅破	卯吉	辰祸	巳福	午孤	未凶	申罡	酉吉	戌墓	亥灭
己酉	子祸	丑败	寅空	卯败	辰墓	巳凶	午灭	未孤	申吉	酉罡	戌凶	亥凶
庚戌	子吉	丑灭	寅败	卯空	辰破	巳凶	午吉	未祸	申孤	酉凶	戌凶	亥散
辛亥	子福	丑墓	寅空	卯灭	辰败	巳凶	午凶	未墓	申祸	酉孤	戌吉	亥罡
壬子	子罡	丑墓	寅空	卯灭	辰败	巳凶	午破	未孤	申吉	酉祸	戌孤	亥散
癸丑	子吉	丑罡	寅空	卯散	辰灭	巳败	午吉	未破	申凶	酉凶	戌害	亥孤
甲寅	子孤	丑空	寅罡	卯吉	辰墓	巳破	午败	未吉	申破	酉墓	戌吉	亥祸
乙卯	子凶	丑空	寅吉	卯罡	辰墓	巳吉	午败	未灭	申吉	酉破	戌灭	亥吉
丙辰	子空	丑祸	寅孤	卯吉	辰罡	巳吉	午吉	未灭	申败	酉吉	戌破	亥吉
丁巳	子空	丑散	寅灭	卯孤	辰吉	巳罡	午凶	未吉	申祸	酉败	戌吉	亥破
戊午	子败	丑空	寅吉	卯祸	辰孤	巳吉	午罡	未吉	申吉	酉灭	戌败	亥吉
己未	子空	丑空	寅破	卯祸	辰灭	巳孤	午吉	未罡	申吉	酉凶	戌祸	亥败
庚申	子败	丑空	寅破	卯吉	辰凶	巳祸	午孤	未凶	申罡	酉吉	戌凶	亥灭
辛酉	子害	丑吉	寅凶	卯败	辰吉	巳凶	午灭	未孤	申罡	酉凶	戌吉	亥凶
戊午	子败	丑空	寅吉	卯祸	辰孤	巳吉	午罡	未吉	申吉	酉灭	戌败	亥吉
壬戌	子空	丑凶	寅败	卯凶	辰破	巳吉	午凶	未凶	申孤	酉凶	戌罡	亥吉
癸亥	子空	丑败	寅害	卯败	辰死	巳破	午吉	未凶	申灭	酉孤	戌墓	亥吉

八反格

问喜何曾喜，问忧未必忧。

问乐何曾乐，问悉何曾愁。

问死何曾死（心怀死必活），

问生不曾生。问官官不谐，

见财财不成。

四言独步

看字之法，毫不可差。下笔是我，其余是他。

子孙父母，官鬼妻财。兄弟之类，次叙安排。

详占一事，先看用神。或强或弱，详断吉凶。

用神健旺，事所必宜。用神衰弱，必失其机。

字无用神，如推末笔。末笔参差，诸事不立。

土头中贝，日月大人。字中有豫，便是贵人。

贵人在爻，祸事必消。逢险可救，财利必招。

左右有人，功名可许。笔法轩昂，上人荐举。

求财取债，金忌火多。再逢夏月，本利消磨。

五行俱全，人事宜然。用神清楚，妙不可言。

相争词讼，字详结尾。两笔分明，胜负立剖。

宁可平分，讼不成凶。人居圈内，缧绁之中。

青龙在数，求谋不误。若无水来，反为无助。

玄武自来，水上生财。白虎同至，惹祸招灾。

朱雀临头，文书已动。事在公门，不与人共。

末勾叠叠，口舌重重。若无救助，毕竟成凶。

水冷金寒，亲戚无缘。求谋未遂，作事迁延。
五行正旺，财利可求。吉神相助，万事无忧。
土内埋金，功名未遂。或者水多，前行可贵。
人病在床，木被金伤。六神不动，毕竟无妨。
字不出头，蹭蹬乖蹇。五行有救，渐渐可展。
字无勾踢，人必平安。凶神乱动，好处成难。
末后一笔，一身之原。如无破绽，福寿绵绵。
一字联络，骨肉同门。孤悬一字，游子飘蓬。
金得炉炼，方成器皿。木无金制，可曰愚农。
木从土出，受人培植。水中浮木，波浪成风。
落笔小心，作事斟酌。小心太过，为人刻薄。
写来粗草，放荡之人。笔端熟溜，书记佣工。
字法龙蛇，仕途已往。秀而不俗，文章自广。
风流笔法，好逞聪明。写来透古，腹内不空。
墨迹滞涩，学问难夸。一笔无停，定是大家。
灯前窗下，岁月蹉跎。禾麻菽麦，俱已发科。
字无倚靠，不利六亲。字无筋节，事可让人。
直仰两足，奔波劳碌。摆尾摇头，心满意足。
字问日期，切勿妄许。有丁有日，方可说与。
山川草木，咸不宜冬。星辰日月，乃怕朦胧。
真正五行，不怕相克。直如用神，求谋易得。
笔法未全，作事多难。行人不至，音信杳然。
水火多源，木枯无枝。子孙宗派，于此可思。
终身事业，我即用神，生我者吉，克我者凶。
字只两笔，寿年不一。有撇七二，无撇六一。
字如三笔，亦各有数。常为十六，变为念五。
无勾为变，有勾为常。依斯立法，仔细推详。
字不出头，寿增五岁。当头一点，须减三年。
字若无勾，添九可求。字如无直，寿当增十。

笔画过半，须知减点。一点三年，岁数可免。
耳畔成三，口头除四。明彻斯传，始精相字。
妙诀无多，功非一日。仔细详占，万无一失。

五言作用歌

断事不可泥，变通方是道。细细察根源，始识先贤奥。
十人写一字，笔法各不同。一字占十事，情理自然别。
六神无变乱，五行有假真。草木看时节，明明察晦明。
字中有子孙，子孙必不少。详其盛与衰，便知肾不肖。
我克不宜多，多必妻重娶。克我一般多，谐老又可许。
青龙值用神，万事皆无阻。若是无水泽，犹为受用苦。
白虎值用神，吉事反成凶。官事必受害，疾病重沉沉。
用神见朱雀，利于公门中。君子功名吉，小人口舌凶。
用神见螣蛇，俱是文书动。功名眼下宜，富贵如春梦。
末笔是青龙，万事不成凶。名利皆如意，行人在路中。
末笔是朱雀，公事有着落。只恐闺门中，有病无良药。
末笔是勾陈，淹留费苦心。行人音信杳，官讼浑如尘。
末笔是螣蛇，远客即来家。忧疑终不免，官讼苦嗟吁。
末笔是白虎，疾病须忧苦。狱讼必牵缠，出往多拦阻。
末笔是玄武，盗贼须提防。水土行人利，家中六畜康。
末笔看五行，所用看六神。先定吉凶主，然后字中寻。

别理篇

字义浑沦，辨别之篇须下学；理研变化，至诚之道可前知。
字同事不同，不宜此而宜彼；

事同字亦同，倏变吉而变凶。

设若中也者，天下之大本。

问终身与昆仲，无缘信乎哉！

人间之最要，欲要之于朋友更切。再如：地天为泰，不遇阳间犹是否；雷火为丰，如逢阴极可云临。

既虚矣，复反而为盈；既危矣，复还而为安。

旺盛必衰，天地不逾其数；治极而乱，圣人能预为防。

先则看其笔端，然后察其字义。

须知字义古怪，学问宜深。

笔走龙蛇，峥嵘已过。

龙身草草，非正途显远之官；豹字昂昂，是执戟荷戈之职。

志无心，定是飘蓬下士；斌不乱，始称文武全才。

贝边月下定归期，足畔口头人必促。

团团宝盖，多生富贵之家；济济冠裳，定是风云之客。

无事生非因北字，有钱不享是亨来。

合则婚事难成，力乃功名未妥。

以他人问子，男女皆空；书本姓求官，声名远播。

书先觅物终须失，写望追人定是亡。

马字偏斜，惟恐落人之局；口头阔大，定招闲事之非。

青字有人求作主，事可全于月杪；

妙字一女欲于归，少亦可出闺门。

天字相联，一对良缘先注定；好字相属，百年美眷预生成。

丁、寸等字，皆才不足之形；占、吉之类，皆告不成之象。

香开晨昏扬誉还，花占百事一番新。小为本分之人，大是虚名之士。

赤子依亲是每，一例可推；大人盖小因余，仿斯可断。

贝左一生多享福，空头半世受孤寒。

东西南北，欲就其方；左右中前，乃择其地。

一人傍立，求名是佐贰之官；一直居中，占身乃正途之士。

草木逢春旺，鱼龙得水舒。

远字走长人未到，动旁撇短去犹迟。

赤子儿曹之类，必利见大人；

公祖父师之称，则相逢贵人。

干则立身无寸地，永如立志有衣冠。

操为一品之才，饫定大人之食。

之非出往必求财，赌不听呼定六畜。

奇欲立而不可，用非走而不通。

口居中，俨然一颗方印；元落后，前程可定魁名。

体有昂昂，功名之客；性情亟亟，荼苦之儒。

朔邦还未入朝廊，田里多应在乡党。

活泼泼鸢鱼，是飞腾之象；乐滔滔凫鸟，为流荡之徒。

川上皆圣贤游乐之余，周行是仕途经由之道。

崔巍远人犹在望，平安近事不能成。

日小见天长，心粗知胆大。

归则归兮归则止，笑如笑兮笑成悲。

国字谓何？一口操戈在内；尔来何故？五人合伙同居。

火字乃人在中央，一遇羊头为尽美；

天字是人居其内，出头一日始逢春。

以余字问，必有；以有字问，反无。

龙虽在天在田，看笔迹如何布置；

师既容民畜众，察精神始识兴衰。

盖载有人，终享皇家福；伞带全备，定是极品官。

有撇断为兄弟，无点莫问儿孙。

工欲善其事而成艺，何不见其人而亦可？

女子并肩生意好，色系同处病将亡。犯岁君之名，灾殃不小；书童问卜之日，财利可兴。

理中变化深长，此乃规矩方圆之至。

字里机关悠远，须认精粗为化造之原。

六言剖断歌

事从天地之义，字乃圣贤之心。
静里功夫细阅，其中奥理无穷。
圆融莫测其辨，来去无阻其通。
笔法先详衰旺，得意始定吉凶。
干枯软小为衰，清秀坚昂为旺。
详其用神何如，吉凶自然的当。
寿夭定于笔画，取其多寡为占。
字如十笔以上，一笔管之六年。
字如十笔以下，一笔定其九岁。
若其五笔之间，一笔管十六年。
笔画过之十五，两笔折作一笔。
带草一笔相连，问寿只在目前。
笔迹清而拘束，必然游庠在学。
笔端浊而放荡，功名必无着落。
写来笔法圆活，为人处世谦和。
笔底停而又写，为人性慢心多。
举笔茫无所措，胸中学问不大。
若无写罢复描，行事可为斟酌。
富贵出于精神，英雄定于骨格。
末后一笔丰隆，到老人称有德。
占妻先看其妻，占子先看其子。
妻子察其旺衰，据理定其生死。
父兄官灾狱讼，父兄要值空亡。
如若父兄在数，父兄反见灾殃。
一切谋望营求，字要察其虚实。

有声无物为虚，有物可见是实。
书出眼前之物，察其司重司轻。
司重断为有用，司轻大事无成。
纳采于归等事，更要加意推详。
笔画计其单双，字义察其阴阳。
假如子字求子，须防日建逢女。
子日如书女字，婚姻百事皆订。
一字笔书未全，万事不必开言。
字中若有余笔，必须用意详占。
先用五行工夫，后用增减字理。
影响毫发无差，谬则难寻千里。
学者变化细推，断事无不灵应。

格物章

物格而后知至，本末须详；事来必先见诚，始终可断。
细而长者，以一尺为百年，计寸分而知寿算；
方而圆者，以千金比一两，度轻重以定荣枯。
落手银圈，放荡□□终不改；出囊珠石，峥嵘半世尚丰盈。
石土不逢时，谓之无用；木金全失气，枉自徒劳。
执墨问功名，研究之苦，日见不足；
端鼎比身命，近贵之体，一世非轻。
腰下佩觽，所求皆遂；道旁弃核，百事无成。
取草问营谋，逢春须茂盛；将银问财帛，有本恐消磨。
素纨无诗，当推结识疏；牙签托人，毕竟不顾我。
数珠团圆到底，夫妻儿女皆宜；
木鱼振作不常，父母兄弟难合。
力下行人来得快，笔占远处有施为。

求子息，圆者不宜空；占买卖，长者终须折。

衣衫则包藏骨肉，葬祭之事宜然；

绦带必系纨扇躯，牵缠之事未免。

舟车骡马，用之则行；婢仆鸡鸾，呼之便至。

金扇之类，收有复展之期；烹调之物，死无再生之理。

瓜果问事，破不重圆；棋子求占，散而又聚。

荡尘理乱，无全金篦牙签；释罪洗冤，俱是何章刀笔。

壶是主人之礼，觞则空而满，满而复空；

锁为君子之防，匙则去而来，来而复去。

文章书籍，非小人用之；筐筥犁耙，岂君子用之？

贯执鞭，所欣慕焉，富而必可求也；

能弹琴，复长啸尔，乐亦在其中乎？

娱指悬匏，功名少待；折来垂柳，意兴多狂。

竹杖龙头，节义一生无愧怍；木锥莺嘴，钻谋万物有刚强。

手不释正叶经书，自知道德修诸己；

问不离九流艺术，意在干戈省厥躬。

指庭前向日之花，倏忽坐问移影；

点槛外敲风之竹，晨昏静里闻音。君子执笙簧，陶陶其乐，舌鼓终须不免；

女人拈针线，刺刺不休，心牵毕竟难触。

出匣图书行欲方，眼下可分玉石；

执来宝剑心从利，手中立剖疑难。

羽扇纶巾，须知人自山中去；奇珍异宝，可断人从海上来。

百草可活人，不识者不可妄用；六经能补世，未精者焉敢施为？

指盂中之水，久不耗而则倾；

顾冶内之金，须知积而有用。

事非容易，一首词两下欣逢；学识源渊，几句话三生有幸。

执金学道，借服如聚物之囊；割爱延师，重身如无价之宝。

明心受业，既行束上之脩；寄束传言，莫废师尊之礼。

斯其人也，斯其义也，可以为之。

非其重焉，非其道焉，孰轻与耳？

物理论

三才始判，八卦攸分。万物不离于五行，群生皆囿于二气。

羲皇为文字之祖，苍颉肇书篆之端。

鸟迹成章，不过象形会意；云龙结篆，传来竹简添书。

秦、汉而返，篆隶迭易；钟、王既出，真草各名。

其文则见于今，其义犹法于古。

人备万物之一数，物物相通；字泄万人之寸心，人人各异。

欲穷吉凶之朕兆，先格物以致知。

且云，天为极大，能望而不能亲，毕竟虚空为体；

海是最深，可观而不可测，由来消长有时。

移山拔树莫如风，片纸遮窗可避；变谷迁陵惟是水，尺筒无底难充。

小弹大盘，日之远近不辨；

白云苍狗，云之变化非常。

雨本滋长禾苗，不及时，人皆蹙额；

雪能冻压草木，如适中，人喜丰年。

月行急疾映千江，莫向水中捞捉；星布循环周八极，谁从天下推移！

露可比恩，厌浥行人多畏；霞虽似锦，膏肓隐士方宜。

皓皓秋阳，炎火再逢为亢害；娟娟冬月，寒冰重见愈凄凉。

顽金不畏洪炉，潦水须当堤岸。

雾气空蒙推障碍，电光倏忽喻浮生。

月下美人来，只恐到头成梦；雪中寻客去，犹防中道而归。

白露可以寄思，迅雷闻而必变。

履霜为忧虞之渐，当慎始焉；临渊有战惕之心，保厥终矣。

蝃蝀莫指，闺门之事不宜；霖雨既零，稼穑之家有望。

阳春白雪，只属孤音；流水高山，难逢知音。

至于岩岩山石，生民具瞻；滚滚源泉，圣贤所乐。

瀑布奔冲难收拾，溪流湍激不平宁。

风水所以行舟，水涌风狂舟必破；

雨露虽能长物，雨零霜结物遭伤。

社稷自有人求，关津诚为客阻。

烟雾迷林中有见，江河出峡去无回。

桃夭取妇相宜，未利于买童置畜；

杨柳送行可折，尤喜于赴试求名。

松柏可问寿年，拟声名则飘香挺秀；

丝罗可结姻好，比人品则倚势扳援。

荷方出水，渐见舒张；梅可调羹，未免酸涩。

李有道傍之苦，榄余齿末之甘。

笔墨驱使，时日不长；盆盂装载，团圆不久。

绠短汲深求未得，戈长力弱荷难成。

屠刀割肉利为官，若问六亲多刑损；

利刀剖瓜休作事，如占六甲即生男。无人棺椁必添丁，有印书函终见拆。

厘戥则骨贮匣中，纵有出时还须入；

算盘则子盈目下，任凭拨乱却成行。

瓦口虑其难全，怀亦防其有缺。

席可卷虚，终归人下；伞能开合，定出人头。

钓乃小去大来，樵则任重道远。

素珠团聚，可串而成；蜡烛风流，不能久固。

针线若还缝即合，锹锄如用必然翻。

凿则损而为利，亦当有关；锯乃断而成器，岂谓无长？

又若飞走之升沉，亦关人事之休咎。

猢狲被系，还家终是无期；鹦鹉在囚，受用只因长舌。

鹊乃随人饮啄，纵之仍入樊笼；

马虽无胆驰驱，用之不离缰锁。

鲤失江湖难变化，燕来堂屋转疑难。

诉理伸冤，逢鸦不白；占身问寿，遇鹤修龄。

万物纷纭，理则难尽；诸人愿欲，志各不同。

若执一端以断人，是犹胶柱鼓瑟；

能反三隅而悟理，方称活法圆机。

心同金鉴之悬空，妍媸自别；智若玉川之入海，活泼自如。

鬼谷子曰：“人动我静，人言我听。”旨哉斯言！胡可忽诸！

五行六神辨别篇

先以五行为主，次向字中详祸福。

既将六神作用，方观笔迹察原因。

生克不容情，莫以字音称独美；

宜忌须着意，休将文义恃能言。

勿以吉字言吉，当认吉中多忌煞；

漫将凶字言凶，须详凶处有元神。

相字预测，先以日干、纳音、年干、本命等的五行属性为主神，再结合字中五行笔画的生克制化关系而推定祸福吉凶。

若以六神作为损益主神的用神，则须在字形之中细察青龙、白虎、朱雀、玄武等六神笔画，然后再依生克判休咎。

生克吉他不徇情，莫以字好而称美。

生扶忌讳着意辨，休因意佳称妙言。

勿以“吉”字而言吉，须辩个中忌煞。

谬以“凶”字而言凶，岂知凶处有元神！

假如青龙与白虎同行，求功名大得其宜。

如庶人得之，反不免相争之咎。

父母与妻财聚面，则赴选难从其志。

若游子占之，又可触思远之忧。

勾陈最忌小金连，惟恐事无间断；

朱雀若逢傍水克，须防祸有牵缠。

水在木中流，替人濯垢；木从水中出，脱体犹难。

五行全不犯凶神，问自身德建名立；六神动再加吉将，若求官体贵身荣。旧事从新，朱雀、螣蛇双发动；倾家复创，金土两重临。

微火熔金，难成器皿；弱金克木，反自损伤。

求济于人，要看水火会合；营谋于众，还期土木齐登。

金多子多，非土不得；土厚财厚，无火不生。

水冷木孤，弟兄难靠；金寒土薄，祖业凋零。

玄武形青龙得水，连登两榜；白虎尾朱雀衔金，位列三公。

玄武临渊，时中之雨化；青龙捧日，阙下之云腾。

水非白而无源，金不秋而失气。

有勾陈，难结案头文；见朱雀，想量堂上语。

田下土溪，思还故里；月边水盛，意在归湖。

玄武居中，出外不宜行陆路；勾陈定位，居官虽在受皇恩。

白虎重重，不敢保今年无事；

青龙两两，定不是今日燕居。

字中见“母”母无忧，笔下从“兄”兄定位。

水土形青龙翘首，何忧不得功名；

木金相白虎当头，毕竟难逃灾害。

重重金火不逢时，百事徒劳；

叠叠青黄非见日，几番隆替。

贵显招土木，万福皆隆；方体隐龙蛇，千祥并集。

朱、勾相合，主唇舌干戈之事；龙、虎同行，风云际会之荣。

玄武不遇火，阴中不美；螣蛇无水渡，郊外生悲。

纯土自能生官，福从天至；寒金不但无禄，灾自幽来。

天贵专权，问功名必登黄甲；文书不动，赴场闱定值空亡。

问子须求子在爻，占妻定要妻入数。

笔迹孤寒金带水，六亲一个难招；字形丰满土生金，百岁百年易盛。

看五行之旺弱切记，卜词讼以官鬼为先；

定六亲之机微须知，占家宅以本命为主。

五行俱有，凡谋皆遂；六神不动，万事咸宁。

细玩辞占，影响无差毫发；密搜奥义，规绳不爽纤微。

金声章

混沌未开，一元含于太极无形之始；

乾坤既判，万物成于文章著见之中。

故未有其事而先有象，可预得其体而兆其来。

所以，苍颉造字，接云霞蝌蚪之文；圣贤著书，采随宜义理而用。

一字之善，千古流传；半点之疵，万年不泯。

君子哉，非挥毫而莫辨；小人焉，一执笔而即知。

是以消长盛衰，困极而知变；吉凶祸福，至诚而见神。

写来江汉秋阳，皓皓乎不可尚已；意在螽斯诜羽，绳绳兮与其宜焉。

惟存好利喜衰，则落笔终须各别。

必欲离尘脱俗，而开首自是不同。

若大烟雾云霞，则聚散去来神变化；风雷日月，其盈虚消息妙裁成。

鹦鹉等禽，人皆云其舌巧；虎豹之类，谁不惧其张威！

生息蕃盛者，乃稼穑禾苗；与物浮沉者，是江河湖海。

渊中鱼跃，水向东流何沮止；天上鸢飞，日从西落四时同。

百兽俱胎孕之生，独报麟祥之喜；诸禽皆飞腾之物，只言凤德之衰。

禽之鸣也，噪也，有形体小大之分；兽之利也，钝也，有轻清重浊之辨。

香花灯烛，偏宜于朔望之时；铃铎鼓钟，独可于晨昏之际。

点点滴滴，万里征衫游子泪；层层叠叠，九行密线老人心。

至于犬豕牛羊，叱之即便去；鸡鱼鹅鸭，欲用则不生。

狐貉羔裘，无济于夏；红炉黑炭，偏喜于冬。

幽林深圃夜无人，情不诬也；楼阁厅堂时有位，理之必然。

琴书剑箱，可断儒生负腋；轻裘肥马，当推志士同袍。

墨有渐减之虞，笔有久坚而弱。

书成笔架，几上岷山。写到砚池，寓中闷海。

如在其上，秋到一天皆皎月；如在其下，春临遍地产黄金。

挥出琵琶，到底是写怨之具；描来箫管，终须为耗气之端。

假如云雨雾皆能蔽日之光，天正阴时原是吉；

又若精气神本是扶身之主，人来问病反为凶。

水急流清，意偕游鱼濊濊；烟飞篆渺，心从云树茫茫。

农家落笔，草盛田禾实不足；商者书笺，丝多交易乱如麻。

紫绶金章，无者不必写出；蜗名蝇利，有者即便书成。

锁钥金汤，必任国家之重任；羽毛干戚，是祈海甸以清宁。

挂锦扬帆，风顺之方必利；舒衾洒帐，雨到之候成欢。

礼乐射御书数，如求一艺可执；

孝友睦姻任恤，定其六事皆宜。

草木逢雨，时生而旺，要详春秋气候；

轿马行际，日近而远，亦揆寒暑光阴。

试看画饼望梅，何止饥渴？镜花水月，竟是空虚。

欲造字相之微，请明章中之理。

《紫微斗数全书》

[宋]陈 抟 撰

目　录

新镌希夷陈先生紫微斗数全书卷之一

新镌希夷陈先生紫微斗数全书卷之二

新镌希夷陈先生紫微斗数全书卷之三

新镌希夷陈先生紫微斗数全书卷之四

紫微斗数全书序

尝闻命之理微，鲜有知之真而顺受之者。余谓功名富贵，有命存焉，遂捐厥职访道，学者以为之宗。行抵华山下，询知希夷公曾得道于兹矣。因陟其巅，谒其祠。将返，见一道者，年须弱冠①，态度老诚，遂进礼。出书示余，予问之，曰：希夷公《紫微斗数》集也。始观排列星辰，犹不省其奥窔②。既读其论，论则有道理；玩其断，断则有神验。即以贱降③试之，果毫发不爽。

于是喟然④叹曰：造化至玄，而阐明之，若对鉴焉，非心涵造化，能之乎？星辰至远，而指视之若运掌然，非胸藏星斗者，能之乎？天位乎上，地位乎下，而人则藐然于中者，先生则以天合之人，人合之天，即星辰之变化而知人命之休咎，是非学贯天人⑤而一之者，又孰能之乎？猗欤休哉⑥！先生真高人也，神人也！不然，胡为乎而有是高志？又胡为乎而有是神数也？

予乃捧持之，遍示天下，俾世之人知有命而顺受之可也。胡乃祖作之而子秘之，则继述之道安在哉？请志予言，以弁是书之首。时陈子去希夷公一十八代，讳道号“了然”，年方二十有六。

时嘉靖庚戌⑦春三月既望之吉

赐进士及第吉水罗洪先⑧撰

校者注 ① 弱冠：古时汉族男子20岁称弱冠。这时行冠礼，即戴上表示已成人的帽子，以示成年，但体犹未壮，还比较年少，故称“弱”。冠，帽子，指代成年。古时候，男行冠礼，就是把头发盘成发髻，谓之“结发”，然后再戴上帽子。古代男子到了二十岁，行过冠礼并为自己取个“字”（别名），自此即表示他已是个成年人了。

② 奥窔（ào yào）：指奥妙精微之处。窔：喻深奥的境界；幽深；隐暗处；室中东南角。清·梁章钜《退庵随笔·躬行》：“近世名公巨儒，喜谈禅理，盖亦如谈书画、谈古玩之类，聊以自娱，非真能窥其奥窔也。”

③ 喟（kuì）然：形容叹气的样子。

④ 贱降：谦称自己的生日。

⑤ 学贯天人：意思是有关天道人事方面的知识都通晓，形容学问渊博。天人：天道与人世，自然与社会。语出《封神演义》第五十六回：“子牙妙算世无伦，学贯天人泣鬼神；纵使九公称敌国，蓝桥也自结姻亲。”

⑥ 猗欤休哉：多么美好呀！原为古代赞颂的套话，现多含讽刺意味。猗欤：亦作“猗与”，叹词，表示赞美。休：美好。

⑦ 嘉靖庚戌：即嘉靖二十九年，公元1550年。

⑧ 罗洪先（1504-1564）：字达夫，号念庵，江西吉安府吉水黄橙溪（今吉水县谷村）人。明世宗嘉靖八年（1529）中状元，授翰林院修撰，迁左春房赞善。明代学者，杰出的地理制图学家。罗洪先在理学方面，属江右王门学派，曾师事王门学者黄宏纲、何廷仁，研究王守仁“致知”之旨。嘉靖四十三年（1564），罗洪先去世，享年61岁，诏赠光禄少卿，谥文恭。他著有《念庵集》22卷，收录于《四库全书》。另有《冬游记》《广舆图》（我国历史上最早的分省地图集）传世。

新镌希夷陈先生紫微斗数全书卷之一

江西负鼎子潘希尹补辑
闽关西后裔杨一宇参阅

太微赋

斗数至玄至微，理旨易明，虽设问于百篇之中，犹有言而未尽。至如星之分野，各有所属，寿夭贤愚，富贵贫贱，不可一概论议。其星分布一十二垣，数定乎三十六位，入庙为奇，失度为虚，大抵以身命为福德之本，加以根源，为穷通之资。星有同躔，数有分定，须明其生克之要，必详乎得垣失度之分。观乎紫微舍躔，司一天仪之象，卒列宿而成垣。土星苟居其垣，若可动移；金星专司财库，最怕空亡；帝居动则列宿奔驰；贪守空而财源不聚。各司其职，不可参差。苟或不察其机，更忘其变，则数之造化远矣。

例曰：禄逢冲破，吉处藏凶；马遇空亡，终身奔走；生逢败地，发也虚花；终处逢生，花而不败。星临庙旺，再观生克之机；命生强宫，细察制化之理。日月最嫌反背，禄马最喜交驰。倘居空亡，得失最为要紧；若逢败地，扶持大有奇功。紫微、天府，全依辅、弼之功；七杀、破军，专依羊、铃之虐。诸星吉逢凶也吉，诸星凶逢吉也凶。辅弼夹帝为上品，桃花犯主为至淫。君臣庆会，材擅经邦；魁钺同行，位居台辅。禄、文拱命，贵而且贤；日、月夹财，不权则富。马头带箭，镇卫边疆。刑囚夹印，刑杖惟司，善荫朝纲，仁慈之长；贵人贵乡，逢者富贵；财居财位，遇者富奢。太阳居午，谓之日丽中天，有专权之贵，敌国之富；太阴居子，号曰水澄桂萼，得清要之职，忠谏之材。紫微、辅、弼同宫，一呼百诺居上品；文、耗居寅、卯，谓之众水朝东。日月守不如照合，荫福聚不怕凶危。贪居亥子，名为泛水桃花；刑遇贪狼，号曰风流彩杖。七杀廉贞同位，路上埋尸；破军暗曜同乡，水中作冢。禄居奴仆，纵有官也奔驰；帝遇凶徒，虽获吉而无道。帝坐金车，则曰金舆捧栉；福安文曜，谓之玉袖天香。太阳会文昌于官禄，皇殿朝班，富贵全美；太阴会文曲于妻宫，蟾宫折桂，文章令盛。禄存守于田财，堆金积玉；财荫坐于迁移，巨商高贾。耗居禄位，沿途乞食；贪会旺宫，终身鼠窃。杀居绝地，天年夭似颜回；贪坐生乡，寿考永如彭祖。忌暗同居身命疾厄，沉困尫羸；凶星会于父母、迁移，刑伤产室。刑杀同廉贞于官禄，枷扭难逃；官府加刑杀于迁移，离乡遭配。善福守于空位，天竺生涯；辅弼单守命宫，离宗庶出。七杀临于身命，加恶杀必定死亡；铃羊合于命宫，遇白虎须当刑戮。官府发于吉曜，流杀怕逢破军；羊铃凭太岁以引行，病符官府皆作祸。奏书博士与流禄，尽作吉祥；力士将军同青龙，显其权势。童子限如水上泡沤，老人限似风中燃烛。遇杀无制乃流年最忌。人生荣辱，限元必有休咎；处世孤贫，数中逢乎驳杂。学者至此，诚玄微矣。

形性赋

原夫紫微帝座,生为厚重之容;天府尊星,当主纯和之体。金乌圆满,玉兔清奇。天机为不长不短之资,情怀好善;武曲乃至刚至毅之操,心性果决。天同肥满,目秀清奇。廉贞眉宽口阔面横,为人性暴,好忿好争。贪狼为善恶之星,入庙必应长耸,出垣必定顽嚣。巨门乃是非之曜,在庙敦厚温良。天相精神,相貌持重,天梁稳重,心事玉洁冰清。七杀如子路,暴虎冯河;火铃似豫让,吞炭装哑。暴虎冯河兮目太凶狠,吞炭装哑兮暗狼声沉。俊雅文昌,眉清目秀;磊落文曲,口舌便佞;在庙定生异痣,失陷必有斑痕。左辅右弼,温良规模,端庄高士。天魁天钺,具足威仪,重合三台,则十全模范。擎羊陀罗,形丑貌粗,有矫诈体态。破军不仁,背重眉宽,行坐腰斜,奸诈好行惊险。性貌如春和蔼,乃是禄存之情德;情怀似火烽冲,此诚破耗之威权。

星论庙旺,最怕空亡,杀落空亡,竟无威力。权禄聚九窍之奇,耗劫散平生之福。禄逢梁荫,抱私财益与他人;耗遇贪狼,蝼淫情于井底。贪星入于马垣,易善易恶;恶曜扶同善曜,禀性不常。财居空亡,巴三览四;文曲旺宫,闻一知十。暗合廉贞,为贪滥之曹使;身命司数,实奸盗之技儿,猪屠之流。善禄定是奇高之艺细巧,伶俐之人。男居生旺,最要得地;女居死绝,专看福德。命最嫌立于败位,财源却怕逢空亡。机、刑、杀荫孤星,论嗣续之宫;加恶星忌耗,不为奇特。陀耗囚之星,守父母之躔,决然破祖刑伤。兼之童格宜相,根基要察。紫微肥满,天府精神。禄存禄主,也应厚重。日、月、曲、相、同、梁、机、昌,皆为美俊之姿,乃是清奇之格,上长下短,目秀眉清。贪狼同武曲,形小声高而量大;天同加陀、忌,肥满而目渺。擎羊身体遭伤,若遇火、铃、巨暗,必生异痣;又值耗、杀,定主形丑貌粗。若居死绝之限,童子哺乳,徒劳其力,老者亦然寿终。此数中之纲领,乃为星纬之机关。玩味专精,以参玄妙。限有高低,星寻喜怒,假如运限驳杂,终有浮沉。如逢杀地,更要推详;倘遇空亡,必须细察。精研于此,不患不神。

星垣论

紫微帝座,以辅弼为佐贰,作数中之主星,乃有用之源流。是以南北二斗,集而成数,为万物之灵。盖以水淘溶则阴阳既济,水盛阳伤,火盛阴灭,二者不可偏废,故得其中者,斯为美矣。寅乃木之垣,乃三阳交泰之时,草木萌芽之所。至于卯位,其木愈旺矣。贪狼天机是庙乐,故得天相水到寅,为之旺相;巨门水得卯,为之疏通。木乃土栽培,加以水之浇灌,三方更得文曲水、破军水相会尤妙,又加禄存土极美矣。巨门水到丑,天梁土到未,陀罗金到于四墓之所,苟或得擎羊金相会,以土为金墓,则金通不凝。加以天府土、天同金以生之,是为金趁土肥,顺其德以生成。未巳午乃火位,巳为水土所绝之地,更午垣之火,余气流于,水则顺流;火气逆焰,必归于巳。午属火德,能生于巳绝之土,所以廉贞木居焉。至于午火,旺照离明,洞彻表里,而文曲水入庙。若会紫府,则魁星拱斗,加以天机木、贪狼火,谓之变景,愈加奇特。申酉金乃西方太白之气,武居申而好生,擎羊在酉而用杀,加以巨门、禄存、陀罗而助之愈急,须得逆行,逢善化恶,是为妙用。亥水属文曲、破军之要地,乃文明清高之士,万里派源之洁,如大川之泽不为焦枯。居于亥位,将入天河,是故为妙。破军水于子旺之乡,如巨海之浪溯汹涌,可远观而不可近倚,破军是以居焉。若四墓之克,充其弥漫,必得武曲之金,使其源流不绝,方为妙矣。其余诸星,以身命推之,无施不可,至玄至妙者矣。

斗数准绳

命居生旺,定富贵各有所宜;身坐空亡,论荣枯专求其要。紫微帝座,在南极不能施功;天府令星,在南地专能为福。天机、七杀同宫,也善三分;太阴、火铃同位,反成十恶。贪狼为善宿,入庙不凶;巨门为恶曜,得垣尤美。诸凶在紧要之乡,最宜制伏;若在身命之位,却受孤单。若见杀星倒限最凶,福荫临之,庶几可解。大抵在人之机变,更加作意之推详。辨生克制化以定穷通,看好恶正偏以言祸福。官星居于福地,近贵营财;福星居于官宫,却成无用。身命得星为要,限度遇吉为荣。若言子媳有无,专在擎羊、耗、杀;逢之则害,妻妾亦然。相貌逢凶,必带破相;疾厄逢忌,定有尪羸。须言定数以求玄,更在同年之相合,总为纲领,用作准绳。

斗数发微论

白玉蟾先生曰:观天斗数与五星不同,按此星辰与诸术大异。四正吉星定为贵,三方杀拱少为奇。对照兮详凶详吉,合照兮观贱观荣。吉星入垣则为吉,凶星失地则为凶。命逢紫府,非特寿而且荣;身遇杀星,不但贫而且贱。左右会于紫府,极品之尊;科权陷于凶乡,功名蹭蹬。行限逢乎弱地,未必为灾;立命会在强宫,必能降福。羊陀七杀,限运莫逢,逢之定有刑伤(劫空伤使在内合断)。天哭丧门,流年莫遇,遇之实防破害。南斗主限必生男,北斗加临先得女。科星居于陷地,灯火辛勤;昌曲在于凶乡,林泉冷淡。奸谋频设,紫微愧遇破军;淫奔大行,红鸾羞逢贪宿。命身相克,则心乱而不闲;玄媪(即天姚星)三宫,则邪淫而耽酒。杀临三位,定然妻子不和;巨到二宫,必是兄弟无义。刑杀守子宫,子难奉老;诸凶照财帛,聚散无常。羊陀(临)疾厄,眼目昏盲;火铃到迁移,长途寂寞。尊星列贱位,主人多劳;恶星应命宫,奴仆有助。官禄遇紫府,富而且贵;田宅遇破军,先破后成。福德遇空劫,奔走无力;相貌加刑杀,刑克难免。后学者执此推详,万无一失。

重补斗数彀率

诸星吉多,逢凶也吉;诸星凶多,逢吉也凶。星更躔度,数分定局。重在看星得垣受制,方可论人祸福穷通。大概以身命为祸福之柄,以根源为穷通之机。紫微在命,辅、弼同垣,其贵必矣。财印夹命,日月夹财,其富何疑!荫福临不怕凶冲,日月会不如合照。贪狼居子,乃为泛水桃花;天刑遇贪,必主风流刑杖。紫微坐命库,则曰金舆捧御辇;临官安文曜,号为衣锦惹天香。太阴合文曲于妻宫,翰林清异;太阳会文昌于官禄,金殿传胪。禄合守田财,为烂谷堆金;财荫居迁移,为高商豪客。耗居败地,沿途丐求;贪会旺宫,终身鼠窃。杀居绝地,生成三十二之颜回;日在旺宫,可学八百年之彭祖。巨暗同垣于身命疾厄,羸瘦其躯;凶星交会于相貌迁移,伤刑其面。大耗会廉贞于官禄,枷杻囚徒;官府会刑杀于迁移,离乡远配。七杀临于陷地,流年必见死亡;耗杀忌逢破军,火铃嫌逢太岁。奏书博士并流禄,以尽乎吉祥;力士将军与青龙,以显其威福。童子限弱,水上浮泡;老人限衰,风中燃烛。遇杀必惊,流年最紧。人生发达,限元最怕浮沉;一世迍邅,命限逢乎驳杂。论而至此,允矣玄微。

增补太微赋

前后两凶神,谓两邻加侮,尚可撑持;同室与谋,最难提防。片火焚天马,重羊逐禄存。劫空亲戚无常,权禄行藏靡定。君子哉魁钺,小人哉羊铃。凶不皆凶,吉无纯吉。主强宾弱,可保无虞;主弱宾强,凶危立见。主宾得失两相宜,运限命身当互见。身命最嫌羊、陀、七杀,遇之未免为凶;二限甚忌贪、破、巨、廉,逢之定然作祸。命遇魁昌常得贵,限逢紫府定财多。凡观女人之命,先观夫子二宫。若值杀星,定三嫁而心不足;或逢羊孛,虽啼哭而泪不干。若观男命,始以福财为主,再审迁移何如。二限相因,吉凶同断。限逢吉曜,平生动用和谐;命坐凶乡,一世求谋龃龉。廉禄临身,女得纯阴贞洁之德;同梁守命,男得纯阳中正之心。君子命中,亦有羊陀火铃;小人命内,岂无科禄权星!要看得垣失垣,专论入庙失庙。若论小儿,详推童限。小儿命坐凶乡,三五岁必然夭折;更有限逢恶杀,五七岁必主灾亡。文昌文曲天魁秀,不读诗书也可人。多学少成,只为擎羊逢劫杀;为人好讼,盖因太岁遇官符。命之理微,熟察星辰之变化;数之理远,细详格局之兴衰。北级加凶杀,为道为僧;羊陀遇恶星,为奴为仆。如武破廉贪,固深谋而贵显;加羊陀空劫,反小志以孤寒。限辅星旺,限虽弱而不弱;命临吉地,命虽凶而不凶。断桥截空,大小难行;卯酉二空,聪明发福。命身遇紫府,叠积金银;二主逢劫空,衣食不足。谋而不遂,命限遇入擎羊;东作西成,限身遭逢辅相。科权禄拱,定为扳桂之高人;空劫羊铃,作九流之术士。情怀畅舒,昌曲命身;诡诈浮虚,羊陀陷地。天机天梁擎羊会,早有刑而晚见孤;贪狼武曲廉贞逢,少受贫而后享福。此皆斗数之奥妙,学者宜熟思之。

诸星问答论

问:紫微所主若何?

答曰:紫微属土,乃中天之尊星,为帝座,主掌造化枢机,人生主宰。仗五行,育万物,以人命为之立定数。安星躔,各根所司,处年数内,常掌爵禄。诸宫降福,能消百恶。须看三台,盖紫微守命是中台,前一位是上台,后一位是下台。俱看在庙旺之乡否?有何吉凶之(星)守照?如庙旺化吉甚妙,陷又化凶甚凶。吉限不为美,凶限则凶也。人之身命若值禄存同宫,日月三合相照,贵不可言。无辅弼同行,则为孤君,虽美玉不足。更与诸杀同宫,或诸杀合照,君子在野,小人在位。主人奸诈假善,平生恶积。与囚同居,无左右相佐,定为胥吏。如落疾厄、兄弟、奴仆、相貌四陷宫,主人劳碌,作事无成,虽得助亦不为福。更宜详细宫度,应究星躔之论。若居官禄身命,三宫最要左右守卫。天相禄马交驰,不落空亡,更坐生乡,可为贵论。如魁钺三台星会吉星,则三台八座矣。帝会文昌拱照,又得美限扶,必文选之职。帝降七杀为权,有吉同位,则帝相有气。诸吉咸集,作武官之职。财帛田宅有左右守卫,又与太阴武曲同度,不见恶星,必为财赋之官。更与武曲、禄存同宫,身命中尤为奇特。男女宫得祥佐吉星,主生贵子。若独守无相佐,则子息孤单。妻宫会吉,男女得贵美夫妇偕老,亦要无破杀。迁移虽是强宫,更要相佐,有吉星照命,则因人之贵。福德(在)男为陷地,女为庙乐,逢吉则吉,逢凶则凶。

希夷先生曰:紫微为帝座,在诸宫能降福消灾,解诸星之恶虐,能制火铃为善,能降七杀为权。若得府相左右昌曲吉集,无有不贵。不然,亦主巨富。纵有四杀冲破,亦作中局。若遇破军在辰戌丑未,主为臣不忠,为子不孝之论。女命逢之,作贵妇断。加杀冲破,亦作平常,不为下贱。

歌曰:

紫微原属土,官禄宫主星。有相为有用,无相为孤君。
诸宫皆降福,逢凶福自申。文昌发科甲,文曲受皇恩。
僧道有师号,快乐度春秋。众星皆拱照,为吏协公平。
女人会帝座,遇吉事贵人。若与桃花会,飘荡落风尘。
擎羊火铃聚,鼠窃狗偷群。三方有吉拱,方作贵人评。
若还无辅弼,诸恶共欺凌。帝为无道主,考究要知因。
二限若遇帝,喜气自然新。

玉蟾先生曰:紫微乃中天星主,为众星之枢纽,为造化(之根)。大抵为人命之主宰,掌五行,育万物,各有所司。以左辅、右弼为相,以天相、昌、曲为从,以魁、钺为传令,以日、月为分司,以禄、马为掌爵之司,以天府为帑藏之主,身命逢之,不胜其吉。如遇四杀(羊、陀、火、铃)、劫空机梁冲破,定是僧道。此星在命,为人厚重,面紫色,专作吉断。

问曰:天机所主如何?

答曰:天机属木,南斗第三益寿之善星也。后化气曰善,得地合之行事,解诸星之顺逆。定数于人命,逢诸吉咸集,则万事皆善。勤于礼佛,敬平六亲,利于林泉,宜于僧道。无恶虐不仁之心,有灵机应变之志。渊鱼察见,作事有方。女命遇之为福,逢吉为吉,遇凶为凶。或守于身,更逢天梁,必有高艺随身。习者宜详玩之。

希夷先生曰:天机益寿之星,若守身命,主人异常。与天梁、左右、昌曲交会,文为清显,武为忠良。若居陷地,四杀冲破,是为下局。若见七杀、天梁,当为僧道之清闲。凡人二限逢之,兴家创业更改。女人吉星拱照,主旺夫益子,有权禄则为贵妇,落局羊陀火忌冲破,主下贱、残疾、刑克。

歌曰:

天机兄弟主,南斗正曜星。作事有操略,禀性最高明。
所为最好尚,亦可作群英。会吉主享福,入格居翰林。
巨门同一位,武职压边庭。亦要权逢杀,方可立功名。
天梁星同位,定作道与僧。女人若逢比,性巧必淫奔。
天同与昌曲,聚拱主华荣。辰戌子午地,入庙有功名。

若在寅卯辰，七杀并破军。血光灾不测，羊陀及火铃。
若与诸杀会，灾患有虚惊。武暗廉破会，两目少光明。
二限临此宿，事必有变更。

玉蟾先生曰：天机，南斗善星，故化气曰善。佐帝令以行事，解诸凶之逆节，定数于人命之中，若逢吉聚，则为富贵；若逢杀冲，亦必好善。孝义六亲，勤于礼佛，无不仁不义之为，有灵通变达之志。女命逢之，多主福寿。其在庙旺有力，陷地无力。

问：太阳所主若何？

答曰：太阳星属火，日之精也，乃造化之表仪。在数主人有贵气，能为文为武。诸吉集则降祯祥，处黑星则劳心费力。若随身命之中，居于庙乐之地，为数中之至曜，乃官禄之枢机。后化贵化禄，最宜在官禄宫。男作父星，女为夫主。命逢诸吉守照，更得太阴同照，富贵全美。若身居之，逢吉聚，则可在贵人门下客，否则公卿走卒。夫妻亦为弱宫，男为诸吉聚，可因妻得贵；陷地加杀，伤妻不吉。男女宫得八座，加吉星在庙旺地，主生贵子，权柄不小。若财帛宫于旺地，会吉相助，不怕巨门躔，其富贵绵远矣。若旺相无空劫，一生主富。居田宅，得祖父荫泽。若左右诸吉星皆至，大小二限俱到，必有聚兴之喜。若限不扶，不可以三合论议，恐应小差。女命逢之，限旺亦可共享。与铃、刑、忌集限，目下有忧，或生克父母。刑、杀聚限，有伤官之忧，常人有官非之挠。与羊、陀聚，则有疾病；与火、铃合，其苦楚不少。推而至此，祸福了然。迁移宫其福与身命不同，难招祖业，移根换叶，出祖为家。限步逢之，决要动移。女命逢之，不及（吉），若福德宫有相佐，主招贤明之夫。父母宫男子单作父星，有辉则吉，无辉克父。

希夷先生曰：太阳星周天历度，轮转无穷。喜辅弼而佐君象，以禄存而助福。所忌者巨暗遭逢，所乐者太阴相旺。诸宫会吉则吉，黑道遇之则劳。守人身命，主人忠鲠，不较是非。若居庙旺，化禄化权，允为贵论。若得左右、昌曲、魁钺三合拱照财官二宫，富贵极品。加四杀，亦主饱暖，僧道有师号。女人庙旺，主旺夫益子，加权禄封赠，加杀主平常。

歌曰：

太阳原属火，正主官禄星。若居身命位，禀性最聪明。
慈爱量宽大，福寿享遐龄。若与太阴会，骤发贵无伦。
有辉照身命，平步入金门。巨门不相犯，升殿承君恩。
偏垣逢暗度，贫贱不可言。男人必克父，女命夫不全。
火铃逢若定，羊陀眼目昏。二限若值此，必定卖田园。

玉蟾先生曰：太阳司权贵为文，遇天刑为武。在寅卯为初升，在辰巳为升殿，在午为日丽中天，主大富贵。在未申为偏垣，作事先勤后惰；在酉为西没，贵而不显，秀而不实。在戌亥子为失辉，更逢巨暗破军，一生劳碌贫忙。更主眼目有伤，与人寡合招非。女命逢之，夫星不美，遇耗则非礼成婚。若与禄存同宫，虽主则帛，亦辛苦不闲。若与帝星左右同宫，则为贵论。又嫌火铃、刑忌，未免先克其父。此星男得之为父星，女得之为夫星。

问：武曲星所主若何？

答曰：武曲，北斗第六星，属金，乃财帛宫主财。与天府同宫有寿，其施权于十二宫分，其临地有庙、旺、陷宫。主于人，性刚果决，有喜有怒，可福可灾。若陷囚会于震宫，必为破，主淹留之辈。与禄马交驰,发财于远郡。若贪狼同度,悭吝之人。破军同乡,财到手而成空。诸凶聚而作祸,诸吉集以成祥。

希夷先生曰:武曲属金,在天司寿,在数司财。怕受制入陷,喜禄存而同政。与太阴以互权,天府、天梁为佐贰之星,财帛、田宅为专司之所。恶杀、耗囚会于震宫,必见木压雷震。破军、贪狼会于坎宫,必主投河溺水。会禄马则发财远郡,会贪狼则少年不利。所谓"武曲守命福非轻,贪狼不发少年人"是也。庙乐、桃花同宫,利己损人;七杀、火星同宫,因财被劫。遇羊陀则孤克,遇破军难显贵。单居二限可也。若与破军同位,更临二限之中,定主是非之挠。盖武曲守命,主人刚强果断。甲己生人福厚,出将入相。更得贪、火冲破,定为贵格。喜西北生人,东南生人平常,不守祖业。四杀冲破,孤贫不一,破相延年。女人吉多为贵妇,加杀冲破孤克。

问:天同星所主若何?

答曰:天同星属水,乃南方第四星也,为福德宫之主宰。后云化福最喜遇吉曜,助福添祥,为人廉洁,貌禀清奇,有机枢,无亢激,不怕七杀相侵,不怕诸杀同躔。限若逢之,一生得地,十二宫中皆曰福,无破定为祥。

希夷先生曰:天同南斗益寿保生之星。化禄为善,逢吉为祥,身命值之,主为人谦逊,禀性温和。仁慈鲠直,文墨精通,有奇志,无凶激。不忌七杀相侵,不畏诸凶同度,十二宫中皆为福论。遇左右、昌梁贵显,喜壬乙生人,巳亥得地。不宜六庚生人居酉地,终身不守。会四杀居巳亥为陷,残疾孤克。女人逢杀冲破,刑夫克子。梁月冲破,合作偏房。僧道宜之,主享福。

问:廉贞所主若何?

答曰:廉贞属火,北斗第五星也。在斗司品秩,在数司权令。不临庙旺,更犯官符,故曰化囚为杀。触之不可解其祸,逢之不可测其祥。主人心狠性狂,不习礼义。逢帝座执威权,遇禄存主富贵,遇文昌好礼乐,遇杀曜显武职。在官禄有威权,在身命为次桃花。若居旺宫,则赌博迷花而致讼。与巨门交会于陷地,则是非起于官司。逢财星耗合,祖业必破;遇刑忌,则浓血不免;遇白虎,则刑杖难逃;遇武曲于受制之乡,恐木压蛇伤。同火曜于陷空之地,主投河自缢。破军与日月以济行,目疾而不免。限逢至此,灾不可攘。只宜官禄身命之位,遇吉福映,逢凶则不慈。若在他宫,祸福宜详。

歌曰:

廉贪巳亥宫,遇吉福盈丰。
应过三旬后,须防不善终。

问:天府所主若何?

答曰:天府属土,南斗主令第一星也。为财帛之主宰,在斗司福权之宿,会吉皆为富贵之基,定作文昌之论。

希夷先生曰:天府乃南斗延寿解厄之星,又曰司命上相镇国之星。在斗司权,在数则职掌财帛、田宅、衣禄之神。为帝之佐贰,能制羊、陀为从,能化火、铃为福。主人相貌清奇,禀性温良端雅。与太阳、昌、曲会,必登首选。逢禄存、武曲,必有巨万之富。秘云:"天府为禄库,命逢终是富”是也。不喜四杀冲破，虽无官贵，亦主财田富足。以田宅、财(帛)为庙乐，以奴仆、相貌为陷弱，以兄弟为平(常)。身命逢之，得相佐，主夫妻子女不缺。若值空亡，是为孤立，不可一例而推断。大抵此星多主吉。又曰：此星不论诸宫皆吉。女命得之，清正机巧，旺夫益子，虽见冲破，亦以善论。僧道宜之，有师号。

歌曰：

天府为禄库，入命终是富。万顷置田庄，家资无论数。

女命坐香闺，男人食天禄。此是福吉星，四外无不足。

问：太阴星所主若何？

答曰：太阴乃水之精，为田宅主，化富，与日为配。天仪表有上弦下弦之用，黄到黑到分势尚好，亏数定庙乐。其为人也，聪明俊秀；其禀性也，端雅纯祥。上弦为要之机，下弦减威之论。所值不以所见无妨，若相生坐于太阳，日在卯，月在酉，俱为旺地，为富贵之基。命坐银辉之宫，诸吉咸集，为享福之论。若居陷地，则落弱之名。若上弦下弦，仍可不逢巨门为佳。身若居之，则有随娘继拜，或离祖过房。身命若见恶杀交冲，必作伤残之论。除非僧道，反获祯祥。决祸福最为要紧，不可参差。又或与文曲同居身命，定是九流术士。男为妻宿，又作母星。

希夷先生曰：太阴化禄，与日为配，以卯、辰、巳、午、未为陷地，以酉、戌、亥、子、丑为得垣。酉为西山之门，为东潜之所。嫌巨曜以来躔，怕羊陀以同度，廉囚相犯，七杀相冲，恐非得意之垣，定作伤残之论。此星属水，为田宅宫主，有辉为福，失陷必凶。男女得之皆为母星，又作妻宿。若在身命庙乐，吉集主富贵；在疾厄，遇陀暗为目疾；遇火、铃为灾；值贪、杀损目。在父母，如陷地失辉，遇流年白虎太岁，主母有灾。此虽纯和之星，但失辉受制则不吉。若逢白虎、丧门、吊客，妻亦慎之。

问：贪狼所主若何？

答曰：贪狼，北斗解厄之神，第一星也，属水。化气为桃花，为标准，乃主祸福之神。受善恶，定奸诈瞒人，授学神仙之术。又好高吟浮荡，作巧成拙。入庙乐之宫，可为祥，可为祸。会破军，迷花恋酒而丧命，同禄存可吉。遇耗因以虚花，遇廉贞也不洁，见七杀或配以遭刑。遇羊、陀主痔疾，逢刑、忌有斑痕，二限为祸非轻。与七杀同守身命，男有穿窬之体，女有偷香之态。诸吉压不能为福，众凶聚愈藏其奸。以事藏机，虚花无实。与人交厚者薄，而薄者又厚。故云：七杀守身终是夭，贪狼入庙必为娼。若身命与破军同居，更居三合之乡，生旺之地，男好饮而赌博游荡，好女无媒而自嫁，淫奔私窃，轻则随客奔驰，重则游于歌妓。喜见空亡，返主端正。若与武曲同度，为人谄佞奸贪，每存肥已之心，并无济人之意。与贞同，公庭必定遭刑。七杀同为(位)，定为屠宰。羊、陀交并，必作风流之鬼；昌、曲同度，必多虚而少实。与七杀、日、月同躔，男女淫邪虚花。巨门交战，口舌是非常有。若犯帝座，无制便为无益之人；得辅、弼、昌、曲夹制，则无此论。陷地逢生，又生祥瑞，虽家颠(沛)也发一时之财。惟会火、铃，能富贵美，在财帛与武曲、太阴同，终非所自发，则为淫佚。在兄弟子息，俱为陷地。在田宅则破荡祖业，先富后贫。奴仆居于庙旺，必因奴仆所破。夫妻宫，男女俱不得美，疾厄与羊、陀、暗杀交并，酒色之病。适移若坐火乡，破军暗杀并，流年岁杀叠并，则主遭兵火贼盗相侵。总而言之,男女非得地之星,不见尤妙。

希夷先生曰:贪狼为北斗解厄之神,陟明之星。其气属木,体属水,故化气为桃花。乃主祸福之神,在数则乐为放荡之事。遇吉则主富贵,遇凶则主虚浮。主人矮小,性刚猛威,机深谋远,随波逐浪,爱憎难定。居庙旺,遇火星,武职权贵,戌巳生人合局。遇军、相延寿,会廉、武巧艺,得禄存僧道宜之。破、杀相冲,飘蓬度日。女人主刑克不洁,遇太阴则主淫佚。

问:巨门所主若何?

答曰:巨门属水、金,北斗第二星也,为阴精之星,化气为暗。在身命,一生招口舌之非;在兄弟,则骨肉参商;在夫妻,主于隔角,生离死别,纵夫妻有对,不免污名失节;在子息,损后方招,虽有而无;在财帛,有争竞之意;在疾厄,遇刑、忌,眼目之灾,杀临,主残疾;在迁移,则招是非;在奴仆,则多怨逆;在官禄,主招刑杖;在田宅,则破荡祖业;在福德,其福稍轻;在父母,则遭弃掷。

希夷先生曰:巨门在天,司品万物。在数则掌执是非,主于暗昧,疑是多非,欺瞒天地,进退两难。其性则面是背非,六亲寡合,交人初善终恶。十二宫中若无庙乐照临,到处为灾,奔波劳碌。至亥、子、丑、寅、巳、申,虽富贵亦不耐久。会太阳则吉凶相半,逢七杀则主杀伤。贪耗同行,因好徒配。遇帝座则制其强,逢禄存则解其厄,值羊陀男盗女娼。对宫遇火铃、白虎,无帝压禄存,决配千里。三合杀凑,必遭火厄。此乃孤独之数,刻剥之神。除为僧道九流,方免劳神偃蹇,限逢凶曜,灾难不轻。

问:天相星所主若何?

答曰:天相属水,南斗第五星也,为司爵之宿,为福善。化气曰印,是为官禄文星,佐帝之位。若人命逢之,言语诚实,事不虚为。见人难,有恻隐之心;见人恶,抱不平之气。官禄得之则显荣,帝座合之则争权。虽佐日月之光,兼化廉贞之恶。身命得之而荣耀,子息得之而嗣续昌。十二宫中皆为祥福,不随恶而变志,不因杀而改移。限步逢之,富不可量。此星若临生旺之乡,虽不逢帝座,若得左、右,则职掌威权。或居闲弱之地,也作吉利,二限逢之,主富贵。

希夷先生曰:天相南斗司爵之星,化气为印,主人衣食丰足,昌、曲、左右相会,位至公卿。陷地贪、廉、武、破、羊、陀杀凑,巧艺安身。火、铃冲破,残疾。女人主聪明端庄,志过丈夫。三方吉拱封赠论,若昌、曲冲破,侍妾。在僧道,主清高。

歌曰:

天相原属水,化印主官禄。身命二宫逢,定主多财福。
形体又肥满,言语不轻渎。出仕主飞腾,居家主财谷。
二限若逢之,百事看充足。

问:天梁星所主若何?

答曰:天梁属土,南斗第二星也。司寿化气为荫,为福寿,乃父母之主宰,杀帝之权。于人命则性情磊落,于相貌则厚重温谦,循直无私,临事果决。荫于身命,福及子孙。遇昌、曲于财宫,逢太阳于福德三合,乃万全,声名显于王室,职位临于风宪。若逢耗曜,更逢天机及杀,宜僧道,亦受王家制诰。逢贪狼同度而乱礼乱家。居奴仆、疾厄、相貌,作丰余之论。见廉贞、刑、忌，必无灾厄克激之虞；遇火、铃、刑暗，亦无征战之挠。太岁冲而为福，白虎临而无殃。论而至此，数决穷通之论也。命或对宫有天梁，主有寿，乃极吉之星也。

希夷先生又曰：天梁，南斗司寿之星，化气为荫为寿。佐上帝威权，为父母宫主，主人清秀温和，形神稳重，性情磊落，善识兵法。得昌、曲、左右加会，位至台省。在父母宫则厚重威严，会太阳于福德，极品之贵。戊己生人合局，若四杀冲破，则苗而不秀。逢天机耗曜，僧道清闲。于贪、巨同度，则败伦乱俗。在奴仆、疾厄，亦非丰余之论。廉贞、刑、忌见之，必无克敌之虞。火、铃、刑暗遇之，亦无征战之挠。太岁冲而为福，白虎会而无灾。奏书会则有意外之荣，青龙动则有文书之喜。小耗、大耗交遇，所干无成；病符、官府相侵，不为灾论。女人吉星入庙，旺夫益子，昌、曲、左右扶持封赠。羊、陀、火、忌冲刑破克，招非不洁，僧道宜之。

歌曰：

天梁原属土，南斗最吉星。化荫名延寿，父母宫主星。
田宅兄弟内，得之福自生。形神自持重，心性更和平。
生来无灾患，文章有声名。六亲更和睦，仕宦居王庭。
巨门若相会，劳碌历艰辛。若逢天机照，僧道享山林。
二星在辰戌，福寿不须论。

问：七杀星所主若何？

答曰：七杀，南斗第六星也，属火、金。乃斗中之上将，实成败之孤辰。在斗司斗柄，主于风宪。其威作金之灵；其性若清凉之壮。主于数，则宜僧道；主于身，定历艰辛。在命宫，若限不扶夭折；在官禄得地，化祸为祥。在子息而子息孤单，居夫妇而鸳衾半冷。会刑囚于田宅、父母，刑伤父母，产业难留。逢刑、忌、杀于迁移、疾厄，终身残疾。纵使一身孤独，也应寿年不长。与囚于身命，折肱伤股，又主痨伤。会囚耗于迁移，死于道路。若临陷弱之宫，为残较减。若值正阴之宫，作祸忧深。流年杀曜莫教逢，身杀星辰休迭并。身杀逢恶曜于要地，命逢杀曜于三方，流、杀又迭并，二限之中又逢，主阵亡掠死。合太阳、巨门会帝旺之乡则吉，处空亡，犯刑杀，遭祸不轻。大小二限合身命杀，虽帝制也无功。三合对冲，虽禄亦无力。盖世英雄为杀制，此时一梦南柯。此乃倒限之地，所主务要仔细推详，乃数中之恶曜，实非善星也。

希夷先生曰：七杀，斗中上将，遇紫微则化权降福，遇火、铃则为杀长其威。遇凶曜于生乡，定为屠宰；会昌、曲于要地，情性顽嚣。秘经云："七杀居陷地，沉吟福不生"是也。二宫逢之，定历艰辛；二限逢之，遭殃破败。遇帝、禄而可解，遭流、杀而逢凶。守身命作事进退，喜怒不常。左、右、昌、曲入庙拱照，掌生杀之权，富贵出众。若四杀、忌星冲破，巧艺平常之人，陷地残疾。女命旺地，财权服众，志过丈夫。四杀冲破，刑克不洁，僧道宜之，若杀凑飘荡，流移还俗。

歌曰：

七杀寅申子午宫，四夷拱手服英雄。
魁钺左右文昌会，权禄名高食万钟。

杀居陷地不堪言，凶祸犹如抱虎眠。
若是杀强无制伏，少年恶死到黄泉。

问:破军所主若何?

答曰:破军属水,北斗第七星也,司夫妻、子媳、奴仆之神,居子午入庙。在天为杀气,在数为耗星,故化气曰耗。主人暴凶狡诈,其性奸猾,与人寡合,动辄损人。不成人之美,善助人之恶。虐视六亲如寇仇,处骨肉无仁义,惟六癸六甲生人合格,主富贵。陷地加杀冲破,巧艺残疾,不守祖业,僧道宜之。女人冲破,淫荡无耻。此星居紫微则失威权,逢天府则作奸伪,会天机(一说:会紫贪)则鼠窃狗盗。与廉贞、火、铃同度则决起官非,与巨门同度则口舌争斗,与刑、忌同度则终身残疾,与武曲入财(位)则东倾西败,与文星守命一生贫士。遇诸凶结党破败,遇陷地其祸不轻。惟天梁可制其恶,天禄可解其狂。若逢流、杀支并,家业荡空。与文曲入于水域,残疾、离乡。遇文昌于震宫,遇吉可贵。若女命逢之,无媒自嫁,丧节飘流。凡坐人身命居子午,贪狼、七杀相拱则威震华夷。或与武曲同居巳宫,贪狼拱亦居台阁。但看恶星何如?庚癸生人入格,到老亦不全美也。在身命陷地,弃祖离宗;在兄弟,骨肉参商;在夫妻不正,主婚姻进退;在子息,先损后成;在财帛,如汤浇雪;在疾厄,致尪羸之疾;在迁移,奔走无力;在奴仆,谤怨逃走;在官禄,主清贫;在田宅陷度,祖基破荡;在福德,多灾;在父母,破相刑克。

问:文昌星所主若何?

答曰:文昌(属金),主科甲,守身命,主人幽闲儒雅,清秀魁梧,博文广记,机变异常,一举成名,披绯衣紫,福寿双全。纵四杀冲破,不为下贱。女人加吉得地,衣禄充足。四杀冲破,偏房下(贱)。僧道宜之。加权禄重厚,有师号。

歌曰:

文昌主科甲,辰巳是旺地。
利午嫌卯酉,火生人不利。
眉目定分明,相貌极俊丽。
喜于金生人,富贵双全美。
先难而后易,中晚有声名。
太阳荫福集,传胪第一名。

问:文曲星所主若何?

答曰:文曲属水,北斗第四星也,主科甲,文车之宿。其象属水,与文昌同协,吉数最为祥,临身命中,作科第之客。桃花浪暖,入仕无疑。于官禄,面君颜而执政。单居身命,更逢凶曜,亦作无名舌辩之徒。与廉贞共处,必作公吏官。身与太阴同行,定系九流术士。怕逢破军,恐临水以生灾;嫌遇贪狼,莅政事而颠倒。逢七杀、刑、忌囚及诸恶曜,诈伪莫逃。逢巨门共其度,和而丧志。女命不宜于逢,水性杨花。忌入土宫,限临蹭蹬。若禄存、化禄来躔,不可以为凶论。

希夷先生曰:文曲守身命,居巳酉丑宫,居侯伯。武、贪三合同垣,将相之格,文昌遇合亦然。若陷宫午戌之地,巨门、羊、陀冲破,丧命夭折,水大惊险。若亥卯未旺地,与天梁、天相会,主聪明博学。杀冲破,只宜僧道。若女命值之,清秀聪明主贵;若陷地冲破,淫而且贱。

问:流年昌曲若何?

答曰:命逢流年昌曲,为科名科甲。大小二限逢之,三合拱照太阳,又照流年禄;小限、太岁逢魁钺、左右、台座,日月、科权、禄马三方拱照,决然高中无疑。然亦此数星俱全,方为大吉,但以流年科甲为主。如命限值之,其余吉曜,若得二三拱照,亦必高中。但二星在巳酉得地,不富即贵,只是不能耐久。

歌曰:

南北昌曲星,数中推第一。
身命最为佳,诸吉恐非吉。
得居人命上,桃花浪三汲。
入仕更无虚,从容要辅弼。
只恐恶杀临,火铃羊陀激。
若还逢陷地,苗而秀不实。
不是公吏辈,九流攻数术。
无破宰职权,女人多淫佚。
乐居亥子宫,空亡官无益。

问:左辅所主若何?

希夷先生答曰:左辅,帝极主宰之星,守身命诸宫降福。主人形貌敦厚,慷慨风流。紫府禄权若得三合冲照,主文武大贵。火忌冲破,虽富贵不久。僧道清闲,所以温重贤晓,旺地封赠。火忌冲破,以中局断之。

问:右弼所主若何?

希夷先生答曰:右弼,帝极主宰之星,守身命文墨精通。紫府吉星同垣,财官双美,文武双全。羊陀火忌冲破,下局断之。女人贤良有志,纵四杀冲破,不为下贱,僧道清闲。

歌曰:

左辅原属土,右弼水为根。失君为无用,三合宜见君。
若在紫微位,爵禄不须论。若在夫妻位,主人定二婚。
若与廉贞并,恶贱遭钳髡。

辅弼为上相,辅佐紫微星。喜居日月侧,文人遇禹门。
倘居闲位上,无爵更无名。妻宫遇此宿,决定两妻成。
若与刑囚处,遭伤作盗论。

问:天魁、天钺星所主若何?

希夷先生答曰:魁、钺斗中司科之星,入命坐贵向贵,或得左右吉聚,无不富贵。况二星又为上界和合之神,若魁临命,钺守身,更迭相守。更遇紫府、日月、昌曲、左右、权禄相凑,少年必娶美妻。若遇大难,必得贵人成就扶助,小人不一,亦不为凶。限步巡逢,必主女子添喜,生男则俊雅,入学功名有成。生女则容貌端庄,出众超群;若四十以后,逢墓库,不以此断。有凶不以为灾,居官者贤而威武,声名远播。僧道享福,与人和睦,不为下贱。女人吉多,宰辅之妻,命妇之论。若加恶杀,亦为富贵,但不免私情淫佚。

歌曰:

天乙贵人众所钦,命逢金带福弥深。
飞腾名誉人争慕,博雅皆通古与今。

魁钺二星限中强,人人遇此广钱粮。
官吏逢之发财福,当年必定面君王。

问:禄存星所主若何?

希夷先生答曰:禄存,北斗第三星,真人之宿。主人贵爵,掌人寿基。帝相扶之施权,日月得之增辉。天府、武曲为厥职,天梁、天同共其祥。十二宫中,惟身命、田宅、财帛为紧,主富。居迁移则佳,与帝星守官禄,宜子孙爵秩。若独守命而无吉化,乃看财、奴耳。逢吉呈其权,遇恶败其迹。最嫌落于陷空,不能为福;更凑火、铃、空、劫,巧艺安身。盖禄爵当得势而享之,守身命主人慈厚信直,通文济楚。女人清淑机巧,能干有为,有君子之志。紫、府、廉、同会合,作禄存上局。大抵此星诸宫降福消灾。然禄存陷居四墓之地者,盖以辰戌为魁罡,丑未为贵人之门,故禄存遇之,良有以也。

歌曰:

北斗禄存星,数中为上局。
守值身命内,不贵多金玉。
此为迪吉星,亦可登仕路。
文人有声名,武人有厚禄。
常庶发横财,僧道亦主福。
官吏若逢之,断然食天禄。

又曰:

夹禄拱贵并化禄,金里重逢金满屋。
不惟方丈比诸侯,一食万钟犹未足。

禄存对向守迁移,三合逢之科禄宜。
得逢遐迩人钦敬,的然白手起家基。

问:天马星所主若何?

希夷先生答曰:诸宫各有制化,如身命临之谓之驿马。喜禄存、紫府、昌曲守照为吉。如大小二限临之,更遇禄存、紫府,流昌必利。如与禄存同宫,谓之禄马交驰,又曰折鞭马;紫府同宫,谓之扶舆马;刑杀同宫,谓之负尸马;火星同宫,谓之战马;日月同宫,谓之雌雄马;逢空亡,谓之死马、亡马;居绝死,谓之死马;遇陀罗,谓之折足马。以上犯此数者,俱主灾病,流年值之以此断。

问:化禄星所主若何?

希夷先生答曰:禄为福德之神。守身命官禄之位,科、权相逢,必作大臣之职。小限逢之,主进财入仕之喜。大限十年,吉庆无疑。恶曜来临,并羊、陀、火、忌冲照,亦不为害。女人吉凑作命妇,二限逢之,内外威严,杀凑平常。

问:化权星所主若何?

希夷先生答曰:权星掌判生杀之神。守身命,科、禄相逢,出将入相;科、权相逢,必定文章冠世,人皆钦仰。小限相逢,无有不吉;大限十年,必然得志。如逢羊、陀、耗、使、劫、空,听谗贻累,官灾贬谪。女人得之,内外得志,可作命妇。僧道掌山林,有师号。

问:化科星所主若何?

希夷先生答曰:科星,上界应试,主掌文墨之星。守身命,权、禄相逢,宰臣之贵。如逢恶曜,亦为文章秀士,可作群英师范。女命吉拱,主贵封赠。虽四杀冲破,亦为富贵。与科星拱照冲同论。

问:化忌星所主若何?

希夷先生答曰:忌为多管之神。守身命,一生不顺。小限逢之,一年不足,大限十年悔吝。二限太岁交临,断然蹭蹬。文人不耐久,武人纵有官灾,口舌不妨。虽商贾技艺人,皆不顺利。如会紫府、昌曲、左右、科权禄与忌同宫,又兼四杀共处,即发财亦不佳,功名亦不成就。如单逢四杀、耗使、劫空,主奔波带疾。僧道流移还俗,女人一生贫夭。

问:擎羊星所主若何?

希夷先生答曰:擎羊,北斗之助星。守身命,性粗行暴,孤单则视亲为疏,翻恩为怨。入庙,性刚果决,机谋好勇,主权贵。北方生人为福,四墓生人不忌。居卯酉,作祸兴殃,刑克极甚。六甲六戊生人,必有凶祸。纵富贵不久,亦不善终,若九流工艺人辛勤。加火、忌、劫、空冲破,残疾离祖,刑克不亲。女人入庙加吉上局,杀耗冲破,多主刑克下局。

问:陀罗星所主若何?

希夷先生答曰:陀罗,北斗之助星。守身命,心行不正,暗泪长流,性刚威猛,作事进退。横成横破,飘荡不定。与贪狼同度,因酒色以成痨;与火、铃同处,疥疫之不死。居疾厄,暗疾缠绵。辰、戌、丑、未生人为福,在庙财官论,文人不耐久,武人横发高迁。若陷地加杀,刑克招凶,二姓延生。女人刑克,下贱。

羊、陀二星总论

玉蟾先生曰:擎羊、陀罗二星,属火、金,乃北斗浮星,在斗司奏,在数凶厄。羊化气曰刑,陀化气曰忌。怕临兄弟、田宅、父母三宫，忌三合临身命。合昌、曲、左右，有暗痣、眼痣。见日、月，女克夫而夫克妇，为诸宫之凶神。忌同日、月，则伤亲损目；刑并桃花，则风流惹祸。忌贪狼合，因花酒以忘身。刑与暗同行，招暗疾而坏目。忌与杀暗同度，招凌辱而生暗疾。与火、铃为凶伴，只宜僧道。权刑合杀，疾病官厄不免。贪耗流年，面上刺痕。二限更遇此，灾害不时而生也。

歌曰：

刑与暗同行，暗疾刑六亲。
火铃遇凶伴，只宜道与僧。
权刑因合杀，疾病灾厄侵。
贪耗流年聚，面上刺痕新。
限运若逢此，横祸血刃生。

羊陀夭寿杀，人遇为扫星。
君子防恐惧，小人遭凌刑。
遇耗决乞求，只宜林泉人。
二限倘来犯，不时灾祸侵。

问：火星所主若何？

答曰：火星，乃南斗浮星也。

希夷先生歌曰：

火星大杀将，南斗号杀神。
若主身命位，诸宫不可临。
性气亦沉毒，刚强出众人。
毛发多异类，唇齿有伤痕。
更与羊陀会，襁褓必灾迍。
过房出外养，二姓可延生。
此星东南利，不利西北生。
若得贪狼会，旺地贵无伦。
封侯居上将，勋业著边庭。
三方无杀破，中年后始兴。
僧道多飘荡，不守规戒心。
女人旺地洁，陷地主邪淫。
刑夫又克子，下贱劳碌人。

问：铃星所主若何？

答曰：铃星，乃南斗助星也。

希夷先生歌曰：

大杀铃星将，南斗为从神。

值人身命者，性格亦沉吟。
形貌多异类，威势有声名。
若与贪狼会，指日立边庭。
庙地财官贵，陷地主孤贫。
羊陀若凑合，其形大不清。
孤单并弃祖，残伤带疾人。
僧道多飘荡，还俗定无伦。
女人无吉曜，刑克少六亲。
终身不贞洁，寿夭仍困贫。
此星大杀将，其恶不可禁。
一生有凶祸，聚实为虚情。
七杀主阵亡，破军财屋倾。
廉宿羊刑会，劫空主刀兵。
或遇贪狼宿，官禄亦不宁。
若逢居旺地，富贵不可伦。

羊陀火铃四星总论

玉蟾先生曰：

铃火陀罗金，擎羊刑忌诀。
一名马扫星，又名短寿杀。
君子失其权，小人犯刑法。
孤独克六亲，灾祸常不歇。
腰足唇齿伤，劳碌多蹇剥。
破相又劳心，乞丐填沟壑。
武曲并贪狼，一世招凶恶。
疾厄若逢之，四时不离着。
只宜山寺僧，金谷常安乐。

问：天空、地劫所主若何？

希夷先生答曰：二星守身命，遇吉则吉，遇凶则凶。如四杀冲照，轻者下贱，重者六畜亡命。僧道不正，女子婢妾，刑克孤独。大抵二星俱不宜见，定主破财，二限逢之必凶。

歌曰：

劫空为害最愁人，才智英雄误一身。
只好为僧并学术，堆金积玉也须贫。

问：天伤、天使所主若何？

希夷先生答曰：天伤乃上天虚耗之神，天使乃上天传使之神。太岁二限逢之，不问得地否，只要吉多为福，其祸稍轻；如无吉，值巨门、羊陀、火忌、天机，其年必主官灾，丧亡破败。

歌曰：

限至天耗号天伤，夫子在陈也绝粮。
天使限临人共忌，石崇巨富破家亡。

问：天刑星所主若何？

希夷先生答曰：天刑守身命，不为僧道，定主孤刑，不夭则贫。父母兄弟不得全，二限逢之，主出家、官事、牢狱、失财，入庙则吉。

歌曰：

天刑未必是凶星，入庙名为天喜神。
昌曲吉星来凑合，定然献策到王庭。

刑居寅上并酉戌，更临卯位自光明。
必遇文星成大业，掌握边疆百万兵。

三不子兮号天刑，为僧为道是孤身。
天哭二星皆同到，终是难逃有疾人。

问：天姚星所主若何？

希夷先生答曰：天姚守身命，心性阴毒，多疑惑，善颜色，风流多婢，主淫。入庙旺，主富贵多奴。居亥，有学识。会恶星，破家败产，因色犯刑。六合重逢，少年夭折。若临限，不用媒妁，招手成婚。或紫微吉星加，刚柔相济，主风骚；加红鸾，愈淫；加刑刃，主夭。

歌曰：

天姚居戌卯酉游，更入双鱼一并求。
福厚生成耽酒色，无灾无祸度春秋。

天姚星与败星同，号曰人间扫气嚣。
辛苦平生过一世，不曾安迹在家中。

人身偶尔值天姚，恋色贪花性帚凶。
此曜若居生旺地，位登极品亦风骚。

问：天哭、天虚二星所主若何？

希夷先生答曰：

哭虚为恶曜，临命最非常。
加临父母内，破荡卖田庄。
若教身命陷，穷独带刑伤。
六亲多不足，烦恼过时光。

东谋西不就,心事揔忙忙。
丑卯申宫吉,遇禄名显扬。
二限若逢之,哀哀哭断肠。

斗数骨髓赋注解

太极星躔,乃群宿众星之主;天门运限,即扶身助命之原。在天则运用无常,在人则命有格局。先明格局,次看恶星。

如有同年同月同日同时而生,则有贫贱富贵寿夭之异,或在恶限,积百万之金银;或在旺乡,遭连年之困苦,祸福不可一途而推,吉凶不可一例而断。要知一世之荣枯,定看五行之宫位。立命便知贵贱,安身即晓根基。第一先看福德,再三细考迁移。分对宫之体用,定三合之源流。命无正曜,夭折孤贫。吉有凶星,美玉瑕玷。既得根基坚固,须知合局相生;坚固则富贵延寿,相生则财官昭著。

命好、身好、限好,到老荣昌。

假如身命坐长生帝旺之乡,本宫又得吉星庙旺及大小二限,相遇相生吉地,随吉星,则一世谋为,无不顺遂。

命衰、身衰、限衰,终身乞丐。

假如身命居死绝之乡,本宫不见吉化,更会羊、陀、火、铃、空、劫诸股恶曜,而运限又无吉星接应,定主贫贱。

夹贵夹禄少人知,夹权夹科世所宜。

假如丙丁、壬癸生人,在辰戌安命,魁、钺加夹,更遇紫微、天府、日、月、权、禄、左、右、昌、曲夹身夹命,是为夹贵,富贵必矣。如甲生人,身命丑卯,而寅禄居中,是生成之禄,尤为上格。其余者,若甲寅、乙卯、庚申、辛酉四位俱同,此格如甲生人,安命在子,廉贞化禄居亥,破军化权居丑,是科、权、禄夹命,定主富贵。余仿此。

夹月夹日谁能遇,夹昌夹曲主贵兮。

假如太阳、太阴在身命前后二官夹命,不逢空、劫、羊、铃,其贵必矣。如昌、曲夹命,亦如之。

夹空夹劫主贫贱,夹羊夹陀为乞丐。

假如命化忌,遇天空、地劫、羊、陀等杀夹身命者,及廉、破、武等星值之,定主孤寒,下格,如不应,即夭。又如命化忌,廉贞、羊、陀、火、铃来夹者,亦为下格。或禄在生旺酉地,虽夹禄、羊、陀,不为下格。又或羊、陀、空、劫不并临,乃三方遇权、禄者,亦不在夹败论。但逢杀,运有灾。

廉贞、七杀,反为积富之人。

廉贞属火,七杀属金,是火能制金,为权。如贞居未,杀居午,身命遇之,奇格也,反为积富。或陷地化忌,下格贱命。

天梁、太阴,却作飘蓬之客。

太阴居卯、辰、巳、午,俱为陷地,如亥、巳二宫,遇天梁坐于身命,定主孤寒。不然飘荡他乡,　恋酒色徒耳。又云:梁虽不陷,亦不作敦厚之人。

廉贞主下贱之孤寒,太阴主一生之快乐。

假如身命巳亥,遇廉贞乃为陷地,三方前后二宫,又无吉星拱加,久为贫贱。又如身命自未至子官,遇太阴必主富贵。或吉多,富贵不小;或吉少,亦主刀笔功名。

先贫后富,武、贪同身命之宫。

假如命立丑未,二星同宫,盖武曲之金克贪狼之木,则木逢制化为有用,故先虽贫而后方富贵。又或得三方有昌、曲、左、右等星拱照,主贵。限逢科、权、禄,则贵显至矣。

先富后贫,只为运逢劫杀。

如身命官或有一二正曜,出门亦遇吉限,至中年,限行绝地,兼遇劫、空、耗、杀等凶,则身命无力,故后贫也。

出世荣华,权、禄守财官之位。

权、禄守财帛、福德,入庙吉多,定主荣华。身命值之,亦然。

生来贫贱,劫、空临财福之乡。

劫、空在财帛、福德二官,多主人贫贱。如身命值之,亦然。

文昌、武曲,为人多学多能;左辅、右弼,秉性克宽克厚。

假如辰、戌、巳、亥、卯、酉安命,遇昌、曲二星是也。有昌、曲坐命未官,见羊、陀等杀者,灾殃。故看法要活变,如左、右二星坐命,不拘星辰多少亦宽厚。

天府、天相,乃为衣禄之神,为仕为官,定主亨通之兆。

假如丑宫(安)命,巳、酉府、相来朝;未安命,亥、卯府、相来朝,是也。甲生人无杀,依此断,如加杀,不是。

苗而不秀,科名陷于凶神。

假如科星陷于空、劫、羊、陀之中,又或太阳在戌,化科,太阴在卯,虽为化吉,科、权、禄亦不为美也。

发不主财,禄主躔于弱地。

假如化禄陷于劫、空是也,又或子、午、申、酉官,虽化禄无用,亦主孤贫。

七杀朝斗,爵禄荣昌。

假如寅、申、子、午四官安身命,七杀值之,是也。亦要左、右、魁、钺、昌、曲坐照拱合,一生富贵荣华。或遇吉限,尤美。若加杀,不是。

紫府同宫,终身福厚。

如寅、申二官安命,值紫微、天府同官,三方有左、右、魁、钺拱照,必主富贵,终身福厚。甲生人,化吉极美。

紫微居午无杀凑,位至公卿。

假如甲、丁、己生人,安命午官,值之入格,主大贵。其余官,亦主富足,或小贵。

天府临戌有星扶,腰金衣紫。

假如甲、己生人,安命戌官,值之依此断。加杀,不是。要有魁、钺、左、右、禄、权,主大富贵。如无此吉星,亦平常。

科权禄拱,名誉昭彰。

此为三化,吉星,如身命坐守一化,财帛、官禄官二化来合,是三合守照,谓之科、权、禄拱是也。如左有,位至三公。

武曲庙垣，威名赫奕。

假如辰、戌二宫安命，值定上格；丑、未安命，次之。宜见权、禄、左、右、昌、曲吉星，则依此断。

科明禄暗，位列三台。

假如甲生人，安命亥宫，值科星守在命宫，又天禄居寅，则寅与亥合，故曰科名禄暗。

日、月同临，官居侯伯。

假如命安丑宫，日、月在未；安命未宫，日、月在丑，谓之同临是也。诀云：日月同临论对宫，丙辛人遇福兴隆。

巨、机同宫，公卿之位。

假如辛、乙生人，安命卯宫，二星守命，更遇昌、曲、左、右，上格；如丙生人次之，丁生人亦主平常。其余宫分，不在此论。

贪、铃并守，将相之名。

假如辰、戌、丑、未、子宫安命，值之是为入庙，依此断，如加吉，惟子、辰二宫坐守，尤佳，戊、己生人合格。

天魁、天钺，盖世文章。

如身命坐忌，对宫天钺；身命坐钺，对宫天魁，是谓坐贵向贵，更合吉化，其贵必然矣。

天禄、天马，惊人甲第。

如寅、申、巳、亥四宫安命，值天禄、天马坐守命宫，更三合吉守照，依此断，加杀不是。

左辅、文昌会吉星，尊居八座。

假如此二星坐守身命，更三方吉拱，依此断，加杀、劫、空，不合此格。

贪狼、火星居庙旺，名镇诸邦。

如辰、戌、丑、未四宫安命，值此上格，三方吉合拱照尤美。如卯宫安命，无杀，次之，如羊、陀、劫、空，不是。

巨、日同宫，官封三代。

寅宫安命，值此无劫、空、四杀，上格，申宫次之，巳、亥不为美。如巳宫有日守命垣，亥有巨者，上格；巳有巨守命，亥有日者不美，下格。申有日守，巨来同垣，无杀加，平常之人。

紫、府朝垣，食禄万钟。

如寅宫安命，午、戌宫紫、府来朝，申宫安命，子、辰二宫有紫、府来朝，是为人君访臣之象，吉格也。更遇流禄巡逢，必然位至公卿。如七杀在寅、申坐者，亦为上格。加四杀，加化忌，为平常人也。

科、权对拱，跃三汲于禹门。

科、权二星在迁移、财帛、官禄三方对拱是也。或命宫有化科、权、禄三方守照，无杀亦然。

日、月并明，佐九重于尧殿。

如安命丑宫，日在巳，月在酉来朝照，为并明，辛、乙生人合格，如丙生人，主贵，丁生人主富，加四杀、空、劫、忌，平常。

府、相同来会命宫，全家食禄。

三台照临，更遇本宫吉多，身命无败，是为府、相朝垣之格，富贵必矣。诀云：府相朝垣格最良，出仕为官大吉昌。

三合明珠生旺地,稳步蟾宫。

如在未宫安命,日在卯宫,月在亥宫来朝照,为明珠出海,定主财官双美。如辰宫日守命,戌宫月对照;戌宫月守命,辰宫日对照,必主极贵。

七杀、破军宜出外。

此二星会身命于陷地,主诸般手艺能精,出外可也。杀寅、申,军巳、亥论。

机、月、同、梁作吏人。

此四星必身命三合曲全,方准,刀笔功名可就。加杀化忌,下格。诀云:寅申会同、梁、机、月,必定作吏人。若无四星,三者难成。

紫、府、日、月居旺地,断定公侯器。

紫午宫,府戌宫,日卯、辰宫,月酉、戌、亥,又化禄、科、权坐守身命是也。加杀、劫、空、忌,不是此格,美玉瑕玷。

日、月、科、禄丑宫中,定是方伯公。

丑、未安命,日、月化科、禄坐守是也。如无吉化,虽日、月同宫,不为美也。诀云:日月丑未命中逢,三方无吉福无生;若还吉化方为美,方面威权福禄增。

天梁天马陷,飘荡无疑。

巳、亥、申宫安命,值天梁失陷,而天马同官,又或陷于火、罗、空、劫,依此而断。

廉贞杀不加,声名远播。

杀,谓四杀也。如卯宫安命,值之主贵,亦宜三合吉照是也。加杀平常。或在未、申二宫坐命,无杀亦吉。

日照雷门,荣华富贵。

卯宫安命,太阳坐守,更三方左、右、昌、曲、魁、钺守照,富贵不小。甲、乙、庚、辛生人合格。加刑、忌四杀,亦主温饱。

月朗天门,进爵封侯。

亥宫安命,太阴坐守,更三方吉拱,主大富贵。无吉,亦主杂职功名。丙、丁生人主贵,壬、癸生人主富。

寅逢府、相,位登一品之荣。

寅宫安命,府午宫、相戌宫来朝,甲生人遇之是也。如加杀,不是。如酉宫安命,丑府、巳相来朝,亦贵。

墓逢左、右,尊居八座之贵。

辰、戌、丑、未安命,二星坐守是也。或迁移、官禄、财帛三宫遇之,亦主福寿。

梁居午位,官资清显。

午宫安命,天梁坐守是也。丁生人上格,己生人次之,癸生人主富,又次之。

曲遇梁星,位至台纲。

午宫安命,二星同宫坐守,上格,寅宫次之。或梁在午、曲在子拱冲者,官至二、三品贵。

科、禄巡逢,周勃欣然入相。

命官有吉坐守,三方化吉拱冲,或命前三位遇科、权、禄,皆主富贵。

文星暗拱,贾谊允矣登科。

如命官有吉,迁移、官禄、财帛三方有昌、曲、科星朝拱者是也。

擎羊、火星，威权出众；同行贪、武，威压边夷。

辰、戌、丑、未四库安命，遇羊、火二星入庙，文武双全，兵权万里。如贪狼、武曲遇火旺地，亦同此格断。

李广不封，擎羊逢于力士。

二星守命，纵吉多平常之论。加杀最凶，女命不论。

颜回夭折，文昌陷于天殇。

如丑生人，安命寅宫，其文昌陷于未宫，夭殇。流年又遇七杀及羊、陀迭并之限，依此断准。

仲由猛烈，廉贞入庙遇将军。

立命申宫，此二星坐守是也。余仿此。

子羽材能，巨宿同梁冲且合。

羽命立申宫，子宫有天同，寅宫有巨门，辰有天梁，又得科、权、禄、左、右拱冲，合此格是也。

寅、申最喜同梁会。

寅宫安命，值同、梁化吉，甲、庚及申生人富贵，又如申宫安命，值同、梁化吉，甲庚及寅生人富贵。

辰、戌应嫌陷巨门。

辰、戌二宫安命，值巨门失陷，主人作事颠倒；加杀，主唇舌之非，刑伤不免；更遇恶限尤困。

禄倒马倒，忌太岁之合劫空。

如禄、马临败绝空亡之地，而太岁流年复会地劫、天空，主驳杂灾悔，发不住财之论。

运衰限衰，喜紫微之解凶恶。

如大、小二限不逢吉曜，而身命有紫微拱照，则限虽凶，亦主平稳，盖以身命有主故也。

孤贫多有寿，富贵即夭亡。

如命主星弱，及财、官、子息陷地，亦宜减禄延寿是也。又如太岁坐命，主星又弱，或财、官、迁移化吉，或又行吉限，定主横发不久，及十年、二十年运过即夭亡也。

吊客丧门，绿珠有坠楼之厄。

大小二限，遇前有丧门，后有吊客，及太岁逢凶星，必遭惊险是也。

官符太岁，公治有缧绁之忧。

身命宫二星坐守，及二限又遇官符等杀，依此断。

限至天罗、地网，屈原溺水而亡。

二限行至辰、戌二宫，逢武曲、贪狼，更有太岁、丧吊、白虎及劫、空、四杀，或一逢冲照，其限最凶。

运遇地劫、天空，阮籍有贫穷之苦。

二限十二宫中但遇劫、空二星，虽吉多，亦财来财去。如见流年杀曜凶星，定主贫困。

文昌、文曲会廉贞，丧命天年。

巳、亥二宫安命，值之是也。辛生人是最忌。若武曲、天相、财、印之星随宫，反为得贵，主权。

命空、限空无吉凑,功名蹭蹬。

如命限逢空加杀,其功名必不能就。或有正星吉化,逢空劫命限,亦主灯火辛勤,不得上达。

生逢天空,犹如半天折翅。

命宫值天空坐守,作平常之论。尤恐中年跌剥。倘横发,必主凶亡。如命在亥,子时生人;命在巳,午时生人是也。

命中遇劫,恰如浪里行船。

命宫遇地劫坐守,作平常论,亦不主财。若加杀忌,尤甚凶。

项羽英雄,限至天空而丧国。

大小二限,俱逢天空是也。

石崇豪富,限行劫地以亡家。

大小二限,临于夹陷之地,更遇流陀等杀,必凶。

吕后专权,两重天禄、天马。

禄存又逢化禄,及天马同守命宫是也。

杨妃好色,三合文曲、文昌。

命宫及财、官、迁移、昌、曲照,更会太阴、天机,必主淫佚。

天梁遇马,女命贱而且淫。

如寅、申、巳、亥四宫安命,遇天马坐守,而三方遇天梁合照是也。

昌、曲夹墀,男命贵而且显。

太阳为丹墀,太阴为桂墀,如太阳、太阴在丑、未安命,而前后二宫有左右、昌曲来夹是也。

极居卯、酉,多为脱俗僧人。

紫微为北极,如坐守命宫,加杀,定主僧道;无杀,加吉化、左、右、魁、钺,主贵。

贞居卯、酉,定是公胥吏辈。

卯、酉安命,廉贞坐守,加杀必作公门胥吏仆役。

左、府同宫,尊居万乘。

辰、戌二宫安命,值此二星坐守,更会三方吉化拱冲,必居极品之贵。

廉贞、七杀,流荡天涯。

巳、亥二宫安命,值此二星,更加杀化忌,逢空、劫,流荡天涯,不得守家,军商在外艰辛。

邓通饿死,运逢大耗之乡。

通命安在子宫,二限行至夹限之地,大耗逢之,更会恶曜是也。

夫子绝粮,限到天殇之内。

与上同断。

铃、昌、罗、武,限至投河。

此四星交会辰、戌二宫,辛、壬、己生人,二限行至辰、戌,定遭水厄。又加恶杀,必死外道。如四星在辰、戌坐命,亦然。

巨、火、擎羊,终身缢死。

此三星坐守身命,大小二限又逢恶杀,则不美,依此断。

金里逢空,不飘流即主疾苦。

如命官不见正星，单值天空坐守，更三合加杀化吉，依此断。加吉星，亦不至此甚也。

马头带剑，非夭折则主刑伤。

擎羊在午守命，卯次之，酉又次之，为羊刃落陷是也。寅、申、巳、亥四官，陀罗守命亦然。如辰、戌、丑、未，不忌。

子、午破军，加官进禄。

子、午二官，逢破军守命，加吉星，必然位至三公。

昌、贪居命，粉骨碎尸。

如巳、亥二官安命，值此二星坐守，加杀化忌夭亡，或官禄官遇之，亦是。

朝斗仰斗，爵禄荣昌。

七杀守命，旺官是也。如子、午、寅、申为朝斗，三方为仰斗入格者，富贵。若迁移、官禄二官，不在此论。

文桂文华，九重贵显。

文昌为文桂，文曲为文华，如丑、未安命，值之更化吉，及禄合吉星拱夹是也。或无吉化，虽昌、曲无用且夭。

丹墀桂樨，早遂青云之志。

丹墀谓日居卯、辰、巳，桂墀谓月入酉、戌、亥，此六官身命遇之是也。亦官见昌、曲、魁、钺。

合禄拱禄，定为巨擘之巨。

禄存与化禄在财、官二官合命，或命坐禄，而迁移有禄拱，皆主富贵。诀云：合禄拱禄堆金玉，爵位高迁衣紫袍。

阴阳会昌、曲，出世荣华。

如命坐阴阳，财、官二官昌、曲来会，或命坐昌、曲，财官日月来会，更遇魁、钺吉星，富贵必矣。

辅弼遇财、官，衣绯着紫。

如身命有正星或吉，遇三方财帛、官禄官，有辅、弼来朝是也。

巨、梁相会廉贞并，合禄鸳鸯一世荣。

巨、梁、贪、廉四星，身命三合相逢庙地并吉，又如禄存、化禄居夫妻官，有禄来合，亦主富贵。

武曲闲宫多手艺，贪狼陷地作屠人。

武曲巳、亥官守命，加杀者手艺安身。贪狼巳、亥加杀，夭寿。

天禄朝垣，身荣贵显。

如甲生人，立命寅官，甲禄到寅守命，亦作禄朝垣格。又如庚禄居申，乙禄居卯，辛禄居酉，此四位禄存守命官，俱依在巳、亥、子、午四官，不为禄朝垣格也。

魁星临命，位列三台。

如午官安命，紫微守坐，遇文昌、魁、钺同官，丙生人奇格。

武曲居乾戌亥上，最怕太阴逢贪狼。

武曲在戌、亥守命，三方见太阴、贪狼，化忌加杀，不为美也。定主少年不利，或有贪、火冲破，主贵者，甲、己生人合格。

化禄还为好，休向墓中藏。

如武曲、太阴、贪狼、化禄守照命宫，更加吉曜，亦富贵。但辰、戌、丑、未四宫，虽化吉无用。

子午巨门，石中隐玉。

子、午二宫安身命，值巨门坐守，更得寅、戌、申、辰科禄合照，富贵必矣。

明禄暗禄，锦上添花。

如甲生人，立命亥宫，得化禄坐守，又得寅禄来合，盖寅与亥合之谓也。与前科明禄暗禄格同断。

紫微辰戌遇破军，富而不贵有虚名。

辰、戌二宫安命，遇紫微、破军，实为陷地，必不贵也。纵使发财，亦无实受。

昌、曲、破军逢，刑克多劳碌。

如卯、酉、辰、戌破军守命，虽得文昌、文曲，亦非全吉。若刑克化忌，亦不足贵。

贪、武、墓中居，三十才发福。

如辰、戌、丑、未四宫，若得二星守命，主少年不利，加化忌夭。诀云：贪武不发少年人，运过三十方延寿。

天同戌宫为反背，丁人化吉主大贵。

盖天同在戌宫，本陷，如遇丁生人寅午宫，禄存、化禄更得寅、辰化吉冲照拱定，主大贵。天相亦然。加杀，僧道下局。

巨门辰戌为陷地，辛人化吉禄峥嵘。

辰、戌巨门坐命，本为陷地，如辛生人，则巨门、化禄在辰，则酉禄暗合，在戌，则酉禄夹命，必主富贵，加杀非也。

机梁酉上化吉者，纵遇财官也不荣。

酉宫安机、梁，实为相也，虽逢化吉，无力。巨门一亦然。

日月最嫌反背，乃为失辉。

太阳在申、酉、戌、亥、子，太阴在寅、卯、辰、巳、午，则日、月无辉，何贵之有？然有日、月反背而多富贵者，要看本宫三合有吉化拱照，不加权见也。故玉蟾先生尝曰：数中议论最精微，断法在人活变可。

身命定要精求，恐差分数。

欲安身命，先辨时辰，真则命愈不应。身命既定之后，则看本宫生旺死绝何如，然后依星推断。

阴骘延年增百福，至于陷地不遭伤。

身命虽弱及行弱限，反得福寿，此必心好阴骘所负。余家内之舍亲李逢春，随兄任湖广，遇一相师，相他寿促。可往返之，乃至中途风雨，见一贫者，周之钱米。其人感德，将亲女陪奉，逢春固辞，而回后无一恙。复之兄任，相师见之，笑曰：先生阴骘相现矣，然当居台阁。再三问之，春不对，及后徐详方知其故。今果游泮，此其验也。

命实运坚，槁田得雨；命衰限弱，嫩草遭霜。

如命坐陷地，却有四面吉拱，亦为福论。又如命生陷地，运逢恶杀，必主灾悔。若夫命实运坚，其福不必言矣。

论命必推星善恶,巨破擎羊性必刚。

此三星守命,若居陷地,不但性刚已也,定主唇口是非,加杀,伤残破败。

府、相、同、梁性必好,火、劫、空、贪性不常。

府、相、同、梁皆南斗纯阳助中之星,身命值之,必得中和之性。若贪狼遇火,固当富贵,但空、劫临之,则依此断。

昌、曲、禄、机清秀巧,阴、阳、左、右最慈祥。

昌、曲、禄、机守命,不加四杀,主人磊落英华,聪明秀丽,亦当富贵。如阴、阳、左、右坐命,不加杀,主人清奇敦厚,度量宽洪,富贵之论。

武、破、贞、贪冲合,曲全固贵;羊、陀、七杀相杂,互见则伤。

身命三合遇武、破、廉、贪守照,更得化吉,富贵必矣。要知紫微能降七杀威权,能使羊、陀相善,故紫微同居命宫固佳,在冲合亦可,但七杀、羊、铃终非吉兆之曜,到老亦不得善终也。

贪狼、廉贞、破军恶,七杀、擎羊、陀罗凶。

身命三合有六星守照,更兼化忌不见吉,定主淫邪破败,或伤刑克。如入庙化吉,亦与前同看。

火星、铃星专作祸,劫、空、伤、使祸重重。

大小二限,值此凶星,定加灾悔多端,如身命逢之加吉,火、铃无害,劫、空不宜。

巨门、忌星皆不吉,运身命限忌相逢。

巨、忌星乃多管之神,十二宫、身命、二限逢之,皆主不吉。况巨门本非吉曜,若陷地化此,何吉之有?

更兼太岁、官符至,官非口舌决不空。

夫太岁、官符,本为兴讼之神,况巨门乃是非之曜,又兼化忌临之,其官非口舌必不能免。

吊客丧门又相遇,管教灾病两相攻。

夫吊客、丧门,本主刑孝,但不逢七杀,刑刃犹或可免,若灾病则必有也。况忌星最能生疾。

七杀守身终是夭,贪狼入庙必为娼。

七杀守身命,陷地加凶,依此断。如贪狼守命,虽不加杀,或在三合照临,亦主淫泆。如加杀陷地,则男主飘荡,女主淫乱。秘云:贪狼三合相临照,也学韩君去偷香。

心好命微亦主寿,心毒命固亦夭亡。

上句即前阴骘论之说,下句与上句反看便见。譬如诸葛孔明用智烧藤甲军,乃减数年之寿是也。

今人命有千金贵,运去之时岂久长?

数内包藏多少理,学者须当仔细详。

女命骨髓赋注解

府相之星女命躔,必当子贵与夫贤。

午宫安命,二星坐守,甲生人合格;子宫安命,二星从守,己生人合格;申宫安命,二星坐守,庚生人合格。必作命妇,荣膺封诰是也。

廉贞清白能相生。

此星未宫安命,甲生人合格;申宫坐命,癸生人合格;寅宫坐命,己生人合格。俱为上格看。

更有天同理亦然。

此星寅宫坐命,甲生人合格;卯宫坐命,乙生人合格;戌宫坐命,丁生人合格;巳宫坐命,丙生人合格;亥宫坐命,丙、辛生人合格。定主富贵。

端正紫微、太阳星,早遇贤夫性可凭。

子、巳、亥三宫安命,二星坐守,主富贵。

太阳寅到午,遇吉终是福。

太阳午宫安命,定主富贵,陷地平常。

左辅、天魁为福寿,右弼、天相福相临。

四星诸宫得地,如身命值此坐守,定主福寿荣昌。

禄存厚重多衣食,府相朝垣命必荣。

禄存诸宫守命,并吉,紫、府、武、相三合守照,不富即贵。惟寅在申、申在寅为朝垣之格,甲、庚生人(为)上局;若辛生人次之。如丙、戊、丁、己、壬、癸生人,遇巳、亥、子、午安命,不吉。

紫、府巳亥相互辅,左、右扶持福必生。

巳、亥二宫安命,遇紫、府、左、右守照冲夹,更兼化吉星,主富贵必矣。

巨门、天机为破荡。

寅、卯、申宫安命,巨、机逢之,虽为旺地,然终福不全美。

天梁、月曜女命贫。

巳、亥安命,天梁值之;寅、辰安命,太阳值之。纵使贞正,衣禄不遂。假如陷地,则主下贱。

擎羊、火星为下贱。

此二星守命,旺宫犹可,但刑克不免耳。如居陷地加杀,主下贱,不然则夭。

文昌、文曲福不全。

此二星宜男不宜女也。

武曲之宿为寡宿。

此星宜男不宜女,如值太阴得令,三方吉拱,可为女将。如陷地遇昌、曲加杀,则主孤贫。

破军一曜性难明。

此孤独、淫佚之星,女人不宜。加四杀,必因奸谋夫,因妒害子,不然则为下贱娼尼可也。

贪狼内狠多淫佚。

此名为桃花,乃好色之星,不容妾婢,心有嫉妒,因奸谋夫害子,纵不至此之甚,淫佚最验。

七杀沉吟福不荣。

此将相之星,若居庙旺,主为女将。诀云:机月寅申女命逢,恶杀加之淫巧容;便有吉化终不美,偏房侍奉主人翁。

十干化禄最荣昌,女合逢之大吉昌。

更得禄存相凑合,旺夫益子受恩光。

如命坐化禄，又得禄存冲合，或巡逢，或同官，皆主命妇之贵。不然，亦主大富，必生贵子。

火铃羊陀及巨门，天空地动又相临。

贪狼七杀、廉贞宿，武曲加临克害侵。

大抵此数星，女命不宜逢，如内逢一二亦主淫贱；若并见之，其下贱贫夭必矣。

三方四正嫌逢杀，更在夫宫祸患深。

若值本宫无正曜，必主生离克害真。

此论前数星之中，惟七杀、三方、四正身命夫宫俱不宜见，见之者，要依此断，方可验也。

已前论赋，俱系看命要诀，学者宜熟玩之，乃得原委也。

太微赋注解

禄逢冲破，吉处藏凶。

假如身命官逢禄存，或三合有禄，却被忌来冲破，反为凶兆。如限步到于禄位，凶星同聚，亦以为凶也。

马遇空亡，终身奔走。

假如甲生人，正截路空亡在申，傍空在酉，若安命在申，主人终身奔走，宜僧道。

生逢败地，发也虚花。

假如土水人安命在巳，为绝地，劫得金生在巳，生水不绝，为母来救子之理。凡寅、申、巳、亥为四绝，又为四生。

绝处逢生，花而不败。

古本有此二句，今补其注如上。

星临庙旺，再观生克之机；命坐强宫，细察制化之理。

假如水土生人，墓库在辰，若与财帛同度，为财库；与官禄同，为官库；与禄存同，为天库；耗杀同，为空库；迁移同，为劫库。凡辰、戌、丑、未为四墓库，此亦属纳音而论。

日、月最嫌反背。

假如日在戌、酉、亥、子、丑，月在卯、辰、巳、午、未，皆为反背，仍看上弦下弦。月在上弦望日，吉；下弦晦日，凶。若日、月同垣，便看人生时，日喜太阳，月喜太阴，方可论祸福。

禄、马最喜交驰。

假如甲禄在寅，而申子辰马亦在寅，遇此得地，谓之禄马交驰。

空亡定要得用，天空最为紧要。

假如身命官惟金空则鸣，火空则发，二限逢之，反为福论。若水空则泛，木空则折，土空则陷，为祸矣。

若逢败地，专看扶持之曜，大有奇功。

假如命在败绝地，又禄存、化禄扶持，反美。

紫微、天府，全依辅、弼之功。

假如命遇紫、府，又得辅、弼守照，终身富贵。

七杀、破军，专依羊、铃之虐。

假如身命遇七杀、破军，又会羊、铃守照，有制方可。

诸星吉逢凶也吉，诸星凶逢吉也凶。

假如三方身命，遇吉多凶少则吉，凶多吉少则凶。仍看吉凶星得垣失陷，与夫生克制化，以定祸福。

辅、弼夹帝为上品，桃花犯主为至淫。

假如身命、紫微，与贪狼同垣，男女邪淫，奸诈巧谢，得后悟得辅、弼夹帝，贪狼受制，则不拘此论。

君臣庆会，才善经邦。

假如紫微守命，得天相、昌、曲，天府得天同、天梁相助，紫微得夹，为君臣庆会，逢之无不富贵。但有金星与刑忌四星同度，谓之奴欺主、臣蔽君，反为祸乱，须要推详，如安禄山之命是也。

魁、钺同行，位居台辅；禄文拱命，贵而且福。

假如魁、钺守身命，兼得权、禄、昌、曲吉曜来拱，无不富贵。但有刑、忌相冲，则平常。只宜僧道。

日月夹财，不权则富。

马头带剑，镇御边疆。

假如午宫安命，遇有天同、贪狼、擎羊，丙戊生人逢之，化吉，虽以羊刃在命，以为美论，富贵皆可许也，只不耐久。

刑囚夹印，刑杖惟司。

假如身命有天相，却被羊、贞夹之，主人逢官非，受刑杖，终身不能发达，只宜僧道。

善荫朝纲，仁慈之长。

假如机、梁二星守身命，在辰、戌宫，兼化吉相助，以为富贵，加刑、忌、耗、杀，僧道宜之。

贵人贵乡，逢者获禄。

假如身命遇有贵人，又兼吉曜权、禄来助，逢之无不富贵。限遇之，亦必主发福。

财居财位，遇者富奢。

假如紫微、天府、武曲居于财帛之宫，又兼化权禄及禄存，必主富奢。二限若逢，大主发积。

太阳居午，谓之日丽中天，有专权之位，敌国之富。

假如身命坐于午宫，遇有太阳，庚、辛生人，日生时者，富贵全美。女人逢之，旺夫益子，封赠夫人。

太阴居子，号曰水澄桂萼，得清要之职，忠谏之材。

假如身命从于子宫，遇有太阴，丙、丁生人，夜生时者，富贵全美。心无私曲，有忠谏之材。

紫微辅弼同宫，一呼百诺。

假如紫微守于身命，有左、右同宫来扶持，富贵，以为终身全美之论。

文耗居寅卯，众水朝东。

假如身命居寅、卯，遇昌、曲、破军，却有刑杀冲破，一生惊骇，限步到此，须逢吉则平，遇凶更不吉，终身辛苦，费心劳力。

日月守不如照合，荫福聚不怕凶危。

假如日、月守身命，虽会吉曜，不为全美，如逢凶星，定有凶灾。如是三合于命，兼化吉以为美。荫福即天梁、天同，如在身命，逢吉不怕凶灾，便有刑忌，不论也。

贪居亥子，名为泛水桃花。

假如身命坐于亥、子，遇贪狼，逢吉曜以吉论。如遇刑忌，男浪荡、女淫娼。

刑遇贪狼，号曰风流彩杖。

假如贪狼、羊刃同垣，身命于寅宫，为人聪明，更主风流。若遇闲宫，则平矣。余详之非也。寅宫无擎羊到位，只有陀罗所值，后学要明此论。

七杀、廉贞同位，路上埋尸。破军暗曜同乡，水中作冢。

假如身命值此二星守之，加化、忌、耗、杀，亦依上此断。或在迁移宫，亦然。暗曜指巨门，亦同上断。

禄居奴仆，纵有官也奔驰。

假如身命官星平，奴仆宫又得禄存，及化权、禄吉曜，以为美论，只是劳碌。

帝遇凶徒，虽获吉而无道。

假如紫微守身命，遇有权、禄、刑、忌同位，虽吉无凶，只是为人心术不正。

帝坐金车，则曰金舆扶御辇；临官同文曜，号为衣锦惹天香。

假如紫微守命官，命前有吉曜者，来呼号是也，必掌大权之职。临官同文昌曲主福德宫亦然。

太阳会文昌于官禄，皇殿首班之贵。

假如太阳会文昌于官禄，逢吉曜，富贵，必作宰相。

太阴同文曲于妻宫，蟾宫折桂，文章令盛。

假如太阴、文曲同于妻宫，又兼吉曜来扶，限步又逢至此，男子蟾宫折桂，女子招贵受封赠。

禄、存守于田、财，则堆金积玉。

假如禄存星守于田、财二宫，主大富。

财、荫坐于迁移，必巨商高贾。

财即武曲，荫即天梁，此二星或一化权、禄，与吉星坐迁移宫，必作巨商高贾。若加刑、忌、杀凑，平常。

杀居绝地，天年夭似颜回。

假如命坐寅、申、巳、亥，逢七杀加刑忌，又值某星所绝，纵有吉曜合照，限临则凶矣。

耗居禄位，沿途乞食。

假如耗星守官禄官，又逢刑、忌，及寅、午、戌生人命坐午宫；巳、酉、丑生人命坐酉宫；亥、卯、未生人命坐卯宫；申、子、辰生人命坐子宫是。

贪会旺宫，终身鼠窃。

假如耗星会贪狼，守身命，官禄之位，主为人贫穷，终身为窃盗之人。

忌暗同居命宫、疾厄，困弱尪羸。

假如身命官，疾厄又逢巨门、擎羊、陀罗，为人贫困，执弱残疾，祖业破荡，奔波劳禄之人也。

刑、杀会廉贞于官禄，枷杻同流。

假如刑、杀、廉贞守官禄之官，流年二限到此，不为祸患，定遭刑。

官府夹刑、杀于迁移，离乡遭配。

假如流正官府与当生官府夹刑杀于迁移之宫，太岁小限若到此，必遭刑贬配，离祖之论。

定富贵贫贱等诀

论对面朝斗格　子午宫逢禄存是也。

诗曰：

禄存对面在迁移，子午逢之科禄宜。
德合穹壤人敬重，双全富贵福稀奇。

论科、权、禄主格

诗曰：

禄权周勃逢命中，入相王朝赞圣功。
迎合权星兼吉曜，魏魏富贵列三公。

论左、右朝垣格

诗曰：

天星左右最高明，若在三方禄位兴。
武职高登应显佐，文人名誉列公卿。

论兼文武格　文曲、武曲在身命是也。

诗曰：

格名文武少人知，遇此须教百事通。
更值命宫无杀破，滔滔荣显是英雄。

论文星朝命格

诗曰：

文昌文曲最荣华，值此须生富贵家。
更得三方祥曜拱，却如锦上又添花。

论石中隐玉格　命在子午逢巨门是也。

诗曰：

巨门子午二宫逢，身命逢之必贵荣。
更得三方科禄拱，石中隐玉是丰隆。

论贪狼遇火名为火贵格　三合照身命是也

诗曰：

火遇贪狼照命宫，封侯食禄是英雄。

三方倘若无凶杀，到老应知福寿隆。

论人有无商贾之命　如人命巨、日、紫、府守照，为人安分，有仁德、耿直之心，作事无私，不行邪僻，不肯妄求，为士为官，主有廉洁。如值月、贪、同、杀、忌，心多机关，贪财无厌，暮夜求利之辈。

诗曰：

贪月同杀会机梁，因财计利作经商。
须知暮夜无眠睡，潮海营营自走忙。

又曰：

经商紫府遇擎羊，武曲迁移利市场。
杀破廉贞同左右，羊铃火宿远传扬。

论人命有无术艺者　寅、申、巳、亥安命，或辰、戌、丑、未遇有贪狼、武曲在命，化忌加杀，必作细巧艺术之人也。

诗曰：

闲宫贪狼何生业，不是屠人须打铁。
诸般巧艺更能精，性好游畋并捕猎。

又曰：

破武未宫多巧艺，巳亥安命正相宜。
破军廉贞居卯酉，细巧之人定艺奇。

又曰：

天机天相命身中，帝令财星入墓宫。
天府若居迁动位，平生定是作奇工。

论出家僧道之命　紫微居卯、酉，遇劫、空者，看命无正星，又兼羊、火、劫、空、化忌者，更看父母、妻、子三宫有杀者，方可断。及寅年申月巳日亥时四正杀凑化忌，男僧道，女尼姑。

诗曰：

极居卯酉遇劫空，十人之命九为僧。
道释岩泉皆有分，清闲幽静度平生。

又曰：

命坐空乡定出家，文星相会实堪夸。
若还文曲临身命，受荫清闲福可嘉。

又曰：

天机七杀破梁同，羽客僧流命所逢。
更若太阳兼帝旺，伶仃孤客命方终。

论人命内犯孤克者　如克妻克子克父母，内犯一二，不为僧道，亦作贫贱之人。第一看父母在庙旺地，有无吉凶星辰，如在陷加杀化忌，必主刑克。第二又看妻妾宫，三看子女宫，庙陷之地有无吉凶星辰，如在陷加杀化忌，必鳏寡孤独论断。

论寿夭淫荡

诗曰：

贪狼入庙最高强，南极星同寿命长。
北斗帝星无恶杀，绵绵老耄衍祯祥。

又曰：

七杀临身终是夭，贪狼入庙定为娼。
前示三合相临照，也学韩君去窃香。

又曰：

身命两宫俱有杀，贪花恋酒祸犹深。
平生二限来符会，得意之中却又沉。

论定人残疾 先看命宫星落陷，加羊、陀、火、铃、劫、空、忌宿，又看疾厄宫星庙陷吉凶而论可也。

诗曰：

命中羊陀杀守身，火铃坐照祸非轻。
平生若不常年卧，也作陀腰曲背人。

论定人破相

诗曰：

相貌之中逢杀曜，更加三合又逢刑。
疾厄擎羊逢耗使，折伤肢体不和平。

论定人聪明

诗曰：

文曲天相破军星，计策偏多性更灵。
更若三方昌曲会，一生巧艺有声名。

论定人富足

诗曰：

太阴入庙有光辉，财人财乡分外奇。
破耗凶星皆不犯，堆金积玉富豪儿。

论定人贫贱

诗曰：

命中吉曜不来临，火忌羊陀四正侵。
武曲廉贞巨破会，一生暴怒又身贫。

论定人作盗贼

诗曰：

命逢破耗与贪贞，七杀三方照及身。
武曲更居迁动位，一生面皆刺痕新。

论定人一生驳杂

诗曰：

吉曜相扶凶曜临，百般巧艺不通亨。
若遇身命逢恶曜，只做屠牛宰马人。

定富贵贫贱十等论

福寿论

如南人天同、天梁坐命，庙旺主福寿双全；如北人紫微、武曲、破军、贪狼坐命，旺宫主寿。

聪明论

如文昌、文曲、天相、天府、武曲、破军、三台、八座、左辅、右弼三合拱照，主人极聪明。

威勇论

如武曲、文昌、擎羊、七杀坐命宫，得权、禄，三方又得紫微、天府、左右拱照，主人威勇。

文职论

如文昌、文曲、左辅、右弼、天魁、天钺坐命旺宫，又得三方四正，科、权、禄拱，主为文官。

武职论

如武曲、七杀坐命，在庙旺宫，又得三台、八座，加化权、禄及天魁、天钺并拱，主为武职。

刑名论

如擎羊、陀罗、火、铃星、武曲、破军带杀加吉，凑合三方四正无凶，不陷，主刑名。

富贵论

如紫微、天府、天相、禄、权、科、太阴、太阳、文昌、文曲、左辅、右弼、天魁、天钺守照拱冲，主大富贵。

贫贱论

如擎羊、陀罗、廉贞、七杀、武曲、破军、天空、地劫、忌星，三方四正守照拱冲，诸凶并犯陷地，主贫贱。

疾夭论

如贪狼、廉贞、擎羊、陀罗、天空、地劫、火、铃、忌星三方守照，主疾夭，或疾厄，相貌宫亦然。

僧道论

如天机、天梁、七杀、破军、天空、地劫并犯，帝座紫微，又或耗杀加临，主为僧道。

十二宫诸星得地合格诀

子安命

子宫贪狼杀阴星，机梁相拱福兴隆。
庚辛乙癸生人美，一生富贵足丰荣。

丑安命

丑宫立命日月朝，丙戊生人福禄饶。
正坐平常中局论，对照富贵祸皆消。

寅安命

寅宫巨日足丰隆，七杀天梁百事通。
申己庚人皆为吉，男子为官女受封。

卯安命

卯宫机巨武曲逢，辛乙生人福气隆。
男子为富縻廪禄，女人享福受褒封。

辰安命

辰位机梁坐命宫，天府戌地最盈丰。
腰金衣紫真荣显，富华贵耀直到终。

巳安命

巳位天机天相临，紫府朝垣福更深。
戊辛壬丙皆为贵，一生顺遂少灾侵。

午安命

午宫紫府太阳同，机梁破杀喜相逢。
甲丁己癸生人福，一世风光廪禄丰。

未安命

未宫紫武廉贞同，日月巨门喜相逢。
女人值此全福寿，男子逢之位三公。

申安命

申宫紫帝贞梁同，武曲巨门喜相逢。
甲庚癸人如得喜，一生富贵逞英雄。

酉安命

酉宫最喜太阴逢，巨日又逢当面冲。
辛乙生人为贵格，一生福禄永亨通。

戌安命

戌宫紫微对冲辰，富而不贵有虚名。
更加吉曜多权禄，只利开张贸易人。

亥安命

亥宫最喜太阴逢，若人值此福禄隆。
男女逢之皆称意，福贵荣华直到终。

十二宫诸星失陷破格诀

子、丑安命

子午天机丑巨铃，此星落陷果为真。
纵然化吉更为美，任他富贵不清宁。

寅安命

寅上机昌曲月逢，虽然吉拱不丰隆。
男为伴仆女娼婢，若非夭折即贫穷。

卯、辰安命

卯上太阴擎羊逢，辰宫巨宿紫微同。
纵然化吉非全美，若非加杀到头凶。

巳安命

巳宫武月天梁巨，贪宿廉贞共到蛇。
三方吉曜皆不贵，下贱贫穷度岁华。

午安命

午宫贪巨月昌从，羊刃三合最嫌冲。
虽然化吉居仕路，横破横成到老穷。

未安命

未宫巨宿太阳嫌，纵少灾危有克伤。
劳碌奔波官事至，随缘下贱度时光。

申、酉安命

申酉机巨为破格，男人浪荡女人贫。
二宫若然桃花见，男女逢之总不荣。

戌安命

戌上紫破若相逢，天同太阳皆主凶。
男女孤寒更夭折，随缘勤苦免贫穷。

亥安命

亥宫贪火天梁同，飘荡浪子走西东。
若还富贵也年促，不然隶仆与贫穷。

十二宫诸星得地富贵论

子宫得地太阴星，杀破昌贪文曲明。
丑未紫破朝日月，未贞梁丑福非轻。
寅宫最喜逢阳巨，七杀天同梁又清。
卯上巨机为贵格，武曲守卯福丰盈。
辰戌机梁非小补，戌宫天府累千金。
巳亥天机天相贵，午宫紫府梁俱荣。
申宫贞巨阴杀美，酉戌亥上太阴停。
卯辰巳午阳正照，紫府巨宿巳亥兴。
亥宫天府天梁吉，子宫机宿亦中平。
七杀子午逢左右，文曲加之格最清。
廉坐申宫逢辅弼，更兼化吉福尤兴。

武昌巳亥逢，六甲帅边庭。贪狼居卯酉，遇火作公卿。
天机坐卯贵，寅月六丁荣。巨卯逢左右，六乙立边庭。
巨坐寅申位，偏喜甲庚生。二宫逢七杀，左右会昌星。
辰戌遇二宿，必主位公卿。

十二宫诸星失陷贫贱论

丑未巨机为值福，失陷此月福须轻。
卯酉不喜逢羊刃，辰戌紫破朝岁网。
巳亥同梁贪贞陷，午宫阴巨不堪称。
申宫贪武为下格，酉逢机巨日无精。
卯辰巳午逢阴宿，戌亥逢阳亦不荣。
贪杀巳亥居陷地，破军卯酉不为清。
加杀遇劫为奸盗，此是刑邪不必论。
贪狼化禄居四墓，纵然遇吉亦中平。
命躔弱地休逢忌，空劫擎羊加火铃。
若非夭折主下贱，六畜之命不可评。
旺地发福终远大，陷地峥嵘到底倾。
二论不过五百字，富贵贫贱别得明。

定富局

财、荫夹印。

相守命，武、梁来夹是也。田宅官亦然。

日、月夹财。

武守命，日、月来夹是也。财帛官亦然。

财、禄夹马。

马守命，武、禄来夹是也。逢生旺尤妙。

荫、印拱身。

身临田宅，梁、相拱冲是也。勿坐空亡。

日、月照壁。

日、月临田宅官是也。喜居墓库。

金灿光辉。

太阳星守命，在午宫是也。

定贵局

日、月夹命。

不坐空亡，更逢本宫有吉星是也。

日出扶桑。

日出卯守命是也。守官禄官亦然。

月落亥宫。

月在亥守命是也。又名月朗天门。

月生沧海。

月在子官，守田宅是也。

辅、弼拱主。

紫微守命，二星来拱是也。夹之亦然。

君臣庆会。

紫微、左右同守命是也。更会府、相、武、阴，妙甚。

财印夹禄。

禄守命，梁、相来夹是也。入财官亦然。

禄马佩印。

马前有禄，印星同宫是也。

坐贵向贵。

谓魁、钺在命，迭相坐拱是也。

马头带剑。

谓马有刃是也。不是居午格。

七杀朝斗。

见前注解。寅、申、子、午安命,身值七杀是也。

日、月并明。

见前注解。(日、月同官,丑命日巳月酉来朝。)

明珠出海。

见前注解。

日、月同临。

见前注解。

刑囚夹犯。

天刑、廉贞同临身命,主武勇之人。

科、权、禄拱。

见前注解。

贪、火相逢。

谓二星守命,同居庙旺是也。

武曲守垣。

武守命卯官是也,余不是。

府、相朝垣。

见前注解。

紫、府朝垣。

见前注解。

文星暗拱。

见前注解。(即昌、曲夹论,命官有吉,迁移、官禄、财帛三方拱星亦是。)

权、禄生逢。

二星守命,庙旺是也。陷不是。

擎羊入庙。

辰、戌、丑、未守命,遇吉是也。

巨、机居卯。

见前注解。(辛、乙生人,卯官三星守命,遇昌、曲、左、右。)

明珠暗禄。

见前注解。(甲生人,安命亥官,科星守命,禄居寅与亥合也。)

科明禄暗。

见前注解。(因寅与亥合,同上断。)

金舆扶驾。

紫微守命,前后有日、月来夹是也。

定贫贱局

生不逢时。
命坐空亡，逢廉贞是也。
禄逢两杀。
禄坐空亡，又逢空、劫、杀星是也。
马落空亡。
马既落亡，虽禄冲会无用，主奔波。
日月藏辉。
日、月反背，又逢巨、暗是也。
财与囚仇。
武、贞同守身命是也。
一生孤贫。
谓破守命星，居陷地是也。
君子在野。
谓四杀守身命，而吉临陷地是也。
两重华盖。
谓禄存、化禄坐命，遇空、劫是也。

定杂局

风云际会。
身命虽弱，二限逢禄、马是也。
锦上添花。
谓限破恶星，而行吉地是也。
禄衰马困。
限逢七杀，禄、马空亡是也。
衣锦还乡。
少年不遂，四十后行墓运是也。
步数无依。
前限接后限，连绵不分是也。
水上驾星。
一年好、一年不好是也。
吉凶相伴。
命有主星，限吉则发，限衰不发是也。
枯木逢春。
谓命衰限好是也。

新镌希夷陈先生紫微斗数全书卷之二

安身命例

（要知与五星大不同）

大抵人命俱从寅上起正月，顺数至本生月止。又自人生月上起子时，逆至本生时安命，顺至本性时安身。假如正月生子时，就在寅宫安命身；丑时逆转丑安命，顺去卯安身；寅时逆转子安命，顺至辰安身。余宫仿此。

又若闰正月生者，要在二月内起安身命，凡有闰月，俱要依此为例。纳音甲子歌，务要熟读，就如甲生人安命在寅，却起甲己之年丙寅首。是丙寅丁卯炉中火，就去火局寻某日生期，起紫微帝主。如是正月初一日生者，是火局，酉宫有初一日，就从酉宫起紫微。庶无差误，若错了，则差之毫厘，失之千里矣。

安十二宫例

（男女俱从逆转，切记莫顺去）

一命宫　二兄弟　三妻妾　四子女　五财帛　六疾厄　七迁移　八奴仆　九官禄　十田宅　十一福德　十二父母

起五寅例

甲己之岁起丙寅，乙庚之岁起戊寅，
丙辛之岁起庚寅，丁壬之岁起壬寅，
戊癸之岁起甲寅。

六十花甲纳音歌

甲子乙丑海中金，丙寅丁卯炉中火，

戊辰己巳大林木,庚午辛未路傍土,
壬申癸酉剑锋金,甲戌乙亥山头火,
丙子丁丑涧下水,戊寅己卯城头土,
庚辰辛巳白蜡金,壬午癸未杨柳木,
甲申乙酉泉中水,丙戌丁亥屋上土,
戊子己丑霹雳火,庚寅辛卯松柏木,
壬辰癸巳长流水,甲午乙未沙中金,
丙申丁酉山下火,戊戌己亥平地木,
庚子辛丑壁上土,壬寅癸卯金泊金,
甲辰乙巳覆灯火,丙午丁未天河水,
戊申己酉大驿土,庚戌辛亥钗钏金,
壬子癸丑桑柘木,甲寅乙卯大溪水,
丙辰丁巳沙中土,戊午己未天上火,
庚申辛酉石榴木,壬戌癸亥大海水。

安南北斗诸星诀

紫微天机逆行傍,隔一阳武天同当,
又隔二位廉贞地,空三复见紫微郎,
天府太阴与贪狼,巨门天相及天梁,
七杀空三破军位,八星顺数细推详。

安文昌文曲星诀

(论本生时)

子时戌上起文昌,逆到生时是贵乡;
文曲数从辰上起,顺到生时是本乡。

文昌星从戌上起子时。如人生子时,就在戌宫安;若丑时,逆至酉宫安之。

文曲星从辰上起子时。若人生子时,就在辰宫安;若丑时,顺去巳宫安之。余宫仿此。

安左辅右弼星诀

(论本生月)

左辅正月起于辰,顺逢生月是贵方;
右弼正月宫寻戌,逆至生月便调停。

左辅从辰上起正月顺行,如正月生者,就辰宫安之,二月在巳宫。

右弼从戌宫逆转,如正月,就戌宫安之,二月在酉宫。余仿此。

安天魁天钺诀

(论本生年干)

甲戊庚牛羊,乙己鼠猴乡,六辛逢马虎,壬癸兔蛇藏,丙丁猪鸡位,此是贵人方。

(二星主科甲,身命若逢之,金榜题名之客。)

安天马星诀

(论本生年支)

寅午戌人马居申,申子辰人马居寅。
巳酉丑人马居亥,亥卯未人马在巳。

如安命在辰戌丑未,遇夫妻宫在寅申巳亥有天马。若得同位,或三方照临,必主男为官,女封赠;不然,禄马交驰,亦吉。

安禄存星决

(论本生年干)

甲生禄存在寅宫,乙生在卯丙戊巳,
丁己禄存停午方,庚禄居申辛禄酉,
壬禄在亥癸禄子。

安擎羊陀罗二星诀

禄前擎羊后陀罗,夹限逢凶祸患多,
岁限逢之俱不利,人生遇此莫蹉跎。

此二星随禄存安之,禄前安擎羊,禄后安陀罗。假如癸禄在子,丑宫安擎羊,亥宫安陀罗。余仿此。

安火铃二星诀

（论本生年支）

寅午戌人丑卯方，申子辰人寅戌扬，
巳酉丑人卯戌位，亥卯未人酉戌房。

安禄权科忌四变化诀

（论生年干挟火而化）

甲廉破武阳为伴，乙机梁紫月交侵，
丙同机昌廉贞位，丁月同机巨门寻，
戊贪月弼机为主，己武贪梁曲最平，
庚日武同阴为首，辛巨阳曲昌至临，
壬梁紫府武宿是，癸破巨阴贪狼停。

如甲生人，廉贞化禄，破军化权，武曲化科，太阳化忌是也。余仿此。

安天空地劫诀

（论本生时）

亥上起子顺安劫，逆回便是天空乡。

如子时生者，劫空俱在亥宫；若丑时生者，劫顺在子宫，空逆在戌宫；若午时生者，劫空俱在巳上安之。余仿此宫。

安天伤天使诀

命前六位是天伤，命后六位天使当。

顺数命前六位是天伤，命后六宫是天使。天伤安在奴仆宫，天使安在疾厄宫，身与岁限夹在伤使中间，谓之犯夹地，更加恶曜，多凶。

安十二宫太岁杀禄神歌诀

博士力士青龙续，小耗将军及奏书，

蜚廉喜神病符录,大耗伏兵至官府,
吉凶从此分祸福。

要知不拘男女命,寻禄存星起,阳男阴女顺推轮,阴男阳女逆流行。

博士聪明力士权,喜气青龙小耗钱,
将军威武奏书福,蜚廉主孤喜神延,
病符带疾耗退祖,伏兵官府口舌缠,
生年坐守十二杀,方敢断人祸福源。

安天刑天姚星诀

天刑星从酉上起正月,顺至本生月安之,
天姚从丑上起正月,顺至本生月安之

安三台八座二星诀

三台寻左辅,将初一日加在左辅宫,顺数至本生日安之。八座寻右弼,将初一日加在右弼宫,逆数至本生日安之是也。

安天哭天虚星诀

(论本生年支)
天哭天虚起午宫,午宫起子两分踪,
哭逆巳兮虚顺未,数到生年便居中。

安龙池凤阁诀

(论本生年支)
龙池子顺辰,凤阁子戌逆。

安台辅诀

从午宫起子,顺数至本生时安之。

安封诰诀

从寅宫起子，顺数至本生时安之。

安长生沐浴冠带临官帝旺衰病死墓绝胎养歌诀

（男命顺数，女命逆数）
火局命寅起长生，木局命亥起长生，
土局命申起长生，金局命巳起长生，
水局命申起长生。

安红鸾天喜诀

卯上起子逆数之，数到当生太岁支，
坐守此宫红鸾位，对宫天喜不差移，
年少婚姻喜事奇，老人必主丧其妻，
三十年前为吉曜，五十年后不相宜。

安丧门白虎吊客官府四飞星诀

流年太岁前二位是丧门，后二位是吊客。丧门对照安白虎，吊客对照安官府。
岁君前二是丧门，后二宫中吊客存，
对照丧门安白虎，吊客对照安官府。

安斗君诀

（即月将星是也）
于流年太岁宫起正月，逆至本生月，又从本生月起子，顺数至本生时安斗君。
太岁宫中便起正，逆寻生月即留停。
又从生月宫轮子，顺到生时镇斗星。

安天德月德解神诀

天德星,从酉上起子,顺数至流年太岁上是也。
月德星,从子上起子,顺数至流年太岁上是也。
解神,从戌上起子,逆数至当生年太岁上是也。

安飞天三杀诀

(即奏书将军直符)
寅午戌年,飞入亥卯未宫。
申子辰年,飞入巳酉丑宫。
亥卯未年,飞入申子辰宫。
巳酉丑年,飞入寅午戌宫。
奏书口舌祸来侵,将军飞入悔心惊,
直符官灾终不免,此是流年三杀星。

安截路空亡诀

(论本生年)
甲己申酉宫,乙庚午未宫,丙辛辰巳宫,戊癸子丑宫,丁壬寅卯宫。

安旬中空亡诀

(论本生年)
甲子旬中空戌亥,甲戌旬中空申酉,
甲申旬中空午未,甲午旬中空辰巳,
甲辰旬中空寅卯,甲寅旬中空子丑。

安大限诀

阳男阴女从命前一宫起(是父母宫),阴男阳女从命后一宫起(是兄弟宫)。

安小限诀

（不论阴阳男俱顺数,不论阴阳女俱逆数）

寅午戌人起辰宫,申子辰人起戌宫,

巳酉丑人起未宫,亥卯未人起丑宫。

安童限诀

一命二财三疾厄,四妻五福六官禄,

余年一派顺流行,十五命宫看端的。

安命主

贪狼子宫,巨门亥丑宫,禄存寅戌宫,文曲卯酉宫,破军午宫,廉贞申辰宫,武曲未巳宫。

假如午宫安命,寻破军星在何宫,即命主星也;子宫安命,寻贪狼星,即命主也。左辅随丑至午,右弼随亥至午。

安身主

子午人火铃星,丑未人天相星,

寅申人天梁星,辰戌人文昌星,

巳亥人天机星,卯酉人天同星。

论安命金锁铁蛇关

当从戌上起子午,顺数行年月逆推,

日又顺数时逆转,小儿寿夭可先知。

此法从戌上起年,顺行至本生年;年上起月,逆数至本生月;月上起日,日上起时,逆数至本生时。遇丑未宫病有救,辰戌宫死。

定男女竹萝三限

法曰:同前帝星局例,只是逆行,以上此二数,逆排定,只把三方、四正、七杀、破军俱作竹萝三限。若再加巨暗凶星,便作三方、四正定议。若大小二限相遇,作死限断。

定十二宫弱强

男命:财帛、官禄、福德、迁移、田宅为强宫,子女、奴仆、兄弟、父母为弱宫。

女命:夫君、子息、财帛、田宅、福德为强,余宫皆弱。

定十二宫星辰落闲宫

紫微在子辰亥为闲宫,贪狼在寅申为闲宫,天相在辰戌为闲宫,七杀在辰亥为闲宫,天梁在巳酉为闲宫,天机在巳为闲宫,破军在巳申为闲宫,武曲在申为闲宫。

安流禄流羊流陀诀

论流年太岁:假如己丑流年,流禄在午,流羊在未,流陀在巳;如甲子生人,安命在巳,小限又行在亥,或七杀坐小限,擎羊又在卯宫,却是三方四正,俱见擎羊、流羊、流陀,又七杀重逢,必遭责祸。此乃余累试之验诀也。

论星辰生克制化

星曜全要明生克制化之机,次看落于何宫。如廉贞属火,在寅宫乃木乡,能生廉贞之火;若武曲金星与廉贞同度,则武曲为财而无用也。余仿此。

金入火乡,火入水乡,水入土乡,土入木乡,俱为受制。

论诸星分属南北斗化吉凶并分属五行诀

紫微属土,中天星,南北斗,化帝座,为官禄主。

天机属木,南斗,化善,为兄弟主。

禄存属土,北斗,司爵贵寿星。
太阳属火,南北斗,化贵,为官禄主。
天同属水金,南斗,化福,为福德主。
廉贞属火,北斗,化杀,囚在官禄,为官禄主。在身命,为次桃花。
武曲属金,北斗,化财,为财帛主。
天府属土,南斗,化令星,为财帛田宅主。
太阴属水,南北斗,化富,为财帛田宅主。
贪狼属木水,北斗,化桃花杀,主祸福。
巨门属水,北斗,化暗,主是非。
天相属水,南斗,化印,为官禄主。
天梁属土,南斗,化荫,主寿星。
七杀属火金,南斗,将星,遇帝为权。
破军属水,北斗,化耗,司夫妻子女奴仆。
文昌属金,南北斗,司科甲,乃文魁之首。
文曲属水,北斗,主科甲星。
辅弼二星属土,南北斗,善作雨令星。
以上自紫微至辅弼一十八星,俱南北斗正曜,魁、钺、天马亦是吉星,俱不入正曜。
魁、钺二星属火,天马属火。
擎羊属金,北斗浮星化刑。
陀罗属金,北斗助星化忌。
火星属火,南斗助星。
铃星属火,南斗助星。
天空地劫属火。
天伤天使属水。
化禄属土,喜见禄存。
化权属木,喜会巨门、武曲。
化科属水,喜会魁、钺。
化忌属水,即计都星。
红鸾天喜属水。
岁君属火。
博士属水,主聪明。
力士属火,主权势。
青龙属水,主喜气。
大小耗属火,小耗钱财,大耗退祖。
将军属木,主威猛、欠和。
奏书属金,主福禄。
飞廉属火,主孤。
喜神属火,主喜气。

伏兵属火,主口舌。

病府主病。

官府主官符。

丧门木。

吊客火。

白虎金。

官符火。

定金木水火土局

紫微金宫四岁花，初一寻猪初二龙，
顺进三步逆退一，先阴后阳是其基，
惟有初二辰上起，退三进四逆寻迹。

巳 初六 十六 十九 二十五	午 初十 二十 二十三 二十九	未 十四 二十四 二十七	申 十八 二十八
辰 初二 十二 十五 二十一	金四局		酉 二十二
卯 初八 十一 十七			戌 二十六
寅 初四 十三 初七	丑 初三 初九	子 初五	亥 初一 三十

生逢木宫三岁游，初一起龙初二牛，
逆推二宫安一日，顺回四步一辰乎，
初二回宫牛头起，逆退二步二辰清。

巳	午	未	申
十四 十二 初四	十七 十五 初七	二十 十八 初十	二十三 二十一 十三
辰 初一 初九 十一	木三局		酉 十六 二十六 二十四
卯 初八 初六			戌 二十九 二十七 十九
寅 初五 初三	丑 二十八 初二	子 二十五	亥 三十 二十二

坎水宫中二岁行，初一起丑初二寅，
顺行一宫安二日，阴阳虽殊行则同。

<table>
<tr><td>巳
初九　初八</td><td>午
十一　初十</td><td>未
十二　十三</td><td>申
十四　十五</td></tr>
<tr><td>辰
三十　初七　初六</td><td colspan="2" rowspan="2">水二局</td><td>酉
十七　十六</td></tr>
<tr><td>卯
二十八　初四
二十九　初五</td><td>戌
十九　十八</td></tr>
<tr><td>寅
二十六　初二
二十七　初三</td><td>丑
二十五　初一　二十四</td><td>子
二十三　二十二</td><td>亥
二十一　二十</td></tr>
</table>

离火宫中六岁奇，初二骑马初四龙，
进二退二各一日，逆回三步是生时，
先阳后阴逆退二，另有进一各其端，
退二安一退二日，顺进五宫是其基。

巳 初十 二十四 二十九	午 初二 十六 三十	未 初八 二十二	申 十四 二十八
辰 初四 十八 二十三	火六局		酉 初一 二十
卯 十二 十七 二十七			戌 初七 二十六
寅 初六 十一 二十一	丑 初五 十五 二十五	子 初九 十九	亥 初三 十三

戊土五龙居其中,初一午上二亥宫,
逆行二宫安一日,惟有九日不能均,
十居辰上初居寅,二十九日午上寻,
二宫一日顺三次,退二三次又逆回,
惟有六日无正位,逢四对宫去追寻。

巳 初八 二十 二十四	午 初一 十三 二十五 二十九	未 初六 十八 三十	申 十一 二十三
辰 初三 十五 十九 二十七	土五局		酉 十六 二十八
卯 初十 十四 二十二			戌 二十一
寅 初五 初九 十七	丑 初四 十二	子 初七	亥 初二 二十六

安紫微天府图

天府惟寅申二宫,紫府同宫,余宫俱各填斜作对。如紫居丑。则府居卯矣。

巳 紫	午 紫	未 紫	府 申 紫 宫 同
辰 紫			酉 府
卯 紫			戌 府
府 寅 紫 宫 同	丑 府	子 府	亥 府

伤使祸福紧慢图

岁限为灾之局，凡岁限行到此星必死，若有救始不防也。

六丙生人 如寅一样	天伤祸紧 若身合灾	天伤祸紧	六庚生人 怕者如寅 一样
天使祸紧	戌宫 伤使寅 祸紧	天伤子 未宫 天使丑	天使祸紧
天伤祸紧	祸紧 申巳亥	辰卯午 祸紧 卯辰酉	天使祸紧 不可见杀 太岁临此 宫灾忌
六甲生人不 宜到此怕伤 使二限太岁 相冲	天使祸紧	天伤二限逢 此是羊陀当 生主星弱太 岁冲之必死	北斗方 限至此 宫大宜

科权禄忌图

科禄福慢 忌星凶	科星得地 禄不得地 忌星凶	科权福慢 怕杀为祸 忌无用	科禄得地 权忌不得 地
科禄福重 冲杀为灾 忌无用			科禄不得 地 权忌不得 地
科权喜怕 杀凑合 忌星得地			科权福禄 厚怕杀冲 忌星重重
科权福禄 愠有杀破 财 忌星不宜	科权福禄 紧不怕杀 忌星不忌	禄权不得 地 忌星不凶	忌星不宜

十二宫庙旺落陷图

亥	戌	酉	申	未	午	巳	辰	卯	寅	丑	子	
月同	府梁贪杀武铃羊陀	巨昌机曲	相贞巨杀	紫武破府贪羊陀	紫机破梁存	同昌曲	府梁贪武羊	日梁同巨存铃	紫相巨府梁杀禄马	紫相杀昌府月曲武羊	破曲染存阴相府机	庙
紫曲巨	月破	紫羊月府杀	紫同	梁曲破	府日武贪巨杀	紫	日破	紫机昌杀	日	梁破	同武巨贪羊	旺
府存相	紫相	梁	府昌曲武日机	相日月	相	府相存	紫昌曲杀	府贪	破机存武	火	昌	得地
昌	机贞	武贪	月	贞昌			机贞	曲武火	同	贞贪		利益
机杀武破	巨同	日同贞	贪陀	巨	贞	机武杀破梁	相同巨	贞	曲贪贞		紫贞	平和
	日			同	月				陀	同日巨		不得地
梁日贪贞	昌曲	破相	梁		羊同昌曲	月贞	月	相月破羊	昌月	机	日火铃	落陷

新镌希夷陈先生紫微斗数全书卷之三

一　命宫

紫微土，南斗北，化帝座，为官禄。主紫微，面紫色，或白清，腰背肥满，为人忠厚老成，谦恭耿直，其威制七杀，降火铃。若与府、左、右、昌、曲、日、月、禄、马三合，极吉，食禄千钟，巨富大贵。与禄存同，奇特，不入庙；无左右，为孤君，亦清闲僧道；与破军同，为胥吏；与羊、陀、火、铃冲合，吉多，亦发财，常庶人吉。女命会吉星，清秀，旺夫益子。

子宫，喜丁己庚生人，贵格，壬癸人不耐久。

午宫入庙，喜甲丁己生人，财官格，丙戌人成败带疾。

卯、酉宫旺，贪狼同，乙辛生人贵，甲庚生人不耐久。

寅、申宫旺地，与天目同，甲庚丁己生人，财官格。

巳、亥宫旺地，与七杀同，乙戊生人，财官格。

辰戌宫得地，与天目同，乙己甲庚癸人，财官格。

丑未入庙，与破军同，甲庚丁己乙壬人，财官格。

紫微入男命吉凶诀

歌曰：

紫微天中第一星，命身相遇福财兴。
若还相佐宫中会，富贵双全播令名。

又曰：

紫微守命最为良，二杀逢之寿不长。
羊陀火铃来相会，只好空门礼梵王。

又曰：

紫微辰戌遇破军，富而不贵有虚名。
若逢贪狼在卯酉，为臣失义不相应。

又曰：

火铃羊陀来相会，七杀同宫多不贵。
斯人孤独更刑伤，若是空门为吉利。

紫微入女命吉凶诀

歌曰：

紫微女命守身宫，天府尊星同到宫。
更得吉星同主照，金冠封赠福滔滔。

又曰：

紫微女命守夫宫，三方吉拱便为荣。
若逢杀破来冲破，衣禄盈余淫巧容。

紫微入限吉凶诀

歌曰：

紫微垣内吉星临，二限相逢福禄兴。
常人得遇多财富，官贵逢之职位升。

又曰：

紫微入限本为祥，只恐三方杀破狼。
常庶逢之多不利，官员降谪有惊伤。

天机属木，南斗化善星，为兄弟主。入庙，身长肥胖，性急心慈，机谋多变。与天梁会合，善谈兵。乙丙丁生人遇之，入庙化吉，得左、右、昌、曲、魁、钺、太阴凑合，生于巳、酉、丑、亥、卯、未宫，权禄不小，文武皆大贵极品。加巨门、羊、火、陀、忌，巳、酉、丑、亥为下局，孤穷，纵有财官贵显，亦不耐久，只宜经商巧艺之辈耳。女命入庙，性刚，机巧，有权柄，干家助夫益子。天梁、太阴、巨门见羊、火、忌冲合，则淫贱，偏房娼婢，否则伤夫克子。

子午宫入庙，丁己癸甲庚壬生人，财官格。

卯酉宫旺地，巨门同，乙辛戊癸生人，财官格。

寅申宫得地，太阴同，丁己甲庚癸生人，财官格。

巳亥宫和平，丙壬戊生人，合局，不耐久。

辰戌宫利益，天梁同，壬庚丁生人，为福。

丑未宫陷地，丙戊丁壬生人，财官格，乙壬生人，禄合格。

天机入男命吉凶诀

歌曰：

机月天梁命太阳，常人富足置田庄。
官员得遇科权禄，职位高迁面帝王。

又曰：

天机化忌落闲宫，纵有财官亦不终。
退尽家财兼寿夭，飘蓬僧道住山中。

天机入女命吉凶诀

歌曰：

天机女命吉星扶，作事操持过丈夫。

权禄宫中逢守照，荣膺诰命贵何如。

又曰：

天机星与太阴同，女命逢之必巧容。
衣禄丰饶终不美，为娼为妾主淫风。

天机入限吉凶歌

歌曰：

男女二限值天机，禄主科权大有为。
出入经营多遇贵，发财发福少人知。

又曰：

天机照限不安宁，家事纷纷外事多。
更遇羊陀并巨暗，须知此岁入南柯。

太阳火，南北斗，化贵，为官禄主。太阳入庙，形貌堂堂雄壮，面方圆。若夜生陷，日生庙旺，心慈，面紫色，好施济。若会左、右、昌、曲、魁、钺、太阴、禄存守照官禄，财官昭著，极品之论，文武皆宜之。身逢吉聚，贵人门下客，否则公卿走卒。六庚生人，命坐卯宫，第一庙所，六壬次之。命在亥，甲生人，下局，否则夭寿贫穷，虽发不久。庙旺终身富贵，陷地虽化权禄也凶，官禄亦不显，先勤终懒，成败不一。出外离祖，可吉。与羊、陀冲破，又陷下局，横发横破，不耐久。若经商巧艺，辛苦劳力，而祸轻延生矣。加凶杀带疾，化忌目疾。女命入庙，旺夫益子，若陷地又见羊、陀、火、铃、忌、劫，贫贱残疾，亦为贞节之妇。僧道亦清洁。

子宫陷，午宫旺，丁己生人，财官格，壬丙戊生人悔吝。

卯宫庙，酉和平，乙辛生人，财官格，甲庚人困。

寅宫旺，申得地，巨门同，丁己甲庚人，财官格。

巳宫旺，财官格。亥宫陷，逢杀，孤寡贫穷。

丑宫陷，未宫得地，太阴同，加吉星，财官格。

辰宫旺，财官格；戌宫陷，反背孤寡。

太阳入男命吉凶诀

歌曰：

命里阳逢福寿浓，更兼权禄两相逢。
魁昌左右来相凑，富贵双全比石崇。

又曰：

日月丑未命中逢，三方无化福难丰。
更有吉星终不美，若逢杀凑一生穷。

又曰：

失陷太阳居反背，化忌逢之多蹇昧。
又招横事破家财，命强化禄也无害。

太阳入女命吉凶诀

歌曰：

太阳正照妇人身，姿貌殊常性格贞。
更得吉星同主照，金冠封赠作夫人。

又曰：

太阳安命有奇能，陷地须防要杀凌。
作事沉吟多进退，辛勤度日免家倾。

又曰：

太阳反照主心忙，衣禄平常寿不长。
克过良人还克子，只宜荫下作偏房。

太阳入限吉凶诀

歌曰：

二限偏宜见太阳，添财进业福非常。
婚姻和合添嗣续，仕者高迁坐庙堂。

又曰：

太阳守限有多般，陷地须防恶杀侵。
加忌逢凶多阻滞，横事破财家伶仃。

武曲金，北斗，化财，为财帛主。武曲性刚果决，心直无毒，形小声高而量大。最喜甲己生人福厚，有毛发之异。入庙与昌、曲同行，则出将入相，武职最旺，文人多学多能。会贪遇火，化吉为上格，丙、丁、庚、辛、壬、癸中格断。与府、相、梁、月禄、马会，主贵。西北人为福，东南人平常。陷地，巧艺之人及僧道，更遇廉贞、破军、羊、忌、空、劫冲破，下局，破祖败家。女命入庙权贵，陷地值杀孤单，刑夫克子，且不正。

子午宫旺地，天府同，丁己生人，财官格。

卯酉宫利益，与七杀同，乙辛生人，财官格。

寅申宫得地，天相星同，丁己甲庚生人，财官格。

巳亥宫和平，与破军同，壬戊生人，财官格。

辰戌入庙，乙甲生人，财官格。

丑未宫入庙，贪狼同，戊辛生人，大贵，财官格。

武曲入男命吉凶诀

歌曰：

武曲守命化为权，吉曜来临福寿全。
志气峥嵘多出众，超凡入圣向人前。

又曰：

武曲之星守命宫，吉星守照始昌荣。
若加耗杀来冲破，任是财多毕竟空。

武曲入女命吉凶诀

歌曰：

女人武曲命中逢，天府加之志气雄。
左右禄来相逢聚，双全富贵美无穷。

又曰：

将星一宿最刚强，女命逢之性异常。
衣禄滔滔终有破，不然寿夭主凶亡。

武曲入限吉凶诀

歌曰：

大小限逢武曲星，若还入庙主财兴。
更加文昌临左右，福禄双全得称心。

又曰：

武曲临限化权星，最利求谋事有成。
更遇吉星同会合，文人名显庶人兴。

又曰：

武曲之星主官人，公吏逢之刑杖来。
常庶逢之还负债，官员值此有惊怀。

天同水，南斗，化福，为福德主。天同入庙，肥满清明，仁慈耿直，与天梁、左、右嘉会，丙生人，于巳亥酉宫安命，财官双美，福非小可，未宫次之。午陷，丁生人宜之，若在亥地，庚生人下局，更遇羊、陀、铃、忌冲合，则孤单破相目疾。女命会吉星，作命妇，旺夫益子，极贤能。居巳亥，虽美而淫。

子宫旺，午陷宫，丁己癸辛生人，财官格。

卯酉宫和平，乙丙辛生人，财官格。

寅宫利，申宫旺，天梁同，乙甲丁生人，福厚。

巳亥宫入庙，壬丙戊生人，财官格。

辰戌和平，丙丁生人利达，庚癸生人，福不耐久。

丑未宫不得地，巨门同，乙壬甲丙辛庚生人，财官格。

天同入男命吉凶诀

歌曰：

天同坐命性温良，福禄悠悠寿更长。
若是福人居庙旺，定教食禄誉传扬。

又曰：

天同若与吉星逢，性格聪明百事通。
男子定然食天禄，女人乐守绣房中。

又曰：

天同守命落闲宫，火陀杀合更为凶。
天机梁月来相会，只好空门度岁中。

天同入女命吉凶诀

歌曰：

天同守命妇人身，性格聪明伶俐人。
昌曲更来相会处，悠悠财禄自天申。

又曰：

天同若与太阴同，女命逢之淫巧容。
衣禄虽丰终不美，偏房侍妾与人通。

天同入限吉凶诀

歌曰：

人生二限值天同，喜气盈门万事通。
财禄增添宜创造，从今家道自丰隆。

又曰：

流年二限值天同，陷地须防恶杀冲。
作事美中终不美，惟防官破及家倾。

廉贞属火，北斗，化次桃花杀，囚星，为官禄主。为人身长体大眼，露神光，眉手中大，吹骨亦露，性硬浮荡，好忿争。入庙，武职贵；遇府、相、左、右，有科、权，禄存同，富贵；昌、曲、七杀，立武功。与擎羊同，是非日有；破军、火、铃同，狗肺狼心。巳亥陷宫，弃祖孤单，巧艺僧道军旅之流。六甲生人，命坐寅申者上格，丁己人次之；六丙人，坐子午卯酉宫，横发横破，不耐久。六甲生人，坐四墓宫，财官格。若丙戊生人，招非，有成败。若与昌、曲、忌星同在巳亥宫，六丙生人有祸，六甲人亦不宜也。未申生人，在未申宫化禄逢吉，富贵必矣。若在诸宫，逢羊、陀、火、忌冲破，主残疾。

女人三合吉拱，主封赠，虽恶杀冲，不为下局。若入庙逢化禄，刚烈，机巧，清秀，旺夫益子。僧道有吉拱，有师号，此星最喜天相同，能化其恶。

子午宫和平，天相同，丁己甲生人，财官格。

卯酉宫和平，乙辛生人、癸生人，破军同，吉。

寅宫和平，甲庚己生人为贵格。

申宫入庙，甲庚戊生人为贵格，丙生人次之。

丑未宫利益，七杀同，加言星，财官格。

辰戌宫利益，天府同，甲庚生人，财官格。

巳亥宫陷地，甲己丙戊人，福不耐久。

廉贞入男命吉凶诀

歌曰：

廉贞守命亦非常，赋性巍巍志气刚。
革故鼎新官大贵，为官清显姓名香。

又曰：

廉贞坐命号闲宫，贪破擎羊火更中。
纵有财官为不美，平生何以得从容。

又曰：

廉贞落陷入闲宫，吉曜相逢也有凶。
腰足灾残难脱厄，更加恶杀命该终。

廉贞入女命吉凶诀

歌曰：

女人身命值廉贞，内政清廉格局新。
诸吉拱照无杀破，定教封赠在青春。

又曰：

廉贞贪破曲相逢，陀火交加极贱佣。
定主刑夫并克子，只好通房娼婢容。

廉贞入限吉凶诀

歌曰：

廉贞入限旺宫临，喜逢吉曜福骈臻。
财物自然多蓄积，任人得意位高升。

又曰：

大小二限遇廉贞，更有天刑忌刃侵。
脓血刑灾逃不得，破军贪杀赴幽冥。

天府土，南斗化令星，为财帛主。为人面方圆，容红齿白，心性温和，聪明清秀，学多机变，能解一切厄，喜紫微、昌、曲、左、右、禄存、魁、钺、权、禄。居庙旺，必中高第。羊、陀、火、铃会合，奸诈。命坐寅午戌亥卯未，六己生人权贵。若巳、酉、丑，乙、丙、戊、辛人，文武财官格，加亥卯未辰酉上安命者，甲庚人不贵，先大后小，有始无终。

女命清白机巧，旺夫贵子，遇紫微、左、右同垣，极美，作命妇。

子午宫旺，与武曲同，丁己癸生人为福，财官格。

卯宫入庙，酉宫旺地，乙丙辛生人，财官格。

寅入庙，申宫得地，紫微同，丁己生人，财官格。

辰戌宫入庙，廉贞同，甲庚壬生人，财官格。

丑未入庙，加吉星，财官格。

巳亥宫得地，乙丙戊辛生人，财官格。

天府入男命吉凶诀

歌曰：

　　天府之星守命宫，加之权禄喜相逢。
　　魁昌左右来相会，附凤扳龙上九重。

又曰：

　　火铃羊陀三方会，为人奸诈多劳碌。
　　空劫同垣不为佳，只在空门也享福。

天府入女命吉凶诀

歌曰：

　　女人天府命身宫，性格聪明花样容。
　　更得紫微三合照，金冠霞帔受皇封。

又曰：

　　火铃擎陀来冲会，性格庸常多晦滞。
　　六亲相背子难招，只好空门为尼计。

天府入限吉凶诀

歌曰：

　　限临天府能司禄，士庶逢之多发福。
　　添财进喜永无灾，且也润身并润屋。

又曰：

　　南斗尊星入限来，所为谋事称心怀。
　　若还又化科权禄，指日欣然展大材。

太阴水，南北斗，化富，为母宿，又为妻星，为田宅主。太阴面方圆，心性温和，清秀耿直，聪明花酒，文章博学，横立功名。身若逢之，则随娘继拜，陷地化吉，科、权、禄返凶。出外离祖吉。更遇羊、陀、火、铃，酒色邪淫，下贱夭折。最喜六壬戊生人，在亥卯未宫立命合局，乙庚戊入亥宫立命上格，六丁人次之，六乙合格，六丁、六戊化科权禄，吉。

女命会太阳入庙，封赠夫人，若陷地，伤夫克子，妾妓之辈。

子丑寅宫入庙，丁戊生人，财官格。

卯辰巳宫陷地，乙壬戊生人，孤寡，不耐久。

午宫陷，未申宫利益，丁庚甲生人，财官格。

酉戌亥宫入庙，丙丁人，财官格，吉星众，大贵。

太阴入男命吉凶诀

歌曰：

　　太阴原是水之精，身命逢之福自生。

酉戌亥垣为得地，光辉扬显姓名亨。

又曰：

太阴入庙化权星，清秀聪明迈等伦。
禀性温良恭俭让，为官清显列朝绅。

又曰：

寅上机昌曲月逢，纵然吉拱不丰隆。
男为仆从女为妓，加杀冲杀到老穷。

又曰：

太阳陷地恶星中，陀火相逢定困穷。
此命只宜僧与道，空门出入得从容。

太阴入女命吉凶诀

歌曰：

月会同阳在命宫，三方吉拱必盈丰。
不见凶杀来冲会，富贵双全保到终。

又曰：

太阴陷在命和身，不喜三方恶杀侵。
克害夫君寿又夭，更虚血气少精神。

太阴入限吉凶诀

歌曰：

太阴星曜限中逢，财禄丰盈百事通。
嫁娶亲迎添嗣续，常人得此旺门风。

又曰：

二限偏宜见太阴，添财进屋福非轻。
火铃若也来相凑，未免官火病患临。

又曰：

限至太阴居反背，不喜羊陀三杀会。
火铃二限最为凶，若不官灾多破悔。

贪狼水，北斗，化桃花杀。贪狼入庙，长耸肥胖；陷宫，形小声高而量大。性格不常，心多计较，作事急速，不耐静，作巧成拙，好赌博花酒。陷地，加羊、陀、忌星，则孤贫，破相，残疾，有斑痕疤痣。入庙，多居武艺之中。遇火铃，喜戊己生人合局垣，不喜六癸生人，不耐久长。

女命平常，若陷地，伤夫克子且不正，大多为娼婢。僧道亦不清洁。

子午宫旺地，丁己生人福厚，丙戊庚寅申生人下局。

卯酉宫利益，紫微同，见火星贵，乙辛己人宜之，财官格。

寅申格利平，庚生人，财官格。

丑未宫入庙，武曲同，见火星，戊己庚生人，贵格。

辰戌入庙,戊己生人,财官格。
巳亥宫陷地,廉贞同,丙戊壬生人,为福不耐久。

贪狼入男命吉凶诀

歌曰:

四墓宫中福气浓,提兵指日立边功。
火星拱会诚为贵,名震诸夷定有封。

又曰:

贪狼守命同羊宫,陀杀交加必困穷。
武破廉贞同杀劫,百艺防身度岁终。

又曰:

四墓贪狼庙旺宫,加临左右富财翁。
若然再化科权禄,文武材能显大功。

贪狼入女命吉凶诀

歌曰:

四墓宫中多吉利,更逢左右方为贵。
禄财丰富旺夫君,性格刚强多志气。

又曰:

贪狼陷地女非祥,衣食虽丰也不良。
克害良人并男女,又教衾枕守孤孀。

贪狼入限吉凶诀

歌曰:

北斗贪狼入限来,若还入庙事和谐。
科权仕路多成就,必主当年发横财。

又曰:

贪狼至限四墓临,更喜人生四墓生。
若见火星多横发,自然富贵冠乡邻。

又曰:

限至贪狼陷不良,只宜节欲息灾伤。
赌荡风流去财宝,吉曜三方可免灾。

又曰:

女限贪狼事不良,宜怀六甲免灾殃。
若无吉曜来相会,须知一命入泉乡。

巨门水,北斗,化暗,主是非。入庙,身长肥胖,敦厚清秀;不入庙,五短瘦小,作事进退疑惑,多学少精,与人寡合,多是多非,奔波劳碌,喜左、右、禄存。六癸六辛生人,坐子卯合局,六庚、六丁生人,辰戌安命,却不富贵。子午宫安命,丙戊生人,孤寡夭折。六甲生人而擎羊同入庙在卯宫者,破局;在子午宫,于身命,为石中隐玉格,更会禄、科、权,福厚,会杀、忌、羊、陀,若不夭折,男女盗娼。

女命入庙,六癸、六辛生人,享福(陷地伤克夫子,丁人遇极淫,此星在女命,多有眼玷)

子午宫旺地,丁己癸辛生人福厚,丙戊生人主困。卯酉宫入庙,乙辛生人,财官格,丁戊生人有成败。

寅申宫入庙,太阳同,甲庚癸辛生人,财官格。

辰戌宫和平,癸辛生人贵,丁生人困。

丑未不得地,癸辛丙生人,财官格。

巳亥旺宫,癸辛生人,财官格。

巨门入男命吉凶诀

歌曰:

巨门子午二宫逢,局中得遇以为荣。
三合化吉科权禄,官高极品衣紫袍。

又曰:

此星化暗不宜逢,更会凶星愈肆凶。
唇齿有伤兼性猛,若然入庙可和平。

又曰:

巨门守命遇擎羊,铃火逢之事不祥。
为人性急多颠倒,百事茫茫乱主张。

巨门入女命吉凶诀

歌曰:

巨门旺地多生吉,左右加临寿更长。
女人得此诚为贵,廉卷珍珠坐绣房。

又曰:

巨门命陷主淫娼,侍女偏房始免殃。
相貌清奇多近宠,不然寿夭主凶亡。

巨门入限吉凶诀

歌曰:

巨门主限化权星,最喜求谋大事成。
虽有宫灾并口舌,凶为吉兆得安宁。

又曰:

巨门入限动人愁,若遇丧门事不周。
士庶逢之多惹讼,居官失职或丁忧。

又曰:

巨门限陷最乖张，无事官非闹一场。
哭泣丧连终不免，破财呕气受凄凉。

天相水，南斗，化印为官禄主。为人相貌敦厚，持重清白，好酒食，衣禄丰足。紫、府、左、右、昌、曲、日、月嘉会，财官双美，位至三公。与武、破、羊、陀同行，则为巧艺，更加火、铃、巨、机，则伤刑不善终。天相又能化廉贞之恶。

女命入庙温和，衣禄遂心。僧道（屯古）。

子午宫庙地，廉贞同，丁己癸甲人，财官格。

卯酉陷宫，乙辛生人吉，甲庚人主困。

辰戌宫得地，紫微同，财官格。

丑宫入庙，未宫得地，加吉星，财官格。

寅申宫入庙，武曲同，丁甲庚生人，财官格。

巳亥宫得地，丙戊壬生人，为福。

天相入男命吉凶诀

歌曰：

天相星辰迈等伦，照守身命喜无垠。
为宫必主居元宰，三合相逢福不轻。

又曰：

天相吉星为命主，必定斯人多克己。
财官禄主旺家资，权压当时谁不美。

又曰：

天相之星破武同，羊陀火铃更为凶。
或作技术经商辈，若在空门享福隆。

天相入女命吉凶诀

歌曰：

女人之命天相星，性格聪明百事宁。
衣禄丰盈财帛足，旺夫贵子显门庭。

又曰：

破军七杀来相会，羊陀火铃最所忌。
孤刑克害六亲无，只可偏房与侍婢。

天相入限吉凶诀

歌曰：

天相之星敢主财，照临二限悉无灾。
动作谋为皆遂意，优游享福自然来。

又曰：

天相之星有几般，三方不喜恶星缠。
羊陀空劫重相会，口舌官灾祸亦连。

又曰：

限临天相遇擎羊，作祸兴殃不可当。
更有火铃诸杀凑，须教一命入泉乡。

天梁属土，南斗化荫，主寿星。厚重清秀，聪明耿直，心无私曲，好施济，有寿。与天机同行，居翰苑，善谈兵。左、右、昌、曲嘉会，则出将入相，要入庙方富贵。陷地，遇火、羊破局，则下贱、孤寒、夭折。逢天机耗杀，清闲僧道，受制诰。六壬生人，亥卯未上安命者，富贵双全。

女命有男子之志，入庙，富贵；陷地，加杀伤，克夫子，又贱淫。

子午宫入庙，丁己癸生人，福厚，财格。

卯宫入庙，酉宫得地，太阳同，乙壬辛生人，财官格。

寅宫入庙，申宫陷地，天同同，丁己甲庚生人，财官格。

辰戌宫入庙，天机同，丁己壬庚生人，财官格。

丑未宫入庙，壬乙生人，财官格，六戊生人，大贵。

天梁入男命吉凶诀

歌曰：

天梁之曜数中强，形神稳重性温良。
左右曲昌来会合，管教富贵列朝纲。

又曰：

天梁星宿寿星逢，机日文昌左右同。
子午寅申为入庙，官资清显至三公。

又曰：

天梁遇火落闲宫，陀杀重逢更是凶。
孤刑带疾家财破，空门技艺可营工。

天梁入女命吉凶诀

歌曰：

辰戌机梁非小补，破军卯酉不为良。
女人得此为孤独，克子刑夫守冷房。

天梁入限吉凶诀

歌曰：

天梁化荫吉星和，二限逢之祸必多。
若加吉曜逢庙地，贵极一品辅山河。

又曰：

限至天梁最是良，犹如秋菊吐馨香。
加官进职迎新禄，常庶逢之也足粮。

又曰：

天梁守限寿延长，作事求谋更吉昌。
若遇火铃羊陀合，须防一厄与家亡。

七杀火金，南斗将星，遇帝为权，余宫皆杀。目大，性急不常，喜怒不一，作事进退沉吟。庙旺，有谋略，遇紫微，掌生杀之权，武职最利。加左、右、昌、曲、魁、钺会合，位至极品；落空亡，无威力；遇凶曜于生乡，定为屠宰。会刑囚、伤克，安命寅亥子午宫，丁己生人合局。辰宫，六庚人吉。若坐子午寅申，却不喜壬庚午戌，六丙六戊中平，羊陀火铃冲会，又在陷地，残疾下局，虽富贵不久。

女人入庙，加权禄，旺夫益子；陷地遇羊、火，则伤克，下贱。

子午宫旺地，丁己甲生人，财官格。

卯酉宫旺地，武曲同，乙辛生人福厚，财官格。

寅申宫入庙，甲庚丁己人，财官格。

巳亥宫和平，紫微同，丙戊壬生人福厚。

辰戌宫入庙，加吉星，财官格。

丑未入庙，廉贞同，加吉星，财官格。

七杀入男命吉凶诀

歌曰：

七杀寅申子午宫，四夷拱手服英雄。
魁钺左右文昌会，科禄名高食万钟。

又曰：

杀居陷地不堪言，凶祸犹如伴虎眠。
若是杀强无制伏，少年恶死在黄泉。

又曰：

七杀坐命落闲宫，巨宿羊陀更照冲。
若不伤肢必损骨，空门僧道可兴隆。

七杀入女命吉凶诀

歌曰：

女命愁逢七杀星，平生作事果聪明。
气高志大无男女，不免刑夫历苦辛。

又曰：

七杀孤星贪宿逢，火陀凑合非为贵。
女人得此性不良，只好偏房为使婢。

七杀入限吉凶诀

歌曰：

二限虽然逢七杀，从容和缓家道发。
对宫天府正来朝，仕宦逢之名显达。

又曰：

七杀之星主啾唧，作事艰难俱有失。
更加恶曜在限中，主有官灾多病疾。

破军水，北斗，化耗星，主妻子奴仆。形五短，背厚眉宽腰斜，性刚寡合争强，弃祖发福，好搏禽捕猎，喜紫微，有威权。天梁、天府能制其恶，文曲一生贫士，更入水乡残疾，虽富贵不久，夭折。六癸甲生人坐子午宫者，位至三公。若丙戊寅申生人坐子午，则孤单残疾，虽富贵不久，夭折。丙戊生人坐辰戌丑未，紫微同垣，富贵不小。遇廉贞羊陀火铃于陷宫，争斗疾病，僧道宜之。

女人子午入庙，有疾病；陷地加杀，下贱淫欲。

子午宫入庙，丁己癸生人福厚，丙戊人主困。

卯酉宫陷地，廉贞同，乙辛癸生人利，甲庚丙人不耐久。

辰戌旺宫，甲癸庚生人为福。

寅申宫得地，甲庚丁己生人，财官格。

丑未宫旺地，紫微同，丙戊乙生人，财官格。

巳亥和平，武曲同，丙戊生人福厚。

破军入男命吉凶诀

歌曰：

破军七杀与贪狼，入庙英雄不可当。
关羽命逢为上将，庶人富足置田庄。

又曰：

破军子午会文昌，左右双双入庙廊。
财帛丰盈多慷慨，禄官昭著佐君王。

又曰：

破军一曜最难当，化禄科权喜异常。
若还陷地仍加杀，破祖离宗出远乡。

又曰：

破军不喜在身宫，廉巨火羊陀会凶。
不见伤残的夭寿，只宜僧道度平生。

破军入女命吉凶诀

歌曰：

破军子午为入庙，女命逢之福寿昌。

性格有能偏出众，旺夫益子姓名香。

又曰：

破军女命不宜逢，擎羊加陷便为凶。
克害良人非一次，须教悲哭度朝昏。

破军入限吉凶诀

歌曰：

破军入限要推详，庙地方知福禄昌。
更遇文昌同魁钺，限临此地极风光。

又曰：

破军入限要推详，庙地无凶少损伤。
杀凑破军防破耗，更防妻子自身亡。

又曰：

破军主限多脓血，失脱乖张不可说。
更值女人主孝服，血光产难灾殃节。

文昌金，南北斗，乃文魁星。眉目清秀分明，机巧多学多能。会阳、梁、禄存，财官昭著，富贵先难后易。陷地，加羊、火，巧艺之人；陷地独守，加杀、擎、火、陀、铃，带疾亦能延寿。旺有暗痣，陷有斑痕。

女命入庙平常，加吉曜富贵；陷地遇火、羊、巨、机杀忌，则下贱，淫娼、使婢。

寅午戌宫陷地，丁己甲庚生人，财官格。

申子辰宫得地，癸庚甲生人，贵格。

巳酉丑宫入庙，乙戊辛生人，大贵。

亥卯未宫利益，乙戊生人，财官格。

文昌入男命吉凶诀

歌曰：

文昌坐命旺宫临，志大财高抵万金。
文艺精华心壮大，须教平步上青云。

又曰：

文昌守命亦非常，限不夭伤福寿长。
只怕限冲逢火忌，须教夭折带刑伤。

文昌入女命吉凶诀

歌曰：

女人身命值文昌，秀丽清奇福更长。
紫府对冲三合照，管教富贵着霞裳。

又曰：

文昌女命遇廉军，陷地擎羊火忌星。
若不为娼终寿夭，偏房犹得主人轻。

文昌入限吉凶诀

歌曰：

文昌之宿最为清，斗数之中第二星。
若遇太岁与二限，士人值此占科名。

又曰：

限遇文昌不得地，更有羊陀火铃忌。
官非口舌破家财，未免刑伤多晦滞。

文曲水，北斗，司科甲星。与文昌逢吉，主科第。单居，身命更逢恶杀凑合，无名、便佞之人，喜六甲生人。巳酉丑宫，侯伯贵。与贪狼、火星同垣三合者，将相之命。武、贞、羊、破、杀、狼居陷地，则丧命夭折。若与同、梁、武曲会旺宫，聪明果决，如羊、陀、火、铃冲破，只宜空门，旺有暗痣，陷有斑痕。

女命入庙清陷地，与巨、火、忌、机会，及贪狼、破军同垣冲破则下贱，孤寒、淫欲。

寅宫和平，午戌宫陷地，甲庚生人，财官格。

申子辰宫得地，丁癸辛庚生人，福厚。

巳酉丑宫入庙，辛生人遇紫微同，大富贵。

卯亥未宫旺地，辛丙壬戊生人，财官格。

文曲入男命吉凶诀

歌曰：

文曲守命最为良，相貌堂堂志气昂。
士庶逢之有厚福，丈夫得此受金章。

又曰：

文曲守垣逢火忌，不喜三方恶杀聚。
此人虽巧口能言，惟在空门可遇贵。

文曲入女命吉凶诀

歌曰：

女人命里逢文曲，相貌清奇多有福，
聪明伶俐不寻常，有杀偏房也淫欲。

文曲入限吉凶诀

歌曰：

二限若逢文曲星，士庶斯年须发福。
更添左右会天同，财禄滔滔为上局。

又曰：

文曲限遇廉陀羊，陷地非灾惹祸殃。
更兼命里星辰弱，须知此岁入泉乡。

左辅土，南北斗善星，佐帝令尤佳。若府、相、机、昌、贪狼、武曲会，更右弼同垣，富贵不小，财官双美。若见羊、陀、火、忌，中局，旺宫有暗痣斑痕。如陷地加巨门、七杀、天机，下局。

女命会吉星，旺夫益子。僧道清洁。

左辅入男命吉凶诀

歌曰：

左辅之星能降福，风流敦厚通今古。
紫府禄权贪武会，文官武职多清贵。

又曰：

羊陀火铃三方照，纵有财官非吉兆。
廉贞破巨更来冲，若不伤残终是夭。

左辅入女命吉凶诀

歌曰：

女逢左辅主贤豪，能干能为志气高。
更与紫微天府合，金冠封赠福滔滔。

又曰：

火陀相会不为良，七杀破军寿不长。
只可偏房方富足，聪明得宠过时光。

左辅入限吉凶诀

歌曰：

左辅限行福气深，常人富足累千金。
官员更得科权照，职位高迁佐圣君。

又曰：

左辅之星入限来，不宜杀凑主悲哀。
火铃空劫来相凑，财破人亡事事衰。

右弼土，南北斗善星，佐帝令。入庙，厚重、清秀、耿直，心怀宽恕，好施济，有机谋。诸宫降福，四墓尤佳。若会紫微、府、相、昌、曲，终身福寿。若与诸杀同躔，及羊、陀、火、忌冲合者，则福薄，亦不为凶。有暗痣斑痕，伤残带疾。

女命会吉星，旺夫益子。僧道清洁。

右弼入男女命吉凶诀

歌曰：

右弼天枢上宰星，命逢重厚最聪明。
若无火忌羊陀会，加吉财官冠世英。

又曰：

右弼尊星入命宫，若还杀凑主常庸。
羊陀空劫三方凑，须知带疾免灾凶。

右弼入限吉凶诀

歌曰：

右弼入限最为荣，人财兴旺必多能。
官员迁擢僧道喜，士子攻书必显名。

又曰：

右弼主限遇凶星，扫尽家资百不成。
士遭伤败奴欺主，更教家破主伶仃。

禄存土，北斗，司爵贵。持重、心慈、耿直，有机变，多学多能，命遇主富贵，文人有声名，诸宫降福消灾，弃祖重拜父母。喜紫微、府、相、同、梁、日、月、武曲，同宫为妙，单守命身，看财之库。怕火、铃、空、劫冲照，下局，巧艺多精之人，陷地减福。在命宫，官禄、田宅为福。

女命清白秀丽，有男子之志。

禄存入男命吉凶诀

歌曰：

人生若逢禄存星，性格刚强百事成。
左右逢兮昌曲会，滔滔衣禄显门庭。

又曰：

禄存守命莫逢冲，陀火交加福不全。
天机空劫忌相会，空门僧道得清闲。

禄存入女命吉凶诀

歌曰：

女命若逢禄存星，紫府加临百事宁。
更遇同贞相凑合，必然注定是夫人。

又曰：

禄存入命陷宫来，空劫铃火必为灾。
若无吉曜来相凑，夫妇分离永不谐。

禄存入限吉凶诀

歌曰：

禄存主限最为良，作事求谋尽吉祥。
仕禄逢之多转职，庶人遇此足钱粮。

又曰：

禄存主限寿延长，作事营谋万事昌。
更有科权兼左右，定知此限富仓箱。

又曰：

禄存禄主多富足，婚姻嫁娶添嗣续。
更兼科禄又同宫，必主荣华享厚福。

又曰：

禄马交驰限步逢，最怕劫空相遇同。
更兼太岁恶星冲，限到其年入墓中。

魁、钺火，即天乙贵人。若人身命逢之，更得诸吉加临，三合吉星守照，必少年登科及第。逢凶忌，不为文章秀士，可为弟子之师。限步逢之，必主清高，名成利就。大抵此星，若身命逢之，虽不富贵，亦主聪明，为人秀丽清白，有威可畏，有仪可象。

女命逢吉，多为宰相妇，逢凶杀，也主富贵。

魁钺入命限吉凶诀

歌曰：

魁钺命身限遇昌，常人得此足钱粮。
官员遇此高迁擢，必定当年面帝王。

擎羊火金，北斗浮星，化刑，入庙权贵。身旺形粗，破相。刚强果决，好勇斗狠，机谋矫诈，横立功名，能夺君子之权。喜西北(戌亥)生人，为福，宜命在四墓宫；庙地，亦喜四墓生人。会日、月，男克妻而女克夫；会昌、曲、左、右，有暗痣斑痕。若卯酉陷宫作祸，伤残带目眇。六甲六戊寅申生人守命，则人孤单，不守祖业。二姓延生，巧艺为活。廉贞、火、巨、忌星同陷地，则常暗疾；或面手足有伤残，且不善终。一生多招刑祸，否则为僧道。

女命入庙权贵，陷地伤夫克子，孤刑，破相下淫。

辰戌丑未入庙，亦宜辰戌丑未生人，财官格。

子午卯酉陷地。

寅宫得地。

擎羊入男命吉凶诀

歌曰：

禄前一位安擎羊，上将逢之福禄加。
更得贵人相守照，兵权万里壮皇家。

又曰：

擎羊守命性刚强，四墓生人福寿长。

若得紫府来会合，须知财谷足仓箱。

又曰：

擎羊一曜落闲宫，陀火冲兮便是凶。
更若身命同劫杀，定然天绝在途中。

擎羊入女命吉凶诀

歌曰：

北斗浮星女命逢，火机巨忌必常庸。
三方凶杀兼来凑，不夭终须浪滚涛。

擎羊入限吉凶诀

歌曰：

擎羊守限细推详，四墓生人免祸殃。
若遇紫微昌府会，财官显达福悠长。

又曰：

天罗地网遇擎羊，二限冲兮祸患戕。
若是命中主星弱，定教一疾梦黄粱。

又曰：

擎羊加杀最为凶，二限休教落陷逢。
克子刑妻卖田屋，徒流贬配去从戎。

陀罗火金，北斗，浮星，化忌，入庙，身雄形粗，赋性刚强，破相气高，横发横破，不守祖业，为人飘蓬，不作本处民，作事退悔，有始无终。喜西北(戌亥)生人为福，及四墓生人，又坐四墓宫，吉星众者为福。会日、月、忌宿，男克妻而女克夫，加忌且损目；会左、右、昌、曲，有暗痣。若无正星而独守命者，孤单弃祖入赘，二姓延生，巧艺为活。若限宫逢巨杀，必伤妻子，背六亲，且伤残带疾，僧道吉。

女命内狼外虚，凌夫克子，不和六亲，又无廉耻。

辰戌丑未入庙，辰戌丑未生人，利。

寅申巳亥陷地。

陀罗入男命吉凶诀

歌曰：

陀罗命内坐中存，更喜人生四墓中。
再得紫微昌府合，财禄丰盈远播名。

又曰：

陀罗在陷不堪闻，口舌官非一世侵。
财散人离入孤独，所为所作不如心。

陀罗入女命吉凶诀

歌曰：

陀罗一曜女人逢，遇吉加临淫荡容。
凶杀三方相照破，须防相别主人翁。

陀罗入限吉凶诀

歌曰：

限遇陀罗事亦多，必然忍耐要谦和。
若无吉曜同相会，须教一梦入南柯。

又曰：

夹身夹命有陀羊，火铃空劫又来伤。
天禄不逢生旺地，刑妻克子不为良。

火星火，南斗浮星。性刚强出众，唇齿四肢有伤，毛发生异，形容各别。诸宫不美，惟贪狼庙旺，指日立边功，为财官格，利东南生人，不利西北，及喜寅卯巳午生人，祸轻。更与擎羊同，则襁褓灾厄，孤克下局，只宜过房，外家寄养，重拜父母方可。

女命心毒，内狠外虚，凌夫克子，不守妇道，多是非，淫欲下贱。

寅午戌人宜。申子辰人陷灾吝困。巳酉丑人得地吉。亥卯未人利益，吉，多发福。

火星入限吉凶诀

歌曰：

火星得地限宫逢，喜气盈门百事通。
仕宦逢之皆发福，常人得此财丰隆。

又曰：

火星一宿最乖张，无事官灾闹一场。
克害六亲应不免，破财艰苦免恓惶。

铃星火，南斗浮星。性毒，形神破相，胆大出众。宜寅午戌生人，权贵；亦利东南生人，及限行福厚，西北人限行成败，虽富贵不久。入庙遇贪狼、武曲，镇边夷。更会紫、府、左、右，不贵即富。如陷夭折，破相延寿，离祖重拜父母。

女命性刚，背六亲，伤夫子，遇吉丰足。

铃星入限吉凶诀

歌曰：

限至铃星事若何，贪狼相遇福还多。
更加入庙逢诸吉，富贵名扬处处歌。

又曰：

铃星一宿不可当，守临二限必颠狂。

若无吉曜来相照，未名招灾惹祸殃。

火铃二星入男命吉凶诀

歌曰：

火铃二曜居庙地，贪狼紫府宜相会。
为人性急有威权，镇压乡邦终有贵。

又曰：

火铃在命落闲宫，西北生人作事庸。
破尽家财终不久，须教带疾免灾凶。

火铃二星入女命吉凶诀

歌曰：

火铃之星入命来，贪狼相会得和谐。
三方无杀诸般美，坐实香闺得遂怀。

又曰：

火铃二曜最难当，女命单逢必主伤。
若遇三方加杀凑，须防目下九泉乡。

火铃二星入限吉凶诀

歌曰：

火铃二星事若何，贪狼相会福还多。
更加吉曜多权柄，富贵声扬处处歌。

又曰：

火铃限陷血脓侵，失脱寻常不可寻。
口舌官灾应不免，须防无妄福来临。

地劫火，乃劫杀之神，性重，作事疏狂，动静增恶，不行正道，为邪僻之事。有吉福轻，三方四正加杀少者，夭等论。

女命，只可为偏房妓婢而已。

地劫入命吉凶诀

歌曰：

地劫从来生发疾，命中相遇多啾唧。
若还羊火在其中，辛苦持家防内室。

地劫入限吉凶诀

歌曰：

劫星二限若逢之，未免当年无祸危。

太岁杀临多疾厄，官符星遇有官府。

天空，乃空亡之神。性重，作事虚空，不行正道，成败多端，不聚财，退祖荣昌。空多不吉，名曰：断桥，有吉祸轻。四杀加，少者平等，论多者下贱。太岁二限遇有正曜星加吉者平安。《经》云：男子英雄，限到天空而亡国。

女命单守，只可为偏房妓婢。

天空入命吉凶诀

歌曰：

命坐天空走出家，文昌天相实堪夸。
若逢四杀同身命，受荫承恩福自佳。

天空入限吉凶诀

歌曰：

空亡入限破田庄，妻子须防有损伤。
财帛不惟多失败，更忧寿命入泉乡。

动劫天空同入限吉凶诀

歌曰：

极居卯酉劫空临，为僧为道福兴隆。
乐享山林有师号，福寿双全到古龄。

又曰：

劫空二限最乖张，夫子在陈也绝粮。
项羽英雄曾丧国，绿珠逢此坠楼亡。

天伤水，乃虚耗之神，守临二限太岁不问得地，只要吉众，方可获善。若无正星，又羊、火、巨、机，必主官灾。丧亡破财横事，相侵夫子绝粮，限到天伤。

天使水，乃传使之星，务审人间祸福之由，若二限太岁临，有吉星众者祸轻。若无正星，又值巨、忌、羊、火，则官灾，丧亡横事破家。

天伤天使入限吉凶诀

歌曰：

天耗守限号天伤，夫子在陈也绝粮。
天使限临人共忌，石崇豪富破家亡。

天马火，最喜会禄存，极忌截路空亡。如命在辰戌丑未，遇寅申巳亥，有天马在夫妻宫，加吉会者富贵，加杀不美，加权禄照临，必主男为官，女封赠。

天马入限吉凶诀

歌曰：

天马临限最为良,紫府禄存遇非常。
官宦逢之应显达,士人遇此赴科场。

又曰：

天马守限不得住,又怕劫空来相遇。
更兼太岁坐宫中,限到其人寻死路。

化禄星土,为福德之神,守身命官禄之位,科权相遇,必作大臣之职。小限逢之,主进别入仕之喜,大限十年吉庆,恶曜来临,并羊、陀、火、忌冲照,亦不为害。

女人吉凑作命妇,内外威严,杀凑平常。

化禄入命断诀

歌曰：

十干化禄最为荣,男命逢之福自申。
武职题名边塞上,文人名誉满朝廷。

又曰：

禄主天同遇太阳,常人大富足田庄。
资财六畜皆生旺,凡有施为尽吉祥。

化禄入限断诀

歌曰：

限中若遇禄来临,爵位高迁佐圣明。
常庶相逢当大贵,自然蓄积广金银。

化权星木,掌判生杀之神,守身命科禄相迎,出将入相。会巨门、武曲,必专大事,掌握兵符,为人极古怪,到处人钦敬。小限相逢,无有不吉,大限十年必遂,逢凶亦不为灾。如遇羊、陀、耗、使、空、劫,听说贻累,官灾贬谪。

女人得之,内外称意。僧道掌山林,有师号。

权星入男命诀

歌曰：

权星最喜吉星扶,事业轩昂胆气粗。
更值巨门兼武曜,三边镇守掌兵符。

权星入女命诀

歌曰：

化权吉曜人相逢,更吉加临衣禄丰。

富贵双全人性硬，夺夫权柄福兴隆。

权星入限断诀

歌曰：

此星主限喜非常，官禄高升佐帝王。

财帛丰添宜创业，从今家道保安康。

又曰：

权星此遇武贪临，作事求谋尽得成。

士子名高添福禄，庶人得此积金银。

化科星水，上界应试，主掌文墨之神，守身命权、禄相逢，主人聪明通达。最喜逢魁、钺，必中科第，作宰臣之职。如遇恶星，亦为文章秀士，因作群英师范，但嫌截路空亡、旬空、天空，亦畏忌。

女命宫星拱守，作公卿妇，虽四杀冲破，也主富贵。

科星入男命吉凶诀

歌曰：

科星文宿最为奇，包藏锦绣美文章。

一跃龙门鱼变化，管教声誉达朝堂。

又曰：

科星入命岂寻常，锦绣才华展庙廊。

更遇曲昌魁钺宿，龙门一跃姓名扬。

科星入女命吉凶诀

歌曰：

化科女命是良星，四德兼全性格清。

更遇吉星权禄凑，夫荣子贵作夫人。

科星入限吉凶诀

歌曰：

科星二限遇文昌，士子逢之姓名香。

僧道庶人多富贵，百谋百遂事俱扬。

化忌星水，为多管之神，守身命一生不顺，招是非。小限逢之，一年不足。大限相遇，十年悔吝。二限并太岁交临，断然蹭蹬，文人不耐久，武人纵有官灾口舌，不防。惟商贾艺人在处不宜，难立脚。如遇紫、府、昌、曲、左、右、科、权、禄与忌同宫，又兼羊、火、铃、空，作事进退，横发横破，始终不得久远，即系发不聚财是也。一生奔波劳碌，或带疾贫夭。僧道亦流移还俗。然天同在戌化忌，丁人遇吉，巨门在辰化忌，辛人反佳。若太阳在寅卯辰巳午化忌，太阴在酉戌亥子化忌,为福论;若日、月陷地化忌,主大凶。如廉贞在亥化忌,是为火入泉乡,又逢水命入,化忌也不为害。

忌星入男命吉凶诀

歌曰:

诸星化忌不宜逢,更会凶星愈肆凶。
若得吉星来助救,纵然富贵不丰隆。

又曰:

贪狼破军居陷地,遇吉化忌终不利。
男为奸盗女淫娼,加杀照命无眠睡。

忌星入女命吉凶诀

歌曰:

女人化忌本非奇,更遇凶星是祸基。
衣食艰辛贫贱甚,吉星凑合减灾危。

忌星入限吉凶诀

歌曰:

忌星入庙反为佳,纵有官灾亦不伤。
一进一退名不遂,更兼遇吉保安康。

又曰:

二限宫中见忌星,致灾为祸必家倾。
为官退职遭赃滥,胥吏须防禁杖刑。

又曰:

忌星落陷在闲宫,恶杀加临作祸凶。
财散人离多疾苦,伤官退职孝重逢。

禄会禄存富贵,权会巨武英扬。科会魁钺贵显,忌会身命招是非。

岁君火,乃流年太岁星君。与诸凶神相遇,皆与不谋,忌与大小二限相冲,若逢大限,遇紫、府、昌、曲、左、右、魁、钺吉星扶救,灾少,亦防六畜死失。若遇羊、陀、火、铃、劫、空、伤、使,财破身亡。

女命逢之,防产难之厄,若有相救,可免死亡。

歌曰:

太岁之星不可当,守临宫限要推详。
若无吉曜来相助,未免官灾闹一场。

斗君,正月初一日管事,遇吉断吉,遇凶断凶。如太岁二限美,若斗君正月初一日值在某宫过度，逢凶杀也主其年有得失灾病官非，依月限断之。

二　兄弟

紫微有倚靠，年长之兄，天府同，三人；天相同，三四人；破军同，亦有三人，或各胞生，加羊、陀、火、铃、空、劫克害，有则欠和。

天机庙旺有二人，与巨门同一人，陷地，相背不一心，天梁同，二人；太阴同，二三人，见羊、陀、火、铃，虽有而克害。

太阳庙旺三人，与巨门同，无杀加，有三人；太阴同，五人，陷地，不和欠力，加羊、陀、火、铃、空、劫更克，减半。

武曲庙旺，有二人，更不合，陷宫加杀，只一个；天相同，二人；破军、七杀同，有一人，不和睦。加昌、曲、左、右，有三人，见羊、陀、火、铃、空、劫，孤单。

天同入庙，四、五人；天梁同，二、三人；巨门同，无杀，三人；太阴同，四、五人，陷地，只二人，见羊、陀、火、铃、空、劫、忌，少，宜分居，不和。

廉贞入庙，二人；贪狼同，招怨；天相同，二人；七杀同，一人；天府同，加左、右、昌、曲，有三人，见羊、陀、火、铃、空、劫，有克，且不和。

天府有五人；紫微同，加左、右、昌、曲，有六、七人；廉贞同，三人，见羊、陀、火、铃、空、劫，只二人。

太阴入庙，兄弟五人；太阳同，亦五、六人；天机同，二人；天同同，五人，见羊、陀、火、铃、空、劫，减半，且克，宜分居相背。

贪狼庙旺，二人，陷地，宜各胞；廉贞同，不和；紫微同，有三人，加羊、陀、火、铃、空、劫，孤单。

巨门庙旺，二人，陷地，各胞有，宜分居；太阳同，加左、右、昌、曲，有三人；天机同，有二人，更乖违不一心；天同同，三人，加羊、陀、火、铃、空、劫，孤克不和。

天相和平，有二、三人，见杀全无；紫微同，有三、四人；武曲同，二人；廉贞同，二人，见羊、陀、火、铃、空、劫，孤单。

天梁庙旺，二人，和顺，或多不同胞，且不和，陷宫全无；天同同，三人；天机同，二人，见羊、陀、火、铃、空、劫少。

七杀主孤克，在子、午、寅、申宫，方有三人，也不和，宜各人加昌、曲、左、右，更好。

破军入庙，三人，陷地，加杀，孤单；武曲同，二人；紫微同，二人；廉贞同，一人，加昌、曲、左、右，有三人，和睦，加羊、陀、火、铃、空、劫，孤单。

文昌、文曲诸宫，皆有三人，见羊、陀、火、铃，庙旺不克，陷宫孤单，加空、劫全无。

左辅有三人，同天同、昌、曲，有四、五人，加羊、陀、火、铃，二人，有空、劫，欠力，不和。

右弼，三人同。府、相、紫微、昌、曲，有四、五人，加羊、陀、火、铃，欠力，不和睦。

禄存相生，有兄弟，见救克害，招怨。

羊陀克害，入庙一人，众吉星加，有二三人，陷地全无。

火星入庙，逢有吉星，有一、二人，加廉、杀、破、铃，孤克。

铃星入庙相生,有兄弟,加羊、陀、火、空、劫,全无。

斗君逢在兄弟宫过度,逢吉星,兄弟一人,和睦,逢凶杀,有刑,若不见刑,主有兄弟争斗。

三　妻妾

紫微晚聘,谐老,性刚;天府同,谐老;天相同,宜年少;破军同,克刑;加羊、陀、火、铃,亦刑;贪狼同,有吉星,免刑。

天机宜年少,刚强之妻可配,夫宜长,加羊、陀、火、铃,主生离,晚娶吉。天梁同,宜年长;太阴同,内助美容。

太阳庙旺,迟娶吉,早娶克,因妻得贵;与天梁同,加左、右,招贤明之妻;太阴同,内助;巨门同,无羊、陀、火、铃、空、劫,不克;有此四杀及空、劫,定克;遇耗,非礼成婚。

武曲背克,宜迟娶,同年夫妇也相当;加吉星,因妻得财;凶娶,因妻去产;贪狼同,招迟无刑;七杀同,克二三妻;加羊、陀、火、铃、空、劫,更克。

天同迟娶谐老,夫宜长,妻宜少,加四杀,欠和,生离;巨门同,加四杀亦克;太阴同,助美容;天梁同,极美夫妇。

廉贞三度作新郎,贪狼同,愈克;七杀同,亦刑,且欠和,加羊、陀、火、铃,主生离;天府同,谐老,性刚者无克。

天府相生宠爱,夫主贵,见羊、陀、火、铃、空、劫,迟娶免刑,紫微同,晚娶得谐老。

太阴入庙,男女得贵,美夫妇,加昌、曲,极美,加羊、陀、火、铃、空、劫、耗、忌,不克,主生离;太阳同,谐老;天同同,内助;天机同,美好,宜少年。

贪狼男女不得美,三次作新郎,入庙,宜迟娶;廉贞同,主克,加羊、陀、火、铃,主生离;紫微同,年长方可对。

巨门宜年长,定克欠和;太阳同,无四杀加,谐老;天机同,内助美貌;天同同,性聪之妻并头,加羊、陀、火、铃、空、劫,定克二妻,或主生离。

天相貌美贤淑,夫宜年长,亲上成亲;紫微同,谐老;武曲少和;廉贞同,入庙免刑,加羊、陀、火、铃、空、劫,也克。

天梁妻宜大,美容;天同同,和气;天机招美淑;加羊、陀、火、铃、空、劫,终不和顺。

七杀早克;武曲同,亦克,或迟娶免刑;廉贞同,主生离,加羊、陀、火、铃、空、劫,克三妻。

破军男女俱克,早娶主生离;武曲同,克三;廉贞亦克,且欠和;紫微同,宜年长之妻。

文昌妻少,内助聪明;天机、太阴同,主美容,不宜陷地,加羊、陀、火、铃、空、劫,深忌。

文曲相生,会太阴诸吉星,谐老;同昌、曲,妻妾多,加羊、陀、火、铃、空、劫、忌星,有克。

禄存相生无克,妻宜年少,并头迟娶者吉,加羊、陀、火、铃、空、劫,见截路空亡,孤单。

左辅、右弼谐老,加羊、陀、火、铃、空、劫;贪、廉同,宜年长刚强之妻;羊、陀入庙加吉星,迟娶免刑、或欠和,陷地早克,加日、月、巨、机、火、铃、武、杀,主生离。

火、铃星入庙加吉,无刑;陷地刑克。

天魁、天钺多主夫妇美丽。

天马坐妻宫,必主得妻财,加吉星同,主贵美夫妇。

斗君过度在妻宫,逢吉星,妻妾美,无灾克;逢恶星,主妻妾有灾厄。又看人本命妻宫,若克妻者,的主其年刑伤;妻妾若不克者,只断其年有灾。

四　子女

凡看子女,先看本宫星宿,主有几子,若加羊、陀、火、铃、空、劫、耗、杀、忌,主生子女有刑克。次看对宫有冲刑否?如本宫无星曜,专看对宫有何星宿,主有几子,若善星、贵星守子女宫,必主其人生子昌盛,贵显。若恶星又同刑杀守子女宫,不见刑克,主生强横破荡之子。又看三方四正,得南斗星多,主多生男,北斗星多,主多生女。若太阳落在阳宫,主先生男;太阴落在阴宫,主先生女。专看刑杀守本宫,无制化相生,必然绝祀。

日生最怕太阴临,夜生最怕太阳照。此星若在儿女宫,教君到老无儿叫。

紫微庙旺,男三女二,加左、右、昌、曲,有五人,加羊、陀、火、铃、空、劫,只一双,不然,偏室生者多,或招祀子居长。破军同,三人。天府同,加吉星,四、五人,加昌、曲、左、右,有贵子,若独守,再加空、劫,为孤君。

天机庙旺,二人,或庶生多。巨门同,一人。天梁同,在寅宫,有二、三人;在申宫,女多男少,只可一子。太阴同,二、三人,加羊、陀、火、铃、空、劫,全无子。

太阳入庙,男三女二,晚子贵。巨门同,三人。太阴同,五人,陷地有三子,不成器;再加羊、陀、火、铃、空、劫,止留一子送终。

武曲主一子,或侧室生者多。破军同,主刑,止有一人,加羊、陀、火、铃、空、劫,绝祀。贪狼同,晚招二子。天相同,先招外子,后亲生一子。七杀同,主孤,或伤残之子。

天同庙旺,五子,有贵。巨门同,三人。太阴同,五人,在午宫,陷地减半。天梁同,先女后男,有二子,守在申宫,只可留一子送终,在寅宫,加吉星,有三子,加羊、陀、火、铃、空、劫,见刑克,子少送终。

廉贞一人。天府同,主贵子三人。若贪狼、破军、七杀同,主孤,再加羊、陀、火、铃、空、劫,全无。天相同,有二子。

天府五人。武曲同,二人。紫微同,四、五人。廉贞同,三人,加羊、陀、火、铃、空、劫,止二人。

太阴女三男二,先女后男,庙旺,有贵子,陷地减半,招软弱之子,或虚花不成器。太阳同,五人。天机同,二人。天同同,五人,庙地无克,陷宫有克,加羊、陀、火、铃、空、劫,子少。

贪狼庙旺,二人,早有刑克。紫微同,三人。廉贞同,子少,加吉星,一人。武曲同,二人,先难后易。

巨门入庙,二人,先难后易。太阳同居,头一、二子易养,加羊、陀、火、铃,子少。天机同,一人,有吉星同,二人,加空、劫,全无。

天相无羊、陀、火、铃同,有二、三子成器。有杀,先招祀子,居长,亲生一子。紫微同,加昌、曲、左、右,有三、四人。武曲同,有二人,见羊、陀、火、铃、空、劫,必克,宜偏室生。

天梁庙旺,二人。加羊、陀、火、铃、空、劫,早克。天同同,加昌、曲、左、右,有吉星,有三人。天机同,有二人,加羊、陀、火、铃、空、劫,全无。

七杀主孤,一人之分。紫微同,再加吉星,有三人,见羊、陀、火、铃、空、劫,全无,纵有,不成器,必强横败家之子。

破军入庙,三人,刚强之子。紫微同,三人。武曲同,加昌、曲、左、右,有三人。廉贞同,一人,见羊、铃,相生有制,无刑,见空、劫、火、陀,子少。

左辅单居,男三女一。见紫微、天府诸吉星,主贵子;见武、杀、羊、陀、火、铃、空、劫,止二人,有也不成器。

右弼三人,加吉星,有贵子,见羊、陀、火、铃、空、劫,减半。

文昌三人,加吉星,更多,有擎、陀、火、铃、空、劫,只可一子之分。

文曲庙旺,有四人,陷地,有二、三人,加擎羊、陀罗、火、铃,子少。

禄存主孤,宜庶出,一螟蛉之子,加吉星,有一人,加火星诸杀,孤刑。

羊、陀陷宫,孤单,加吉星庙旺,有一人,如对宫有吉星多,无杀冲,亦有三、四人,见耗、杀、忌在本宫,绝嗣。

火星逢吉同,不孤,陷宫加杀,刑伤。

铃星独守,孤单,加吉星入庙,可许庶出,看对宫吉多,二、三人。

魁、钺单守,主有贵子。

斗君在子女宫过度,逢吉,子女昌盛,逢凶,刑克,或子破家。

五　财帛

紫微丰足仓厢,加羊、陀、火、铃、空、劫,不旺。破军同,先难后易。天相同,财帛蓄积。天府同,富足,终身保守。加左、右同,为财赋之官。七杀同,加吉,财帛横发。

天机劳心费力,生财。巨门同,闹中求取。天梁同,机关巧计生外财。太阴同,陷宫成败,加羊、陀、火、铃、空、劫,一生有成有败。

太阳入庙,丰足,陷宫,劳禄不遂。太阴同,加左、右吉星,发财不小。禄存同,操心得财致大富。巨门同,早年成败,中末亢盈。

武曲丰足,化吉,有巨万家资,无吉加,亦闹中进财。破军同,东来西去,先无后有。天相同,财帛丰盈,遇贵生财成家。七杀同,白手生财成家。贪狼同,三十年后方发财,加羊、陀、火、铃,不聚,极怕空亡。

天同,白手生财,晚发。巨门同,财气进退。天梁同,财大旺,加四杀、空、劫,或九流人生财成家。

廉贞在申、寅宫,闹中生财,陷宫,先难后遂。贪狼同,横发横破,见羊、火,极生横进之财。七杀同,闹中取。天相同,富足仓厢,加耗、劫、天空,常在官府中破财。

天府富足,见羊、陀、火、铃、空、劫,有成败。紫微同,巨积。廉贞、武曲同,加权、禄,为富奢翁。

太阴入庙,富足仓厢,陷宫,成败不聚。太阳同,先少后多。天机同,白手生财成家。天同同,财旺生身。禄存兼左、右同,主大富。

贪狼庙旺,横发,陷地,贫寒。紫微同,守现成家计,自后更丰盈,见火星,三十年前成败,后三十年横发，有声名。

巨门，白手生财成家，宜闹中取，气高之人横破。太阳同，入庙，守见成家计。天机同，财气生身，所作不一。天同同，白手成家，九流人吉，加羊、陀、火、铃、空、劫，破财多端。

天梁富足，入庙，上等富贵，陷宫，辛勤求财度日。天同同，白手生财，胜祖。天机同，劳心用力，发财不少，更改方见成家，加羊、陀、火、铃、空、劫，先难后遂，仅足度日而已。

天相富足。紫微同，财气横进。武曲同，加四杀，百工生财。廉贞同，商贾生财，加羊、陀、火、铃、空、劫、耗、忌，成败无积聚。

破军在子、午宫，多有金银宝贝蓄积，辰、戌旺宫，亦财盛，陷宫，破祖不聚。武曲同，守巳、亥宫，东来西去。紫微同，先去后生。廉贞同，劳碌生财，先难后遂，加空、劫，极贫。

文昌富足仓厢，加吉星，财气旺。巨门同，富，陷地，遇羊、陀、火、铃招败，贫寒儒辈。

文曲入庙，富足，加吉星，得贵人财，加羊、陀、火、铃、空、劫、耗、忌，东来西去，成败不遂。

左辅、右弼诸宫富足，会诸吉星，得贵人财，加羊、陀、火、铃、空、劫、耗、忌，主成败而不聚。

禄存富足仓箱，堆金积玉，加吉美，不待劳而财自足，加羊、陀、火、铃、空、劫、耗、忌，先无后有。

擎羊辰、戌、丑、未宫，闹中生财，陷地，破祖不聚，终身不能发达，只鱼、盐、垢污中生财。

陀罗闹中生财，陷宫，辛勤求财度日，加空、劫，东来西去。

火星独守，横发横破；陷宫，辛勤，加吉星，财多遂志。

铃星入庙独守，横发；陷地，孤寒，辛苦度日。

魁、钺主清高中生财，一生遂意。

斗君遇吉，其月发财，遇凶恶、空、劫、耗、忌星，其月损财，招口舌官非，为财而起。

六　疾厄

先看命宫星曜落陷，加羊、陀、火、铃、空、劫，化忌守照如何；又看疾厄宫星曜善恶，庙旺、落陷如何，断之。

紫微灾少。天府同，亦少。天相同，皮肤劳肿，加破军，血气不和，同羊、铃，主有暗疾，加空、劫，主疯疾及心气疾。

天机襁褓多灾，陷地，头面破相。巨门同，血气疾。天梁同，下部疾。太阴同，疮灾，加羊、火，陷宫，有目疾，四肢无力。

太阳头疯。太阴同，加化忌、羊、陀，主眼目有伤，陷宫，亦主目疾欠光明。

武曲襁褓灾迍，手足、头面有伤。羊、陀同，一生常有灾。天相同，招暗疾。七杀同，血疾。贪狼同，庙旺，无疾，陷地，加四杀，眼手足疾或痔疾、疯疮。

天同入庙，灾少。巨门同，心气疾。太阴同，加羊、火，血气疾。天梁同，加四杀，心气疾。

廉贞襁褓灾疮，腰足之疾，入庙，加吉，平和。遇贪狼同，陷地，眼疾，灾多。七杀、破军、天府同，灾少。

天府灾少，临灾有救。紫微同，灾少，加羊、陀、火、铃、空、劫，有疯疾。廉贞同，加劫、杀、空亡，半途伤残破相。

太阴庙旺，无灾，陷地，灾多，主痨伤之症，女人主有血气不和。若太阳同，加吉美，一生灾少，同羊、陀、火、铃，眼目疾。天机同，心气疾。天同同，加羊、陀，陷宫，主痨症，同火、铃，一生常有灾。

巨门少年浓血之厄。太阳同，有头疯症。天同同，下部疾气疯症，加羊、火，酒色之疾，加忌，有耳目之忧。

天相灾少，面皮黄肿，血气之疾。紫微同，灾少。武曲同，加四杀，破相。廉贞同，加空、劫，手足伤残。

七杀幼年多灾，长主痔疾。武曲同，加四杀，手足伤残。廉贞同，目疾，加擎羊，四肢有伤残。

破军幼年疮癞，浓血羸黄。武曲同，目视疾。紫微同，灾少。廉贞同，加羊、火，四肢有伤残。

文昌独守，灾少，加羊、陀、火、铃、空、劫，灾多，同诸吉星，一生无灾。

文曲灾少，加吉星，一世无灾，加羊、陀、火、铃、空、劫，坐陷宫，灾有。

左辅独守，平和，加吉星，灾少，见羊、陀、火、铃、空、劫，常有灾。

右弼独守，逢灾有救，见羊、陀、火、铃、空、劫，灾多。

禄存少年多灾，加吉星，灾少，见羊、陀、火、铃，四肢必伤残，加空、劫，致暗疾延生。

擎羊有头疯之症，或四肢欠力，头面破相，延寿，加吉星，灾少。

陀罗幼年灾磨唇齿，头面有伤，破方可延寿。

魁钺主一生灾少，身体健旺伶俐。

斗君遇吉，身心安宁，其年无灾，遇凶杀，本生人有畏忌，其年灾多。

七　迁移

紫微同左、右出外，贵人扶持，发福。天府同，出入通达。天相同，在外发财，破军同，贵人见爱，小人不足，加羊、陀、火、铃、空、劫，在外不安静。

天机出外遇贵，居家有是非。巨门同，动中则吉。天梁同，出外称意。太阴同，忙中吉，加羊、陀、火、铃，在外多是非，身不安静。

太阳宜出外发福，不耐静守。太阴同，出外忙中吉。巨门同，劳心，加羊、陀、火、铃、空、劫，在外心身不清闲。

武曲闹忙中进步，不宜静守。贪狼同，作巨商。七杀、破军同，身心不得静守，加羊、陀、火、铃，在外多招是非。

天同出外遇贵人扶持。巨门同，劳心。太阴同，辛苦。天梁同，贵人见爱，加羊、陀、火、铃、空、劫，在外少遂志。

廉贞出外通达近贵，在家日少。贪狼同，闹中立脚。七杀同，在外广招财。天相同，动中则吉，加羊、陀，并三有凶杀，死于外道。

天府出外遇贵人扶持，同紫微发福，廉贞、武曲闹中取财，作巨商。

太阴入庙，出外遇贵，发财，陷宫，招是非。太阳同，极美。天机同，欠宁静。天同同，在庙旺地，出外白手生财成家。

贪狼独守，在外劳碌，闹中横进财。廉贞同，加四杀，在外艰辛。武曲同，作巨商，加羊、陀、火、铃、空、劫、耗、杀，流年遭兵盗劫掠。

巨门出外劳心，不安，与人不足，多是非，加羊、陀、火、铃、空、劫，愈甚。

天相出外贵人提携。紫微同，吉利。武曲同，在外发财。廉贞同，加羊、陀、火、铃，招是非，下人不足。

天梁出外近贵，贵人成就。天同同，福厚。天机同，艺术途中走。

七杀在外日多，在家日少。武曲同，动中则吉。廉贞同，在外生财。紫微同，在外多遂志，加羊、陀、火、铃、空、劫，又操心不宁，或流荡天涯。

破军出外劳心不宁，入庙，在外峥嵘，加羊、陀、火、铃，奔驰巧艺走途中，加文昌、文曲、武曲相会，优伦之人。

文昌出外遇贵发达，小人不足，加羊、陀、火、铃、空、劫，在外欠宁。

文曲在外近贵，加吉星，得财，加羊、陀、火、铃，少遂志。

左辅动中贵人扶持，发福，加羊、陀、火、铃，下人不足，多招是非。

右弼出外遇贵人扶持，发达，不宜静守，加羊、陀、火、铃、空、劫，在外与人有争竞。

禄存出外衣禄遂心，会羊、陀、火、铃、空、劫，与人多不足意。

擎羊入庙，在外衣禄遂心，加吉星，闹中发财，陷地，有成败，小人多不足。

陀罗会吉星，在外遇贵得财，陷地加羊、火、铃、星、空、劫，下人不足，多招是非。

火星独守，出外不安。加吉星，闹中进财。加羊、陀、空、劫，招是非，在外少遂志。

铃星有吉星，同出外吉，加羊、陀、空、劫，不足，招是非。

斗君过度遇吉，动中吉，遇凶杀，动中有口舌。

八　奴仆

紫微成行得力旺，主生财，加擎羊、火、铃、陀罗，欠力。破军同，先难后有招。天相同，得力，加空、劫，招怨逃走。

天机入庙得力，陷宫怨主。天梁同，晚招。太阴同，欠力。巨门同，加吉星，有奴婢，加擎、陀、火、铃、空、劫，全难招。

太阳入庙旺，主发财；陷宫，无分，有也怨，主会走。太阴同，多招。巨门同，有多招怨，加羊、陀、火、铃，奴则背主。

武曲旺宫，不少，一呼百诺。天府同，多奴多婢。破军同，招怨，会走，末年有招。天相同，得力。七杀同，背主。贪狼同，欠力。

天同得力，旺相。巨门先难后易。太阴同，得力。天梁同，助主，加羊、陀、火、铃，有背主之奴；若见空、劫，则怨主，会走。

廉贞陷地，奴背主，晚年方招得，入庙，一呼百诺。贪狼同，欠力。七杀同，背主。天府同，多奴多婢，加羊、陀、火、铃，不旺，会走。

太阴庙地，得力成行。太阳同，多奴多婢。天机同，欠力。天同同，旺主，加羊、陀、火、铃、空、劫,虽有而走陷地全无。

天府得力,一呼百诺。紫微同,助主卫家。武曲同,奴仆多。加羊、陀、火、铃、空、劫,多背主逃走。

贪狼初难,招财主之奴,陷地全无。廉贞同,亦少。紫微同,乏奴仆,加羊、陀、火、铃、空、劫,虽有难育。

巨门入庙,早年不得力,招是非,不能久居。太阳同,助主卫家,天机同,不一心。天同同,末年招得。

天相末年招得。紫微同,多奴婢。武曲同,怨主。廉贞同,末年可招,加羊、陀、火、铃、空、劫,欠力,逃走。

天梁奴多,旺主。天同同,有卫家之奴。天机同,不一心。

七杀欺主,有刚强之仆,多盗家财。武曲同,背主。廉贞同,欠力,加羊、陀、火、铃、空、劫,全难招。

破军入庙,得力,陷宫,招怨背主。武曲同,违背。紫微同,得力。廉贞同,欠力,加羊、陀、火、铃、空、劫,难招。

文昌入庙,独守,得力助主,加羊、陀、火、铃、空、劫,虽有,背主。

文曲入庙,得力,陷宫无分,加羊、陀、火、铃、空、劫,怨主逃走。

左辅独守,旺相,一呼百诺,加羊、陀、火、铃、空、劫、耗、忌,背主难招。

右弼独守,成行,加羊、陀、火、铃、空、劫、耗、忌,背主盗财而走。

禄存奴仆多,加吉星,卫主起家,见羊、陀、火、铃、忌、耗,欠力。

擎羊背主招怨,不得力,有也不长久。入庙,晚年方可招。

陀罗奴仆欠力,怨主,入庙,加吉星有分。

火星独守,怨主,不得力,加吉星,入庙,可招一二。

铃星独守,不得力,恨主,会吉星入庙,助主卫家,加空、劫、耗、忌,全欠力。

斗君过度,逢吉星,则奴仆归顺,逢凶忌耗杀,或恨主而走,或因奴仆而招是非。

九　官禄

紫微庙旺,遇左、右、昌、曲、魁、钺,轩胜,位至封侯伯,加羊、陀、火、铃,平常。天府同,权贵名利两全。天相同,内外权贵清正。破军同,闹中安身。

天机入庙,权贵,会文曲,为良臣,不见羊、陀、火、铃方宜。天梁同,文武之材。太阴同,名振边夷,陷宫,退官失职,吏员立脚。

太阳入庙,文武为良,大贵。不见羊、陀、火、铃,吉。太阴同,贵显。左、右、昌、曲、魁、钺同,更加科、权、禄,定居一品之贵。

武曲入庙,与昌、曲、左、右同宫,武职峥嵘,常人发福,会科、权、禄,为财赋之官。贪狼同,为贪污之官。破军同,军旅内出身与安身。七杀同,横立功名,陷宫及羊、陀、火、铃、空、劫、忌,手艺终身,功名无分。

天同入庙,文武皆宜,无羊、陀、火、铃,吉。巨门同,先小后大。太阳同,加权、禄,吉美。

天梁同，权贵。太阴同，陷宫，胥吏论。

廉贞入庙，武职权贵，不耐久。贪狼同，闹中权贵。紫微会三方，文职论。七杀同，军旅出身。天相、天府同，衣锦富贵。

天府入庙，文武皆吉，无羊、陀、火、铃、空、耗全美。紫微同，文武声名。廉贞、武曲同，权贵。见空、劫，平常。

太阴入庙，多贵，陷地，气高横破难显达，会太阳，昌、曲、左、右，三品之贵。天同同，文武皆宜。天机同，闹中进身，吏员立脚。

贪狼入庙，遇火、铃，武职掌大权。紫微同，文武之职，权贵非小，陷宫，贪污之官，加羊、陀、空、劫，平常。

巨门入庙，武职权贵，文人不耐久。太阳同，有进退，入庙久长。天机同，在卯宫吉美，在酉宫虽美无始终，陷宫遭悔吝，加羊、陀、火、铃、空、劫、更不美，退官卸职。

天相入庙，文武皆宜，食禄千钟，陷地成败。紫微同，权贵。昌、曲、左、右同，权显荣贵。武曲同，边夷之职。廉贞同，峥嵘权贵，加羊、陀、火、铃、空、劫，有贬谪。

天梁庙午，会左、右、魁、钺，文武之材。天同同，权贵不小。天机同，峥嵘贵显，加羊、陀、火、铃、空、劫，平常。

七杀庙旺，武职峥嵘，权贵非小，不宜文人。武曲同，权贵。廉贞同，功名显达。

破军庙旺，武职轩胜。武曲同，加权、禄、文昌、文曲，显达，加羊、陀、火、铃，平常。紫微同，功名振扬。廉贞同，文人不耐久，胥吏最美。

文昌入庙，太阳同，加吉科、权、禄，文武之材。同天府、文曲，富贵双全。

文曲庙旺，文武皆宜，陷宫，与天机、太阴同宫，胥吏权贵。会紫、府、左、右，近君颜而执政。加羊、陀、火、铃、空、劫，平常。

左辅入庙，文武之材，武职最旺，不利文人。会吉星，身中清，文武皆良，见羊、陀、火、铃、空、劫，进退声名。

右弼宜居武职，不利文人。与紫、府、昌、曲同，财官双美，陷宫成败，有贬谪，见羊、陀、火、铃、空、劫，亦有黜降。

禄存会吉，文武皆良，财官双美，子孙爵秩，诸宫为美。

擎羊入庙，最利武职，同吉星，权贵，陷地平常，虚名而已。

陀罗独守，平常，加吉星，亦虚名而已。

火星，晚年功名遂心，早年成败。会紫微、贪狼吉，陷地不美。

铃星独守旺宫，吉，陷地不美，加诸吉星，权贵。

斗君遇吉，其年月财官旺，逢凶忌，财官不显达，有劳碌奔波。

定公卿

辅弼星缠帝座中，高官三品入朝中。

空亡恶杀三方见，只是虚名受荫封。

定两官府

昌曲二曜最难逢，建节封侯笑语中。

若然凶杀来临破，须然好处也成凶。

定文官

文官昌曲挂朝衣，官禄之中喜有之。

紫相更兼权禄左，定居风宪肃朝仪。

定武官

将军武曜最为良，帝座权衡在禄乡。

辅弼二星兼拱照，金鱼玉带佐皇王。

定曹吏

太阳化吉在阳宫，更有光辉始不凶。

若逢紫微兼左右，一生曹吏逞英雄。

十　田宅

紫微茂盛，自置旺相，加羊、陀、火、铃、空、劫，有置有去。破军同，退祖。天相同，有见成家业，得左、右、昌、曲夹辅，大富田庄。

天机退祖，新创置。巨门同，在卯宫，有田园，在酉宫，不守祖业，先大后小。天梁同，有置，晚年富。太阴同，自置旺相。

太阳入庙，得祖业，初旺末平。太阴同，加吉星，田多。巨门同，在寅宫，旺盛，在申宫，退祖不为，无田产，陷地逢羊、陀、火、铃、空、劫，全无。

武曲单居旺地，得祖父大业，陷地退后方成。破军大耗同，破荡家产，有也不耐久。天相同，先见破，后方有。七杀同，心不欲。天府同，守见成家业。贪狼同，晚置，见火、铃星同，极美，田产茂盛。同空、劫，有进有退。

天同先少后多，自置甚旺。巨门同，田少。太阴同，入庙大富。无梁同，先退后进，加羊、陀、火、铃、空、忌，全无。

廉贞破祖。贪狼同，有祖业，不耐久。七杀同，自置。天府同，守见成家业。天相同，先无后有。

天府田园茂盛，守祖自置旺相。紫微同，大富。廉贞、武曲同，守祖荣昌，见羊、陀、火、铃、空、劫，更少有成败。

太阴入庙，田多，陷地加忌，及羊、陀、火、铃、空、劫，田全无。天机同，自创置。天同同，白手自置，同左、右、权、禄及禄存，主多田产。

贪狼陷宫退祖，一曲田少，庙旺，有祖业也去，中末自有置。廉贞同，无分。紫微同，有祖业。武曲同，晚置，见火、铃星，守祖业，有自创，但恐火焚屋宅。

巨门庙旺，横发置买，陷地无分，因田产招非。太阳同，先无后有，加羊、陀、火、铃、空、劫，田宅全无。

天相庙旺，有分。紫微同，自置。武曲同，无分。廉贞加羊、陀、火、铃、空、劫，飘零祖业。

天梁入庙旺，有祖业。天同同，先难后易。天机同，不见羊、陀、火、铃、空、劫，终有田宅。

破军在子、午宫，守祖业荣昌，但见有进退，加羊、陀、火、铃，退祖田少。紫微同，有见成家业。廉贞同，先破后有置，耗忌，全无。

文昌会诸吉,田园广置,加羊、陀、火、铃、空、劫,败祖。

文曲旺地,有分,守祖业,加吉星,自置。同羊、陀、火、铃、空、劫凑,有进有退。

左辅有祖业,加羊、陀、火、铃、空、劫,退祖,田地少,会吉星,多。

禄存田园多旺,自置,会吉星,承祖业荣昌,加羊、陀、火、铃、空、劫,田宅少。

擎羊入庙,先破后成,陷地加空、劫,退祖业。

陀罗退祖,辛勤度日,加吉星,先无后有,加空、劫,全无。

火星独守,退祖业,会吉星,先无后有,加空、劫,全无。

铃星退祖入庙,加吉星,自有置,见空、劫,全无。

斗君过度,遇吉星,其年田产倍进,逢凶杀忌耗,退败。

十一　福德

紫微福厚,享福安乐。天府、天相同,终身获吉。破军同,劳心费力不安。加羊、陀、火、铃、空、劫,福薄。天府同,享福终身。

天机先劳后逸。巨门同,劳力欠安。天梁同,享福。太阴同,主快乐,加羊、陀、火、铃、空、劫,奔走,不得宁静。

太阳忙中发福。太阴同,快乐。巨门同,费力欠安。天梁同,快乐。女人会吉星,招贤明之夫,享福,加羊、陀、火、铃、空、劫、耗、忌,终身不美之论。

武曲劳心费力,入庙,安然享福。破军同,东走西行,不宁静。天相同,老境安康。七杀同,欠安妥。贪狼同,晚年享福,见火、铃星,安逸,加羊、陀,操心得财。

天同快乐,有福有寿。巨门同,多忧少喜。太阴同,享福。天梁同,清闲快乐。

廉贞独守,忙中生福。天相同,有福有寿。天府同,安乐无忧。破军同,不守静,劳心费力。再加羊、陀、火、铃,劳苦终身,末年如意。

天府安静享福。紫微同,快乐。廉贞同,身安心忙。武曲同,早年更辛苦,中晚安乐享福,加羊、陀、火、铃、空、劫、耗、忌,劳苦过日。

太阴入庙,享福快乐。太阳同,极美,僧道亦清洁享福。天机同,心忙。天同同,安静无忧,加羊、陀、火、铃、空、劫,有忧有喜,不得宁静。

贪狼劳心不安。廉贞同,福薄。紫微同,晚年快乐。

巨门劳力不安。太阳同,有忧有喜,天机同,心忙不安。天同同,享福,加羊、陀、火、铃、空、劫,生平多忧。

天相安逸享福,有寿。紫微同,快乐。天机同,忙中吉。太阳同,福寿双全,加羊、陀、火、铃、空、劫,亦不得心静。

七杀入庙享福,陷地加羊、陀、火、铃、空、劫,劳心费力。武曲同,欠安。廉贞同,辛勤。紫微同,先劳后逸,末年方如意遂心。女人单居福德,则必为娼婢。

破军劳心费力。武曲同,欠安。廉贞同,辛勤。紫微同,安乐,加羊、陀、火、铃、空、劫,操心不得宁静。

文昌加吉星入庙,享福快乐,陷地遇羊、陀、火、铃、空、劫,心身俱不得宁静。

左辅加吉星,享福独守,晚年安宁,加羊、陀、火、铃、空、劫,辛勤。

右弼生平福禄全美,加吉星,一生少忧,见羊、陀、火、铃、空、劫凑,劳心欠安。

禄存终身福厚,安静处世,加吉星,有喜有福,见羊、陀、火、铃、空、劫,心身不为宁静。

魁、钺有贵人为伴,享福快乐。

擎羊入庙,动中有福,陷宫,劳心欠力,得吉星同,减忧,独守,身心不安。

陀罗独守,辛勤,入庙,有福禄,陷地,奔驰,加吉星,晚年有福。

火星欠安,劳力辛勤,加吉星,晚年遂志。

铃星劳苦,加吉星,平和;独守,辛勤。

斗君遇吉,其年安静,逢凶杀,欠宁。

岁君、大小二限不过,逢吉则享福,逢凶则劳力辛苦。

十二　父母

凡看父母,以太阳星为父,太阴星为母。太阳在陷宫,主先克父;太阴星在陷宫,主先克母。如二星俱在陷地,只以人之本生时,日生者主父存,夜生者主母在。若夜生者,太阴星主母存,反背不明,主母先克;日生时者主父在,反背暗晦,主父先克。余试之屡验矣,学者宜心识之。先有本宫某星主刑克,又加恶杀,的以刑克断之,据理参详,在乎人之自悟耳。

紫微无克。天府同,亦无刑,加羊、陀、火、铃、空、劫,亦克。天相同,无刑。贪狼同,无杀加,亦无刑。破军同,早克。

天机庙旺,无刑,陷地逢羊、陀、火、铃、空、劫,二姓寄居,重拜父母,或过房入赘。太阴同,免刑。天梁同,无刑。俱要无杀加,有杀加也不免刑伤。巨门同,早刑。

太阳入庙,无克,陷地克父,加羊、陀、火、铃、空、劫,克父母早。太阴同,看无羊、陀凑,父母全,迟刑。巨门同,加四杀、空、劫,克早。天梁同,无刑。

武曲克早,退祖业不刑。贪狼同,刑克。七杀同,有刑。天相同,加羊、陀、火、铃、空、劫,刑伤。

天同独守庙旺,无刑,加四杀,重拜父母。巨门同,欠和。太阴同,父母双全。天梁同,无刑,或退祖业,加羊、陀、火、铃、空、劫,父母不全。

廉贞难为父母,弃祖重拜。贪狼同,早刑。七杀孤克。天府同,免刑。破军同,刑早,加羊、陀、火、铃、空、劫,父母俱不周全。

天府父母双全。紫微同,亦无刑。廉贞、武曲同,在庙旺地,无刑,加羊、陀、火、铃、空、劫,主伤。

太阴入庙,无克,加羊、陀、火、铃,克母,不然过房弃祖。太阳同,无四杀,父母双全。天机同,无刑。天同同,极美。

贪狼陷地,早弃祖重拜,过房入赘。廉贞同,早刑,主孤单。紫微同,无杀加,双全。

巨门陷地,伤克,弃祖过。太阳同,少和。天机同,重拜。天同同,或退祖,无刑,加羊、陀、火、铃、空、劫,父母不周全。

天相庙旺,无刑。紫微同,无刑。武曲同,刑克。廉贞同,亦刑,加羊、陀、火、铃、空、劫,早刑。

天梁陷地,加羊、陀、火、铃,孤克,弃祖入赘,更名,寄人保养,免刑。天同同,加四杀,有刑;无杀,无刑。天机同,无刑。太阳同,克迟,加四杀、空、劫,亦克早。

七杀克早离祖,六亲骨肉孤独。武曲同,亦刑。廉贞同,刑早。紫微同,加吉星,无刑,加羊、陀、火、铃、空、劫,父母不周全。

破军克早离祖,更名寄养,免刑。武曲同,克早。廉贞同,亦早克。紫微同,无刑。

文昌加吉星入庙,无刑,加羊、陀、火、铃,有刑,或退祖,二姓延生。

文曲独守入庙,无刑,加羊、陀、火、铃、空、劫,父母俱不周全。

左辅独守,无刑。廉贞同,早刑,加文昌相生,无刑,加羊、陀、火、铃,刑伤,退祖,二姓延生。

右弼独守,无刑,加吉星,得父母庇荫,见羊、陀、火、铃凑,离祖,二姓安居。

禄存无克,加空、劫、羊、陀、火、铃,早年有破父财,且刑伤,中末自成家计。

擎羊刑克早,会日、月,重重退祖,加吉星,众免刑。

陀罗幼年刑伤,会日、月,重重退祖,二姓安居,加吉星,入赘过房,或重拜,二姓延生。

火星独守,孤克,二姓延生,加吉星,平和。

铃星刑克,孤单,二姓安居,重拜父母,入赘过房。

魁、钺主父母荣贵,同吉星,双全。

斗君过度,逢吉父母吉利,无灾伤,得安逸,内外有喜,遇凶则父母不利。

谭星要论

看身命禄马不落空亡,天空截空最紧,旬空次之。第一看命主吉凶、庙旺、化吉、化忌、生克;次看身主吉凶生克;三看迁移、财帛、官禄、三方星辰、刑冲克破;四看福德宫、权、禄、劫、空庙陷。

以福德对财帛宫也,身、命、迁移、财、官、福德六宫,名曰八座,俱在庙旺,聚吉化吉,富贵高寿;六宫俱陷,聚凶化忌,夭寿贫孤。若卯、酉时生人者,尤紧,外有田宅、疾厄。已录于后。又看父母、妻、子三宫,俱有劫、空、杀、忌,则僧道之命,否则孤独贫穷。若命宫无正曜者,财、官二宫有吉星拱照,富贵全美,或偏房庶母所生,三方有恶星冲照,或二姓可延生,离祖可保成家。

如命官有正曜吉星,庙旺化吉,三方又有吉星会合,上上之命。如无正曜吉星,三方有吉,上次之命。命宫星辰,无吉无凶,或吉凶相半者,如三方亦有中等星辰为中格。如命宫星辰入庙旺,三方有恶星守照破格,及命星陷背,加羊、陀、化忌、劫,得十干禄元来相守化吉,亦为中等之命。

若命无吉星,反有凶杀化忌,无禄落陷,为下格之命。三方有吉星,亦可为中等。先小后大,不能久远,终为成败夭折论。若安命星缠陷地,又加凶杀化忌,三方又会羊、陀、火、铃、空、劫,为下格贫贱,二姓延长,奴仆之命,否则夭折,六畜之命。

论人命入格

如命入格，庙旺聚吉，科、权、禄守，上上之命。不入庙加吉，化吉，科、权、禄，上次之命。不入庙，不加吉，平常命。入庙不加吉，中等。若居陷地，又加杀化忌，为下格之命。不以入格而论也。又入格不化吉而化凶，只以本命吉凶多寡而断之。

论格星数高下

紫、府与数相合何如？

紫微南北斗中天帝王，天府乃南斗主，又有阴、阳相半者。若阴阳不相半，又数不相生，为下格。阴阳纯一为中格。又三方、四正皆吉星，为上格；吉凶相半守照，为中格；绝是恶杀为下格，凶徒论。

凡星得上格，而数得上格，为第一人臣；星得上格，而数得中格，为第二，位至三公；星得上格，而数得下格，为第三，位至六卿。皆为上格上寿之人。

星得中格，而数得上格，为第四，位至监司；星中数中，为第五，位至县令；星中数下，为第六，异路前程贵显。皆为中等享福之人也。

又星得下格，而数得上格，为第七，衣禄丰足，富比陶朱，子孙蕃盛，寿享遐龄，以星虽凶，而又入格合局故也。再否虚名虚利，星下数中，为第八，衣食无亏。星下数下，为第九，辛苦奔波，贫穷夭折。

上中下三等，依理而断也，则上可以知祖宗之源流，下可以知子孙之昌盛也。

论男女命同异

男女命不同，星辰各别。男命先看身命；次看财帛、官禄、迁移，俱要庙旺为吉，败陷聚凶为凶；三看福德、权、禄、劫、空庙陷吉忌。外看田宅、妻妾、疾厄宫吉凶，已录于后。又看父母、妻、子三宫，俱有劫、空、杀、忌，则僧道之命，否则贫穷孤独。须要仔细参详，方可断人祸福荣枯。

女命先看身命吉凶，如贪狼、七杀、擎羊则不美；次看福德宫吉凶，若七杀单居福德，必为娼婢；三看夫君；四看子媳、财帛、田宅，若桃花刑杀，要败绝空亡为吉。若诸吉庙旺不佳，虽是艰辛贫困，亦不为下贱夭折论。女因夫贵，女命贵格，反为无用，以子媳、夫君、福德为正强，田宅、财帛为次强，以官禄、迁移七宫为陷。

论小儿命

小儿博士、力士，上短下长；青龙、将军，腮小头圆。大耗鼻仰唇缩，死符病符，声高性雄。官府、奏书逢恶曜，落地无声；白虎、太岁遇七杀，幼弱遭伤。须分生克制化之垣，更看时禄之衰之地，后观关杀，方知寿夭穷通。

凡小儿初生，命中星辰庙旺、大小二限未行断，其灾少易养，父母无克。若命坐恶杀及缠陷地，大小二限未行断，其灾多难养，刑克父母。

定小儿生时诀

子午卯酉单顶门，或偏左边二三分。
寅申巳亥亦单顶，偏居右去始为真。
辰戌丑未是双顶，胞胎受定正时辰。

又：

子午卯酉面向天，寅申巳亥侧身眠。
辰戌丑未脸伏地，临盆当试用心坚。

论人生时安命吉凶

凡男女生在寅、午、戌、申、子、辰六阳时，安命在此六阴宫者吉。生在巳、酉、丑、亥、卯、未六阴时，安命在此六宫者吉。反此则少遂。

论人生时要审的确

如人生子、亥二时，最难定准，要仔细推详。如子时有十刻，上五刻属昨夜亥时，下五刻属今日子时。如天气阴雨之际，必须罗经以定真确时候，若差讹，则命不准矣。

论小儿克亲

如寅、午、巳、酉生人，见辰、戌、丑、未时最毒。子、申、亥、卯生人次之。若寅、亥、巳生人，见午、申、酉、亥时，主无克父，出十六岁刚不妨。若辰、巳、丑、未生人，见子、午、卯、巳、亥、申、酉生时者，主先克母。

论命先贫后富

人生于富贵之家,一生快乐享福,财官显达,妻荣子贵,奴仆成行,声名昭著,其间有半途遭伤,人离财散,官非火盗,身丧家亡,此等之命,非命也,却是限步,逢大小二限,及太岁相冲照,又加凶杀守临,故此破败,不贫即损寿也,所谓先成后败,先大后小也。

又有人命,出身微贱,营活生理,百工巧艺,九流医术,又为农圃等辈,初历艰辛度日,却乃中末,平地升腾发财,惊骇乡邦,因生在中庸之局,后因限步相扶,星辰逢吉曜庙旺,以此突然发达进禄,所谓先贫后富、先小后大是也。

论大限十年祸福何如

宫分星缠全吉,庙旺得地,无擎羊、陀罗、火、铃、空、劫者,主十年安静,人财全美。若限内有擎羊、陀罗、火、铃、空、劫、忌星为伴,成败不一。

如宫分星缠陷地,值擎羊、陀罗、火、铃、空、劫、忌,又加流年恶杀凑合,及小限巡逢凶杀,则官灾死亡立见。大限将出,有吉星众者无灾悔,少者灾多,损人破财不利。

凡行至寅、申、巳、亥、子、午宫,遇紫微、天府、天同、太阳、太阴、昌、曲、禄存,禄主吉星,主人财兴旺,添丁进口之庆。行至辰、戌、丑、未、卯、酉,遇恶杀、廉贞、天使、羊、陀、火、铃、空、劫,忌星,主人酒色荒迷,贫乏死生。遇左、右、昌、曲,仕宦迁官加职,士民生子发财,妇人喜事,僧道亦利,商贾得益。

凡大小二限及太岁,怕行天伤、天使夹地,怕行天空、地劫之地,怕行擎羊、陀罗之地,及羊、陀冲照,怕脱凶限,怕逢凶限,又怕伤、使、劫、空、羊、陀并夹岁、限。如天伤在子,天使在寅,岁限在丑宫,乃并夹也。羊、陀命尚且无用,况夹限乎?若逃得过,须看寿星、紫微、天同、天梁、贪狼坐命可解,更须看月值恶杀,日值恶杀,加凑人小岁刀口时,五者参详吉凶推断。

太岁行至奏书、将军、直符、天使、天伤、羊、陀、火、铃、空、劫、忌星,逢一二位,主人离财散,疾病哭泣之兆。若岁限犯重,月日一二位,又逢忌星合者,官吏遭谪,常人招横事,妇人损胎,病者死亡。若恶杀在不得地,如风雨暴过,若岁限临,无吉星,命中无救,其年难过,必死。

论二限太岁吉凶

须详大限独守,吉凶何如;小限独守,吉凶何如;太岁独守,吉凶何如。岁限俱凶则凶。

又看大限与小限相逢,吉凶何如;大限逢太岁,吉凶何如;小限逢太岁,吉凶何如,祸福所定。

又看太岁冲大限、小限,太岁冲羊、陀、七杀,然后可断寿夭荣枯。

论行限分南北斗

阳男阴女南斗为福，阴男阳女北斗为福。
北斗诸星吉凶，大限断上五年应，小限断上半年应。
南斗诸星吉凶，大限断下五年应，小限断下半年应。

论流年太岁逢吉凶星杀

凡太岁，看三方对照，星辰吉凶何如，以定祸福。太岁在命宫行者，祸福尤紧。如命在子宫，太岁到子，又癸生人，逢吉则吉，遇凶则凶。

论阴骘延寿

阴骘延寿生百福，虽然倒限不遭伤。假如有人，大小二限及太岁到凶陷地，有延过寿去不死者，还是其人曾行阴骘，平日利物济人，反身修德，以作善降祥，虽凶不害，如宋郊编荻桥渡蚁是也。又如诸葛亮火烧藤甲军，伤人太毒，减寿一纪，当以此参详。

论羊陀迭并

如庚生人，命在卯宫，迁移在酉宫，如遇羊、陀，流年亦庚禄居申，流年在酉，流陀在未，是命在卯宫，原有酉宫，擎羊冲合流年，又遇流羊、流陀，谓之羊、陀迭并。

论七杀重逢

如命中三合原有七杀守照，而流年又遇流羊、流陀冲照，谓之七杀重逢，二者为祸最毒，入庙，灾晦减轻，如陷地逢忌，及卯、酉遇擎羊，为闲宫，午生人不利也。然七杀逢吉曜众，亦转凶化吉，不可一概论凶。擎羊、陀罗、七杀逢紫微、天相、禄存三合拱照，可解。

诗曰：

羊陀迭并命难逃，七杀重逢祸必遭。
太岁二限临此地，十生九死不坚牢。

论大小二限星辰过十二宫遇十二支人所忌诀

遇此主灾悔、官非、孝服、火、盗、破财、刑伤，死亡立见。

人生子命忌寅申，

假如子年生人，切忌寅、申岁限，灾悔至重，及忌子、午岁限相冲。

丑午生人丑午嗔。

假如丑生人，忌午、丑岁限；午生人，亦忌丑、午岁限，及忌七杀星，灾悔极重。

寅卯之人防巳亥，

假如寅、卯生人，忌巳、亥岁限，及忌卯、酉、寅、申相冲。

蛇龙切忌本身临。

假如巳生人，忌逢巳年，及忌行到巳限。辰生人，忌行辰年，及忌行到辰限，为天罗。又忌行到戌，为地网。限遇此主灾殃、水厄之险，官非破财，忧制连连。

申人铃火灾殃重，

假如申生人，忌逢火、铃二星，必主灾悔至重，及忌寅年冲。

未遇猪鸡墓患殷。

假如未生人，忌逢酉、亥岁限，又忌见擎羊在四墓宫。

戌亥羊陀须避忌，

假如戌、亥生人，忌遇羊、陀，灾重。戌生人，又忌行到戌宫岁限，为地网。又忌行到辰宫岁限，为天罗。谓之辰、戌相冲，不美。

酉人陀刃亦非亲。

假如酉生人，亦忌羊、陀星岁限，及忌行卯宫限，及卯年岁君相冲。

歌曰：

猪犬生人莫遇陀，辰戌切忌到网罗。
预先整顿衣冠木，未免生人唱挽歌。

论立命行限宫歌

歌曰：

金人遇坎命须伤，木命逢离有祸殃。
水遇艮宫应蹇滞，火来兑上祸难藏。
土到东南逢震巽，须防脓血及惊慌。
纵然吉曜相逢照，未免官灾闹一场。

论太岁小限星辰庙限遇十二宫中吉凶

依此判断人行年灾患,应如神。

子年太岁并小限到子宫,入庙化吉。
七杀、破军在子宫,守岁限,癸、庚、己人发福。
巨门、天机,乙、癸生人发福。
天府、天相、天梁,丁、己、庚生人财旺遂心。
天同,丙、丁生人,财官双美。

子年太岁并小限到子宫,不入庙,化凶。
紫微在子宫守命及岁限,丙、戊、壬生人悔吝,破财灾殃。

子年太岁所值吉凶星
禄存、天机、天同、太阴、昌、曲、辅、弼、破军、天相、廉贞、武曲、天府、巨门、七杀,可断其年人财两美,事事遂心。若遇贪狼、紫微、天梁、忌星、太阳、擎羊,便断人财耗散,官灾孝服,口舌本身灾悔不宁,减半论之。

丑年太岁并小限到丑宫,入庙化吉。
天机在丑守命,丙、辛生人发旺。
天相,戊生人发旺。
太阴、武曲、丙、戊生人发旺。
天府、廉贞,戊生人发旺。
天梁,丙、戊、辛生人发旺。

丑年太岁并小限到丑宫,不入庙,化凶。
天机在丑守命,戊人悔吝。
太阳星,甲、乙生人悔吝。
天机,丙、辛、癸生人悔吝。
武曲星,壬、癸生人悔吝。
天同、廉贞,丁、庚生人招官非。

丑年太岁所值凶星
紫微、天相、天机、天梁、太阴、天府、禄存、七杀、廉贞、破军、昌、曲、天机、辅、弼,可断其年人财进益,事事遂心。若遇天同、巨门、武曲、贪狼、忌宿、太阳、火星、擎羊,便断其年人散耗散,官灾、口舌、孝服,本身遭悔,减半论之。

寅年太岁并小限到寅宫,入庙化吉。

紫微、太阳、武曲、天梁、七杀,甲、庚、丁、己生人,财官双美。

寅年太岁并小限到寅宫,不入庙,化凶。

廉贞、贪狼、破军在寅,丙、戊生人招官非。子生人,不喜寅、申岁限。

寅年太岁所值吉凶星

紫微、天府、天机、太阴、武曲、七杀、天同、天相、太阳、巨门、天梁,便断其年人财进益,作事遂心。若遇贪狼、陀、忌,便断其年人财破散,官非、孝服,本身见灾,减半论之。

卯年太岁并小限到卯宫,入庙化吉。

紫微、天机、太阳、天相、天府、天同、武曲在命,乙、辛生人发旺。

卯年太岁并小限到卯宫,不入庙,化凶。

廉贞,甲、丙生人横破。

太阴,甲、乙生人财破,灾害,庚生人亦不宜,主灾害。

卯年太岁所值吉凶星

太阴、天梁、紫微、天机、天同、天府、贪狼、巨门、七杀,即断其年人财兴旺,婚姻喜事重重,诸事称心。若遇廉贞、破军、太阴、天相、擎羊、忌宿,其年破财、官灾、口舌,本身见悔,减半论之。

辰年太岁并小限到辰宫,入庙化吉。

紫微、贪狼、七杀在辰宫守命限,癸、甲生人,财官禄旺。

天机,太阳,丁、庚、癸人财禄发旺。

天同,戊、庚、癸人顺遂。

巨门,丙、辛生人遂意。

辰年太岁并小限到辰宫,不入庙,化凶。

贪狼、武曲在辰,壬、癸生人灾悔。

天同、巨门,丁、庚生人悔吝。

廉贞,壬、癸生人主灾悔至重。

太阴、太阳、天机,甲、乙、戊、己生人灾悔。

辰年太岁所值吉凶星

太阳、天机、天梁、七杀、贪狼、文昌、左辅、右弼,便断其年财禄大进益,家道更兴隆,添丁进口,婚姻喜庆重重。若遇紫微、天同、廉贞、天府、太阴、巨门、天相、破军、忌宿,便断其年破财、孝服、官灾、口舌。

巳年太岁并小限到巳宫，入庙化吉。

紫微、天府、天同、巨门、天相、天梁、破军，丙、戊、辛生人发福。

太阴、天机，丁、壬、丙生人发财。

贪狼，甲、戊生人平平。

巳年太岁并小限到巳宫，不入庙，化凶。

廉贞、贪狼，癸、丙生人口舌、灾悔。

太阴，乙生人灾悔多端。

巳年太岁所值吉凶星

紫微、太阳、天同、天府、天梁、禄存，便断其年人财称意，喜事重重。若遇武曲、廉贞、太阴、贪狼、巨门、天相、破军、忌星，便断其年人财损失，官灾、口舌，本身病患，减半论之。

午年太岁并小限到午宫，入庙化吉。

紫微、太阳、武曲、天同、天梁、廉贞、七杀、破军，丁、己、甲、癸生人进财遂心。

午年太岁并小限到午宫，不入庙，化凶。

贪狼在午，丙、壬、癸生人破财，官灾、口舌。

午年太岁所值使吉凶星

紫微、天府、天机、太阳、武曲、廉贞、天相、巨门、天梁、破军、禄存，便断其年人财兴旺，婚姻喜事重见。若值太阴、贪狼、天同、羊、陀、忌星，便断其年人财破败，官灾、口舌、孝服，本身灾厄可免。

未年太岁并小限到未宫，入庙化吉。

紫微、天机、天府、天相、天梁，壬、乙、生人发福。

太阴，庚、壬人发福生财。

未上太岁并小限到未宫，不入庙，化凶。

太阳，甲、乙生人多灾悔。

天同，丁、庚生人多灾。

武曲，壬、癸生人生灾，招官非横祸。

未年太岁所值吉凶星

紫微、天府、廉贞、天机、破军、天相，便断其年人财增益，作事如意，婚姻产育之喜。若遇太阴、太阳、武曲、天同、贪狼、巨门、擎、陀、忌宿，便断其年人财耗散，孝服，官灾，阴人小口不宁，本身灾厄难免。

申年太岁并小限到申宫，入庙化吉。
廉贞、破军、紫微，甲、庚、癸生人发福。
天机，丁、甲、癸生人发福，庚生人亦发财福。
巨门，甲、癸、庚、辛生人发福。

申年太岁并小限到申宫，不入庙，化凶。
天机，乙、戊生人灾悔。
巨门，丁生人不宜。
廉贞，丙、壬生人有灾。
天同，甲、庚生人灾祸。
贪狼，癸、丙生人有灾祸。

申年太岁所值吉凶星
紫微、太阳、廉贞、天府、巨门、七杀、文昌、武曲、禄存，便断其年人财利益，喜事重重。若遇天机、天同、天梁、天相、太阴、破军、忌宿，便断其年人财散失，官非，孝服，本身灾病。

酉年太岁并小限到酉宫，入庙化吉。
紫微、天梁、太阴在酉宫守命，丙、戊、乙、辛生人，进财吉利。

酉年太岁并小限到酉宫，不入庙，化凶。
太阳、天同，甲、乙生人不宜。
武曲，庚、壬生人不宜。
天相，甲、庚生人不宜。
廉贞，甲、庚、丙生人不宜。
天府，甲、庚、壬生人不宜。

酉年太岁所值吉凶星
禄存、太阴、紫微、天府、昌、曲、左、右，便断其年人财兴旺，作事遂心。若值天机、巨门、武曲，廉贞、擎羊、陀、忌，便断其年人离财散，口舌、官灾。

戌年太岁并小限到戌宫，入庙化吉。
紫微，壬、甲、丁、己生人进财。
太阴，丁、己生人吉庆。
武曲，丁、己、甲、庚生人吉庆。
天机，甲、乙、丁、己生人发福。
巨门，丁、己、辛、癸生人发福。

天同、廉贞、破军、七杀，丁、己、甲生人发财。

戌年太岁并小限到戌宫，不入庙，化凶。

贪狼，癸生人不宜。天同，庚生人不宜。天机，戊生人不宜。巨门，丁生人不宜。太阳，甲生人不宜。廉贞，丙生人不宜。武曲，壬生人不宜。

戌年太岁所值吉凶星

天机、太阴、天梁、天府、武曲、七杀、贪狼、左、右、天同，便断其年人财利益，作事遂心，家道兴隆。如遇巨门、太阳、破军、紫微、天相、忌宿，便断其年人财退失，孝服、官灾，本身见病，减半论之。

亥年太岁并小限到亥宫，入庙化吉。

紫微、天同、巨门、天梁，壬、癸、戊生人吉庆。

天机，壬生人吉美。

天相，丁、己生人及丙、戊生人发福。

太阴，戊、己生人财官双美。

亥年太岁并小限到亥宫，不入庙，化凶。

廉贞，丙、壬、癸生人不宜。

武曲，壬、丙生人不宜。

太阳，甲生人不宜。

亥年太岁所值吉凶星

天同、太阴、天梁、紫微、天府、昌、曲、禄存，便断其年人财进益，喜气重重，谋事俱称心怀。若遇廉贞、破军、七杀，便断其年人财耗散，小口死亡，本身灾悔。

论诸星同位垣各司所宜分别富贵贫贱夭寿

紫微

㊋庙 寅、午、丑、未　㊋旺 申、亥、卯、巳　㊋平 子[无陷]

紫微居午无刑忌，甲丁己命至公卿。

加刑忌，平常。刑乃擎羊也。

紫微居子午，科、权、禄照最为奇。

科、权、禄三方照是也，为仰面朝斗格。

紫微男亥女寅宫，壬甲生人富贵同。

同，男女同也。

紫微卯酉，劫、空四杀，多为脱俗之僧。

四杀：羊、陀、火、铃也。

紫微、天府，全依辅、弼之功。

紫、府得辅、弼同垣，及三方拱照嘉会，终身富贵。

紫、府同宫无杀凑，甲人享福终身。

紫、府同在寅、申宫守命，六甲人富贵。

紫、府朝垣活禄逢，终身福厚至三公。

命坐寅、申，再加吉星，妙。

紫、府同临巳亥，一朝富贵双全。

紫、府、日、月居旺地，必定出仕公卿器。

紫午、府丑无杀加，又化禄是也。

紫、府、武曲临财宅，更兼权、禄富奢翁。

得左、右、禄存亦可。

紫微、辅、弼同宫，一呼百诺居上品。

或在三方为次吉，在财帛宫，则为财赋之官。

紫、府、擎羊在巨商。

得武曲居迁移者多。

紫、府夹命为贵格。

紫、禄同宫日、月照，贵不可言。

紫微、禄存同官，日、月三合拱照。

紫微、昌、曲，富贵可期。

紫微、七杀化权，反作祯祥。

紫微、太阴杀曜逢，一生曹吏逞英雄。

紫微、破军无左、右，无吉曜，凶恶胥吏之徒。

紫微、武曲、破军会羊、陀，欺公祸乱。

只宜经商。

紫微、权、禄遇羊、陀，虽获吉而无道。

为人心术不正。

紫微、七杀加空亡，虚名受荫。

紫破命临于辰戌丑未，再加吉曜，富贵堪期。

紫、破辰戌，君臣不义。

安禄山、赵高命是也。

紫微、贪狼为至淫，男女邪淫。

女命端正紫微、太阳星，早遇贤夫信可凭。

女命紫微在寅午申宫吉，贵美、旺夫、益子，陷地平常，惟子宫及巳亥加四杀，美玉瑕玷，日后不美。

天府

庙 子、丑、寅、未　旺 午、酉、辰、戌　地 卯、巳、申、亥[无陷]

天府戌宫无杀凑,甲己人腰金又且富。

加四杀,有疵。

天府、天相、天梁同,君臣庆会。

天府居午戌,天相来朝,甲人一品之贵。

府、相朝垣,千钟食禄。

命寅、申,府、相在财帛、官禄宫朝者,上格,别宫次之。

天府、禄存、昌、曲,巨万之资。

天府、昌、曲、左、右,高第恩荣。

天府、武曲居财宅,更兼权、禄富奢翁。

有左、右、禄存,亦美。

天相

庙 子、丑、寅、申　地 巳、未、亥　陷 卯、酉

天相、廉贞、擎羊夹,多招刑杖难逃。

终身不美招横祸,只宜僧道。

天相之星女命缠,必当子贵及夫贤。

女命己生子宫,甲生午宫,庚生辰宫,俱是贵格。

右弼、天相福来临。

女命天相、右弼诸宫吉,子宫癸生人,寅宫癸、己生人,申宫甲、庚、癸生人,俱是贵格。丑、未、亥宫不贵,子、午、卯、酉皆少福。

天梁

庙 子、寅、辰、午、丑　旺 丑、未　地 戌、卯　陷 申、巳、亥

天梁、月曜女淫贫。

梁巳、亥,阴寅、申,主淫佚,不陷,衣禄遂;如陷,下贱。

天梁守照吉相逢,平生福寿。

在午位极佳。

天梁居午位,官资清显朝堂。

丁、己、癸人合格。

梁、同、机、月寅申位,一生吏业聪明。

吉多不论。

梁、同巳亥，男多浪荡女多淫。

加刑忌杀凑，多下贱。

天梁、太阳、昌、禄会，胪传第一名。

天梁、文曲居庙旺，位至台纲。

梁、武、阴、铃，拟作栋梁之客。

梁宿太阴，却作飘蓬之客。

梁居酉、月居巳是也。

天梁、天马，为人飘荡风流。

天梁加吉坐迁移，巨商高贾。

加刑忌平常。

天同

庙 卯、巳、亥　旺 子、申　陷 丑、未、酉、午

天同会吉寿元长。

同、月陷宫加杀重，技艺羸黄。

同、贪、羊、陀居午位，丙戊镇御边疆。

为马头带箭，富且贵。

天同戌宫化忌，丁人命遇反为佳。

女命天同必是贤。

子生人，命坐寅；辛生人命卯，丁生人命戌，入格。丙、辛人命申，吉，巳、亥逢此星，化吉，虽美必淫。

天机

庙 子、午、辰、戌　旺 卯、酉　陷 丑、未

机、梁会合善谈兵，居戌亦为美论。

孟子迁移，戌宫有机、梁。

机、梁守命加吉曜，富贵慈祥。

加刑忌，僧道。

机、梁、同照命身空，偏宜僧道。

机、同单守命身，又逢空亡。

机、梁、七杀、破军冲，羽客僧流命所逢。

若兼帝座，加太阳吉。

机、月、同、梁作吏人。

命在寅、申方论，加吉亦不论。无吉无杀亦是平常人，加四杀、空、劫、化忌宿，为下格。

机、梁、贪、月、同机会，暮夜经商无眠睡。

遇凶星奔波。

天机加恶杀同宫，狗偷鼠窃。

天机巳宫酉宫逢，好饮离宗奸狡重。

巨陷天机为破格。

女命在寅、申、卯、酉，遇巨、机，虽富贵，不免淫欲下贱，寅申守照，福不全美。

太阳

(庙) 卯、午　(旺) 寅、辰、巳　(陷) 戌、亥、子、丑

日照雷门，子辰卯地，书生富贵声扬。

太阳居午，庚辛丁己人，富贵双全。

太阳、文昌在官禄，皇殿朝班。

文曲同，亦然。

太阳化忌，是非日有目还伤。

日落未申在命位，为人先勤后懒。

女命端正太阳星，早配贤夫信可凭。

女人太阳守命陷，平常，居卯、辰、巳、午无杀，旺夫益子，封赠夫人。

太阴

(庙) 亥、子、丑　(旺) 酉、戌　(陷) 午、寅、辰、巳、卯

太阴居子，丙丁富贵忠良。

夜生人合局。

太阴同文曲于妻宫，蟾宫折桂。

文昌同，亦然，在身命，乃巧艺之人。

太阴、武曲、禄存同，左、右相逢富贵翁。

太阴、羊、陀，必主人离财散。

月朗天门于亥地，登云职掌大权。

子生人夜时生合局，不贵则大富。

月曜天梁女淫贫。

太阴寅、申、巳，多主淫贫，或偏房侍婢，若会文昌、文曲同于夫宫，必招配贤明之夫。

太阳、太阴拱照

日巳月酉，丑宫安命步蟾宫。

日卯月亥，安命未宫多折桂。

日、月同未命安丑，侯伯之材。

日月丑宫安命未，公侯之器。

日、月命身居丑未，三方无吉反为凶。

子、午、辰、戌身命，更佳。

日、月守命，不如照合并明。

守命吉多主吉，凶多主凶，若吉少亦为不美之论。

日辰月戌并争耀，权禄非浅。

日、月夹命夹财加吉曜，不权则富。

加羊、陀冲守，宜僧道。

日、月最嫌反背。

如日、月同宫，看人之生时，日喜太阳，夜宜太阴，若反背，日戌月辰、日亥月巳、日子月午，若出外离宗成家，也吉，勿概以反背论。

阴、阳、左、右合为佳。

日、月、羊、陀多克亲。

男克妇，女克夫，加忌又损目。

日、月陷宫逢恶杀，劳碌奔波。

日、月更兼贪、杀会，男多奸盗女多淫。

日、月疾厄命宫空，腰陀目瞽。

如日、月在疾厄宫，逢空亡，必主腰陀目瞽，命宫亦然。

文昌

(庙) 丑、巳、酉　(地) 申、子、辰　[失陷]寅、午、戌

文昌、武曲，为人多学多能。

四墓卯、酉、巳、亥身命，论三方科、权、禄。

文、科拱照，贾谊年少登科。

论三方。

左辅、文昌，位至三台。

文昌、武曲于身命，文武兼备。

孙膑之命是也。

文曲

(庙) 子、辰、巳、酉、丑　(旺) 亥、卯、未　(陷) 午、戌

二曲庙垣逢左、右，将相之材。

文曲宜子、卯、酉，武曲宜四墓。

二曲旺宫，威名赫奕。

文曲子宫第一，卯、酉宫次之。武曲辰宫第一，丑、未宫次之。

二曲、贪狼午丑限，防溺水之忧。

文昌文曲

昌、曲夹命是为奇。

假若命在丑宫，文昌在寅，文曲在子是也，不贵即富，吉多方论，此为贵格。

昌、曲临于丑未，时逢卯酉近天颜。

贾谊、卜商，昌、曲未命丑宫。在命兼化吉者方论。

昌、曲巳亥临，不贵即当大富。

昌、曲吉星居福德，谓之玉袖天香。

更得紫微居午宫，妙。

昌、曲陷宫凶杀破，虚誉之隆。

凶杀即羊、陀、劫、空。

昌、曲陷于天伤，颜回夭折。

命有劫、空、羊、陀，限到七杀、羊、陀迭并方论。

昌、曲己辛壬生人，限逢辰戌虑投河。

如入庙吉，大小二限俱到，命坐辰、戌者一星轻。

昌、曲、廉贞于巳亥，遭刑不善且虚夸。

余官作事颠倒，子、申二宫贵吉多美。

昌、曲、禄存，犹为奇特。

昌、曲、破军临虎兔，杀、羊冲破定奔波。

虎、兔即午、卯宫是也。

昌、曲、左、右会羊、陀，当生异痣。

女人昌、曲，聪明富贵只多淫。

武曲

㊋庙 丑、未、戌 ㊋旺 子、午 ㊋平 巳、亥[无失陷]

武曲庙垣，威名赫奕。

辰、戌、丑、未生人，安命在辰、戌、丑、未官，为四墓。若但在辰、戌、丑、未次之。

武、破相遇昌、曲逢，聪明巧艺定无穷。

武曲或与天相同垣，逢昌、曲。

武曲、禄、马交驰，发财远郡。

武曲、魁、钺居庙旺，财赋之官。

武曲迁移,巨商高贾。

吉多方论。

武曲、贪狼财宅位,横发资财。

最忌空亡。

武曲、廉贞、贪、杀,便作经商。

武曲、贪狼加杀忌,技艺之人。

武曲、破军,破祖破家劳碌。

武曲、破、贞于卯地,木压雷惊。

武曲、七杀会擎羊,因财持刀。

武曲、羊、陀兼火宿,丧命因财。

武曲之星为寡宿。

夫星柔弱,妇夺夫权,方免刑克,若两刚相敌,必主刑克生离。

贪狼

庙 辰、未、戌　旺 子、午　陷 巳、亥

贪狼遇铃、火四墓宫,豪富家资侯伯贵。

辰、戌官佳,丑、未官次之,若守照,俱可论吉。

贪狼入庙寿元长。

贪狼会杀无吉曜,屠宰之人。

贪狼子午卯酉,鼠窃狗偷之辈,终身不能有为。

申、子、辰人,命坐子官;寅午戌人,命坐丁官;亥、卯、未人,命坐卯官;巳、酉、丑人,命坐酉官是也。

贪狼加吉坐长生,寿考永如彭祖。

寅、午、戌火生人,命坐寅木申金。

贪狼巳亥加杀,不为屠户亦遭刑。

享福不久。

贪、武同行,晚景边夷臣服。

三十年后发财,坐命武曲守照,辰、戌官佳,丑、未官次之。

贪、武先贫而后富。

利己损人,命有紫、府、日、月、左、右、昌、曲,限逢禄、权、科,则贵显论。

贪、武申宫为下格。

化忌方论。

贪狼加杀同乡,女偷香而男鼠窃。

贪、武四生四墓宫,破军忌杀百工通。

贪武在命,破军、七杀忌星照。

贪狼、武曲同守,身无吉命反不长。

命无吉曜，身有贪、武，孤贫。

贪、武、破军无吉曜，迷恋酒以忘身。

或作手艺。

贪、月同杀会机、梁，贪财无厌作经商。

俱看守照，贪与杀，月与梁，同与机。

贪狼、廉贞同度，男多浪荡女多淫。

贪遇羊、陀居亥子，多为泛水桃花。

男女贪花迷酒，丧身，有吉曜则吉。

贪狼、陀罗在寅宫，号曰风流彩杖。

女命贪狼多嫉妒。

在亥、子遇羊、陀娼妓之流，逢禄、马不美。

廉贞

㊣庙 寅、申　利 辰、戌、丑、未　陷 巳、亥

廉贞申未宫无杀，富贵声扬播远名。

雄宿朝元格，加杀平常。

廉贞卯酉宫加杀，公胥无面官人。

或巧艺人。

廉贞暗巨，曹吏贪婪。

廉贞、贪、杀、破军逢，武曲迁移作具戎。

恐是文曲。

廉贞、七杀居庙旺，反为积富之人。

杀居午，奇格，若陷地化忌，贫贱残疾。

廉贞、破、火居陷地，自缢投河。

铃星亦然。

廉贞、七杀居巳亥，流荡天涯。

加忌，夭不善终，官吏、经商，在外艰辛。

廉贞入庙会将军，仲由威猛。

甲生人，命坐酉；乙生人，命坐亥；丙、戊生人，命坐酉；丁、己生人，命坐寅；庚生人，命坐子；辛生人，命坐巳；壬生人，命坐卯；癸生人，命坐申。

廉贞四杀遭刑戮。

同羊、陀、火、铃是也。若安布此星同，必遭刑戮终身。

廉贞白虎，刑杖难逃。

如流年、太岁并小限坐宫，又值白虎加临，必主官非，遭刑杖。

廉贞、破、杀会迁移，死于外道。

廉贞、羊、杀居官禄，枷杻难逃。

廉贞清白能相守。

女人甲、己、庚、癸安命，申、酉、亥、子宫；丙、辛、乙、戊安命，寅、卯、巳、午是也。若辰、戌、丑、未反贱。

巨门

(庙) 卯、寅、申、酉 (旺) 子、丑、午、亥 (平) 辰、巳、未、戌

巨、日寅宫立命申，先驰名而食禄。

巨、日命宫寅位，食禄驰名。

巨、日申宫立命寅，驰名食禄。

巨门子午科、权、禄，石中隐玉福兴隆。

富而且贵，辛、癸人上格，丁、己人次之，丙、戊主困。

巨、日命立申宫亦妙。

巨在亥宫日命巳，食禄驰名。

巨在巳宫日命亥，反不为佳。

巨、日拱照亦为奇。

假如日在午宫，巨在戌宫是也，吉多方论，日忌陷。

巨、机居卯，乙辛己丙至公卿。

不贵即富，甲生人平常。何也？因甲禄到寅，卯宫有擎羊，破格耳。

巨、机酉上化吉者，纵有财官也不终。

如值孤贫多有寿，巨富即夭亡，加化忌尤凶。若太岁坐迁移官，财官化禄科权，横发。

巨门辰宫化忌，辛人命遇反为奇。

巨、机丑未为下格。

巨门、陀罗，必生异痣。

巨门、羊、陀于身命疾厄，羸黄困弱盗而娼。

巨门四杀陷而凶。

巨、火、擎羊、陀防逢恶限，防缢死投河。

有救无伤，孤单不免。

巨、火、铃星逢恶限，死于外道。

巨宿、天机为破荡。

女命巨、机于卯、酉，虽富贵，不免淫佚，若陷地，下贱。

七杀

(庙) 丑、寅、未、申、戌 (旺) 子、午、卯、酉 (平) 巳、亥[无陷]

七杀寅申子午，一生爵禄荣昌。

为七杀朝斗格。

七杀、破军，专依羊、铃之虐。

七杀、廉贞同位，路上埋尸。

观廉贞内注，会耗于迁移亦然，若陷地加化忌，尤凶。

七杀、破军宜出外，诸般手艺不能精。

杀临身命，流年刑忌灾伤。

逢紫微、天相、禄存可解。

杀临绝地会羊、陀，颜回夭折。

七杀重逢四杀，腰陀背曲阵中亡。

杀与铃、火主阵亡，又看疾厄。

七杀、火、羊贫且贱，屠宰之人。

七杀、羊、陀会生乡，为屠宰。

七杀、羊、铃流年，白虎刑戮灾灾迍。

七杀流年二官符，离乡遭配。

岁限俱到。

七杀守照，岁限擎羊，午生人命安卯酉宫，主凶亡。

余官亦忌，命限三合有杀，流年羊、刃到命，即七杀重逢，申、酉宫忌多忌限。

七杀沉吟福不荣。

男有威权，女无所施。

七杀临身终是夭。

七杀单居福德，女人切忌贱无疑。

破军

庙 子、午　旺 辰、戌、丑、未　陷 寅、申

破军子午宫无杀，官资清显至三公。

甲、癸生人合格，丁、己人次之，丙、戊生人主困。

破军、贪狼逢禄马，男多浪荡女多淫。

破军、暗巨同乡，水中作冢。

破与巨不同垣，恐照命宫，或在迁移。

破军、火、铃奔波劳碌。

破军一曜性难明。

男女命论。

破、耗、羊、铃官禄位，到处乞求。

又贪狼在子、午、卯、酉者，看贪狼内注。

羊铃

㊉庙 辰、戌、丑、未 旺 子、申、酉、亥 陷 卯、巳、午

擎羊入庙，富贵声扬。

加吉方论。

羊、火同宫，威权压众。

辰、戌人佳，丑、未次之。

羊、陀、铃、火守身命，腰陀背曲之人。

擎羊子午卯酉，非夭折而刑伤。

午凶，卯次，子、酉又次，马头带剑吉，多勿论。

擎羊逢力士，李广难封。

甲生人，命卯；丙生人，命午；庚生人，命酉；壬生人，命子。方论吉多平常，加杀则凶。

羊、陀、火、铃，逢吉发财，凶则忌。

羊、铃坐命流年，白虎灾伤。

流年白虎又到命官也。

擎羊对守在酉宫，岁迭羊、陀庚命凶。

余官亦忌，守命官有羊、陀，流年又遇羊、陀为之羊陀迭并。

羊、陀夹忌为败局。

假如安命在申宫，又逢忌星，羊在酉，陀在未夹之，余要仿此为例。命、岁二限行至此，亦凶；孤贫刑克，若单守禄存，无吉星同垣，亦有灾殃之凶。

羊、陀流年铃破面字斑痕一，擎羊、火星为下格。

擎羊重逢流年，西施倾殒身。

岁限重逢。

陀罗

庙 辰、戌、丑、未 陷 卯、酉 地 子、亥

陀罗巳亥寅申，非夭折而刑伤。

余试得多离祖出外成家者，亦吉，主生人丑，破相异常。

火星

庙 寅、午、戌 地 巳、酉、丑 陷 申、子、辰

火、铃相遇，名振诸邦。

火、铃夹命为败局。

如命安寅宫，火星在丑，铃星在卯，吉多尚可，惟夹忌尤凶，岁限巡游者，到此亦吉。

铃星

庙 寅、卯、午、戌　地 辰、巳、未、申　陷 子、亥、酉、丑

火、铃旺宫，亦为福论。

擎羊、火、铃为下格。

女人庙旺犹可，陷地下贱，贫穷夭折。

魁钺

魁、钺夹命为奇格。

如命安在辰宫，魁在卯，钺在巳宫是也。

魁、钺命身多折桂。

加吉方论，在命身最妙，三方次之。

魁、钺、昌、曲、禄存扶，刑杀无冲台辅贵。

命身妙，三方次，见刑杀冲会者平常，只宜僧道。

魁、钺重逢杀凑，痼疾烟霞。

杀乃羊、铃、空、劫。

魁、钺辅星为福寿。

二星在命诸宫，福寿双全。

左辅右弼

左、右、文昌，位居台辅。

左、右夹命为贵格。

如安命在丑宫，左辅在子宫，右弼在寅宫，九月、十一月生者是也，不贵则大富。

右弼、左辅，终身福厚。

在命宫、迁移是也，三方次之。

左、右同宫，披绯衣紫。

辰、戌宫安命，正月、七月生者；丑宫安命，九月生者；未宫安命，四月生者；卯、亥宫安命，六月、十二月生者，三方勿论。

左、右单守照命宫，离宗庶出。

身命无正曜是也，若三方有紫微、天相、天府吉。

左、右、贞、羊遭刑盗。

左、右、昌、曲逢羊、陀，当生暗痣。

左、右财官兼夹供，衣禄丰盈。

左、右、魁、钺为福寿。

三星在命,诸官福寿全美。若女命逢之,旺夫益子。

右弼、天相福来临。

诸官降福,丑、未、亥三宫不贵,纵贵不久远,当主富,若卯、酉二陷宫,皆少称意。

禄存

十二宫中皆入庙。

禄存守于财、宅,积玉堆金。

在命亦可喜,化禄同,科、权更妙。

禄存子午位迁移,身命逢之利禄宜。

明禄暗禄,位至公卿。

双禄重逢,终身富贵。

禄逢冲破,吉也成凶。

双禄守命,吕后专权。

禄存厚重多衣禄。

诸官降福,起家富贵,女人嫁夫,招赘旺财。

天马

禄马最喜交驰。

忌见杀,羊、火截路马空亡,多主劳苦。

天马四生妻宫,富贵还当封赠。

马遇空亡,终身奔走。

科权禄

科、权、禄合,富贵双全。

禄存亦是禄,禄会禄存富贵,权会巨、武威扬,科会魁、钺贵显,在命宫极佳;三方次吉;聚亦佳,凶多则不美,谓之美玉瑕玷。

禄、权命逢兼合吉,威权压众相王朝。

权、禄重逢,财官双美。

论三方吉多方吉,凶聚也不美。

科命权朝,登庸甲第。

或权或禄全更佳,为权、禄逢迎格。

活禄子午位迁移,夫子文章冠世。

迁移在子、午宫,为对面朝夫子命,太阳化禄在午宫,合此格,余宫要看吉凶。

科、权、禄夹为贵格。

如命安在子宫，禄在亥宫，权在丑宫，为夹贵。余皆仿此。

权禄重逢杀凑，虚誉之隆。

科名陷于凶神，苗而不秀。

如日戌月卯，化科陷地，或又加羊、陀、劫、空。

禄主缠于弱地，命不主财。

权、禄守财福之位，处世荣华。

权、禄吉星奴仆位，纵然官贵也奔波。

劫空

劫、空夹命为败局。

假如安命在亥宫，劫在子宫，空在亥宫是也。岁限行到，亦凶，夹忌尤凶，孤贫刑克。

劫、空临限，楚王丧国绿珠亡。

生处劫、空，犹如半天折翅。

劫、空临财福之乡，生来贫贱。

伤使

天伤加恶曜，仲尼绝粮邓通亡。

命宫

三夹命凶六夹吉。

三夹是劫空、火铃、羊陀是也，六夹是紫府、左右、、昌曲、魁钺、科权禄、日月是也。若在命则凶多吉少，虽吉也凶。如吉多凶少，虽凶也吉。身命三方，仍看庙旺。

命无正曜，二姓延生。

或过房出维，随母继拜，入赘，或又是庶母所生者。

命逢吉曜，松青柏秀以难凋。

身命宫有吉星，太岁大小二限不利，未为凶，必太岁二限逢凶，又且本生人所忌方凶。

限逢凶曜，柳绿桃红而易谢。

命逢凶限，庙旺犹发达，限凶星陷，必凶。

命实运生，如旱苗而得雨。

如命限平常，三方有吉星照限行美地为福。

命衰运弱，如嫩草而遭霜。

如命坐陷忌，岁限又逢晋曜，必刑伤死亡。

命有吉星官杀重，纵有财官也辛苦。

身宫

三夹身凶六夹吉。

夹忌劫空、火铃、羊陀凶，六夹贵，逢吉甚妙。

身命俱吉，富贵双全。

身吉命凶，亦为美论。

命强身弱，财源不聚。

贪、武守身无吉，命反不为良。

纳音

纳音墓库看何宫。

如水生人库辰，遇财官或禄存尤妙。遇迁移耗杀同，不为美。

生逢败地，发也虚花。

如年纳音水土，长生居申，申乃金星，为本宫之主；若安命在酉败地，又逢羊、陀、忌、耗、七杀，同不为美，得禄存吉。

绝处逢生，花而不败。

如水土绝在巳，安命在巳，为绝地，却得金星在巳，生水不绝方佳，得禄。余仿此。

财帛

日、月夹财，加吉曜，不贵则富。

如财帛宫在未，天府星守，日在午，月在申，夹财是也。余仿此。

左、右财官兼夹拱，衣禄丰隆。

如左、右同财帛宫，又或财官在丑，日在子，月在寅，乃是夹也。

财宅

紫微、辅、弼，多为财赋之官。

武曲、太阴，多居财赋之任。

不是武曲、太阴同宫，只取财帛宫，遇武曲，或遇太阴星，主为人多居财赋之任。

紫、府、武曲居财帛，更兼权、禄富奢翁。

武曲、贪狼财宅，横发资财。

忌空亡。

禄存守于财宅，堆金积玉。

财福

权、禄守财福之位，出世荣华。

劫、空临财福之乡，生来贫贱。

福德

七杀单居福德，女人娼妓无疑。

迁移

话禄子午位迁移，材名冠世。

禄存子午位，迁移身命逢之，利禄宜。

梁、武会吉于迁移，巨商高贾。

加刑忌平常。廉贞、破杀会迁移，死于外道。

七杀、羊刃二官符，离乡遭配。

当生及流年官符是也。又行岁限在迁移宫。

四杀迁移父母宫，身危祖荡。

官禄

太阳、文曲、昌于官禄，皇殿朝班。

昌、曲、贪狼于己亥，遭官刑囚，廉贞、羊杀于官禄，枷杻难逃。

破耗羊陀官禄位，到处乞求。

妻妾

太阴、文曲于妻宫，蟾宫折桂。

天马四生妻宫，富贵还当封赠。

奴仆

权禄吉星奴仆位，纵然官守也奔波。

疾厄

日月疾厄命宫空，腰驼目暗。

巨门、羊、陀于疾厄，羸黄贫乏。

新镌希夷陈先生紫微斗数全书卷之四

古今富贵贫贱夭寿盘图

子路之命

天刑 天梁 天鉞 龍池 天哭 病 子女 喜神	文曲 七殺 八座 衰 夫妻 飛廉	天虛 帝 兄弟 奏書	二台 文昌 廉貞 太歲 臨 命宮 將軍
天相 紫微 死 財帛 病符	癸丑年九月初九日寅時生 陰男 木二局	甲申年三十二歲三月初三故	天空 天鉞 鳳閣 冠 父母 小耗
天使 天机 巨門 天魁 權 墓 疾厄 大耗			破軍 祿 沐 福德 青龍
台輔 貪狼 斗君 小耗 忌 絶 遷移 伏兵	天傷 太陰 太陽 擎羊 地劫 胎 奴僕 官府	天府 武曲 左輔 祿存 養 官祿 博士	天馬 天同 陀羅 長 田宅 力士

此為府相朝元格，且紫微諸吉星拱合，所以為賢士。但命宮廉貞將軍，故主勇猛，更對垣遇貪狼忌星拱命，故主凶亡，果死孔悝之難。

孔仲尼命

天傷 破軍權 武曲 絶 奴僕 大耗	太陽 祿 胎 遷移 伏兵	天使 陀羅 天府 天鉞 大限 天刑 養 疾厄 官府	太陰 天机 祿存 天馬 長生 財帛 博士
文曲 科 天同 大小限 墓 官祿 病符	庚戌年十一月初一子時生 陽男 土五局	壬戌年七十三歲四月初二故	貪狼 紫微 擎羊 沐 子女 力士
死 田宅 喜神			文昌 巨門 太陽 魁 夫妻 青龍
三台 左輔 龍池 病 福德 飛廉	七殺 廉貞 天魁 火星 衰 父母 奏書	斗君 右弼 天梁 八座 鳳閣 帝 身宮 命宮 將軍	天姚 天刑 地劫 兄弟 小耗

文章冠世，年六十一，陳絶糧，蓋歲有刦空逢天傷。七十三歲小限在天傷，太歲入地網，生人有忌故。

顏亞聖命　孟軻之命

顏亞聖命

辛酉年四月二十卯時生

陰男

壬辰年三十二歲六月初四故

木三局

- 巨門 太陽 陀羅 祿 權 天空 身遷移 力士 臨官
- 文昌 貪狼 武曲 左輔 右弼 文曲 忌 天傷 權 奴僕 青龍 帝旺
- 太陰 天同 天魁 官祿 小耗 衰
- 天府 田宅 將軍 病
- 天相 祿存 天使 疾厄 博士 冠帶
- 天梁 天機 擎羊 流陀 財帛 官府 沐浴
- 七殺 紫微 天馬 流祿 大限 子女 伏兵 長生
- 流羊 妻室 大耗 養
- 龍池 鳳閣 兄弟 病符 胎
- 天鉞 地劫 命垣 喜神 絕
- 太歲 斗君 福德 奏書 死
- 破軍 廉貞 父母 飛廉 墓

命坐魁鉞身逢權祿昌曲陷於天傷不能發達大限七殺重逢壬辰年太歲流羊流陀迭併故死

孟軻之命

庚申年三月初一日子時生

陽男

甲寅年五十五歲七月初五故

金四局

- 巨門 太陽 右弼 祿存 八座 祿 官祿 博士 臨官
- 貪狼 武曲 天鉞 陀羅 權 田宅 官府 冠帶
- 太陰 天同 左輔 三台 科 福德 伏兵 沐浴
- 天府 父母 大耗 長生
- 天相 擎羊 忌 天傷 奴僕 力士 帝旺
- 天梁 天機 文昌 鈴星 天哭 大限 遷移 青龍 衰
- 七殺 紫微 天刑 天空 地劫 天使 疾厄 小耗 病
- 斗君 財帛 將軍 死
- 天魁 子女 奏書 墓
- 天馬 火星 天虛 妻宮 飛廉 絕
- 文曲 小限 身命垣 病符 養
- 破軍 廉貞 天姚 兄弟 喜神 胎

雙祿拱照昌曲重逢成有機梁文章冠世文曲單坐身命主人口能舌辯大限地網逢鈴小限天羅太歲又在絕地故凶

端木賜命

文曲 太陽 弔客 小限 伏兵 福德 臨	左輔 破軍 斗君 大耗 田宅 冠	天機 龍池 鳳閣 祿 太歲 病符 官祿 沐	天府 紫微 右弼 天鉞 科 天傷 喜神 奴僕 長生
擎羊 武曲 官府 父母 帶	乙未年四十一歲十一月初八故 土五局	陰男 乙卯年三月十二日丑時	文昌 太陰 火星 天虛 忌 喪門 遷移 養
祿存 天同 天哭 天姚 博士 命垣 衰			貪狼 鈴星 天使 天空 奏書 疾厄 胎
七殺 陀羅 力士 兄弟 病	天梁 權 青龍 妻宮 死	天相 廉貞 天魁 小耗 子女 墓	巨門 天刑 大限 將軍 財帛 絕

祿存坐命宮逢暗祿會合為富貴之論卯生人防於己亥限三十五歲大限入亥四十一歲小限入己兔埋蛇地更為凶太歲相沖喪門忌會是以凶也故兔

子羔之命

破軍 武曲 天鉞 忌 長生 福德 飛廉	天虛 太陽 天哭 小限 沐 田宅 喜神	天府 斗君 科 冠 官祿 病符	太陰 天機 天府 大限 太歲 天傷 臨 奴僕 大耗
天同 龍池 養 父母 奏書	丙申年四十五歲三月初七故 金四局	陽男 壬子年十二月二十二戌時	貪狼 紫微 權 地劫 遷移 伏兵
天魁 左輔 胎 命垣 將軍			鳳閣 巨門 陀羅 鈴星 衰 疾厄 天使 官府
火星 文曲 八座 絕 兄弟 小耗	七殺 廉貞 天空 墓 妻宮 青龍	三台 擎羊 天梁 文昌 天姚 祿 死 子女 力士	祿存 天相 右弼 病 財帛 身垣 博士

此為府相朝垣格食祿千鍾富貴雙全一生順美四十四歲入夫限在申宮子生人有忌申限天傷天刑夾地小限四十五歲逢天哭天虛沐浴敗地命亡

冉求之命　子產之命

冉求之命

乙卯年二月初六日子時生
陰男
土五局
乙未年六十五歲四月初九故

天馬 左輔 吊客 小限 伏兵 福德 臨	天機 大耗 田宅 冠	破軍 紫微 太歲 病符 官祿 沐	天鉞 天傷 大限 喜神 奴僕 長生
文曲 太陽 擎羊 八座 官府 父母 帝			右弼 天府 火星 天虛 喪 飛廉 遷移 養
七殺 武曲 祿存 天哭 三台 博士 身垣 命垣 衰			文昌 太陰 天刑 鈴星 天使 奏書 疾厄 胎
天梁 天同 陀羅 天姚 力士 兄弟 病	天相 青龍 妻妾 死	巨門 天魁 小耗 子女 墓	貪狼 廉貞 天空 地劫 將軍 財帛 絕

祿存守垣紫微加會終身福厚大限天傷小限忌到己卯生人之喪門天虛沖命劫空合拱太歲白虎天哭在命故此難逃也

子產之命

癸丑年九月二十八日戌時生
陰男
金四局
丙辰年六十四歲三月初五故

天哭 天刑 太陽 龍池 天傷 喜神 奴僕 長生	將軍 祿 大限 飛廉 遷移 養	天虛 天機 天使 奏書 疾厄 胎	紫微 天府 將軍 財帛 絕
武曲 太歲 病符 官祿 沐			鳳閣 太陰 天姚 科 地劫 小耗 子女 墓
火星 天同 三台 大耗 田宅 冠			貪狼 鈴星 忌 小限 青龍 妻室 死
文曲 右弼 七殺 伏兵 福德 臨	擎羊 天梁 天空 官府 父母 帝	文昌 天相 廉貞 左輔 祿存 博士 命垣 衰	天馬 巨門 陀羅 八座 權 力士 兄弟 病

紫府朝垣左輔文昌加會一生富貴聲名顯揚大限沈馬小限六十四入地網逢忌故凶而死

晏平仲命	蘇丞相命

蘇丞相命：

辛未年二月二十一日寅時　陰男　土五局

甲辰年三十四歲四月初五故

文昌 貪狼 陀羅 忌　力士 厄 長生

太陰 太陽　青龍 遷移 沐

天府 武曲 文曲 天魁 科 天傷　小耗 奴僕 冠

左輔 天同 天馬 在空　將軍 身 官祿 臨

火星 巨門 天機 右弼 祿存 權 天空　博士 財帛 衰

天府 天相 紫微 擎羊 鈴星 大限 小限　病符 子女 胎

天梁 天哭 龍池　伏兵 妻宮 絕

七殺　大耗 兄弟 墓

八座 三台 天虛 地劫　病符 命垣 死

天姚 廉貞 天鉞　喜神 父母 病

太歲 破軍 截空　奏書 田宅 帝

天府 擎羊 天姚 天傷　力士 奴僕 帝

文曲 太陰 鈴星 天哭　青龍 遷移 衰

晏平仲命：

庚申年九月二十四日午時　陽男　金四局

壬寅年四十三歲十一月初五故

祿存　博士 官祿 臨

天鉞 紫微 破軍 陀羅　官府 田宅 冠

天鉞　伏兵 福德 沐

天刑 天空 地劫　大耗 父母 長生

文昌 太陽 小限 身 祿　病符 命垣 墓

八座 七殺 武曲　喜神 兄弟

右弼 天梁 天同 天魁 火星 科 太歲 天虛　飛廉 妻宮 絕

天相 天魁 忌　奏書 子女 墓

左輔 巨門 斗君　財帛 死

貪狼 廉貞 三台 天使　小耗 將軍 疾厄 病

天姚 廉貞 天鉞　飛廉 福德 衰

雖曰日月權祿丑未官定是方伯公左右加會名譽聲揚只嫌劫空沖守福不全美故主三十四歲而亡大限入地網小限又入地網太歲在天羅故凶

此為丹墀貴格秋月生者是真格且太陽守命垣日月爭耀科權祿會合文武雙全四十三歲太歲行寅火忌申生人有忌小限喪門病符天哭中照故命亡

孫臏之命

天刑 太陰 小耗 子女 長生	文曲 貪狼 太歲 鳳閣 將軍 妻宮 沐	巨門 天同 天鉞 奏書 兄弟 冠	文昌 天相 武曲 龍池 科 飛廉 命垣 臨
天府 三台 廉貞 祿 大限 青龍 財帛 養	戊午年七十五歲五月十二故 金四局	陽男 甲辰年九月初五寅時	天梁 太陽 天姚 喜神 父母 帝
天使 力士 疾厄 胎			鈴星 七殺 天虛 八座 病符 福德 衰
火星 右弼 破軍 祿存 天馬 天哭 博士 遷移 絕	天魁 陀羅 天德 地劫 官府 奴僕 墓	左輔 紫微 斗君 身 小限 伏兵 官祿 死	天機 大耗 田宅 病

此為紫府朝垣格，左右拱照，科權祿三方會合，文昌武曲守命，兼資文武，終身富貴之論。七十五歲大限入天羅，小限在子，與流年戊午相冲，故凶。

龐涓之命

破軍 武曲 天刑 斗君 權 科 小耗 官祿 絕	太陽 鳳閣 忌 天傷 將軍 奴僕 胎	天府 天鉞 流陀 奏書 身 遷移 養	太陰 天機 龍池 天使 地劫 流祿 飛廉 疾厄 長生
天同 太歲 青龍 田宅 墓	庚辰年三十七歲九月十三故 水二局	陽男 甲辰年九月十六日酉時	貪狼 紫微 天姚 流羊 喜神 財帛 冰
三台 擎羊 力士 福德 死			巨門 天虛 小限 病符 子女 冠
天馬 祿存 右弼 天哭 天空 博士 父母 病	文昌 七殺 廉貞 文曲 陀羅 天魁 祿 官府 命垣 衰	左輔 天梁 伏兵 兄弟 帝	八座 天相 大耗 妻妾 臨

紫府科權祿昌曲魁鉞坐守身命，左右夾垣，為富貴之論。廉貞七殺又為積富之人。命犯陀羅，庚辰太歲入天羅，小限在地網，身命逢流羊流陀會併，故凶。

明輔之命　蕭何之命

明輔之命

陀羅 天同 大限 天傷 小限 力士 奴僕 絕	文昌 天府 武曲 祿 左輔 祿存 博士 遷移 胎	太陰 太陽 擎羊 太歲 天空 天使 官府 疾厄 養	右弼 權 貪狼 武曲 天相 伏兵 財帛 身 長生
破軍 青龍 官祿 墓	乙未年七十一歲九月十三故	陰男 水二局	巨門 天機 天哭 斗君 大耗 子女 沐
天虛 天姚 火星 八座 地劫 小耗 田宅 死		乙酉年三月十八辰時生	天相 紫微 鈴星 病符 妻宮 冠
廉貞 將軍 福德 病	龍池 鳳閣 奏書 父母 衰	七殺 天魁 飛廉 命垣 帝	天馬 天祿 天刑 三台 喜神 兄弟 臨

權祿生逢左右昌曲加會七殺守命壯年崢嶸為戰國明輔廿五歲有犯擎羊天空直在三十六後遂志六十二大限入己天傷陀羅酉人忌小限重逢故死

蕭何之命

太陰 陀羅 天傷 力士 奴僕 臨	文昌 貪狼 左輔 祿存 小限 博士 遷移 冠	巨門 天同 擎羊 大限 天空 天使 官府 疾厄 沐	文曲 天相 武曲 右弼 天鉞 太歲 伏兵 財帛 身 長生
天府 廉貞 流陀 青龍 官祿 帝	戊申年六十歲十月初七日故	陰男 水二局	天梁 科 太陽 天哭 大耗 子女 養
三台 天虛 天姚 火星 地劫 小耗 田宅 墓		己酉年三月二十二辰時生	七殺 鈴星 斗君 病符 妻妾 胎
破軍 將軍 福德 絕	龍池 鳳閣 奏書 父母 死	紫微 天魁 飛廉 命垣 墓	天馬 天機 天刑 八座 喜神 兄弟 絕

府相朝垣格紫府左右權祿嘉會又兼昌曲六合乃坐貴向貴富貴雙全入相之命限到擎羊酉人忌之小限流羊與命垣相沖故六十而終

陳平之命

天梁 天傷 大耗 奴僕 病	文昌 七殺 左輔 伏兵 遷移 死	天鉞 陀羅 天空 天使 官府 疾厄 墓	天虛 文曲 廉貞 右弼 祿存 大限 博士 財帛 身 絕
天相 紫微 天虛 病符 官祿 衰	乙丑年七十三歲五月初三故	陽男 庚戌年三月十八日辰時生	擎羊 力士 子女 胎
天姚 巨門 天机 鈴星 八座 地劫 斗君 喜神 田宅 帝	木三局		破軍 青龍 妻妾 養
龍池 貪狼 飛廉 福德 臨	天魁 太陽 太陰 火星 祿 太歲 奏書 父母 冠	武曲 天府 鳳閣 將軍 命垣 沐	天刑 天同 三台 科 小耗 兄弟 長生

權祿科逢天府武曲守命垣左右昌曲加會劾然入相之命大限七十三入申身臨絕地小限到天空天使夾地又陀羅爲戍人所忌是爲大吉故終壽

耿弇之命

天哭 天鉞 巨門 八座 天傷 喜神 奴僕 長生	左輔 天相 廉貞 文昌 太歲 飛廉 遷移 沐	天虛 天梁 天空 天使 奏書 疾厄 胎	右弼 七殺 文曲 斗君 將軍 財帛 身 絕
貪狼 忌 流陀 病符 官祿 帝	戊午年六十六歲五月初五故	陰男 癸丑年三月初四日辰時生	三台 天同 鳳閣 小耗 子女 墓
天魁 太陰 天姚 火星 大耗 田宅 冠	金四局		武曲 鈴星 青龍 妻妾 病
天府 紫微 伏兵 福德 臨	擎羊 天桃 官府 父母 旺	祿存 破軍 祿 小限 博士 命垣 衰	天刑 太陽 陀羅 天馬 力士 兄弟 病

破軍若在子午宮官資清顯至三公又兼左右昌曲加會文武雙全富貴之命大限到於天傷有嫌巨門太歲到午謂之沈馬流羊當頭小限冲太歲凶故死

蒯文通命　項羽之命

蒯文通命

文昌 貪狼 陀羅 忌　力士 奴僕 臨官

太陰 太陽 左輔 右弼　青龍 身 官祿 帝

天府 武曲 文曲 科 天魁　小耗 田宅 衰

鳳閣 天同 太歲　將軍 福德 病

龍池 巨門 天機 祿存 三台 天空　博士 遷移 冠

天相 紫微 擎羊 鈴星　官府 疾厄 沐

破軍 天姚　奏書 父母 火星 死

飛廉 命垣 墓

陰男

辛巳年四月二十七日寅時生

乙巳年二十五歲二月初五故

木三局

天馬 天梁 天虛　伏兵 財帛 長生

七殺 天刑 大限　大耗 子女 養

天哭 地劫　病符 妻妾 胎

天鉞 廉貞　喜神 兄弟 絕

項羽之命

天姚 天空 小限　伏兵 福德 長生

文昌 破軍 文曲　官府 父母 沐

祿存 龍池 鳳閣　博士 命垣 冠

力士 兄弟

天廚 天府 天鉞 火星　大耗 田宅 養

三台 太陰 鈴星

祿　病符 官祿 胎

青龍 妻妾 七殺 武曲 帝

小耗 子女 衰

陰男

丁卯年八月十二日卯時生

己未年三十二歲十二月初六故

水二局

左輔 廉貞 貪狼 天刑 天傷 太歲　喜神 奴僕 絕

巨門 忌　飛廉 遷移 墓

天相 天使　奏書 疾厄 死

天梁 天同 大限 流陀　將軍 財帛 病

雙祿朝垣又兼巨機對宮相會最喜談兵日月左右未宮加會最為奇也但命垣火宿為人胆大乙巳年二十五歲太歲埋蛇乙年太陰星化忌故主凶亡

權祿加會當至極貴富祿存守命垣被對官忌星冲破為吉處藏凶三十二歲大限到寅地劫相合小限到申天空值守太小二限相冲故战死于乌江

張子房命

天姚 巨門 小耗 田宅 冠	文昌 天同 廉貞 右弼 祿 將軍 官祿 旺	天座 左輔 天空 小限 天傷 奏書 奴僕 衰	文曲 七殺 天鉞 飛廉 遷移 病
貪狼 鳳閣 太陰 擎羊 鈴星 青龍 福德 沐	陽男 甲午年五月初五日辰時生 乙酉年七十六歲三月初七故	火六局	天同 大限 天使 武曲 龍池 喜神 疾厄 死
地劫 力士 父母 沐			科 身 病符 財帛 墓
天府 紫微 祿存 博士 命垣 長生	天刑 火星 天鉞 天魁 陀羅 三台 八座 官府 兄弟 養	破軍 伏兵 妻妾 胎	太陽 天馬 忌 大耗 子女 絕

此是雙祿朝垣左右昌曲加會又兼紫府同宮作極富貴之命直須限落夾地故以命亡七十六大小二限在天傷天空天使衰死之地是以難逃

韓信之命

太歲 巨門 天空 地劫 小耗 兄弟 絕	天相 廉貞 身 將軍 命垣 胎	天刑 天梁 天鉞 奏書 父母 養	天馬 七殺 天哭 飛廉 福德 長生
文昌 貪狼 天虛 八座 鈴星 太陰 擎羊 青龍 妻妾 墓	陽男 甲戌年十一月初五日午時生 乙巳年三十二歲二月初四故	土五局	天同 大限 文曲 武曲 三台 喜神 田宅 沐
力士 子女 死			科 病符 官祿 冠
祿存 天府 紫微 左輔 龍池 博士 財帛 病	斗君 火星 天鉞 天魁 陀羅 天使 官府 疾厄 衰	右弼 破軍 鳳閣 伏兵 遷移 旺	太陽 天姚 忌 小限 天傷 大耗 奴僕 臨

紫府拱照左右加會祿合科權出將入相之命三十二歲小限在亥值傷忌太歲空劫在巳冲之又大限羊陀冲照故遭毒死

<table>
<tr><td colspan="4">李斯之命</td><td colspan="4">趙高之命</td></tr>
<tr><td>祿 太陽 太微
博士 官祿 絕</td><td>天刑 破軍 擎羊
天傷
力士 奴僕 胎</td><td>天机
大限 小限
青龍 遷移 喪 養</td><td>天府 紫微
天使
小耗 疾厄 長生</td><td>天鉞 天同 天馬
喜神 父母 絕</td><td>天府 武曲 太歲
飛廉 福德 胎</td><td>太陰 太陽 龍池 鳳閣
奏書 田宅 養</td><td>貪狼
忌 喪門
將軍 官祿 長生</td></tr>
<tr><td>武曲 陀羅
官府 田宅 墓</td><td colspan="2" rowspan="2">丙申年十月十一日戌時生
陽男
土五局
癸巳年五十八歲六月初三故</td><td>太陰 天鉞
地劫
將軍 財帛 身</td><td>左輔 破軍 吊客
祿 小限
病符 命垣 墓</td><td colspan="2" rowspan="2">癸卯年正月二十一日戌時生
陰男
土五局
甲午年五十二歲四月初八故</td><td>巨門 天姚 火星 天刑
天傷 地劫
小耗 奴僕 沐</td></tr>
<tr><td>天同 八座
祿
伏兵 福德 死</td><td>天姚 貪狼 鈴星 天哭
奏書 子女 冠</td><td>天哭 天魁
兄弟 死</td><td>天相 紫微 右弼 鈴星
青龍 遷移 冠</td></tr>
<tr><td>天馬 文曲 七殺 火星 天座
大耗 父母 病</td><td>左輔 天傷 右弼
天空 白虎
病符 命垣 衰</td><td>天相 廉貞 文昌
忌 科
喜神 兄弟 旺</td><td>三台 巨門 天魁
飛廉 妻妾 臨</td><td>文曲 廉貞 八座
伏兵 妻妾 病</td><td>天姚 擎羊
天空
官府 子女 衰</td><td>三台 文昌 七殺 祿存
博士 財帛 身 旺</td><td>天梁 陀羅
天使 大限
力士 疾厄 臨</td></tr>
<tr><td colspan="4">左右同宮日己月酉並明權祿加會爲富貴之命太歲喪門白虎沖命限是以見凶</td><td colspan="4">此爲祿合左右相會一生爵祿甚豐盈富貴雙全應有分紫破辰戌不忠故有指鹿爲馬之事大限夾地遇陀羅流年小限喪門吊客病符作殃故主凶亡</td></tr>
</table>

曹參之命

天機 陀羅 天空 地劫 力士 兄弟 臨	祿存 紫微 博士 命垣 身 冠	天刑 擎羊 斗君 白虎 官府 父母 沐	破軍 天鉞 流陀 伏兵 福德 長生
文昌 七殺 青龍 妻妾 旺	己酉年十一月二十五日午時 陰男 土五局	辛亥年六十三歲七月初九故	天哭 流祿 小限 吊客 大耗 田宅 養
天梁 太陽 將 官符 小耗 子女 衰			廉貞 鈴星 文曲 流羊 病符 官祿 胎
三台 天相 武曲 左輔 祿 將軍 財帛 病	巨門 天同 龍池 天使 喪門 奏書 疾厄 死	八座 右弼 貪狼 天魁 大限 飛廉 遷移 墓	天馬 太陰 天姚 太歲 天傷 喜神 奴僕 絕

紫微居午無殺湊左右權祿子寅二宮加會官資清顯至三公六十三歲太歲到天傷夾地又流年羊及照命酉人忌之為凶也

酈生之命

貪狼 廉貞 天鉞 鳳閣 天刑 喜神 命垣 臨	八座 巨門 天空 小限 飛廉 父母 冠	天相 奏書 福德 沐	天同 天梁 將軍 田宅 長生
太陰 將 地劫 病符 兄弟 旺	癸巳年九月初四日巳時生 陰男 土五局	戊戌年三十六歲正月十一故	七殺 武曲 文曲 天鉞 龍池 小耗 官祿 養
三台 天魁 天府 大耗 妻妾 身 衰			太歲 太陽 天傷 青龍 奴僕 胎
右弼 伏兵 子女 病	擎羊 破軍 紫微 天哭 大限 官府 財帛	左輔 天機 祿存 天使 博士 疾厄 墓	天馬 陀羅 天虛 力士 遷移 絕

科權夾貴之格本為美命只嫌空劫夾垣且文昌不宜與貪狼廉貞同立一生奔波勞碌三十六太歲天傷小限天空戌祿化吉小耗不堪重載是以凶也

百里奚命				慶忌之命			
七殺 紫微 天姚 大耗 田宅	文昌 右弼 伏兵 官祿 胎	天鉞 陀羅 天空 天傷 官府 奴僕 養	天馬 文曲 左輔 祿存 天哭 太歲 博士 遷移 長生	貪狼 廉貞 祿存 忌 流祿 博士 兄弟 長生	巨門 擎羊 流羊 力士 命垣 沐	文昌 天相 文曲 科 青龍 父母 冠	天馬 天姚 天同 天梁 大限 天空 小耗 福德 臨
天梁 天機 天虛 病符 福德 墓	陽男 庚申年七十一歲五月初二故	庚戌年五月二十日辰時生	破軍 廉貞 擎羊 大限 天使 力士 疾厄 沐	太歲 天刑 太陰 陀羅 鳳閣 流陀 官府 妻妾 養	戊辰年二十三歲三月初五故	陽男 丙午年八月初三日卯時生	天鉞 武曲 七殺 將軍 田宅 旺
鈴星 天相 三台 忌 地刼 喜神 父母 死	土五局		青龍 財帛 身 冠	右弼 天府 伏兵 子女 胎	金四局		太陽 龍池 奏書 官祿 衰
巨門 太陽 龍池 小限 飛廉 命垣 病	天刑 貪狼 天鉞 武曲 火星 權 奏書 兄弟 衰	太陰 天同 鳳閣 將軍 伏兵 旺	天府 八座 小耗 子女 臨	小限 地刼 大耗 財帛 弔客 絕	破軍 紫微 三台 八座 天使 病符 疾厄 墓	天哭 天機 天府 斗君 科 喜神 遷移 身 死	左輔 天刑 天傷 飛廉 奴僕 病

巨日同官祿合守照左右昌曲加會少年不順因限步行羊鈴地刼虛絕之地三十五方得遂志大限入酉擎羊敗地小限在命垣與太歲相冲祿馬例不吉

馬頭帶箭非天折而刑傷早年限行吉地作事崢嶸手能提飛鳥二十三歲大限到申值天空小限到寅遇地刼太歲天羅流羊流陀迭併以至遭凶而亡

廉頗之命

陀羅 天梁 天哭 龍池 科 力士 兄弟 臨	左輔 七殺 祿存 八座 博士 命垣 死	擎羊 天庫 小限 官府 父母 沐	三台 天鉞 廉貞 右弼 伏兵 福德 長生
天相 紫微 青龍 妻妾 旺	辛丑年七十三歲七月初八故	己丑年三月十五日戌時生 陰男 土五局	斗君 鳳閣 地劫 大耗 田宅 養
巨門 天機 火星 天桃 小耗 子女 衰			破軍 鈴星 流羊 病符 官祿 胎
文曲 貪狼 忌 權 將軍 財帛 身 病	太歲 太陽 太陰 天空 天使 奏書 疾厄 死	文昌 天魁 武曲 天府 祿 飛廉 遷移 墓	天同 天刑 天馬 天傷 大限 喜神 奴僕 絕

七殺朝斗富貴榮華祿合權會文武材能七十三歲大限在天傷之地太歲伏牛又在天空天使之地小限相冲流羊在戌冲照命垣是以凶

藺相如命

祿存 左輔 博士 官祿 身 長	天虛 文曲 天機 擎羊 天哭 三台 天傷 忌 小限 力士 奴僕 沐	天鉞 紫微 破軍 青龍 遷移 冠	文昌 八座 太歲 ○ 天使 大限 小耗 疾厄 臨
龍池 太陽 陀羅 官府 田宅 養	丙申年六十九歲五月初二故	戊子年二月十四日寅時生 陽男 金四局	右弼 天府 斗君 科 天空 將軍 財帛 旺
七殺 武曲 伏兵 福德 胎			鳳閣 太陰 天刑 鈴星 權 奏書 子女 衰
天馬 天梁 天同 天桃 火星 大耗 父母 絕	天魁 天機 地劫 病符 命垣 墓	巨門 喜神 兄弟 病	貪狼 廉貞 祿 飛廉 妻妾 病

左右加會終為吉科祿紫府最為良且兼限行美地一生名利得安康大限申官子生人不宜寅申限六十九歲丙申歲限是以命亡

劉伶之命

天相 小限 大限 小耗 官祿 絕	鳳閣 天梁 天刑 天傷 將軍 奴僕 胎	七殺 廉貞 天鉞 祿 奏書 遷移 養	龍池 天使 飛廉 疾厄 長生
三台 巨門 青龍 田宅 墓	乙亥年三十二歲二月初七故	陽男 水二局 甲辰年十月初四日戌時生	地劫 喜神 財帛 身 冠
貪狼 紫微 擎羊 力士 福德 死			天虛 天同 天鉞 八座 病符 子女 冠
天馬 太陰 天機 文曲 祿存 天哭 博士 父母 病	天魁 左輔 天府 右弼 陀羅 天空 官府 命垣 衰	文昌 太陰 斗君 忌 伏兵 兄弟 旺	武曲 破軍 太歲 科 權 大耗 妻妾 臨

雖有左右同垣坐貴向貴之局，生處帶空，猶如半天折翅，且身官怯劫，並無正曜。三十二歲大限行巳宮，小限亦到巳，太歲相冲，劫空正會撓，故死於其年。

韓通之命

祿存 太陽 流祿 博士 田宅 絕	左輔 破軍 文曲 擎羊 流羊 太限 力士 官祿 身 胎	天九 天鉞 忌 天傷 青龍 奴僕 養	天馬 天府 紫微 右弼 文昌 科 小限 小限 遷移 長生
鳳閣 武曲 陀羅 流陀 官府 福德 墓	戊戌年四十一歲三月初八故	陽男 水二局 戊午年三月十五日寅時生	太陰 權 天空 天使 將軍 疾厄 沐
鈴星 天同 天姚 伏兵 父母 死			太歲 貪狼 龍池 斗君 祿 奏書 財帛 冠
七殺 大耗 命垣 病	火星 天府 天魁 地劫 病符 兄弟 衰	天相 廉貞 天哭 天虛 喜神 妻妾 旺	巨門 天刑 飛廉 子女 臨

七殺朝斗，富貴榮華；紫府朝垣，終身福厚；左右昌曲加會，尊居八位。人限到午，太歲謂之沈馬，太歲地網，戌午卯羊，任午流陀在辰，命垣七殺重逢，羊陀迭併，故死。

宋璟之命

巨門 太陽 文昌 龍池 天使 小耗 疾厄 絕

貪狼 武曲 天鉞 祿 流羊 青龍 遷移 冠

鳳閣 太陰 天同 文曲 擎羊 天傷 權 大限 流祿 力士 奴僕 沐

三台 左輔 天府 祿存 太歲 流陀 博士 官祿 長生

右弼 天相 八座 利 天空 將軍 財帛 旺

天梁 天機 鈴星 天刑 天虛 忌 奏書 子女 衰

陀羅 官府 田宅 養

破軍 廉貞 伏兵 福德 胎

七殺 紫微 小限 飛廉 妻妾 病

喜神 兄弟 死

天魁 地劫 病符 命垣 墓

天姚 火星 天馬 天哭 大耗 父母 絕

陽男

戊辰年二月初一日寅時生

丁巳年五十歲十月初八故

金四局

府相左右科祿朝垣祿合格局明白貴人受命垣固論富貴終身只是劫空在命故壽不長小限七殺流年羊陀太歲冲命甚凶其年傷壽

賈誼之命

右弼 破軍 祿 天空 天使 將軍 疾厄 絕

龍池 文昌 文曲 鳳閣 流陀 奏書 遷移 身 胎

左輔 紫微 太歲 天傷 飛廉 奴僕 養

天鉞 天機 天馬 [illegible] 喜神 官祿 長生

天虛 火星 流羊 小限 財帛 墓

大限 青龍 子女 死

七殺 小限 兵符 田宅 木

天哭 天梁 太陽 天魁 天姚 大耗 福德 冠

天刑 太陰 陀羅 利 力士 妻妾 病

貪狼 祿存 忌 博士 兄弟 衰

三台 巨門 天同 擎羊 八座 權 官府 命垣 旺

天相 武曲 地劫 伏兵 父母 臨

陰男

癸卯年三月初十日卯時生

庚午年二十八歲四月初八故

金四局

文星暗拱年少登科天機天鉞正照以為吉兆小限到天羅大限到地網太歲天傷夾地流羊流陀三方合命垣且命原犯擎羊故夭亡於二十八歲

馬周之命　傅毅之命

馬周之命

己卯年九月十八日未時生
陰男
火六局
丁卯年四十九歲四月初九故

- 廉貞 天鉞 天傷　伏兵　奴僕　病
- 鳳閣 擎羊 龍池　官府　官祿　死
- 祿存 七殺 地劫　博士　田宅　墓
- 陀羅 天梁 科 天馬 天刑 三台　力士　身 福德　絕
- 八座 天虛 火星 天姚　大耗　遷移　衰
- 破軍 鈴星 天使 大限　病符　疾厄　旺
- 天相 紫微 天空　青龍　父母　胎
- 天哭 巨門 天機 文昌 太歲　小耗　命垣　養
- 文曲 天同 忌　喜神　財帛　臨
- 天府 武曲 左輔 天姚 祿　飛廉　子女　冠
- 太陽 太陰 小限　奏書　妻妾　沐
- 右弼 貪狼 權　將軍　兄弟　長生

巨機居卯位至公卿限步逆行以為美兆未官見有擎羊故主壽難長久大限入於天使小限擎羊沖會故作倒限傷壽

傅毅之命

甲子年十二月二十四戌時生
陽男
火六局
甲戌年七十一歲四月初九故

- 天刑 小限 天傷　飛廉　奴僕　病
- 天鉞　奏書　官祿　衰
- 天哭 天虛　將軍　田宅　旺
- 七殺 紫微　小耗　福德　臨
- 廉貞 破軍 地劫 祿 權　喜神　遷移　死
- 鈴星 太歲 天使 大限　病符　疾厄　墓
- 天梁 天機　青龍　父母　冠
- 左輔 天相 擎羊　力士　命垣　沐
- 右弼 天[illegible]　大耗　財帛　絕
- 太陰 天同 文曲 天姚　伏兵　子女　胎
- 貪狼 武曲 陀羅 天姚 科 天空　官府　妻妾　養
- 天馬 巨門 太陽 文曲 祿存 忌 火星　博士　兄弟　長生

權祿加會擎羊逢力士不得十分富貴亦為終身福厚之論命垣喜坐火位皆為吉兆直到大限游於天使夾地小限七十一又逢天傷天刑故此限難過去

魏豹之命

陽男 庚申年七月二十五日巳時生

土五局

丙申年三十七歲九月初五故

- 破軍 祿存 太歲 天傷 —— 博士 奴僕 長生
- 天姚 陀羅 天鉞 斗君 大限 —— 官府 官祿 養
- 紫微 天空 —— 伏兵 田宅 胎
- 文昌 天機 —— 大耗 福德 死
- 文曲 擎羊 —— 力士 遷移 沐
- 天哭 天府 廉貞 左輔 鈴星 三台 小限 天使 —— 青龍 疾厄 忌
- 右弼 七殺 八座 地劫 —— 病符 父母 墓
- 天梁 太陽 天刑 祿 —— 喜神 命垣 死
- 太陰 —— 小耗 財帛 臨
- 貪狼 龍池 —— 將軍 子女 旺
- 巨門 天同 天魁 科 —— 奏書 妻妾 衰
- 火星 天相 武曲 天馬 鳳閣 忌 權 天虛 —— 飛廉 兄弟 病

科祿相逢遇太陽天梁同位最高強運限順行俱爲吉後因大限遇陀星小限地網丙年廉貞化忌凶又兼申人忌鈴星故主難過郝此歲

劉都衙命

陽男 甲午年九月初三日未時生

火六局

戊子年五十五歲十月十三故

- 巨門 太陽 天馬 忌 天傷 —— 飛廉 奴僕 病
- 貪狼 武曲 天鉞 科 —— 奏書 官祿 衰
- 太陰 天同 地劫 —— 將軍 田宅 旺
- 天刑 天府 —— 小耗 身福德 臨
- 天姚 天相 大限 小限 —— 喜神 遷移 死
- 天梁 天機 龍池 天使 —— 病符 疾厄 墓
- 鳳閣 天空 —— 青龍 父母 冠
- 擎羊 破軍 廉貞 文昌 鈴星 權 祿 —— 力士 命垣 沐
- 七殺 紫微 文曲 斗君 —— 大耗 財帛 絕
- 天虛 左輔 天哭 八座 太歲 —— 伏兵 子女 胎
- 陀羅 火星 天魁 —— 官府 妻妾 養
- 祿存 右弼 三台 —— 博士 兄弟 長生

貞破卯酉作公卿權祿雖生逢落於陷地不能發達不過公門冲軒昂而已二限到夾地不免山禍且文昌不宜見貪破又見羊鈴故主凶亡

姜恒之命　周勃之命

七殺 紫微 陀羅 鳳閣 天傷 大限 力士 奴僕 病	祿存 文曲 博士 遷移 衰	擎羊 天使 官府 疾厄 旺	文昌 伏兵 財帛 臨	祿存 巨門 三台 博士 官祿 絕	天相 廉貞 擎羊 天刑 天傷 忌 大限 力士 奴僕 胎	天梁 青龍 遷移 養	七殺 天使 小耗 疾厄 長生
天祿 天機 左輔 科 青龍 身 官祿 死	陰男 乙丑年六十九歲十二月初五故	丁巳年正月十二日寅時生	龍池 破軍 廉貞 天鉞 天刑 天空 大耗 子女 冠	龍池 貪狼 陀羅 田宅 墓	陽男 丙寅年五十一歲八月初五故	丙子年十月初五日戌時生	八座 天同 天鉞 祿 將軍 財帛 身 沐
火星 天相 三台 斗君 小限 小耗 田宅 墓	水三局		右弼 鈴星 病符 妻妾 沐	太陰 伏兵 福德 死	土五局		天姚 武曲 鈴星 鳳閣 奏書 子女 冠
巨門 太陽 忌 將軍 福德 絕	貪狼 武曲 天姚 天哭 太歲 地劫 奏書 父母 胎	太陰 天同 祿 權 飛廉 命垣 養	八座 天馬 天府 天魁 喜神 兄弟 長生	文曲 天府 紫微 火星 天馬 太歲 大耗 父母 病	左輔 天機 右弼 權 病符 命垣 衰	文昌 破軍 科 小限 喜神 兄弟 旺	太陽 天魁 飛廉 妻妾 臨

雙祿加會無不富貴左右同宮終身福厚空劫身命壽年難長大限入於天傷夾地小限相沖丙寅年太歲病耗相臨且子生人不宜寅歲限故死於是年

太陰天同居子守命丙丁人富貴忠良權祿生逢入將出相之命大限到於巳宮又逢陀羅且巳生人切忌本身臨又太歲地劫天哭星作撓是以凶也

樂毅之命

<table>
<tr><td>七殺 紫微 陀羅
流陀
力士 官祿 臨</td><td>天刑 祿存 八座
天傷
博士 奴僕 冠</td><td>擎羊
流羊
官府 遷移 沐</td><td>三白 天鉞
天使
伏兵 疾厄 長生</td></tr>
<tr><td>天梁 天機
科
青龍 田宅 旺</td><td colspan="2" rowspan="2">陰男
己酉年十月初八日戌時生
己丑年四十一歲八月初七故
水二局</td><td>破軍 廉貞 天哭
大限 地劫
大耗 財帛 身 養</td></tr>
<tr><td>火星 天相 天虛
將軍 福德 病</td><td>天姚 鈴星
病符 子女 胎</td></tr>
<tr><td>巨門 太陽 文曲
忌
將軍 父母 病</td><td>左輔 貪狼 武曲 右弼
權 祿 天空
奏書 命垣 死</td><td>太陰 天同 文昌 天魁
飛廉 兄弟 衰</td><td>天馬 天府
小限
病符 妻妾 絕</td></tr>
</table>

趙奢之命

<table>
<tr><td>貪狼 廉貞 祿存 八座
祿 大限
博士 官祿 長生</td><td>文昌 巨門 擎羊
天傷
力士 奴僕 沐</td><td>左輔 天相 右弼 天鉞
天空 科 流陀
青龍 遷移 冠</td><td>天梁 天同 文曲 天馬
天使
小耗 疾厄 臨</td></tr>
<tr><td>天姚 太陰 陀羅 鳳閣
權
官府 田宅 養</td><td colspan="2" rowspan="2">陽男
戊午年四月初三日辰時生
庚子年四十三歲二月初七故
金四局</td><td>七殺 武曲 三台
將軍 財帛 身 旺</td></tr>
<tr><td>鈴星 天府
地劫
伏兵 福德 胎</td><td>太陽 龍池
小限
奏書 子女 衰</td></tr>
<tr><td>大耗 父母 絕</td><td>破軍 紫微 天魁 火星
病符 命垣 墓</td><td>天哭 天虛 天机 天刑
忌 太歲
喜神 兄弟 死</td><td>飛廉 妻妾 病</td></tr>
</table>

貪武同行左右同宮權祿生逢俱吉奈遇三方四正俱見羊陀劫空進退聲名大限游於太歲之地破哭劫耗流羊流陀迭併太歲入命亦忌沖照是以死也

利祿拱照富貴聲揚左右拱朝終身福厚三十四歲大限入巳宮四十三歲庚子年太歲進忌三方陀忌沖照又流羊流陀沖命小限入地網日月陷地故凶

陸賈之命　楊孔目命

天馬　天銀　武曲　文昌　天哭　科　天使　小耗　疾厄　長生

巨門　天同　權　青龍　遷移　養

文曲　貪狼　擎羊　天傷　力士　奴僕　胎

左輔　太陰　祿存　太歲　大限　博士　身宮祿　絕

斗君　太歲　小耗　遷移　絕

七殺　廉貞　忌　天傷　青龍　奴僕　養

天梁　擎羊　力士　官祿　死

祿存　天相　博士　田宅　病

天梁　太陽　右弼　天鉞　天空　將軍　財帛　沐

天虛　天府　廉貞　陀羅　斗君　忌　官府　田宅　墓

丙戌年二月初七日寅時生

陽男　土五局

己巳年四十四歲五月初四故

七殺　天刑　奏書　子女　冠

八座　鈴星　伏兵　福德　死

天鉞　天刑　天使　將軍　疾厄　胎

天哭　文昌　天同　右弼　鈴星　祿　科　小限　大限　奏書　財帛　養

左輔　巨門　文曲　陀羅　官府　福德　衰

丙申年正月初八日子時生

陽男　木三局

戊申年七十三歲七月初三故

貪狼　紫微　八座　伏兵　父母　絕

天魁　天鉞　天空　小限　權　飛廉　夫妻　臨

紫微　破軍　喜神　兄弟　旺

火星　地劫　病符　命垣　衰

天姚　破軍　龍池　大耗　父母　病

三台　武曲　破軍　天魁　天空　地劫　飛廉　子女　長生

太陽　喜神　夫妻　沐

天府　天姚　病符　兄弟　冠

天馬　太陰　天機　火星　天虛　權　大耗　身命垣　臨

雙祿朝垣左右巨日拱照只嫌祿主纏於弱地因此發不主財兼且火星劫空在命半天折翅之論限歲俱到陷地小限又且重併故四十四歲難全命也

機月同梁作吏人命垣坐寅申之地科祿加會若無羊刃火鈴合照乃主正路功名顯貴大小二限入於地網怕逢鈴星又且太歲沖命垣故主倒壽

郭恪之命　葉英之命

郭恪之命

癸丑年三月初七日寅時生
陰男
水二局
丙午年五十四歲五月初三故

- 文昌　喪門　廉貞　大限　右弼｜將軍　遷移　長生
- 天虛　天傷｜奏書　奴僕　沐
- 左輔　七殺　太歲　文曲｜飛廉　身官祿　冠
- 天鉞　天姚　天哭　龍池｜喜神　田宅　臨
- 鳳閣　天使　天空｜小耗　疾厄　養
- 天相　紫微｜病符　福德　旺
- 破軍　祿　鈴星｜青龍　財帛　臨
- 天魁　權　巨門　天機　火星　天姚｜大耗　父母　衰
- 陀羅　天同　天馬　天刑｜力士　子女　絕
- 天府　武曲　祿存　三台　小限｜博士　夫妻　墓
- 太陰　科　太陽　擎羊　地劫｜官府　兄弟　死
- 貪狼　忌　八座　白虎｜伏兵　命垣　病

廉貞七殺午中宮主人流蕩天涯左右昌曲雖然加會拱照只嫌命垣貪狼化忌因為商賈在外太歲洮馬五十四歲小限在子冲之喪門白虎合命故凶

葉英之命

丙辰年三月二十二日子時生
陽男
水二局
丁丑年二十二歲五月初五故

- 天相　武曲　右弼　龍池｜小耗　官祿　長生
- 巨門　小限　天同　祿　大限｜青龍　田宅　養
- 左輔　貪狼　擎羊　鳳閣｜力士　福德　臨
- 祿存　太陰｜博士　父母　絕
- 天梁　太陽　天鉞　天傷｜將軍　奴僕　沐
- 文曲　天府　廉貞　陀羅　忌｜官府　命垣　墓
- 文昌　科　七殺　鈴星　天虛｜奏書　遷移　冠
- 三台　天姚｜伏兵　兄弟　死
- 八座　天空　天刑　權　天機　地劫　天魁　天使｜飛廉　疾厄　臨
- 紫微｜喜神　財帛　旺
- 太歲｜病符　子女　衰
- 火星　破軍　天馬　天哭｜大耗　夫妻　病

紫相昌曲相逢加會本作美論奈嫌曲昌不宜見廉貞化忌秋云文昌文曲逢廉貞喪命夭壽之人故死於二十二歲

王欽若命

天相 斛軍 父母 臨	文昌 天梁 忌 小耗 福德 冠	七殺 廉貞 天姚 天空 青龍 田宅 沐	陀羅 文曲 科 力士 官祿 長生
右弼 巨門 祿 奏書 命垣 旺	陰男	辛酉年七月初五日寅時生	天哭 祿存 天傷 博士 奴僕 養
天虛 貪狼 紫微 火星 天刑 地劫 飛廉 兄弟	壬子年五十三歲正月十一故	水二局	鈴星 天同 左輔 擎羊 小限 大限 官府 遷移 胎
太陰 天魁 三台 喜神 妻妾 病	龍池 天府 鳳閣 病符 子女 死	八座 太陽 太歲 權 大耗 身 財帛 墓	破軍 武曲 天馬 天使 伏兵 疾厄 絕

科祿祿拱文學聲揚左輔右弼尊居八位富貴雙全之命大小二限入地網又遇擎羊酉人遇之必凶損壽

楊國忠命

斗君 祿存 博士 命垣 身 絕	天機 擎羊 忌 力士 父母 胎	天鉞 破軍 紫微 左輔 右弼 科 青龍 福德 養	天哭 天馬 太歲 小耗 田宅 長生
天姚 太陽 陀羅 官府 兄弟 墓	陽男	戊戌年四月初六日子時生	天府 將軍 官祿 沐
七殺 武曲 鈴星 伏兵 妻妾 死	丙申年五十九歲二月初五故	土五局	太陰 奏書 奴僕 冠
天梁 天同 龍池 八座 小限 大耗 子女 病	火星 天相 天解 病符 財帛 衰	鳳閣 巨門 天刑 三台 喜神 疾厄 旺	貪狼 廉貞 大限 空劫 飛廉 遷移 臨

真正府相朝垣格食祿千鍾雖然作得祿合格局又忌廉貪二星空劫冲破不得富貴綿遠大限落於廉貪陷地小限在寅對冲太歲爲祿倒馬倒之論

安慶禮命

巨門 太陽　大耗 田宅 病

貪狼 武曲 忌　病符 福德 衰

太陰 天同　喜神 父母 旺

左輔 天府 天鉞 三台 科　飛廉 命垣 臨

右弼 天相 地劫　伏兵 官祿 死

陀羅 天梁 天机 鈴星 太歲 天傷 祿 天哭 天刑 大限　官府 奴僕 墓

奏書 兄弟 冠

破軍 文曲 天魁　將軍 妻妾 沐

壬申年二月十三日戌時生

陽男

火六局

壬戌年五十一歲四月初八故

七殺 紫微 祿存 權　博士 遷移 絕

龍池 擎羊 天使 小限　力士 疾厄 胎

天空　青龍 身 財帛 養

天姚 火星 天馬 天虛 鳳閣　小耗 子女 長生

科祿加會左右扶持皆得稱意富貴全美流年太歲大限入戌申人忌鈴星且兼天刑天傷天哭小限又在天使之地俱為倒壽之年也

嚴子陵命

太陰 天機 文曲 天鉞 忌　伏兵 福德 長生

天哭 天府 擎羊　官府 父母 沐

文昌 太陽 祿存　博士 命垣 冠

天虛 破軍 武曲 陀羅 祿　力士 兄弟 臨

貪狼 紫微 天姚 火星 權　大耗 田宅 養

巨門 鈴星　病符 官祿 胎

天同　青龍 妻妾

三台 龍池　小耗 子女 衰

己亥年九月二十八日辰時生

陰男

土五局

辛亥年七十三歲五月初七故

八座 鳳閣 天相 太歲 大限 天傷　喜神 奴僕 絕

左輔 天梁 天魁 科　飛廉 遷移 墓

七殺 廉貞 文昌 小限 天使　奏書 疾厄 死

右弼　將軍 身 財帛 病

太陽居午無殺湊左右扶持福不輕因有文昌同科祿富貴雙全壽至終七十三歲大限天傷小限天使不吉損壽

漢光武命　王莽之命

漢光武命

祿存 右弼 天府 文曲 八座 太歲 博士 兄弟 長生	鳳閣 太陰 祿 天同 擎羊 天姚 力士 命垣 沐	貪狼 武曲 青龍 父母 冠	巨門 太陽 龍池 將軍 福德 身 臨
陀羅 官府 妻妾 養	丁巳年六十一歲二月初十故	陽男　金四局 丙辰年六月初一日丑時生	三台 左輔 科 天相 文昌 天鉞 將軍 田宅 旺
破軍 忌 廉貞 伏兵 子女 胎			天馬 權 天梁 天機 天空 鈴星 奏書 官祿 衰
天哭 火星 天馬 天刑 大耗 財帛 絕	斗君 天使 病符 疾厄 墓	天限 地劫 喜神 遷移 死	七殺 紫微 天魁 小限 天傷 飛廉 奴僕 病

王莽之命

天梁 小耗 父母 病	左輔 七殺 將軍 福德 死	天鉞 太歲 奏書 田宅 墓	右弼 廉貞 祿 飛廉 官祿 絕
天相 紫微 文曲 青龍 身 命垣 衰	癸未年六十歲九月十二日故	陽男　木三局 甲申年三月初九日子時生	天傷 小限 喜神 奴僕 胎
巨門 天機 擎羊 天姚 力士 兄弟 旺			天哭 權 文昌 破軍 鈴星 大限 病符 遷移 養
鳳閣 祿存 火星 貪狼 天馬 天虛 三台 博士 妻妾 臨	陀羅 忌 太陰 太陽 天魁 官府 子女 冠	天府 科 武曲 龍池 八座 伏兵 財帛 沐	天同 天刑 天空 地劫 天使 大耗 疾厄 長生

馬頭帶箭鎮禦邊疆，權祿生逢財官雙美，二十四歲後限行吉地，位登九五。直到五十四大限入於地劫之宮，小限天傷不吉，損壽。

科權祿拱，名譽聲揚。紫破辰戌，為臣不忠，篡漢之位是也。且申人忌見火鈴，五十三大限入戌，遇火鈴地網，重併小限天傷，遭刑傷而亡。

楊貴妃命　淫妖女命

天刑 天使 病符 疾厄	天機 天魁 大耗 財帛 死	破軍 紫微 伏兵 子女 墓	陀羅 官府 夫 絕	太陰 大耗 夫 胎	天虛 貪狼 天哭 地劫 小限 病符 兄弟 冠	巨門 天同 天鉞 喜神 命垣 沐	天相 武曲 科 飛廉 父母 長生
文曲 太陽 科 喜神 遷移	陰女 木三局 辛酉年九月初十日子時生 辛巳年二十一歲九月初二故		祿存 天府 天姚 博士 兄弟 胎	左輔 天府 廉貞 祿 天空 伏兵 子女 旺	陽女 土五局 甲子年正月初七日未時生 癸卯年四十一歲九月初九故		天梁 太陽 天刑 奏書 福德 身 養
七殺 武曲 火星 天傷 飛廉 奴僕 旺			文昌 太陽 鈴星 擎羊 忌 力士 身命垣 養	擎羊 文昌 太歲 大限 官府 財帛 衰			右弼 七殺 鈴星 將軍 田宅 胎
天鉞 天梁 天同 右弼 奏書 官祿 臨	天相 將軍 田宅 冠	左輔 巨門 祿 小耗 福德 沐	貪狼 廉貞 天馬 天空 地劫 小限 青龍 父母 長生	火星 天馬 破軍 祿存 權 天使 博士 疾厄 病	陀羅 天魁 天姚 力士 遷移 死	紫微 天傷 青龍 奴僕 墓	文曲 天機 小耗 官祿 絕

坐貴向貴得貴人寵愛文昌文曲加會女命不宜見之經云楊妃好色三合文昌文曲太歲羊陀迭併小限子午相沖故損壽

太陰雖在廟鄉但女命嫌文昌同度況羊鈴忌星併集雖三方吉拱何益文昌訣云文昌擎羊火鈴忌若不為娼終妖折驗如此矣

張侍郎命				娼婦之命			
天鉞 天傷 喜神 奴僕 長生	左輔 天機 遷移 養	破軍 祿 天使 奏書 疾厄 胎	將軍 財帛 絕	天鉞 巨門 天馬 奏書 田宅 絕	天相 廉貞 官祿	文昌 左輔 天梁 右弼 文曲 天傷 喜神 奴僕 養	七殺 天空 病符 遷移 身 長生
文曲 太陽 官祿 沐	陰男	癸巳年十一月十四日子時生	天府 龍池 小耗 子女	貪狼 天姚 將軍 福德	陰女	癸亥年四月二十六日卯時生	天同 火星 天使 大耗 疾厄 沐
三台 七殺 武曲 大耗 田宅 冠	金四局		文昌 太陰 科 妻妾 死	天魁 太陰 科 小耗 父母 死	水二局		武曲 鈴星 伏兵 財帛 冠
天同 天梁 伏兵 福德 臨	天相 官府 父母 旺	巨門 祿存 權 命垣 衰	貪狼 廉貞 陀羅 八座 忌 地劫 力士 兄弟 病	天府 紫微 地劫 青龍 命垣 病	天機 擎羊 力士 兄弟 衰	天刑 破軍 祿存 祿 博士 夫 旺	太陽 陀羅 子女 臨

七殺臨身終不美天空地劫再無良雖有紫府守命垣而夫君子媳二官甚混雜且姚忌居於福德其賤無疑矣

權會巨門威揚果作諫臣太陰文昌於妻宮蟾宮折桂太陽文曲於官祿星殿朝班癸生人會巨門為石中隱玉格信此驗矣只兄弟落陷巢是否不如人矣

孔允夫命

丁丑年九月十八日辰時生

陰男

水二局

戊申年三十二歲五月初二故

貪狼 文曲 太歲 伏兵 福德

天虛 太陰 太陽 官府 父母 沐

祿存 天官 武曲 文昌 流羊 博士 命垣 冠

天哭 陀羅 天同 天刑 龍池 祿 三台 力士 兄弟 臨

巨門 天貝 天鉞 忌 科 八座 田宅

天相 紫微 鈴星 天空 病符 官祿 胎

破軍 流陀 旺

火星 小耗 子女 衰

天馬 天同 天刑 天傷 奴僕 絕

左輔 地劫

天使 奏書 疾厄 死

右弼 廉貞 小限 大限 將軍 身 財帛 病

權祿夾命之格左右加會財召雙美無不富貴三十二歲小限大限在寅太歲在申冲照飛廉同併流羊又加以七殺重逢是為凶也

郭子儀命

丁酉年三月二十二日戌時生

陰男

水二局

辛酉年八十五歲三月初五故

右弼 武曲 天相 伏兵 福德 長生

巨門 天同 擎羊 忌 小限 官府 父母 沐

左輔 貪狼 祿存 博士 命垣 冠

太陰 祿 力士 兄弟 臨

天哭 天梁 太陽 天同 太歲 地劫 大限 大耗 田宅

天府 廉貞 青龍 妻妾 旺

七殺 鈴星 病符 官祿 胎

三台 天虛 火星 天姚

八座 天刑 天姚 天馬 科 天傷 喜神 奴僕 絕

文昌 紫微 飛廉 墓

陀羅 天空 天使 奏書 疾厄 死

文曲 破軍 身 財帛 病

權祿夾命之格又兼昌曲加會無不富貴之論八十五歲大歲併限於地劫小限又行擎羊忌宿酉人有忌故終壽於此年

王珪之命　李太白命

王珪之命

文昌　伏兵　福德　長生

天姚　七殺　廉貞　擎羊　官府　父母　沐

文曲　天祿　祿存　博士　命垣　冠

陀羅　天相　鳳閣　力士　兄弟　臨

龍池　天鉞　天空　天耗　田宅

右弼　巨門　忌　青龍　妻妾　旺

左輔　天同　鈴星　吊客　病符　官祿　身　胎

貪狼　紫微　火星　天刑　小耗　子女　衰

破軍　武曲　天月　天機　天傷　喜神　奴僕　絕

太陽　太歲　飛廉　遷移　墓

八座　天哭　天府　三台　天使　地劫　限　奏書　疾厄　死

太陰　天機　科　小限　喪門　將軍　財帛　病

陰男

丁巳年七月初四日寅時生

庚子年四十四歲三月初八故

水二局

李太白命

破軍　小耗　田宅　長生

青龍　福德　養

擎羊　紫微　天刑　力士　父母　胎

祿存　天機　天空　地劫　博士　身　命垣　絕

文昌　七殺　陀羅　科　入座　小限　官府　兄弟　墓

天梁　太陽　伏兵　妻妾　死

天鉞　將軍　官祿　沐

天姚　天府　廉貞　文曲　鈴星　三台　忌　天虛　天傷　天限　奏書　奴僕　冠

天相　武曲　火星　天哭　大耗　子女　病

巨門　天同　左輔　右弼　祿　病符　財帛　衰

貪狼　天使　喜神　疾厄　旺

太陰　天魁　飛廉　遷移　臨

陽男

丙辰年十一月初十日午時生

戊戌年四十三歲四月初七故

水二局

梁居午位官資清顯朝堂命垣文曲位至台卿四十四歲喪門吊客太歲沖凶三殺又照故損壽凡天梁對照文曲夾命者合此格

天魁天鉞世稱李白文華權祿生逢欣然人相左右加會富貴終身只奈空劫在命垣壽不長久大小二限天羅地網是以凶也

吳東直命

龍池 文昌 鳳閣 小限　博士 命垣 長生

七殺 廉貞　官府 兄弟 沐

祿存 文曲　博士 妻妾 冠

天同 七殺 紫微 天馬 陀羅　力士 子女 臨

祿存 文曲 天哭　博士 命垣 長生

天刑 破軍 紫微 天鉞 陀羅 太歲　官府 兄弟 養

文昌 天機　伏兵 妻妾 胎

大耗 子女 絕

太歲　大耗 父母 養

破軍 貪狼　病符 福德 胎

文昌 天機 科　青龍 財帛 旺

天相 太歲 天使　小耗 疾厄 衰

天府 擎羊　官府 父母 沐

太陰　青龍 福德 冠

太陽 祿 天虛　病符 身財帛 墓

七殺 武曲 鈴星 權　喜神 疾厄 死

陰男　土五局

末年九月

乙卯年八十九歲二月十六日故

陽男　水二局

庚戌年十一月十二日辰時生

乙未年四十六歲七月初九故

喜神 田宅 絕

天哭 天同 左輔 祿 權　飛廉 官祿 墓

貪狼 武曲 天虛 大限 天傷 地劫　奏書 奴僕 死

巨門 太陽 右弼 忌　將軍 遷移 病

貪狼 廉貞 天姚　小耗 田宅 臨

右同 巨門 鳳閣　將軍 官祿 旺

三台 天魁 天相 火星 天傷 大限 忌 小限　奏書 奴僕 衰

天梁 天同 左輔 龍池 科　飛廉 遷移 病

祿權守垣居於寅子二方照拱命坐文昌故主儒雅秘云天同正遇機梁宿左輔扶持福不輕值大限劫地小限空殺交併死

巨日拱照日辰月戌並爭榮曜祿科俱會左右拱照終身富貴大小二限入天傷忌凶之地太歲逢陀羅天刑俱至凶兆其年命終

燕哲之命　顧孟錫命

燕哲之命

天哭 天同 小耗 子女 長生	文昌 科 武曲 天府 妻妾 沐	太陽 忌 太陰 小限 奏書 兄弟 冠	天哭 文曲 貪狼 天同 飛廉 命垣
破軍 科 天虛 財帛	甲戌年九月二十六日寅時生	陽男	巨門 天机 天姚 天空 喜神 父母 旺
擎羊 鈴星 天使 力士 疾厄 胎	乙亥年三十二歲七月十二故	金四局	天相 紫微 病符 福德 衰
龍池 右弼 廉貞 祿存 祿 遷移 絕	八座 陀羅 天魁 火星 三台 天傷 地劫 大限 奴僕 墓	鳳閣 七殺 左輔 伏兵 官祿 身 死	天[illegible] 大耗 田宅

祿權加會左右拱照終身福厚之論主人性燥暴大限到於陀羅之星戊生人有忌且地劫火星同併小限逢忌相冲故死於五十二歲

顧孟錫命

大耗 子女 絕	太陰 科 天同 文昌 斗君 伏兵 妻妾 胎	天刑 貪狼 武曲 天鉞 陀羅 天空 官命 養	巨門 祿 太陽 文曲 祿存 博士 命垣 長生
貪狼 財帛	陽男	庚申年十一月二十日辰時生	三台 天相 擎羊 力士 父母 沐
破軍 廉貞 地劫	壬子年五十三歲九月初三故	水二局	天哭 天梁 天机 鈴星 福德 冠
天刑 火星 左輔 天府 天相 大限 飛廉 病	天魁 奏書 奴僕 衰	龍池 右弼 將軍 官祿 旺	七殺 紫微 天姚 小耗 田宅 臨

巨日同宮雙祿守垣左右拱照為富貴宜矣奈申人大小二限行於火星之位見凶也即死於五十三歲

郵王之命　馬直節命

郵王之命				馬直節命			
太陽 忌 父母	文曲 破軍 三台 權 將軍 福德 死	天鉞 天叔 天姚 天空 奏書 田宅 墓	天府 紫微 文曲 八座 官祿 絕	天刑 八座 忌 大耗 子女 胎	天梁 伏兵 妻妾 胎	七殺 廉貞 天鉞 陀羅 地劫 官府 兄弟 養	天馬 右弼 祿存 博士 命垣 長生
右弼 武曲 祿 小限 青龍 命垣	甲申年七月二十一日辰時生　陽男　木三局　庚寅年六十七歲三月初十故		太陰 天傷 喜神 奴僕 胎	巨門 太歲 病符 財帛 墓	庚午年三月二十八日申時生　陽男　水二局　丙辰年四十七歲正月初七故		三台 擎羊 力士 父母 沐
天同 天刑 地劫 力士 兄弟 旺			天哭 左輔 貪狼 鈴星 病符 養	貪狼 紫微 鈴星 天姚 天使 天空 疾厄 死			天同 科 青龍 福德 冠
祿存 天馬 七殺 火星 天虛 太歲 博士 妻妾 臨	陀羅 天梁 天魁 官府 子女 旺	天相 廉貞 龍池 祿 伏兵 財帛 身 沐	巨門 大限 天使 大耗 疾厄 長生	太陰 天叔 文昌 小限 飛廉 病	天魁 天府 火星 天傷 大限 奏書 奴僕 衰	天虛 太陽 文曲 天哭 祿 將軍 官祿 身 旺	破軍 武曲 天刑 小耗 田宅

巨日拱照明祿暗祿允為富貴四十七歲大限到於天傷小限冲命垣太歲天羅病符作惡故死於是年也

貪武同行左右對守本為吉命一生坐享富貴六十七歲太歲到寅火星凶矣小限天羅猴人作鬼是凶

寧萃之命

貪狼 廉貞 天刑 太歲 大耗 子女 臨	文曲 巨門 龍池 伏兵 妻妾 冠	陀羅 忌 天相 小限 喪門 官府 兄弟 沐	天梁 忌 天同 文昌 祿存 天虛 命垣 長生
文昌 太陰 病符 財帛 旺	辛巳年五十二歲三月初七故 水二局	庚寅年九月初一日寅時生 陽男	七殺 武曲 擎羊 天姚 忌 天空 力士 父母 養
鈴星 天府 天使 疾厄 衰			太陰 福德 胎
八座 右弼 大限 飛廉 遷移 病	破軍 紫微 火星 天魁 天傷 地劫 奏書 奴僕 死	三台 天機 將軍 身 官祿 死	小耗 田宅 絕

機月同梁之格，一生吏業爭榮，五十二歲大限夾地，辛巳年太歲埋蛇，小限喪門忌星為害，主死。

李嗣源命

天虛 忌 天馬 巨門 陀羅 天刑 太歲 力士 子女	祿存 天相 廉貞 文曲 博士 妻妾 冠	天梁 天哭 小限 官府 兄弟 沐	文昌 七殺 伏兵 命垣 長生
三台 貪狼 財帛 旺	癸巳年六十七歲十一月初七故 土五局	丁亥年九月初五日寅時生 陰男	天鉞 天同 天星 天空 大耗 父母
太陰 龍池 天使 小耗 疾厄 衰			八座 武曲 病符 福德 胎
天府 紫微 右弼 遷移 病	天傷 忌 地劫 大限 奏書 奴僕 死	破軍 左輔 飛廉 官祿 身	太陽 天魁 流陀 喜神 田宅 絕

七殺朝斗，一生爵祿榮昌，紫府朝垣，左右拱照，終身富貴。六十七歲大限到夾地，遇流羊太歲逢陀，亥生人有忌，故凶。

白起之命

天哭 陀羅 龍池 力士 妻妾 病	天刑 文昌 天機 祿存 三台 博士 兄弟 冠	天虛 破軍 紫微 天空 官府 命垣 沐	八座 文曲 天鉞 伏兵 父母 長生
太陽 青龍 子女 旺	癸卯年七十五歲正月十四故 陰男 土五局	己丑年十月三十日辰時生	天府 小限 大耗 福德 養
七殺 武曲 火星 太歲 地劫 祿 小耗 身 財帛 衰			左輔 太陰 鈴星 病符 田宅 胎
天梁 天同 科 天使 疾厄 病	左輔 天相 右弼 流羊 奏書 死	天魁 巨門 小限 天傷 飛廉 奴僕	貪狼 廉貞 白虎 流陀 喜神 官祿 絕

紫破天虛之上格左右扶持福不輕文武雙全富貴命權祿加會乃為縈七十五歲羊陀迭併命垣太歲白虎三方命合是為凶也故死

馬援之命

太陽 忌 天刑 天使 小耗 疾厄 臨	破軍 鳳閣 將軍 財帛 旺	天鉞 天機 子女 衰	天府 紫微 龍池 飛廉 妻妾 病
文曲 武曲 科 太陽 遷移	己酉年六十六歲正月初八故 陽男 火六局	甲辰年九月十四日子時生	太陰 天姚 太歲 喜神 兄弟 墓
天同 小限 天傷 力士 奴僕			文昌 病符 身 命垣 墓
祿存 右弼 七殺 天馬 火星 博士 官祿 長生	陀羅 天魁 天梁 三台 八座 官府 田宅 養	天相 廉貞 左輔 祿 伏兵 福德 胎	巨門 天空 地劫 大耗 父母 絕

科權祿拱富貴聲揚昌曲加會文武雙全貪狼遇鈴武曲同行威振邊夷六十六大限到於天羅小限巡於夾地其數難逃

皇甫安命　趙普之命

皇甫安命

武曲 天馬 伏兵 妻妾 病	三台 太陽 大耗 兄弟 衰	左輔 天府 右弼 流羊 病符 命垣 旺	太陰 天狀 天鉞 八座 忌 祿 喜神 父母 臨
擎羊 天同 天虛 官府 子女 死	乙未年四月二十四日戌時生	陰男 木三局	貪狼 紫微 火星 地劫 小限 科 飛廉 福德 死
祿存 鳳閣 博士 財帛 墓	己卯年四十五歲四月十一故		巨門 鈴星 奏書 田宅 沐
陀羅 文曲 天使 力士 疾厄 絕	七殺 廉貞 天空 青龍 遷移 胎	文昌 天祀 天鉞 天刑 權 天傷 小耗 奴僕 養	天相 龍池 將軍 官祿 長生

左右同官日月夾垣其貴格是爭奈羊人限行酉地地劫相湊大限陀羅天使夾地且命垣有病符流羊故而死於中道壽元四十五歲而已

趙普之命

天鉞 太陽 天鉞 八座 流陀 飛廉 妻妾 身 絕	鳳閣 破軍 右弼 喜神 兄弟 胎	天機 流羊 病符 命垣 養	天府 紫微 左輔 龍池 科 權 大耗 父母 長生
武曲 斗君 忌 奏書 子女 墓	己酉年七十八歲四月十一故	陽男 水二局	太陰 三台 太歲 伏兵 福德 沐
文曲 天同 天魁 將軍 財帛 死		壬辰年五月十四日亥時生	陀羅 貪狼 鈴星 地劫 官府 田宅 冠
天馬 七殺 火星 大限 天使 小耗 疾厄 病	天梁 天刑 祿 青龍 遷移 衰	天相 廉貞 擎羊 天傷 天空 力士 奴僕 旺	文昌 巨門 祿存 博士 官祿 臨

左右夾貴祿權加會富貴雙全有到終七十八歲太歲到酉大限在於天使之地小限到卯流年文曲化忌流羊來命是以凶也

白居易命

天馬 天同 天虛 伏兵 妻妾 病	天府 武曲 左輔 八座 大耗 兄弟 衰	太陰 太陽 天哭 忌 病符 命垣 旺	天鉞 左輔 三台 地劫 喜神 父母 臨
擎羊 破軍 小限 官府 子女 死	陰男 乙亥年三月二十七日酉時生		巨門 天機 火星 斗君 祿 飛廉 福德 冠
天姚 祿存 龍池 博士 財帛 墓	木三局 丙寅年五十二歲二月初五故		天相 紫微 鈴星 奏書 田宅 沐
陀羅 廉貞 太歲 大限 天空 力士 疾厄 絕	文昌 文曲 青龍 身遷移 胎	七殺 天魁 天傷 大耗 奴僕 養	天刑 天祿 鳳閣 權 將軍 官祿 長生

權祿拱照左右夾垣日月同宮昌曲守身富貴之命命帶忌星壽難長永大限到陀羅天空之鄉小限行擎羊亥生人有忌故死於五十二歲

司馬弼命

天府 天鉞 科 小限 飛廉 妻妾 絕	太陰 天同 龍池 喜神 兄弟 胎	右弼 貪狼 武曲 左輔 忌 病符 命垣 養	天虛 巨門 太陽 天馬 鳳閣 大耗 父母 長生
天哭 天姚 奏書 子女 墓	陽男 壬寅年四月二十日戌時生		天相 地劫 伏兵 福德 沐
破軍 廉貞 鈴星 天虛 太歲 將軍 身財帛 死	水二局 丁卯年二十六歲二月十二故		天祿 天機 陀羅 祿 大限 官府 田宅 冠
三台 文曲 天使 小耗 疾厄	火星 天空 青龍 遷移 衰	八座 文昌 擎羊 天刑 天傷 力士 奴僕 旺	七殺 紫微 祿存 權 白虎 博士 官祿 臨

權祿會合左右同宮少年貴顯命逢化忌大限地網小限已亥寅生人有忌喪門白虎為殃其死必矣故亡於二十六歲

殷倫之命　項濟川命

項濟川命

天刑 文曲 天祿 天馬 科 將軍 財帛 絕	七殺 天魁 小耗 子女 墓	龍池 鳳閣 青龍 妻妾 死	陀羅 廉貞 力士 兄弟 病
天相 紫微 天哭 奏書 疾厄 胎	辛卯年九月二十三日丑時生 陰男　火六局 辛卯年六十一歲九月初七故		天姚 祿存 文曲 火星 天虛 忌 博士 命垣 衰
巨門 天機 天哭 祿 太歲 飛廉 遷移 養			擎羊 破軍 鈴星 三台 天空 官府 父母 旺
右弼 貪狼 天鉞 天傷 大限 喜神 奴僕 長生	太陰 太陽 權 小限 病符 官祿 沐	天府 武曲 左輔 地劫 大耗 田宅 冠	天同 伏兵 福德 臨

科權祿會合昌曲居於已酉但巨機居卯雖逢火忌亦不為辱富貴全美大限天傷小限敗地太歲天哭殺臨主六十一歲而亡

殷倫之命

文曲 祿存 天相 天刑 龍池 博士 財帛 臨	天梁 擎羊 力士 子女 旺	七殺 廉貞 忌 青龍 妻妾 衰	破軍 天虛 小耗 兄弟 病
巨門 陀羅 天使 官府 疾厄 冠	丙申年九月十三日丑時生 陽男　火六局 戊子年五十三歲三月十八故		鳳閣 文昌 天鉞 天姚 科 將軍 命垣 死
貪狼 紫微 伏兵 遷移 沐			天同 鈴星 祿 天空 奏書 父母 墓
天馬 太陰 天機 火星 右弼 權 天傷 大限 小限 大耗 奴僕 長生	天府 病符 官祿 養	右輔 太陽 太歲 地劫 喜神 田宅 胎	武曲 天魁 飛廉 福德 身 絕

府相朝垣左右昌曲加會財官雙美富貴之命大限行於火鈴天傷之地小限五十三歲亦重逢在彼太歲地刼為殃其死無疑

呂蒙正命　張温之命

呂蒙正命

壬申年五月二十四日寅時生

陽男　水二局

甲寅年四十三歲十一月初六故

- 七殺 鈴星 天同 擎羊　博士 兄弟 長生
- 陀羅 天相 天鉞　官府 妻妾 養
- 文曲 巨門 天刑　伏兵 子女 胎
- 貪狼 廉貞　大耗 財帛 絕
- 天梁 太陽 文昌 祿存 天空 科 地劫　力士 命垣 沐
- 武曲 天哭 祿 權　青龍 父母 冠
- 太陰 小限 天使　病符 疾厄 墓
- 天府　喜神 遷移 死
- 小耗 福德 臨
- 三台 天機 龍池　將軍 田宅 旺
- 右弼 破軍 紫微 左輔 天魁 地劫　奏書 身 官祿 衰
- 鳳閣 天虛 天馬 火星 天傷 八座 大限　飛廉 奴僕 病

府相朝垣科權祿夾左右拱照富貴全美限步未濟早年困苦三十後方及第入相命劫空享福不久大限到於火所天傷之地小限行於陷地故壽終焉

張温之命

癸丑年七月初四日辰時生

陰男　土五局

癸未年三十一歲正月十一故

- 天梁 天同 文曲　將軍 官祿 長生
- 天相 天姚 天虛 太歲　奏書 田宅 沐
- 文昌 巨門 權　飛廉 福德 冠
- 天哭 貪狼 廉貞 天鉞 龍池 忌　喜神 父母 臨
- 七殺 武曲 鳳閣 天陽　小耗 奴僕 養
- 鈴星 太陽 左輔　青龍 遷移 胎
- 右弼 太陰 科　病符 命垣 旺
- 火星 天府 天魁 天鉞 地劫　大耗 兄弟 衰
- 陀羅 天馬 天使　力士 疾厄 絕
- 祿存 天機　博士 身 財帛 墓
- 三台 破軍 紫微 擎羊 八座 祿 大限 小限　官府 子女 死
- 伏兵 妻妾 病

魁鉞夾命本為富貴日月反背苗而不秀科名陷於凶神是因不顯其丈也且限步又不遂因此怨恨三十一歲而死

杭寬之命

右弼 巨門 伏兵 財帛 臨	天相 廉貞 天姚 大耗 子女 冠	天梁 權 病符 妻妾 沐	七殺 天鉞 喜神 兄弟 長生
斗君 貪狼 擎羊 天使 大限 官府 疾厄 旺	陰男 乙酉年六月初六日戌時生 水二局 乙亥年五十一歲六月十一故		天哭 天同 左輔 小限 地劫 飛廉 命垣 養
天虛 火星 太陰 祿存 忌 博士 遷移 衰			武曲 鈴星 奏書 父母 胎
三台 天府 紫微 陀羅 天刑 忌 天傷 力士 奴僕 病	天機 龍池 鳳閣 祿 天空 青龍 官祿 死	八座 破軍 天魁 小耗 田宅 墓	天馬 太陽 太歲 將軍 福德 絕

命不主財祿而纏於陷地空劫沖照終身不得發達大限到於擎羊天使之地小限臨命垣天哭地劫之位何能得生必主命亡故死於五十一而已

石崇富命

天姚 巨門 小耗 父母 病	天相 廉貞 右弼 文曲 祿 將軍 福德 死	天梁 天鉞 奏書 田宅 墓	天馬 文昌 七殺 左輔 飛廉 身 官祿 絕
鳳閣 貪狼 八座 青龍 命垣 衰	陽男 甲午年五月初三日寅時生 木三局 丁丑年四十四歲十一月初五故		天同 天傷 天空 大限 喜神 奴僕 胎
鈴星 太陰 擎羊 力士 兄弟 旺			武曲 龍池 三台 科 病符 遷移 養
天府 紫微 祿存 博士 妻妾 臨	天刑 火星 天機 天魁 陀羅 太歲 地劫 官府 子女 冠	天虛 破軍 天 權 伏兵 財帛 沐	斗君 太陽 忌 天使 小限 大耗 疾厄 長生

處世榮華權祿守財福之命文昌武曲俱拱命垣為巨富之命大限四十三歲入於天空天傷之地四十四歲小限入於天使夾耗之地又兼太歲遇劫故死

范丹貧命

甲午年二月初十日卯時生

陽男

土五局

甲子年七十七歲七月初五故

天馬　大限　天空　小限　小耗　財帛　長生

文曲　七殺　廉貞　文昌　忌　擒　天使　青龍　疾厄　養

天梁　擎羊　力士　遷移　胎

左輔　天相　祿存　天傷　博士　奴僕　絕

右弼　天鉞　將軍　子女　沐

龍池　天同　天刑　奏書　妻妾　冠

鳳閣　巨門　陀羅　官府　官祿　墓

貪狼　紫微　鈴星　伏兵　田宅　死

破軍　武曲　天魁　飛廉　兄弟　臨

八座　太陽　天哭　天虛　太歲　喜神　命垣　旺

火星　天府　病符　身　父母　衰

三台　太陰　天機　天姚　擒　地劫　大耗　福德　病

生來貧賤刼空臨財福之鄉祿馬落於空地中年限入美景方得發達名揚七十五歲大限入於天空小限七十七同入此地祿倒馬倒忌太歲相冲故亡

車明貧命

戊午年二月二十四日酉時生

陽男

金四局

庚申年六十三歲五月初三故

天馬　太歲　地劫　小耗　財帛　胎

破軍　紫微　天使　青龍　疾厄　冠

擎羊　天機　忌　大限　小限　力士　身　遷移　沐

祿存　左輔　天傷　博士　奴僕　長生

天府　右弼　科　將軍　子女　旺

龍池　太陰　天刑　八座　權　奏書　妻妾　衰

陀羅　太陽　三台　鳳閣　官府　官祿　養

七殺　武曲　鈴星　伏兵　田宅　胎

貪狼　廉貞　祿　飛廉　兄弟　病

天虛　天哭　巨門　截空　喜神　命垣　死

文昌　天相　文曲　火星　截空　病符　父母　墓

天梁　天同　天姚　天空　小耗　福德　絕

生來貧賤刼空臨財福之鄉戌生人逢巨門在子宮守命垣多主苦困五十四入於午限沈馬之鄉小限又到午宮身命惡殺交併故命難逃

和尚之命　和尚之命

左輔 武曲 破軍 陀羅 大限 祿 天空 地劫；力士 財帛 長生	太陽 祿存；博士 子女 養	天府 擎羊；官府 妻妾 胎	太陰 天機 天鉞；伏兵 兄弟 絕
天月 文昌；青龍 疾厄 沐	己巳年二月二十二日午時生　陰男　金四局	辛亥年四十三歲三月初三故	貪狼 祿 紫微 右弼 龍池；大耗 身 命垣 墓
火星；小耗 遷移 冠			文曲 忌 巨門 鈴星 天刑；病符 父母 死
三台 天鉞 天傷；將軍 奴僕 臨	七殺 天貞 天哭 小限 喪門；奏書 官祿 臨	天梁 科 天魁 八座；飛廉 田宅 衰	天虛 天相 天馬 太歲；喜神 福德 病

文曲 天刑 天同 三台；伏兵 財帛 絕	天府 武曲；大耗 子女 胎	太賁 太陽 忌；病符 妻妾 養	貪狼；喜神 兄弟 長生
擎羊 破軍 斗君 天使 大限；官府 疾厄 墓	乙酉年九月十八日丑時生　陰男　水二局	乙亥年五十一歲四月初十故	天哭 巨門 天鉞 天機 文昌 八座 祿 小限；飛廉 命垣 沐
祿存 大星 天虛；博士 遷移 死			天鉞 科 天相 紫微 鈴星 天空；奏書 父母 冠
右弼 廉貞 陀羅 天傷；力士 奴僕 病	龍池 鳳閣；青龍 官祿 衰	左輔 七殺；小耗 田宅 旺	天馬 天梁；將軍 福德 身 臨

巨機自上化一者便有財官也不終俗人發達終天空門享福豐隆五十一歲大限遇擎羊小限到命垣太歲在空劫併夾之地

極居酉地權祿扶持殺破空劫己酉相會合多為脫俗之僧大限到本身又加空劫陀羅小限四十三喪門天哭太歲大限相冲是為不美故死於是年

楊道人命

天相 飛廉 福德 長生	天虛 天梁 天哭 祿 喜神 田宅 沐	七殺 廉貞 病符 官祿	大限 天傷 大耗 奴僕 臨
左輔 巨門 奏書 父母 養	壬子年正月初八日亥時生 陽男 金四局 壬寅年五十一歲十一月初五故		天刑 伏兵 遷移 旺
貪狼 紫微 文曲 祿 將軍 命垣 胎			右弼 天同 鈴星 陀羅 地劫 天使 官府 疾厄 衰
太武 太陰 天鉞 天馬 火星 小耗 兄弟 絕	斗君 天府 天姚 科 青龍 妻妾 身 墓	太陽 擎羊 天空 小限 力士 子女 死	破軍 武曲 文昌 祿存 忌 博士 財帛 病

極居卯地雖有權祿加會被刑忌會合不過虛名而已子生人不宜寅申限小限又入天空擎羊之地太歲又忌的主喪命

古峯僧命

左輔 太陰 天馬 天虛 將軍 福德 病	貪狼 小耗 田宅 衰	巨門 天同 天哭 祿 青龍 官祿 旺	天相 武曲 陀羅 天傷 力士 奴僕 臨
天府 廉貞 文曲 科 奏書 父母 死	辛亥年二月二十五日子時生 陰男 木三局 丙申年四十六歲四月初三故		祿存 天梁 太陽 右弼 火星 力士 遷移 冠
飛廉 身 命垣			天刑 文昌 七殺 鈴星 擎羊 忌 天使 大限 官死 疾厄 沐
破軍 天姚 喜神 兄弟	病符 妻妾 胎	紫微 大耗 子女 養	天機 天空 地劫 伏兵 財帛 長生

命無正曜雖有酉未宮權祿加會機梁照命劫空會合但主爲僧有岩泉之名大限行到天使擎羊之地山也小限又重逢在彼其數安能逃

武安王命　寶壇僧命

武安王命				寶壇僧命			
巨門 祿存 天姚 天空 地劫 天傷 博士 奴僕 長生	擎羊 天相 廉貞 右弼 八座 大限 科 力士 遷移 沐	天樂 天鉞 青龍 疾厄 冠	天馬 七殺 左輔 三台 小耗 財帛 臨	天相 天鉞 飛廉 妻妾 絕	文昌 天梁 天刑 祿 白虎 喜神 兄弟 胎	七殺 廉貞 病符 命垣 養	天刑 文曲 弔客 [illegible] 大耗 父母 長生
文昌 貪狼 陀羅 鳳閣 祿 官府 官祿 養	陽男		天同 將軍 子女 旺	三台 巨門 奏書 子女 墓	陽男		陀羅 太歲 伏兵 福德 沐
鈴星 太陰 權 太歲 伏兵 田宅 胎	金四局	戊午年五月十三日午時生　乙卯年五十八歲八月初七故	文曲 武曲 龍池 奏書 妻妾 衰	貪狼 紫微 天魁 權 地劫 將軍 身 財帛 死	水二局	壬申年十月初四日辰時生　壬戌年五十一歲十月十一故	天同 陀羅 鈴星 大歲 官府 田宅 冠
天府 紫微 大耗 福德 絕	火星 天相 天魁 天刑 忌 小限 病符 父母 墓	天虛 破軍 天哭 喜神 身 命垣 死	太陽 飛廉 兄弟 病	天鉞 太陰 天機 天馬 火星 天使 小耗 疾厄 病	左輔 天府 右弼 科 青龍 遷移 衰	太陽 擎羊 喪門 天傷 大限 小限 力士 奴僕 旺	祿存 武曲 破軍 沖 忌 博士 官祿 臨

科權祿拱左右朝垣本似富貴之命奈何空劫身命忌星會合只宜為僧有主持岩泉之名五十一歲太歲逢鈴大小二限俱在天傷之地喪門白虎冲併死故

殺破廉貞俱作惡廟而不臨宜掌三軍科權左右加會為武職崢嶸終嫌貪狼羊刃加臨又大限到午午生人有忌小限遇刑忌卒至凶亡

萬兩溪命				嚴介溪命			
七殺 天馬 斗君 伏兵 妻妾 病	文曲 破軍 龍池 大耗 兄弟 衰	八座 天機 祿 天哭 三台 病符 命垣 旺	天同 科 紫微 文昌 天鉞 天桃 喜神 父母 臨	破軍 權 武曲 大耗 命垣 長生	太陽 祿 天哭 天虛 伏兵 父母 沐	天鉞 天府 陀羅 官府 福德 冠	祿存 太陽 天馬 地劫 博士 田宅 臨
天刑 武曲 小限 官府 子女 死	庚寅年七十六歲八月初四故	乙亥年八月二十一日寅時生 陰男 木三局	火星 太陰 天使 忌 飛廉 福德 冠	左輔 科 天同 龍池 病符 兄弟 養	癸亥年八十四歲五月初九故	庚子年正月二十二日酉時生 陽男 金四局	貪狼 紫微 擎羊 天刑 小限 力士 官祿 旺
右弼 天相 祿存 博士 財帛 墓			鈴星 貪狼 奏書 田宅 沐	喜神 妻妾 胎			右弼 巨門 鈴星 鳳閣 天傷 青龍 奴僕 衰
七殺 陀羅 太歲 力士 疾厄 絕	天梁 權 地劫 青龍 遷移 胎	天相 廉貞 天魁 天傷 小耗 奴僕 養	鳳閣 巨門 左輔 大限 將軍 官祿 身 長生	火星 天馬 天空 大限 飛廉 子女 絕	天魁 七殺 廉貞 文昌 文曲 天鉞 奏書 財帛 墓	天梁 天使 將軍 疾厄 死	天相 忌 太歲 遷移 身 病

武曲守垣昌曲朝照科祿權夾宜主大貴三方擎羊天刑廉貞七殺守垣故壽雖高而子息宮火星天空飛廉為害故因子破敗而臨終不得全美也

此為祿權坐守昌曲夾命左右加會富貴雙全福壽有終七十六歲小限到天羅擎羊之地太歲又遇陀星夾地是以命亡

鄧鍊之命　譚二華命

鄧鍊之命

七殺 文曲　大耗 父母 長生

天梁 祿 天空　病符 命垣 養

天府 天相 廉貞 文曲 封誥　喜神 兄弟 胎

巨門 天鉞　飛廉 妻妾 絕

天同　伏兵 福德 沐

貪狼　奏書 子女 墓

陀羅 武曲 鈴星 天魁 忌 小限　官府 田宅 冠

太陰 天魁 地劫 身　將軍 財帛 死

太陽 祿存　博士 官祿 臨

八座 破軍 擎羊 大限 天傷 太歲　力士 奴僕 旺

左輔 天機 右弼　青龍 遷移 衰

天馬 天府 紫微 火星 三台 科 權 天使　小耗 疾厄 病

陽男

壬子年十月初二日辰時生

庚子年四十九歲正月初九故

水二局

譚二華命

八座 封誥 貪狼 祿存 龍池 太歲　博士 遷移 長生

太陰 太陽 天鉞 陀羅 祿 天傷　官府 奴僕 養

天府 武曲 鳳閣 三台　伏兵 官祿 胎

天空 科 地劫　大耗 田宅 絕

巨門 天機 擎羊 天使 大限　力士 疾厄 沐

右弼 破軍 文昌　病符 福德 墓

鈴星 天相 紫微 左輔 文曲 忌　青龍 財帛 冠

喜神 父母 死

天梁　小耗 子女 臨

七殺 台　將軍 妻妾 旺

天魁　奏書 兄弟 衰

天馬 廉貞 火星 小限 身　飛廉 命垣 病

陽男

庚辰年七月二十一日午時生

甲申年六十五歲十月十五故

土五局

昌曲夾貴左右朝垣雙祿守照無不富貴早年連登科第位至監察御史轉陞京卿四十九歲小限入地網逢陀忌太歲擎羊天傷以致倒壽

此為紫府朝垣文曲武曲會合祿權加會三台八座吉星俱拱照宜為大貴之命且廉貞守命垣庚生人合之為貴終身福厚位登二品後因太歲返入鄉尋終故

李宗師命

祿存 天同 三台 博士 兄弟 臨	擎羊 天府 武曲 鳳閣 力士 命垣 旺	太陰 太陽 天鉞 權 地劫 青龍 父母 衰	貪狼 龍池 祿 小耗 福德 病
左輔 破軍 陀羅 官府 妻妾 冠	戊辰年正月二十六日申時生 陽男	火六局 乙酉年七十八歲十月初二故	巨門 天機 天刑 忌 太歲 將軍 田宅 死
天空 小限 伏兵 子女 沐			天相 紫微 右弼 鈴星 科 奏書 官祿 身 墓
火星 文昌 廉貞 台輔 大限 大耗 財帛 長生	天鉞 天魁 天使 病符 疾厄 養	七殺 文曲 喜神 遷移 胎	天梁 八座 天傷 飛廉 奴僕 絕

此爲紫相朝垣曲昌加會文名聲揚但刑妻無子終身享高爵厚祿壽至七十八大限將衰太歲刑忌相併小限入天空敗絕之地故死

裴應章命

台輔 天相 陀羅 力士 兄弟	天梁 祿存 博士 命垣 冠	擎羊 七殺 廉貞 左輔 右弼 官府 父母 沐	伏兵 福德 長生
巨門 忌 青龍 身 妻妾	陰男 水二局	丁酉年四月二十九日亥時生	天鉞 大耗 田宅 養
火星 貪狼 紫微 文曲 八座 小耗 子女 衰			天同 鈴星 權 地劫 病符 官祿 胎
太陰 天機 祿 科 將軍 財帛 病	封誥 鳳閣 天府 龍池 奏書 疾厄 死	太陽 天空 飛廉 遷移 墓	三台 文昌 武曲 破軍 天魁 喜神 奴僕 絕

梁居午位官資清顯朝堂科權祿加會富貴雙全位登二品

狀元命

<table>
<tr><td>太陰
陀羅
八座
力士
身
臨</td><td>貪狼
祿存
天傷
博士</td><td>巨門
天同
官府
沐</td><td>武曲
天鉞
天使
伏兵
疾厄
長生</td></tr>
<tr><td>天府
田宅
旺</td><td colspan="2" rowspan="2">陰男
己巳年八月二十三日申時生
水二局</td><td>天梁
天姚
三台
大耗
財帛
養</td></tr>
<tr><td>火星
右弼
天空
小耗
良</td><td>封誥
七殺
子女
胎</td></tr>
<tr><td>台輔
文昌
父母
病</td><td>奏書
命垣
死</td><td>文曲
天魁
兄弟
墓</td><td>左輔
妻妾
絕</td></tr>
</table>

日月照命昌曲夾命且前後三方吉集允為大貴其對宮羊刄入廟不妨

唐狀元命

<table>
<tr><td>廉貞
官祿</td><td>文昌
巨門
小耗
奴僕</td><td>天相
右弼
天空
死</td><td>天同
文曲
天梁
天使
疾厄
病</td></tr>
<tr><td>太陰
天姚
力士
田宅
胎</td><td colspan="2" rowspan="2">陰男
乙酉年四月初五日辰時生
火六局</td><td>武曲
七殺
財帛</td></tr>
<tr><td>祿存
天府
火星
八座
地劫
博士
福德</td><td>太陽
子女
旺</td></tr>
<tr><td>官府
父母
長生</td><td>龍池
紫微
破軍
伏兵
命垣
沐</td><td>天刑
天魁
大耗
兄弟
冠</td><td>三台
天馬
病符
妻妾
臨</td></tr>
</table>

紫微守命龍池鳳閣左輔右弼朝垣天相得紫微是為君臣加會其富貴必矣

進士之命

天虛 天馬 天梁 陀羅 封誥 力士 遷移 長生	七殺 祿存 博士 疾厄 養	文昌 文曲 天哭 官府 財帛 胎	廉貞 天空 伏兵 子女 絕
天相 紫微 左輔 天傷 奴僕 沐	陰男	丁亥年正月二十一日卯時生	台輔 火星 天鉞 天刑 大耗 妻妾 墓
巨門 天機 龍池 忌 科 小耗 官祿 冠	金四局		右弼 破軍 鈴星 病符 兄弟 死
八座 貪狼 地劫 將軍 田宅	太陰 太陽 天姚 祿 奏書 福德 旺	天府 武曲 三台 飛廉 父母 衰	天同 天魁 喜神 命垣 病

科權守照昌曲暗拱天魁坐命當為科甲之士但中年以上限行絕地未得遂志至五十四後方利達

舉人之命

貪狼 廉貞 三台 大耗 官祿 臨	天刑 巨門 龍池 天傷 伏兵 奴僕 旺	陀羅 天相 天鉞 忌 官府 遷移 衰	鳳閣 天梁 天同 天馬 祿存 科 天使 天虛 博士 疾厄 病
台輔 太陰 天虛 病符	陽男	庚寅年十月初五日戌時生	七殺 武曲 擎羊 八座 權 地劫 力士 財帛 身 死
天府 鈴星 喜神 福德	火六局		天姚 青龍 子女 墓
天哭 飛廉 父母 長生	右弼 破軍 紫微 左輔 天刑 天空 火星 奏書 命垣 養	文昌 天機 封誥 將軍 兄弟 胎	小耗 妻妾 絕

君臣慶會左右同宮夾昌夾曲之格當為大貴但與火星同垣空劫迭守故限交科祿辛酉年三十二中不得連登至癸未年曲昌居卯照身方能發達

進士之命

丙申年閏十二月初十日亥時生

陽男　木三局

- 天哭　天虛　小耗　遷移　絕
- 紫微　破軍　天傷　青龍　奴僕　墓
- 擎羊　天機　力士　官祿　死
- 祿存　博士　田宅　病
- 天府　天使　將軍　疾厄　胎
- 奏書　財帛　養
- 陀羅　太陽　官府　福德　衰
- 七殺　武曲　左輔　文曲　伏兵　父母　旺
- 貪狼　廉貞　右弼　文昌　忌　科　飛廉　子女　長生
- 巨門　龍池　三台　天鉞　天空　喜神　身　妻妾　沐
- 病符　兄弟　冠
- 火星　天梁　天同　天馬　天鳳閣　祿　天虛　大耗　命垣　臨

寅申最喜會同梁且祿權守照得貴必矣故二十九三十歲大限行辰太陽正照小限寅卯流昌流曲文祿會身命是以連登官至四品上

納粟之命

甲申年八月十八日巳時生

陽男　木三局

- 八座　飛廉　官祿　絕
- 破軍　紫微　天鉞　封誥　權　奏書　田宅　墓
- 天姚　將軍　福德　死
- 文昌　小耗　父母　病
- 三台　太陽　忌　青龍　命垣　衰
- 七殺　武曲　右弼　擎羊　科　力士　兄弟　旺
- 七殺　天梁　天同　祿存　鳳閣　博士　身　妻妾　臨
- 陀羅　天相　天魁　官府　子女　冠
- 龍池　巨門　伏兵　財帛　沐
- 貪狼　廉貞　左輔　台輔　祿　大耗　疾厄　長生
- 天府　文昌　喜神　奴僕　胎
- 太陰　鈴星　病符　遷移　養

太陽坐命太陰拱照為日月爭耀富貴全美但於化忌雖在辰垣入廟巳時生人正旺不合又逢地刦在垣故不能大貴而得大富止於納粟縣佐之位而已

廩生之命

小耗 身命垣 病	台輔 天机 將軍 父母 死	天鉞 破軍 紫微 左輔 右弼 權 奏書 福德 墓	天馬 飛廉 田宅 絕
文曲 太陽 鳳閣 天姚 忌 青龍 兄弟 衰	陽男 木三局	甲午年四月二十日子時生	天府 喜神 官祿 胎
七殺 武曲 鈴星 擎羊 科 力士 妻妾 旺			文昌 太陰 龍池 天使 病符 奴僕 養
封誥 天梁 天同 祿存 三台 博士 子女 臨	天魁 天相 火星 陀羅 官府 財帛 冠	八座 巨門 天刑 天使 伏兵 疾厄 沐	貪狼 廉貞 地劫 天空 祿 大耗 遷移 長生

此命無正曜多主庶母所生得府相朝垣廉祿拱冲福德宮吉集故有受朝廷作養但壽終不得長以劫空冲命文昌陷於天傷故也

富商之命

天鉞 天馬 飛廉 疾厄 長生	天府 武曲 文曲 祿 忌 喜神 財帛 沐	太陽 太陰 天府 病符 子女 冠	文曲 貪狼 台輔 大耗 夫妻 臨
破軍 封誥 奏書 遷移 養	陽男 金四局	壬申年十一月二十六寅時生	巨門 天機 天空 伏兵 兄弟 旺
天魁 將軍 奴僕 胎			天相 紫微 鈴星 陀羅 官府 命垣 衰
火星 左輔 廉貞 龍池 小耗 官祿 絕	地劫 青龍 田宅 墓	右弼 七殺 擎羊 力士 福德 死	天姚 天梁 祿存 祿 博士 父母 病

此科權迭喪身命但嫌陀羅破局是以不貴喜天府武曲居財帛是謂才人不鄉其富宜矣但破軍居遷移不免勞力耳

秀才之命

陽男　庚申年九月初十日寅時生　水二局

- 文昌 破軍 祿存 左輔　博士　命垣　長生
- 天鉞 陀羅　官府　兄弟　養
- 文曲 紫微　伏兵　妻妾　胎
- 天刑 天機 八座　大耗　子女　絕
- 七殺 封誥　病符　財帛　墓
- 天梁 太陽 天使 祿　喜神　疾厄　死
- 右弼 天相 武曲 天馬 火星 忌 權　飛廉　遷移　病
- 巨門 天同 天魁 科 地劫　奏書　奴僕　衰
- 左輔 貪狼 龍池　將軍　官祿　旺
- 太陰　小耗　田宅　臨
- 天府 廉貞 鈴星　青龍　福德　冠
- 天姚 擎羊 三台 天空　力士　父母　沐

此破軍守命其星喜祿存而解其狂主人文武雙全三十以上宜食廩出貢致富大才耳若非火星沖照羊陀夾命則又當大貴矣

孤夭之命

陽男　丙午年十一月十八日丑時生　木三局

- 貪狼 廉貞 天魁 天姚 忌　飛廉　命垣　長生
- 天虛 左輔 巨門 天哭 地劫　喜神　父母　沐
- 天相 火相　病符　福德　冠
- 右弼 天梁 天同 祿 大限　大耗　田宅　臨
- 七殺 武曲 鈴星　伏兵　官祿　旺
- 陀羅 太陽 天傷　官府　奴僕　衰
- 祿存 文曲　博士　遷移　病
- 擎羊 天機 權 天空　力士　疾厄　死
- 破軍 紫微 天刑　青龍　財帛　墓
- 天馬 小限　小耗　子女　絕
- 文曲 天府 天鉞 科　將軍　妻妾　胎
- 太陰 太歲 天空　奏書　兄弟　養

此命貪狼廉貞二星俱陷又逢化忌雖有天魁貴人坐長生亦無用也三方四正俱見羊鈴會合二十九歲小限入於絕地太歲又在地網故得狂邪之疾亡

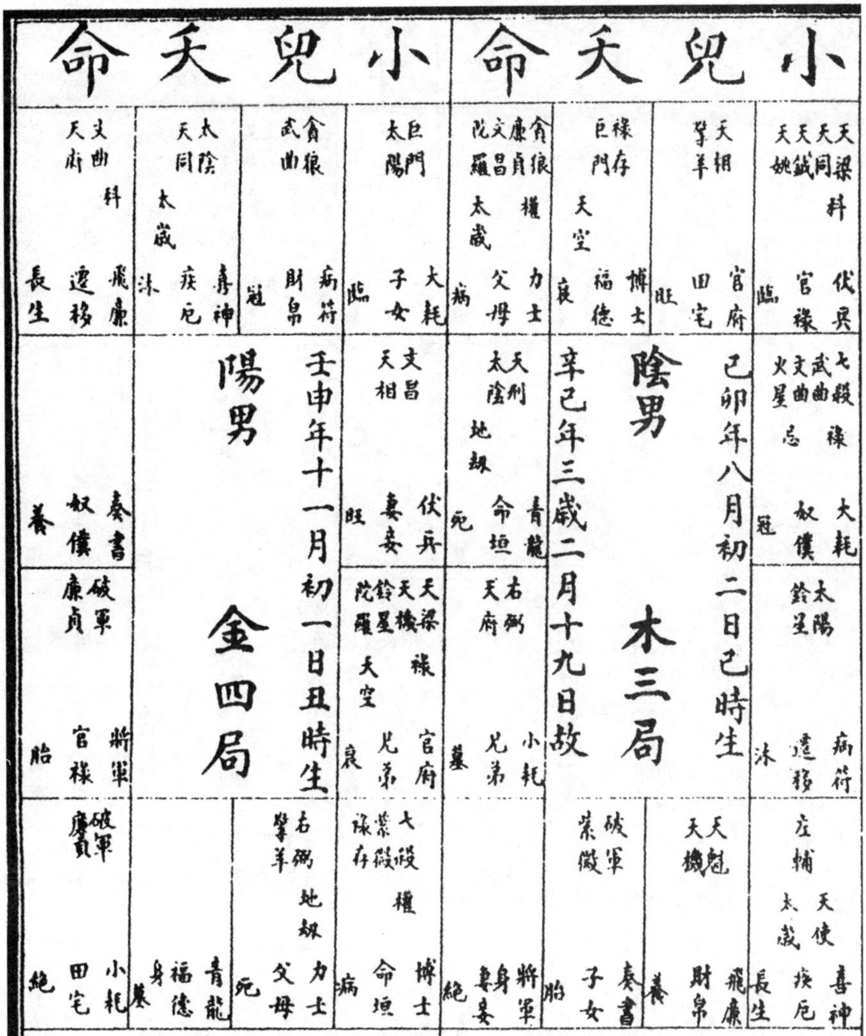

小兒夭命

己卯年八月初二日巳時生 陰男 木三局

己卯年八月初二日巳時生

陰男 木三局

辛巳年三歲二月十九日故

- 天梁 科 天同 天鉞 天姚 — 伏兵 官祿 臨
- 天相 擎羊 — 官府 田宅 旺
- 祿存 巨門 天空 — 博士 福德 衰
- 貪狼 權 廉貞 文昌 陀羅 太歲 — 力士 父母 病
- 七殺 祿 武曲 文曲 忌 火星 — 大耗 奴僕 冠
- 天刑 太陰 地劫 — 青龍 命垣 死
- 太陽 鈴星 — 病符 遷移 沐
- 右弼 天府 — 小耗 兄弟 墓
- 左輔 天使 太歲 — 喜神 疾厄 長生
- 天魁 天機 — 飛廉 財帛 養
- 破軍 紫微 — 奏書 子女 胎
- 將軍 身 妻妾 絕

此命日月反背，太陰守命失陷，又臨天刑地劫，其難養必矣。況三歲行童限在亥，卯生人防巳亥歲限，又遇天使鈴蛇關冲，故死於三歲。

小兒夭命

壬申年十一月初一日丑時生 陽男 金四局

壬申年十一月初一日丑時生

陽男 金四局

- 巨門 太陽 — 大耗 子女 臨
- 貪狼 武曲 — 病符 財帛 冠
- 太陰 天同 太歲 — 喜神 疾厄 沐
- 文曲 科 天府 — 飛廉 遷移 長生
- 文昌 天相 — 伏兵 妻妾 旺
- 奏書 奴僕 養
- 天梁 祿 天機 鈴星 陀羅 天空 — 官府 兄弟 衰
- 破軍 廉貞 — 將軍 官祿 胎
- 七殺 紫微 祿存 權 — 博士 命垣 病
- 右弼 擎羊 地劫 — 力士 父母 死
- 青龍 福德 身 墓
- 破軍 廉貞 — 小耗 田宅 絕

此看本宮守命垣星本宜易養，但夾羊夾蛇夾空夾劫，若非夭即主卑賤，雖紫祿何力，故夭於九歲而亡。

呂太后命

右弼 貪狼 文昌 天虛 鳳閣 飛廉 遺移 病

太陰忌 太陽 天鉞 天傷 大限 喜神 奴僕 死

文曲科 天府 武曲 左輔 龍池 病符 身官祿 墓

天同 大耗 田宅 絕

天虛 天相 太歲 小限 天空 天使 奏書 疾厄 衰

天哭權 破軍 伏兵 福德 胎

甲寅年三月初七日寅時生

陽女 火六局

辛酉年六十八歲九月初一故

天相 紫微 將軍 財帛 旺

擎羊 鈴星 天姚 官府 父母 養

天梁 天刑 小耗 子女 臨

三台 七殺 青龍 夫 冠

陀羅 天鉞 火星 地劫 力士 兄弟 沐

祿存 廉貞祿 八座 博士 命垣 長生

雙祿守垣兼之左右昌曲加會經云呂后專權云重天祿七殺夫宮赴夫火鈴羊陀併夾命垣亦主淫慾大限羊陀夾地小限羊陀湊合是凶故壽終

貂蟬之命

斗君 天相 武曲 文昌 天姚 忌 小耗 父母 長生

巨門 天門 將軍 命垣 沐

貪狼 文曲 奏書 兄弟 冠

天鉞 太陰 飛廉 夫 臨

天梁祿 太陽 天空 青龍 福德 養

天府科 廉貞 天刑 大限 喜神 子女 旺

壬戌年八月二十三日寅時生

陽女 水二局

己丑年二十八歲八月初五日故

七殺 陀羅 力士 田宅 胎

天魁 右弼 鈴星 病符 財帛 衰

左輔 天機 祿存 博士 官祿 身 絕

紫微權 擎羊 天傷 官府 奴僕 墓

太歲 火星 地劫 小限 伏兵 遷移 死

破軍 天使 大耗 疾厄 病

雖有左右加會巨門天同俱不得地火鈴二星冲照亦主淫慾夫星陷背配三夫夫而心不為足天刑子息全無又兼陀殺冲刑小限太歲臨於丑宮主遭刑死

孔明之命

天姚　將軍　妻妾　長生	天魁 紫微　小耗　兄弟　養	左輔 右弼　青龍　命垣　胎	陀羅 破軍　力士　父母　絕
三台 七殺 天姚　奏書　子女　沐	辛酉年四月初十日戌時生	陰男　金四局	天哭 祿存 地劫　博士　福德　墓
天虛 權 天巫 太陽 流羊 火星　飛廉　身　財帛　冠	甲寅年五十四歲八月廿五故		天府 廉貞 鈴星 擎羊　官府　田宅　死
文曲 天相 武曲 天鉞 天使 太歲　喜神　疾厄　臨	巨門 祿 天同 龍池 鳳閣 天空 流陀　病符　遷移　旺	文昌 忌 貪狼 天刑 天傷 小限　大耗　奴僕　衰	太陰　伏兵　官祿　病

左右同宮日卯月亥並明為明珠两照一生富貴多材多能五十四歲大限太歲天傷忌耗太羊流陀三方迭併故死

林御史命

天機 忌 祿存 天鉞　小耗　子女　長生	右弼 權 破軍 天哭 天虛　將軍　妻妾　沐	天姚　奏書　兄弟　冠	斗君 天府 紫微 左輔　飛廉　命垣　臨
武曲 科 龍池　青龍　身　財帛　養	甲寅年五十一歲三月初五故	陽男　金四局	太陰 地劫　喜神　父母　旺
八座 天同 天使 擎羊　力士　疾厄　胎		甲子年五月二十八日戌時生	鳳閣 貪狼 鈴星　病符　福德　衰
天馬 文曲 七殺 火星 天姚 太歲　博士　遷移　絕	陀羅 天傷 天梁 天刑 天空 小限　官府　奴僕　墓	天相 祿 廉貞 文昌 小限　伏兵　官祿　死	巨門 三台　大耗　田宅　病

紫府同宮科祿加會兼昌曲俱拱為合格局又云左輔文昌尊居八位太歲到寅小限五十一在子且子生人忌行寅年大限又在天空天傷之地故死

齊味道命

天府 八座 天鉞 火星 大耗 疾厄 墓

文昌 台輔 伏兵 遷移 絕

破軍 紫微 擎羊 天傷 官府 奴僕 胎

左輔 天機 文曲 祿存 科 博士 身 官祿 養

天馬 陀羅 三台 小限 力士 田宅 長生

太陽 青龍 福德 沐

七殺 武曲 天姚 鳳閣 小耗 父母 冠

太陰 鈴星 祿 財帛 死

天魁 貪狼 廉貞 天馬 天刑 龍池 喜神 子女 病

巨門 忌 飛廉 妻妾 衰

天虛 天相 奏書 兄弟 旺

天梁 權 天同 將軍 命垣 臨

丁未年二月二十四日寅時生

陰男

金四局

己亥年五十三歲三月初七故

秘經云科權祿拱來相會左右扶持福不輕昌曲加會富貴之論命 同梁得純陽中 之心大限羊行酉地兼任小限陀火刼三方俱見爲災故亡

安祿山命

貪狼 天鉞 權 伏兵 夫妻 病

太陰 太陽 擎羊 天姚 官府 子女 死

天府 武曲 祿存 祿 大限 博士 身 財帛 墓

天馬 天同 力士 疾厄 絕

巨門 天機 火星 地刼 太歲 大耗 兄弟 衰

八座 天相 紫微 左輔 鈴星 病符 命垣 旺

右弼 破軍 三台 青龍 遷移 胎

鳳閣 天刑 小限 天傷 小耗 奴僕 養

龍池 天梁 天哭 科 喜神 父母 臨

文昌 七殺 天姚 飛廉 福德 冠

天虛 天空 奏書 田宅 沐

文曲 忌 廉貞 將軍 官祿 長生

己未年七月初七日戌時生

陰男

火六局

丁酉年三十九歲正月十九故

紫府加會雙祿朝垣左右拱照無不富貴只嫌紫破居於辰戌鈴星同位寅方見方忌主爲臣不忠流年羊行酉地流羊巨門又化忌小限天傷天刑主凶亡

附:批命活套

批贵命

紫微守命坐寅方,天府同宫最妙。左右昌曲合,加会两相帮。七杀朝拱,掌握威扬。寅午戌合,星斗明朗。再详命主,某星循良。寿元乘旺,福寿无疆。台辅暗拱,景星凤凰。天门月照,声价琳琅。斗牛普照四方身,星坐某福履康庄。五行无克,蓝玉生光。注人瑰玮,邦家柱梁。佳人破军,重卜坤裳,四宫坐贵,三杰传芳。兹行某限,吉星之乡。名登仕籍,日出扶桑,峥嵘头角,乌帽锦裳。双南溢笥,九粟盈仓,维皇眷德,福寿陵岗。蟾从烛后,愈畅辉光。来春某月,左辅文昌。化科得令,政绩著扬。某年某星,夜雨潇湘。财丁损抑,骨肉参商。愬愬终吉,视履考祥。乔迁某限,彩凤翱翔。出司郡佐,报绩圣皇。希踪卓鲁,接武袭黄。部院彩檄,交驰旌扬。名崇五岳,利涌三湘。肖嗣脱颖,兰吐天香。某限逢陀,犹见剥床。某星救护,薏苡萧墙。秋风乍起,尊鲈味香。逢冠高挂,荣旋锦堂。十年某限,福寿宁康。重裀列鼎,冠盖锵锵。天寿星辅,愈炽愈昌。华封又祝,啧啧道傍。惟到某星,云掩无光。梁木其坏,哲人云亡。

又

禄坐午垣巨门,石中隐玉名彰。逢生无克理参详,三方四正吉星,寿等陵岗。右弼归垣,互守化权,掌握铿锵。身宫魁钺拱,贵格岂寻常?注人丰神,卓伟表表,景星凤凰。胸怀今古富琳琅,功名应有待,何必恁惶惶。次究星命某星,逢得地高强。奇哉金水会蛇乡,文昌文曲尽光芒。加会得照合,定拟发科场。官福二宫星美,生平作事端庄。身居奴仆静中忙,妻宫逢七杀,正副免刑伤。儿宫擎羊作贱,先虚后实飞黄。现今限步正辉光,早夺焚舟计,雷剑吐光芒。小限恩光台辅,文宗取试,名扬官场,补廪喜洋洋。流昌曲星集,谁识一穿杨。某限行来显达,中年贪武为良。门庭生色喜非常,财源春水涨,志气吐眉扬。某年忌某星,宜慎内外忧伤。亦宜惩忿惩欲,亲善远奸狂。某限交来七杀,紫微制伏祯祥。巍然超拔声名香,拜官居百里,德政媲袭黄。某年有所畏忌,须知到此惊慌。尚喜某星为福,依然福履无疆。行交某限十年康,部院驰采檄,黔庶值甘棠。某限桑榆暮景,东篱陶菊金黄。尊鲈美味,径三荒二,疏从解组看,子绍书香。某年某星为忤,某星相党相戕。俄然一梦熟黄粱,哲人其萎矣,空为裂肝肠。

又

破军入庙势汪洋,专权掌握振八方。七杀稜稜司正令,贪狼照合得相帮。分明有倚无偏党,文武材能佐庙廊。制服擎羊还有气,凛凛威风孰敢当。次究星盘无陷落,水归亥子定荣昌。命主星临官禄位,乌纱黑发不寻常。文昌文曲临旺地,喜居巳酉得循良。入庙相生宜子午,重权高爵不须量。斗星布列腰金客,数局推明衣紫郎。注人志气凌霄汉,魁梧仪表貌堂堂。椿树萱花沾宠渥,阶前棠棣并芬芳。佳人天相星偕老,森森丹桂紫微郎。试看于今行某限,星佳福集助身强。流年奇遇科权禄,科甲文昌会吉祥。利锁名疆俱得意,争看腾踏早飞黄。金门待漏迢迢夜,荣锡乌纱到鬓霜。就此拜官荣梓里,牛刀小试向琴堂。某年交卸前连后,吹彻梨花覆道傍。某限交来某星守,乘风之鸟顺风艎。六六东西仍谨慎,休临蜀道与羊肠。亲疏内外防忧并,刮地西风起白扬。再交某限辅弼美,辅身守照喜洋洋。调和鼎鼐为舟楫,金瓯覆姓理朝纲。还看肖嗣游上国,封章又贺沐恩光。某限犹忌某作祸,寒禅哽咽噪斜阳。伤情泪满关山泪,陡顿灾生有几场。某年行来仍旧好,赫赫声名震朔方。仕路悠悠八卦外,功成衣锦得还乡。六旬几岁将伤寿,花落无声满地香。云暗鼎壶犹去远,月明华表鹤归忙。

又

金星守命性涵灵,金白偏宜水爱清。金生水垣得依倚,文昌秀气果清馨。今日暂为白屋子,跨灶他年荣祖亲。注人颖异魁梧表,词馆文章可立身。堂上椿萱尽恬恃,凑云鸿雁唤来宾。佳人早中雀屏选,继后徐卿拔等伦。且道于今童庚事,月弥百日稍谭讳。一周千日仍灾咎,花防骤雨损根荄。幸赖星盘有吉曜,妖霾扫尽见祥氛。年临几岁初行限,万紫千红总是春。某年禄马逢空地,中年皓月被云迷。年过二八行某限,帘幕风清兰麝薰。洞房花烛摇金影,盈门百辆车声蹸。书义精微勤讲究,放心收敛莫他求。某年某星花上锦,灾消福集喜频频。若问终身非小就,何让当年春楚申。某年某限二星守,禄马扶身喜气臻。时习工夫黾勉力,养成头角冲牛斗。脱交某限某星亮,鹿鸣佳宴赋诗歌。从此某地文运转,廷式对策金鸾殿。宫花斜插醉琼林,满门富贵咸称羡。某年某限须有厄,未免灾疾与丁忧。交来某限非常妙,高迁爵位秩加增。君家何幸有此际,三四十年禄位峨。身前姓字题金榜,身后文章不朽磨。

又

天相未垣真可羡,对宫某宿喜朝垣。身星辅弼来加会,三方会吉无刑战。台辅到命不逢空,盛世英才从此见。焚膏继晷像芸窗,笃志稳期登月殿。趋庭闻礼与闻诗,少年怀抱温公见。机关百出迈群儿,智识谋深应不浅。双亲百岁沐恩荣,棠棣田真可共伦。佳人金石同偕老,丹桂传芳朵朵馨。某限某星善入庙,青灯夜雨要留心。气质陶镕人俊雅,二八游芹压世英。某限之中廿五年,文昌科禄吉神临。百步穿杨应一箭,春闱秋榜占先魁。承恩出仕花封县,重升重擢乐陶陶。银带换却金带旋,六六前后六七傍。恶星作祸忧当见,某宫某星喜又来。滚滚红尘拂人面,官居宪副却归来,稀寿悭悭猿鹤怨。

又

贪狼遇火局申垣,戊己生人合格妍。破军七杀相扶照,何妨恶杀在水缠。据此斗数之理论,青年拟着祖生鞭。魁钺三合身命内,科禄夹命主希贤。前后星曜有循序,何忧富贵不双全。椿树萱花臻福祉,阶前棠棣乐翩翩。佳人贤淑同谐老,继后双成朵朵鲜。且论如今在某限,犹如花柳竞春妍。放心收却归腔子,须坐韩毡与郑毡。越岁相看符吉梦,笑贺重闻贪饼筵。某星到某限。文星光射斗牛边,芹宫水暖鱼龙化。名挂儒林翰墨鲜,脱某看看某年近。乘风休驾子陵船,某年喜会某星美。食廪科场妙莫言,花如罗绮春光艳。又喜重重产后贤,四八东西左与右。喜中尤慎有忧愆,某年流禄科星集。鹿鸣宴上许争先,金勒马嘶芳草地。玉楼人醉杏花天,拜官百里声名振。子继书香孙又贤,二十余年重擢职。伫看金带系腰缠。寿元某岁里,谈笑入桃源。

又

命旺身强格理良,三方四正吉星彰。天梁庙午守命局,化禄清高贵莫当。天寿旺,台辅强,左右夹局喜非常。化科化权交加拱,定拜皇恩入帝乡。百岁双亲膺紫诰,二宫逢陷雁孤单。贞临三位,配淑贤良。子星得地,克绍书香。且论目今行某限某生,不喜见擎羊。一交某限吉星聚,游泮还期帮补粮。当此步蟾而折桂,鹿鸣宴上喜扬扬。蓝袍脱换青袍着,闾里争先睹道傍。灿灿奎娄联碧汉,铮铮丝竹奏弦楼。再入某限科禄地,春闱三战夺魁名。官居县令承恩宠,广施善政牧斯民。男儿大志从斯展,到此英名正烈轰。某限也应防一厄,梧岗风木慎忧刑。幸得尚有祥星集,蟾从触后展光明。某限官卿名显赫,重升拔擢耀神京。于公大厦容车马,谢氏芝兰庭下生。古稀一到春光逝,唱罢阳关别故人。

批富命

紫府同宫旺,喜得辅弼缠。财官兼吉曜,名利自然全。当生不合局格理,难将贵宿作虚言,三方又见擎陀混,应别青云足下生。妙得金星司财库,期君早富并春申。命主临财财巨万,尊星守命福盈余。纵逢克化何为害?君子小人泾渭明。太阳星陷父先逝,太阴光照母延年。棠棣花枝坠,恶杀在其垣。贪狼居妻位,硬配没刑剪。儿宫北斗兼南斗,彩莲生见后麒麟。试论于今限某星,此星恶虐要调停。落花不是无春色,只为春光转换频。某岁又交某星限,某星得地主昌荣。更妙喜色重重吉,明珠常捧掌中珍。向阳花木春无限,得水鱼龙气象新。四九年临某限里,车行蜀道阻其轮。交来某限星庙旺,雨过江山一画屏。东邻告借纷然至,西室偿钱不住停。某年某限行吉得,人安物泰喜洋盈。田畔添田屋畔屋,楼竖碍月业连云。某年之内某月里,八珍汤散服频频。尚幸大限无杀忌,还夸老景愈安宁。老梅冒雪香犹在,伫看枝兰绕膝荣。某年之内春已艾,子规啼血恨长城。

又

天府化令星俊丽,喜居酉丑位堪佳。天魁天钺迎结局,推来达造足惊讶。分明科禄相朝拱,富敌陶朱不浪夸。七杀廉贞重叠助,财星□□守荣华。无刑无克真堪美,名高德厚众钦嘉。椿灵鹤□□山峙,萱草先凋漫叹嗟。某宫天同登庙旺,芬芬棣萼有奇葩。佳人早叶卢崔配,云仍后裔有随驹。试论于今在某限,空劫星参未是佳。忧刑已见还臻喜,花香犹自亲红霞。堆黄积白齐山岳,红尘贯朽比泥沙。年临某岁逢克战,忍听单于奏暮笳。命身稳,莫惊嗟,云收皓月展光华。某星某限真可爱,肉屏步障乐无涯。万物静观皆自得,朝朝斗宝度韶华。惟于某岁某星并,名为接木与移花。六出琼花飞满地,随风漂泊到人家。恰恰行到某限来,坐看儿童拆柳花。高架元龙楼百尺,太阿惮惮遇张华。八卦东西宜慎慎,此际叮咛忌鼠牙。再交某限某星守,子贵孙荣萃一家。此去雍容娱晚景,福寿康宁五福奢。某年某星为倒限,乘鸾驾鹤赴仙槎。

又

已往事,不言他,岁限于今逐一查。岁月漫将诗酒乐,不爱浮生竞物华。目今某限某星守,重增福愈奢,不觉堂前喧贺客,家童走报乐无涯。欣欣笑问因何喜,阶下重培兰桂芽。看子重具创,家肥喜若麻。某星人言中不美,我言命旺没吁嗟。纵生啾唧多来去,管取添筹福似霞。某限内,某星佳,枯梅雪里发新葩。交某限,有争差,某年一到疾些些。

谢氏海边逢竢女,越王台上见青蛇。白羊队里难收拾,忍听单于奏暮笳。身命稳,岂怕他,膝下班衣耀日华。黄发青黎为伴主,丹田宝龟养丹沙。更看子发孙荣显,富贵双全聚一家。七十二三五六岁,八公山下路交加。此限星险宜珍重,好似风吹乱落花。脱得过,又繁华,胜加三径菊黄佳。出此迢迢八十止,洞滨邀唱浪陶沙。借问若从何处往,游遍天台百万家。

又

当初人许位公卿,此格推来却不真。命垣星曜虽庙旺,三方杀合少祥祯。更兼被克无生化,故知无分夺功名。格取左右同宫是,无冲无破妙堪评。独喜财宫武曲旺,到底期君富必盈。辅弼星尊人慷慨,豪气无骄谄谄心。主心天机忧疑大,身逸心劳却未宁。性雉傲,又慈心,待人以礼少骄矜。刚不吐兮柔不茹,似石之介。澄不清兮桡不浊,如水之平。懒随偌子尖凉辈,自有汪洋亚圣心。指背三分应莫免,盖因三合有凶星。破军杀守忧刑重,庄卜难兑鼓盆声。财犯天空才得失,田官地劫不宽庄。田财二主加关美,化曜居临富橐囊。到头才发无凶耗,富厚家肥定莫量。天缘重偶蛮腰细,丹桂傍芽发秀芳。四宫恶杀须艰子,某星在位晚一双。大限今行在某地,地劫空并喜忧戕。枕席风波动,诸事预当防。流年恩光鸾喜至,不意天缘到洞房。

须知某限星交战,犹可抵敌福当崇。不但才藏与福集,还期午夜梦飞熊。交卸也当宜检束,亲疏内外服基重。脱某岁,妙无穷,某限之中福禄丰。老蚌生珠君信否,不期富比石崇同。继后桂兰香馥郁,秋风残菊绽芳丛。某限之中八九西,落红满地乱莺啼。宁教绿树流蝉蜕,免使琴书堕燕泥。漫漫行来某限间,携琴挟妓上东山。日高丹桂开金粟,春满阶前长绿兰。天地凡人君子志,乾坤一个丈夫间。教儿勤读三冬赋,还夸鹤发似童颜。子成家富无边景,几度雕鞍带月还。某年某限预慎之,三面受敌要支持。

蝴蝶枕边颠倒梦,杏花枝上夜凄凄。此年保重休见戏,早辨长绳系落晖。脱此外,又光辉,绕膝班斓个个奇。有钱盈橐,有酒盈卮。又见恩光来日下,此时风景果依稀。某限中,恶星欺,南极光沉日又西。高撑辰檐书忠厚,几度人看涕泪悲。

又

贪廉星陷巳亥局,水土滋培养成木。又值文昌金星位,克却用神非戬榖。辅弼单守忌相冲,重拜双亲离祖屋。若无贵人在身宫,宁免流离多扑簌。早年限步又参差,吉星前□乱如谷。从来若尽有甘回,顽玉琢开见美玉。一团聚贵在财乡,喜得官宫合明禄。为人笃实不浪为,公平作事心无毒。多招怨,小人戕,语言直处伤和睦。命主得缠天相星,中末余绕春馥郁。双亲母寿父应先,雁阵惊开自孤独。佳人铁石配迟迟,真假之见枝泒续。早运已见虚花过,某限交来随所欲。目下二三年守旧,四十外来才可蓄。吉星多聚主荣华,渭水姜牙后享福。

某年守口要如瓶,尤忌闲非相忤触。虎落阱内谨防弓,保重程途五十六。某限某星发大财,刘阮天台姻偶卜。某年之内一番惊,好似狂风摆蛀竹。平生只有某限好,十年衣禄当充足。莫道秋深景寂寥,好看艳艳东篱菊。时来端的买良田,限好自然架高屋。七十之中川火防,晚年果是仓堆粟。某年冲杀要归忙,佳城自有牛眠宿。

又

辰戌嫌陷巨门,辛人化忌峥嵘。据理未能成格局,扶身左右相帮。官禄紫帝镇守,财宫一宿财藏。深喜太阳午方照,申子申的□当。吉凶前后循序,得垣少陷辉光。火星虽旺水星克,既济之功理讲。乃为是非之曜,有制有化中央。威风凛凛志昂昂,扩充先人闻望。命主某宫某宿，主星值在财乡。财星贴主喜生方，皓月空宵夜郎。好个吉星同守，命官喜得台光，五行华彩不寻常，颖异聪明气象。堂上椿萱俱庆，庭前棠棣联芳。红楼早配效鸾凰，子息麒麟天降。早岁童庚之内，寒暑不测灾殃。七年九裸在关乡，尤当调持珍重。巳外限到某星，漪欤伟器端庄，潜心正好读文章，早步青云之上。小井年兼五六，见其不善探汤。于中荆桂忌相戕，几度令人恓怆。此际外来妥泰，声名大振乡邦。只消文字两三行，名姓高登虎榜。某年某岁某限，行此吉星祯祥。经纶大展佐君皇，勋列阿衡职掌。某限某星一险，蝉鸣须忌螳螂。绣花虽好不闻香，昼水无风空作浪。某限十年上美，郁含脱翠松篁。太岁冲提尚徜徉，晚景安然福享。七十二三归去，觉来梦叶黄粱。斗数之理细推详，写向西江月上。

又

名为七杀朝斗，只嫌陀罗破局。幸得禄马以同乡，又喜末见空亡。晚年星限欣辉，渭水姜牙吕望。成己成人合德，一生财福高强。公宜纳宠娶偏房，某年麒麟天降。此系人伦至大，吾翁晚有见郎。还多扩振旧书香，庆衍螽斯相效。见星须逢劫杀，喜得左辅在傍。某星夹护命宫庄，端的麟儿可望。更喜天寿到命，籛铿鹤筭尤长。晚年大限福无疆，福寿康宁气象。陀罗星嫌在命，有些嫉妒官方。几番抑郁叹维皇，每使英雄悒快。七十年之四五，柳荫蝉忌螳螂。运交某地芬芳，到此老当益壮。八十三四不须忙，八十九年恓怆。

又

破军守命人智慧，性气傲刚强。王侯也不避，克己以存仁。赒穷而恤匮，功名正路不堪图。君子人欤瑚琏器，命居申地水之宫。喜得金星居旺地，妻宫劫忌与空亡。鱼水难同戏见女，宫中见天刑，东败于齐君丁记，传芳分内有双亡，应有超群多出类。且道十五童庚洒，血光寒暑宜调定。年过二十渐亨通，造化自然多获利。某年某限某宫星，卓尔施为毋自弃。一由命使半由人，当扩先人之大志。以礼待人信出己，我不弃人人自弃。有斯命也有斯人，斯德相资当富贵。只愁四八六七傍，须见克伤荆与桂。天眷安然某星临，到此买田并置地。发福从来果不难，生才运泰诚然易。七七之岁六九程，燕人慎中田单计。某限行到某宫来，一团福厚谁家比。大限看来有盛衰，凡有谋为宜谨慎。素行君子合神明，警词出自师生义。执守应当福寿全，七九古稀忘俗世。

又

命星真为落陷，论来弱地无光。于中三合昌曲，左右扶持的当。正是衰中欣带旺，浊处又还清，乃主为人秀气，风姿清雅心灵。肯收意马读遗经，端然成大用，可以播芳名。日月虽然返背，权禄财福荣华，不然肯是小材成。萧曹由椽吏，做到汉皇丞，纵把功名敝蹝，也应积玉堆金。石崇金谷富春申,五行皆具备。财福自然与命主,某星某宿主星明白清新,只嫌某星在身宫,安身傍贵不为宁。据理六亲冰炭,衡阳雁阵成群,佳人鸡警近贤能。四宫某星守,三四好麒麟。假如限行某星,劫空忌耗之乡,正如月色带浮云。有幸人玩赏,不见广寒明。伫此交生之后,宜室宜家喜欣。主持家务事,立志善经营。某限烨星曜,随君所欲利和名。功名应唾手,财帛乃如心。五六之岁人扛枯,熟梅天气半晴阴。执轻如执重,履薄与临深。某限十年顺遂,财如水涨江浜。时来铁也光新,买田并架屋,又见改门庭。某限之首尾,星陷有虚惊。胶舟休向鄱湖驾,免得惊慌隔胱人。脱过此限入某星,一团晚景享安宁。田连阡陌广金银,寿元花甲上,七十日西沉。

批女命

廉贞端正禄主,甲生时逢酉刻。四正无杀劫大空,两国之封端可得。对宫吉曜聚成团,巳酉邀成金水白。福德宫中紫微缠,玉石沙金谁解测。配夫端的冠乌纱,必作凤凰池上客。育育双双千里驹,骐骥腾干非在百。淑人性格禀风霜,端正仪容倾国色。命坐寅上酉时生,命主太阳无陷慝。列星部位尽辉光,珠翠盈头光绚赫。十一二岁在劫乡,青苗还忌生蟊贼。二八上下咏桃夭,其业养养花异特。某限又到劫空宫,座上甕头春拍塞。五六之内两消亡,园中粉蝶慵翻拍。四八星限又加祥,闻门内助光家宅。熊罴频飞入帐中,荣捧掌珠承祖脉。大井之年六九傍,杯中蛇影心疑惑。巳外滔滔乐太平,夫荣子贵乌台柏。五福悠全孰与传,寿增令人称啧啧。八卦过来七十将,马鬃高风藏素魂。

又

某星虽落陷地,喜得不逢克战。此则为幽兰出谷,风送香来,当助夫富厚,益子名香。良人有金石之盟,同谐鹤发。桂子有天香之秀,当继书香。今限某星正旺夫之地,内助咸亨。助夫广增财上利,弄璋频应梦中诗。某岁乃驳杂之限,虽有喜而慎忧。不无得而有失,须防珠生蚌损。又恐燕语莺啼,宝髻懒梳愁折凤。菱花休对怯飞鸾,且喜身有吉护限,虽恶何害?步入某限某星,得合十年平顺,荣夫增富贵。产子若人龙,瑞气盈门蔼。天香馥馥临,不惟门第鼎新,又教儿郎进业。此时果然积白堆黄,灾稀疾少。惟于某年虎逐羊头,某年过年羊跟猿尾。见些刑并,漠漠羊肠。闺中无限伤心事,尽在停针不语时。耗于物,刑于丁,揔作离愁之苦。羊肠苔径滑,金莲缓步移。脱此星限,行人某宫,福有万端,灾无半点。夫业兴,子成名,悠悠五福二十年,洋洋喜气蔼祯祥。不但助夫金玉广,喜看贵子出朝堂。某年陡然一吁,撞入某星,有所不吉。花落自离枝,非干风雨催。幸不倒限,可以到某年,而不可以出某年。周流八卦,镜破仪分。